무녀도

열림원 논술 한국문학 08

무녀도

김동리

열림원

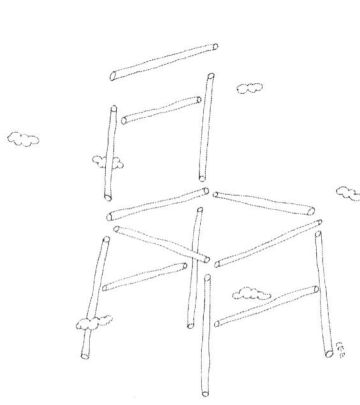

| 차 례 |

|일러두기|

1. 이 시리즈는 한국문학을 보다 깊이 있게 이해하고 논리적 사고력을 기를 수 있도록 논술 문제를 첨가하여 보다 종합적인 사고의 방향성을 지향하고 있다.

2. 작품 원문은 표준어 쓰기를 원칙으로 하되 작품의 분위기와 특성을 살리는 표현이라고 판단되는 방언이나 속어, 그 당시에 쓰이던 외래어 등등은 그대로 살렸다.

3. 현직 중·고등학교 국어교사들이 직접 작품의 원전과 목록을 선정하였으며, 부가설명이나 단어 풀이가 필요하다고 판단되는 경우에는 직접 각주를 달았다.

4. 잡지와 단행본은 『』, 각 작품은 「」로, 영화와 신문, 곡명, 그림 등은 〈〉로 구분해서 표기했다.

무녀도

거부할 수 없는 운명을 비장한 죽음으로 승화시킨
〈무녀도〉 그림을 통해 한국 근대사의
문화적 충돌을 보여준 작품.

"우리 아들은 예수 귀신이 잡아갔소"

전통 샤머니즘과 외래 문화인 기독교의 대립

액자에 갇힌 그림을 보면서 그림 속 인물의 모습, 펼쳐진 배경, 색조를 통해 한 편의 이야기를 상상해 본 적이 있습니까? 평면적이고 고정된 그림에는 그 그림을 그린 사람의 인생이 녹아 있고 다양한 방법으로 그림 밖으로 튀어나와 우리에게 말을 걸어옵니다. 그래서 가끔 우리는 그림 속 인물과 이야기를 나누기도 하고 배경 속에 서 있는 우리의 모습을 상상하기도 합니다.

온종일 흙바람이 불어 뜰 앞 살구꽃이 터지는 어느 봄날 흰 옷보다 더 새하얀 얼굴을 한 소녀가 남기고 간 한 편의 그림. 그 그림은 채 표현하지 못한 한 무녀의 슬픈 운명을 신들린 춤사위로 보여주고 있습니다.

〈무녀도〉라고 불린 액자 속 그림에 얽힌 이야기를 통해 우리는 전통과 외래의 충돌, 서구 문화 도입으로 역사의 필연적 변화 앞에 선 두 인물의 슬픈 운명을 엿볼 수 있습니다.

어둑어둑한 산, 검은 강물, 파아란 별들, 쏟아져 내릴 듯한 풍경 속의 무아지경에 빠져 춤을 추는 무녀의 이름은 모화. 어느 닐 그녀의 도깨비 굴같이 낡고 헐리기 직전인 집에 품위 있고 아름다운 청년으로 성장한 아들 욱이가 돌아옵니다. 벙어리 딸 낭이와 더불어 세상과 왕래 없이 살아가던 그녀에게 욱이의 등장은 사람 냄새를 느끼게 하는 존재입니다.

그러나 기독교 신자가 되어 돌아온 욱이는 오로지 신령님만을 믿고 의지하던 모화에게 대결의 대상이 되고 혈연적 정만으로는 이해할 수 없는, 자신의 세계에 대한 침입자로 보입니다. 한편 욱이에게 있어서 어머니 모화 역시 귀신을 모심으로써 하나님께 죄를 짓는, 기독교적 가치관에 반하는 갈등의 대상입니다.

이러한 갈등은 한국 근대사에 있어 무속적이고 전통적인 기존의 가치관과 서구 문화와 더불어 유입된 외래의 기독교적 가치관의 충돌을 보여줍니다. 변화의 초기에 필연적으로 발생할 수밖에 없는 문화적 충격은 수많은 갈등을 야기하고 갈등의 끝은 결국 비극으로 파국을 맞게 됩니다.

어머니가 겨눈 칼에 목숨을 잃는 욱이, 자신의 비극적 운명에 혼신을 다한 마지막 굿판에서 스스로 물속으로 걸어 들어가는 것으로 마침표를 찍는 모화. 갈등의 정점에 있던 두 인물의 운명은 죽음으로 귀결됩니다. 이 슬프고도 거역할 수 없는 운명의 이야기를 홀로 남겨진 딸 낭이는 〈무녀도〉라는 그림으로 그려냅니다.

소설 「무녀도」는 1936년 5월 『중앙』에 발표된 작품으로 김동리의 독자적인 문학세계가 비로소 확립되는 시기의 작품입니다. 이때 발표된 원본에서 욱이는 전과자로 그려지며 모화에 의해 죽지도 않습니다. 이

후 1947년 1차 개작이 되고, 1967년『김동리 대표작 선집』을 통해 또다시 개작이 되어 지금의 모습으로 완성되었습니다. 두 차례의 개작을 통해 욱이는 독실한 기독교인으로서 어머니 모화와 대결하게 되고 결국 어머니에 의해 죽게 되는 결말로 바뀌게 됩니다. 이는 광복 이후 김동리가 주창한 민족의 정체성을 강조한 민족문학론이나 인간성 옹호를 주장하는 제3휴머니즘의 상황에 맞추어 내용도 바꾼 것이라고 볼 수 있습니다. 즉 전통적 샤머니즘에 대해 외래 문화인 기독교를 대치하고 이 두 문화의 갈등을 아들 욱이의 죽음을 통해 극대화한 것입니다.

액자 속 그림에 대한 이야기는 이야기 속의 또 다른 이야기로 서술됩니다. 전형적인 액자 소설의 틀을 갖추고 있는 이 작품은 〈무녀도〉라고 명명된 그림 속 이야기를 할아버지에게 전해들은 작중 화자가 우리에게 전달하는 형식을 취합니다. 이야기 속의 이야기는 한 폭의 그림으로 우리에게 다가오고 그 내력은 우리에게 무엇인가를 말하고 있습니다.

이제 그 그림 속의 이야기로 함께 들어가 볼까요?

무녀도 巫女圖

1

뒤에 물러 누운 어둑어둑한 산, 앞으로 폭이 널따랗게 흐르는 검은 강물, 산마루로 들판으로 검은 강물 위로 모두 쏟아져내릴 듯한 파아란 별들, 바야흐로 숨이 고비에 찬 이슥한[1] 밤중이다. 강가 모래펄엔 큰 차일[2]을 치고, 차일 속엔 마을 여인들이 자욱이 앉아 무당의 시나위[3] 가락에 취해 있다. 그녀들의 얼굴 얼굴들은 분명히 슬픈 흥분과 새벽이 가까워온 듯한 피곤에 젖어 있다. 무당은 바야흐로 청승에 자지러져 뼈도 살도 없는 혼령으로 화한 듯 가벼이 쾌자[4] 자락을 날리며 돌아간다…….

---

1) 이슥한 밤이 깊은.
2) 차일 햇볕을 가리려고 치는 포장.
3) 시나위 정악에 상대한 향악 또는 굿거리·살풀이 따위의 무속 음악.
4) 쾌자 소매가 없고 뒤 솔기가 허리까지 트인 옛 전투복의 한 가지. 근래에는 복건과 함께 명절이나 돌날에 어린아이들에게도 만들어 입힌다.

이 그림이 그려진 것은 아버지가 장가를 들던 해라 하니 나는 아직 세상에 태어나기도 이전의 일이다. 우리 집은 옛날의 소위 유서(由緖)[5] 있는 가문으로, 재산과 세도로도 떨쳤지만, 글 하는 선비란 것도 우글거렸고, 특히 진기한 서화(書畵)와 골동품으로는 나라 안에서 손꼽힐 만치 높이 일컬어졌다. 그리고 이 서화와 골동품을 즐기는 취미는 아버지에서 아들로, 아들에서 다시 손자로, 대대 가산과 함께 물려받아 내려오는 가풍이기도 했다.

우리 집 살림이 탁방난[6] 것은 아버지 때였으나, 그즈음만 해도 아직 옛날과 다름없이, 할아버지께서는 사랑에서 나그네를 겪으셨고, 그러자니 시인묵객[7](詩人墨客)들이 끊일 새 없이 찾아들곤 하였다. 그 무렵이라 한다. 온종일 흙바람이 불어, 뜰 앞엔 살구꽃이 터져 나오는 어느 봄날 어스름 때였다. 색다른 나그네가 대문 앞에 닿았다. 동저고리[8] 바람에 패랭이[9]를 쓰고, 그 위에 명주 수건을 잘라맨, 나이 한 쉰가량이나 되어 뵈는 체수[10]도 조그만 사내가, 나귀 고삐를 잡고 서고, 나귀에는 열예닐곱쯤 나 뵈는 낯빛이 몹시 파리한 소녀 하나가 안장 위에 앉아 있었다. 남자 하인과 그 상전의 따님 같아도 보였다.

그러나 이튿날 사내는,

"이 여아는 소인의 여식이옵는데 그림 솜씨가 놀랍다 하기에 대감의

---

5) 유서(由緖) 전해 오는 까닭과 내력.
6) 탁방난 집안의 재물이 죄다 없어지다.
7) 묵객(墨客) 글씨를 쓰거나 그림을 그리는 사람.
8) 동저고리 남자가 입는 저고리. 겹것과 핫것이 있다.
9) 패랭이 갓의 일종으로 신분이 낮은 사람이나 상제가 썼다.
10) 체수 몸의 크기.

문전을 찾았삽내다."

했다.

소녀는 흰옷을 입었고, 옷빛보다 더 새하얀 그녀의 얼굴엔 깊이 모를 슬픔이 서려 있었다.

"아기의 이름은?"

"……."

"나이는?"

"……."

주인이 소녀에게 말을 건네보았으나, 소녀는 굵은 두 눈으로 한번 그를 바라보았을 뿐 입을 떼려고 하지는 않았다.

아비가 대신 입을 열어,

"여식의 이름은 낭이(琅伊), 나이는 열일곱 살이옵고……"

하더니, 목소리를 더 낮추며

"여식은 귀가 좀 먹었습니다."

했다.

주인도 이번에는 고개를 끄덕였다. 그러고는 사내를 보고, 며칠이든지 묵으며 소녀의 그림 솜씨를 보여달라고 했다.

그들 아비 딸은 달포[11] 동안이나 머물러 있으며 그림도 그리고, 자기네의 지난 이야기도 자세히 하소연했다고 한다.

할아버지께서는 그들이 떠나는 날에, 이 불행한 아비 딸을 위하여 값진 비단과 충분한 노자를 아끼지 않았으나, 나귀 위에 앉은 가련한 소녀

11) 달포 한 달 조금 넘는 기간.

의 얼굴에는 올 때나 조금도 다름없는 처절한 슬픔이 서려 있었을 뿐이라고 한다.

……소녀가 남기고 간 그림―이것을 할아버지께서는 〈무녀도〉라 불렀지만―과 함께 내가 할아버지에게서 전해 들은 이야기는 다음과 같다.

2

경주읍에서 성 밖으로 십여 리 나가서 조그만 마을이 있었다. 여민촌[12] 혹은 잡성촌이라 불리는 마을이었다.

이 마을 한구석에 모화(毛火)라는 무당이 살고 있었다. 모화서 들어온 사람이라 하여 모화라 부르는 것이었다. 그것은 한 머리 찌그러져가는 묵은 기와집으로, 지붕 위에는 기와 버섯이 퍼렇게 뻗어 올라 역한 흙냄새를 풍기고, 집 주위는 앙상한 돌담이 군데군데 헐린 채 옛 성처럼 꼬불꼬불 에워싸고 있었다. 이 돌담이 에워싼 안의 공지같이 넓은 마당에는, 수채[13]가 막힌 채 빗물이 고이는 대로 일 년 내 시퍼런 물이끼가 뒤덮어, 늘쟁이[14] 명아주[15] 강아지풀 그리고 이름도 모를 여러 가지 잡풀들이 사람의 키도 묻힐 만큼 거멓게 엉키어 있었다. 그 아래로 뱀같이 길게 늘어진 지렁이와 두꺼비같이 늙은 개구리들이 구물거리고 움칠거

12) 여민촌 서민들이 모여 사는 마을.
13) 수채 빗물이나 집 안에서 버린 물이 흘러가도록 만든 시설.
14) 늘쟁이 습한 곳에 절로 나는 식물의 하나.
15) 명아주 명아줏과의 한해살이풀. 줄기는 높이가 1미터, 지름이 3cm 정도이며, 녹색 줄이 있다. 잎은 어긋나고 세모꼴의 달걀 모양이다.

리며 항시 밤이 들기만 기다릴 뿐으로, 이미 수십 년 혹은 수백 년 전에 벌써 사람의 사취와는 인언이 끊어진 도깨비굴 같기만 했다.

이 도깨비굴같이 낡고 헐린 집 속에 무녀 모화와 그 딸 낭이는 살고 있었다. 낭이의 아버지 되는 사람은 경주읍에서 칠십 리가량 떨어져 있는 동해변 어느 길목에서 해물 가게를 보고 있는데, 풍문에 의하면 그는 낭이를 세상에 없이 끔찍이 생각하는 터이므로, 봄가을 철이면 분 잘 핀 다시마와, 조촐한 꼭지 미역 같은 것을 가지고 다녀가곤 한다는 것이었다. 나중 욱이(昱伊)가 돌연히 나타나지 않았다면, 이 도깨비굴 속에 그녀들을 찾는 사람이래야, 모화에게 굿을 청하러 오는 사람들과 봄가을에 한 번씩 낭이를 찾아주는 그녀의 아버지 정도로, 세상 사람들과는 별로 교섭도 없이 살아야 할 쓸쓸한 어미 딸이었던 것이다.

간혹 먼 곳에서 모화에게 굿을 청하러 오는 사람이 있어도, 아주 방문 앞까지 들어서며,

"여보게 모화네 있는가?"

"여보게 모화네."

하고, 두세 번 부르도록 대답이 없다가 아주 사람이 없는 모양이라고 툇마루에 손을 짚고 방문을 열려고 하면, 그때에야 안에서 방문을 먼저 열고 말없이 내다보는 계집애 하나—그녀의 이름이 낭이였다. 그럴 때마다 낭이는 대개 혼자서 그림을 그리고 있다가 놀라 붓을 던지며 얼굴이 파랗게 질린 채 와들와들 떨곤 하는 것이었다.

이와 같이 모화는 어느 하루를 집구석에서 살림이라고 살고 있는 날이 없었다. 날이 새기가 무섭게 성안으로 들어가면 언제나 해가 서쪽 산마루에 걸릴 무렵에야 돌아오곤 했다. 술이 얼근해서, 수건엔 복숭아를

싸들고 춤을 추며,

"따님아, 따님아, 김씨 따님아,

수국 꽃님 낭이 따님아,

용궁이라 들어가니

열두 대문이 다 잠겼다,

문 열으소, 문 열으소,

열두 대문 열어주소."

청승 가락을 뽑으며 동구로 들어오는 것이었다.

"모화네 오늘도 한잔 했구나."

마을 사람들이 인사를 하면, 모화는 수줍은 듯이 어깨를 비틀며,

"예예, 장에 갔다가요."

하고, 공손스레 절을 하곤 하였다.

모화는 굿을 할 때 이외에는 대개 주막에 가 있었다.

그만큼 모화는 술을 즐겼고, 낭이는 또한 복숭아를 좋아하여, 어미가 술에 취해 돌아올 때마다, 여름 한 철은 언제나 그녀의 손에 복숭아가 들려 있었다.

"따님 따님 우리 따님."

모화는 집 안에 들어서면서도 이러한 조로 낭이를 불렀다.

낭이는 어릴 때, 나들이에서 돌아오는 어미의 품에 뛰어들어 젖을 빨듯, 어미의 수건에 싸인 복숭아를 받아먹는 것이었다.

모화의 말을 들으면 낭이는 수국 꽃님의 화신(化身)으로, 그녀(모화)가 꿈에 용신(龍神)[16]님을 만나 복숭아 하나를 얻어먹고 꿈꾼 지 이레만에 낭이를 낳은 것이라 했다. 그녀의 말에 의하면 수국 용신님은 따님

이 열두 형제였다. 첫째는 달님이요 둘째는 물님이요 셋째는 구름님이요…… 이렇게 열두째는 꽃님이었는데, 산신님의 얼두 아드님과 혼인을 시키게 되어, 달님은 햇님에게, 물님은 나무님에게 구름님은 바람님에게, 각각 차례대로 배혼을 정해 가려니까 막내따님인 꽃님은 본시 연애를 좋아하시는 성미라, 자기 차례가 돌아오기를 미처 기다릴 수 없어, 열한째 형인 열매님의 낭군님이 되실 새님을 가로채 버렸더니, 배필을 잃은 열매님과 나비님은 슬피 울며 제각기 용신님과 산신님께 호소한 결과, 용신님이 먼저 크게 노하사 벌을 내려 꽃님의 귀를 먹게 하시고 수국을 추방하시니 꽃님에게 그만 복사꽃이 되어, 봄마다 강가로 산기슭으로 붉게 피지만, 새님이 가지에 와 아무리 재잘거려도 지금까지 귀가 먹은 채 말없는 벙어리가 되어 있는 것이라 한다.

모화는 주막에서 술을 먹다 말고, 화랑이[17]들과 어울려서 춤을 추다 말고, 별안간 미친 것처럼 일어나 달아나곤 했다. 물으면 집에서 '따님'이 자기를 부르노라고 했다. 그녀는 수국 용신님께서 낭이 따님을 잠깐 자기에게 맡겼으므로 자기는 그동안 맡아 있는 것뿐이라 했다. 그러므로 자기가 만약 이 따님을 정성껏 섬기지 않으면 큰어머님 되는 용신님의 노염을 살까 두려웁노라 하였다.

낭이뿐 아니라, 모화는 보는 사람마다 너는 나무귀신의 화신이다, 너는 돌귀신의 화신이다 하여, 걸핏하면 칠성[18]에 가 빌라는 둥 용왕에 가

16) 용신 용왕.
17) 화랑이 광대와 비슷한 놀이꾼의 패. 옷을 잘 꾸며 입고 가무와 행락을 주로 하던 무리로 대개 무당 남편.

빌라는 둥 했다.

모화는 사람을 볼 때마다 늘 수줍은 듯 어깨를 비틀며 절을 했다. 어린애를 보고도 부들부들 떨며 두려워했다. 때로는 개나 돼지에게도 아양을 부렸다.

그녀의 눈에는 때때로 모든 것이 귀신으로만 비친다는 것이었다. 그것은 사람뿐 아니라 돼지, 고양이, 개구리, 지렁이, 고기, 나비, 감나무, 살구나무, 부지깽이, 항아리, 섬돌, 짚새기, 대추나무가시, 제비, 구름, 바람, 불, 밥, 연, 바가지, 다라이, 솥, 숟가락, 호롱불…… . 이러한 모든 것이 그녀와 서로 보고, 부르고, 말하고, 미워하고, 시기하고, 성내고 할수 있는 이웃 사람같이 생각되곤 했다. 그리하여 그 모든 것을 '님'이라 불렀다.

3

욱이가 돌아온 뒤부터 이 도깨비굴 속에는 조금씩 사람 냄새가 나기 시작했다. 부엌에 들어서기를 그렇게 싫어하던 낭이도 욱이를 위해서는 가끔 밥을 짓는 것이었다. 그리고 밤이면 오직 컴컴한 어둠과 별빛만이 차 있던 이 헐려가는 기와집 처마 끝에도 희부연 종이 등불이 고요히 걸리는 것이었다.

욱이는 모화가 아직 모화 마을에 살 때, 귀신이 지피기 전, 어떤 남자

18) 칠성 '칠성각' '칠성당' '칠원성군'의 준말. 칠원성군은 북두칠성을 의미한다.

와의 사이에 생긴 사생아[19]였다. 그는 어릴 적부터 무척 총명하여 신동이란 소문까지 났으나 근본이 워낙 미천하어, 마을에서는 순조롭게 공부를 시킬 수가 없어서 그가 아홉 살 되었을 때 아는 사람의 주선으로 어느 절간으로 보낸 뒤 그동안 한 십 년간 까맣게 소식조차 묘연하다가 얼마 전 표연히 이 집에 나타난 것이었다. 낭이와는 말하자면 어미를 같이하는 오누이뻘이었다. 낭이가 대여섯 살 되었을 때 그때만 해도 아직 병으로 귀가 먹기 전이라 '욱이' '욱이' 하고 몹시 그를 따르곤 했다. 그러던 것이 욱이가 절간으로 떠난 지 얼마 되지 않아 낭이는 자리에 눕게 되어 꼭 삼 년 동안을 시름시름 앓고 나더니 그길로 귀가 먹어버렸던 것이다. 그러나 귀가 어느 정도로 먹은지는 아무도 아는 사람이 없었다. 한두 번 그의 어미를 향해 어눌하나마,

"우, 욱이 어디 가서?"

이렇게 물은 적이 있었다.

"절에 공부하러 갔다."

"어어디, 절에?"

"지림사, 큰절에……"

그러나 이것은 거짓말이었다. 모화 자신도 사실인즉 욱이가 어느 절에 가 있는지 통이 모르고 있었고, 다만 모른다고 하기가 싫어서 이렇게 머리에 떠오르는 대로 대답했을 뿐이었다.

모화는 장에서 돌아와 처음 욱이를 보았을 때 그 푸른 얼굴에 난데없는 공포의 빛이 서리며 곧 어디로 달아날 것같이 한참 동안 어깨를 뒤틀

19) 사생아 법률적으로 부부가 아닌 남녀 사이에서 태어난 아이.

고 허둥거리다 말고 별안간 그 후리후리한 키에 긴 두 팔을 벌려 흡사 무슨 큰 새가 저희 새끼를 품듯 뛰어들어 욱이를 안았다.

"이게 누고, 이게 누고? 아이고…… 내 아들아! 내 아들아!"

모화는 갑자기 목을 놓고 울었다.

"내 아들아, 내 아들아! 늬가 왔나, 늬가 왔나?"

모화는 앞뒤도 살피지 않고 온 얼굴을 눈물로 씻었다.

"오마니. 오마니."

욱이도 어미의 한쪽 어깨에 왼쪽 볼을 대고 오래도록 울었다. 어미를 닮아 허리가 날씬하고 목이 가는 이 열아홉 살 난 청년은 그동안 절간으로 어디로 외롭게 유랑해 다닌 사람 같지도 않게 품위가 있고 아름다운 얼굴이었다.

낭이도 그때야 이 청년이 욱이인 것을 진정으로 깨닫는 모양이었다. 처음 혼자 방에 있는데 어떤 낯선 청년이 와서 방문을 열기에, 너무나도 놀라고 간이 뛰어 말—표정으로라도— 한마디도 못 하고 방구석에 박혀 앉아 오들오들 떨고만 있었던 것이다. 이게 낭이는 그 어머니가 욱이를 얼싸안고 '내 아들아 내 아들아' 하며 우는 것을 보고 어쩌면 저도 눈물이 날 것 같았다. (낭이는 그 어머니에게도 이렇게 인정이 있다는 것을 보자 형언할 수 없는 즐거움을 깨달았다.)

그러나 욱이는 며칠을 가지 않아 모화와 낭이에게는 알 수 없는 이상한 수수께끼 같은 존재가 되었다. 그는 음식을 받아놓고나, 밤에 잠을 자려고 할 때나, 또 아침에 자리에서 일어나면 반드시 한참 동안씩 눈을 감고 입술이 달싹달싹하며 무슨 주문(呪文) 같은 것을 외는 것이었다. 그러고는 틈틈이 품속에서 조그만 책 한 권을 꺼내 읽곤 하는 것이었다.

낭이가 그것을 수상스레 보고 있으려니까 욱이는 그 아름다운 얼굴에 미소를 띠며,

"너도 이 책을 읽어라."

하고 그 조그만 책을 낭이 앞에 펴 보이곤 했다. 낭이는 지금까지 『심청전』이란 책을 여러 차례 두고 읽어서 국문쯤은 간신히 읽을 수 있었으므로 욱이가 내놓은 그 조그만 책을 들여다보니, 맨 처음 껍데기에 큰 글자로 '신약전서'[20]란 넉 자가 똑똑히 씌어 있었다.

'신약전서'란, 생전 처음 보는 이름이다. 낭이가 알 수 없다는 듯이 욱이를 바라보자, 욱이는 또 만면에 미소를 띠며,

"너 사람을 누가 만들어냈는지 아니?"

하였다. 그러나 낭이에게는 이 말이 들리지도 않았을뿐더러, 욱이의 손짓과 얼굴 표정을 통해 대강 짐작할 수 있었다 하더라도 이건 지금까지 생각도 해보지 못한 어려운 말이었다.

"그럼 너 사람이 죽어서 어드케 되는 줄은 아니?"

"……"

"이 책에는 그런 것들이 모두 씌어 있다."

그러고는 손으로 몇 번이나 하늘을 가리켰다. 그리하여 낭이가 알아들은 말이라고는 겨우 한마디 '하나님'이었다.

"우리 사람을 만든 것은 하나님이다. 하나님은 우리 사람뿐 아니라 천지 만물을 다 만들어 내셨다. 우리가 죽어서 돌아가는 곳도 하나님 전이다."

이러한 욱이의 '하나님'은 며칠 지나지 않아 곧 모화의 의혹과 반발

---

20) 신약전서 예수 탄생 후의 하느님의 계시를 기록한 기독교의 성전.

을 불러일으켰다. 욱이가 온 지 사흘째 되던 날, 아침밥을 받아놓고 그가 기도를 드리려니까, 모화는,

"너 불도에도 그런 법이 있나?"

이렇게 물었다. 모화는 욱이가 그동안 절간에 가 있다 온 줄로만 믿고 있으므로 그가 하는 짓은 모두 불도(佛道)에 관한 일인 줄로만 생각하는 모양이었다.

"아니요. 오마니, 난 불도가 아닙내다."

"불도가 아니고 그럼 무슨 도가 있어?"

"오마니 난 절간에서 불도가 보기 싫어 달아났댔쉐다."

"불도가 보기 싫다니, 불도야 큰 도지…… 그럼 넌 뭐 신선도야?"

"아니요. 오마니 난 예수도올시다."

"예수도?"

"북선 지방에서는 예수교라고 합데다. 새로 난 교지요."

"그럼 너 동학당21)이로군!"

"아니요. 오마니 나는 동학당이 아닙내다. 나는 예수교올시다."

"그래, 예수도온가 하는 데서는 밥 먹을 때마다 눈을 감고 주문을 외나?"

"오마니, 그건 주문이 아니외다, 하나님 앞에 기도드리는 것이외다."

"하나님 앞에?"

모화는 눈을 둥그렇게 떴다.

"네, 하나님께서 우리 사람을 내셨으니깐요."

21) 동학당 조선 후기에 최제우를 교조(教祖)로 하여 일어난 동학도의 집단.

"야아, 너 잡귀가 들렸구나!"

모화의 얼굴빛은 순간 퍼렇게 질렸다. 그러고는 더 묻지 않았다.

다음날 모화가 그 마을에 객귀 들린 사람이 있어 '물밥'을 내주고 돌아오려니까, 욱이가

"오마니 어디 갔다 오시나요?"

하고 물었다.

"저 박급창 댁에 객귀를 물려주고 온다."

욱이는 한참 동안 무엇을 생각하는 모양이더니,

"그럼 오마니가 물리면 귀신이 물러나갑데까?"

한다.

"물러나갔기 사람이 살아났지."

모화는 별소리를 다 묻는다는 듯이 대답했다. 그는 지금까지 이 경주 고을 일원을 중심으로 수백 번의 푸닥거리[22]와 굿을 하고, 수백 수천 명의 병을 고쳐왔지만 아직 한 번도 자기의 하는 굿이나 푸닥거리에 '신령님'의 감응[23]을 의심한다든지 걱정해본 적은 없었다. 더구나 누구의 객귀에 물밥을 내주는 것쯤은 목마른 사람에게 물 한 그릇을 떠주는 것만큼이나 당연하고 손쉬운 일로만 여겨왔다. 모화 자신만이 그렇게 생각할 뿐 아니라, 굿을 청하는 사람, 객귀가 들린 사람 쪽에서도 그와 같이 믿고 있는 편이기도 했다. 그들은 무슨 병이 나면 먼저 의원에게 보이려는 생각보다 으레 모화에게 찾아갈 것으로 생각하는 것이었다. 그들의

---

22) 푸닥거리 무당의 굿의 한 가지. 간단하게 음식을 차려놓고 잡귀를 풀어 먹여 부정이나 살을 푼다.

23) 감응 믿거나 비는 정성이 신령에게 통함.

생각에는 모화의 푸닥거리나 푸념이 의원의 침이나 약보다 훨씬 반응이 빠르고, 효험이 확실하고, 준비가 손쉬웠던 것이다.

……한참 동안 고개를 숙이고 무엇을 생각하고 있던 욱이는, 고개를 들어 그 어미의 얼굴을 똑바로 바라보며,

"오마니, 그런 것은 하나님께 죄가 됩내다. 오마니 이것 보시요.「마태복음」[24] 제구장 삼십오절이올시다. 저희가 나갈 때에 사귀[25] 들려 벙어리 된 자를 예수께 다려오매, 사귀가 쫓겨나니 벙어리가 말하거늘……."

그러나 이때 벌써 모화는 자리에서 일어나, 방구석에 언제나 차려놓은 '신주상' 앞에 가서,

"신령님네, 신령님네, 동서남북 상하천지,

날 것은 날아가고, 길 것은 기어가고,

머리검하 초로인생[26] 실낱같은 이 목숨이,

신령님네 품이길래 품속에 품았길래,

대로같이 가웁내다 대로같이 가웁내다.

부정한 손 물리치고, 조촐한 손 받으실새,

터주님이 터 주시고 조왕[27]님이 요 주시고,

삼신님이 명 주시고 칠성님이 두르시고,

미륵님이 돌보셔서 실낱같은 이 목숨이,

대로같이 가웁내다.

---

24) 마태복음 신약성서의 첫째 편. 마태가 저술한 예수의 어록을 자료로 하여 유대의 한 신자가 기록했다.
25) 사귀 요사스러운 잡귀.
26) 초로인생 풀잎에 맺힌 이슬처럼 덧없는 인생.
27) 조왕 부엌에 있으면서 길흉을 판단하는 신.

탄탄대로같이 가옵내다."

　모회의 두 눈은 보석같이 빛나고, 강렬한 발작과도 같이 등허리를 떨며 두 손을 비벼댔다. 푸념이 끝나자 '신주상' 위의 냉수 그릇을 들어 물을 머금더니 욱이의 낯과 온몸에 확 뿜으며

　"엇쇠, 귀신아 물러서라,

　여기는 영주 비루봉 상상봉에,

　깎아질린 돌 베랑에, 쉰 길 청수[28]에,

　너희 올 곳이 아니다.

　바른손에 칼을 들고 왼손에 불을 들고,

　엇쇠, 잡귀신아, 썩 물러서라. 툇 툇!"

　이렇게 외쳤다.

　욱이는 처음 어리둥절해서 모화의 푸념하는 양을 바라보고 있다가, 이윽고 고개를 숙여 잠깐 기도를 올리고 나서 일어나 잠자코 밖으로 나가버렸다.

　모화는 욱이가 나간 뒤에도 한참 동안 푸념을 계속하며, 방구석마다 물을 뿜고 주문을 외었다.

4

　욱이는 그길로 이 지방의 예수교인들을 찾아보기로 했다. 그날 곧 돌

28) 청수 맑은 물.

아올 줄 알았던 욱이는 해가 지고 밤이 깊어도 돌아오지 않았다. 모화와 낭이 어미 딸은 방구석에 음울하게 웅크리고 앉아 욱이가 돌아오기만 기다리는 것이었다.

"예수 귀신 책 거 없나?"

모화는 얼마 뒤에 낭이더러 이렇게 물었다. 낭이는 고개를 저었다. 그러자 갑자기 낭이도 욱이의 그 『신약전서』란 책을 제가 맡아두지 않았음을 후회했다. 모화는 욱이의 『신약전서』를 '예수 귀신 책'이라 불렀다. 모화는 분명히 욱이가 무슨 몹쓸 잡귀에 들린 것으로만 간주하는 모양이었다. 그것은 마치 욱이가 모화와 낭이를 으레 사귀 들린 사람으로 생각하는 것과도 같았다. 그는 모화뿐만 아니라 낭이까지도 어미의 사귀가 들어가서 벙어리가 된 것이라고 믿는 것이었다.

'예수 당시에도 사귀 들려 벙어리 된 자를 예수께서 몇 번이나 고쳐주시지 않았나.'

욱이는 이렇게 생각하는 것이었다. 그리고 그는 자기 힘으로, 자기가 하나님께 열심으로 기도를 드림으로써 그 어미와 누이동생의 병을 고쳐야 한다고 마음속으로 굳게 결심하는 것이었다.

"예수께서 무리들이 달려와서 모이는 것을 보시고 그 더러운 귀신을 꾸짖어 가라사대 벙어리와 귀머거리 귀신아 내가 네게 명하노니 그 아이에게서 나오고 다시 들어가지 마라 하시니 사귀가 소리 지르며 아이를 심히 오그라뜨리고 나가니 그 아이가 죽은 것같이 되매 여러 사람이 말하기를 죽었다, 하거늘 오직 예수 그 손을 잡아 일으키시니 드디어 일어서더라. 집에 들어가시매 제자들이 조용히 묻자와 가로대 우리는 어찌하여 능히 그 귀신을 쫓아내지 못하였나이까 예수 이라사대 기도 아

니 하여서는 이런 유를 나가게 할 수 없나니라"(「마가복음」[29] 제구장 제
이십오절 제이십구절).

그리하여 욱이는 자기도 하나님께 기도만 간절히 드리면 그 어미와
누이동생에게 들어 있는 사귀도 내쫓을 수 있으리라 믿었다. 일방[30] 그
는 그가 지금까지 배우고 있던 평양 현목사와 이장로에게도 편지를 띄
웠다.

'목사님 저는 하나님의 은혜로 무사히 오마니를 찾아왔삽내다. 그러
하오나 이 지방에는 아직 우리 주님의 복음이 전파되지 않아서 사귀 들
린 자와 우상 섬기는 자가 매우 많은 것을 볼 때 하루바삐 주님의 복음
을 이 지방에 전파하도록 교회를 지어야 하겠삽내다. 목사님께 말씀드
리기는 매우 부끄러운 일이나 저의 오마니는 무당 사귀가 들려 있고, 저
의 누이동생은 귀머거리와 벙어리 귀신이 들려 있습내다. 저는 「마가복
음」 제구장 제이십구절에 있는 우리 주님 예수 그리스도의 말씀대로 이
사귀들을 내쫓기 위하여 열심으로 기도를 드립니다마는 교회가 없으므
로 기도 드릴 장소가 매우 힘드옵내다. 하루바삐 이 지방에 교회 되기를
하나님께 기도 올려주소서.'

이 현목사는 미국 선교사로서 욱이가 지금까지 먹고 입고 공부를 하
게 된 것이 모두 전혀 그의 도움이었다. 욱이는 열다섯 살까지 절간에서
중의 상좌[31] 노릇을 하고 있다가, 그해 여름에 혼자서 서울 구경을 간다
고 나선 것이, 이리저리 유랑하여 열여섯 되던 해 가을엔 평양까지 가게

29) 마가복음 신약성서의 둘째 편. 마르코가 적은 복음서. 가장 오래된 복음서이다.
30) 일방 한편.
31) 상좌 스승의 대를 이을 여러 중 가운데에서 가장 높은 사람.

되었고 거기서 그해 겨울 이장로의 소개로 현목사의 도움을 받게 되었던 것이었다.

이번에 욱이가 평양서 어머니를 보러 간다고 하니까 현목사는 욱이를 불러놓고 이렇게 말했다.

"지금부터 삼 년 안에 이 사람 고국 갈 것이오. 그때 만일 욱이가 함께 가기 원하면 이 사람 같이 미국 가게 될 것이오."

"목사님 고맙습니다. 저는 목사님을 따라 미국 가기가 원입니다."

"그러면 속히 모친 만나 보고 오시오."

그러나 욱이가 어머니의 집이라고 찾아온 곳은 지금까지 그가 살고 있던 현목사나 이장로의 집보다 너무나 딴 세상이었다. 그 명랑한 찬송가 소리와, 풍금 소리와, 성경 읽는 소리와, 모여 앉아 기도를 올리고 빛난 음식을 향해 즐겁게 웃음 웃는 얼굴들 대신에 군데군데 헐려가는 쓸쓸한 돌담과 기와 버섯이 퍼렇게 뻗어오른 묵은 기와집과, 엉킨 잡초 속에 꾸물거리는 개구리 지렁이들과, 그 속에서 무당 귀신과 귀머거리 귀신이 각각 들린 어미 딸 두 여인을 보았을 때 그는 흡사 자기 자신이 무서운 도깨비굴에 홀려든 것이나 아닌가 하고 새삼 의심이 들 지경이었다.

욱이가 이 지방 예수교인들을 두루 만나보고 집으로 돌아온 뒤부터 야릇하게 변한 것은 낭이의 태도였다. 그 호리호리한 몸매와 종잇장같이 희고 매끄러운 얼굴에 빛나는 굵은 두 눈으로 온종일 말 한마디, 웃음 한번 웃는 일 없이 방구석에 들어박혀 앉은 채 욱이의 하는 양만 바라보고 있다가, 밤이 되어 처마 끝에 희부연 종이 등불이 걸리고 하면, 피에 주린 모기들이 미친 듯이 떼를 지어 울고 날아드는 마당 구석에서 낭이는 그 얼음같이 싸늘한 손과 입술로 욱이의 목덜미나 가슴팍으로 뛰어들곤 했다. 욱이는 문득문득 목덜미로 가슴팍으로 낭이의 차디찬 손과 입술을 느낄 적마다 깜짝깜짝 놀라곤 하였으나, 그녀가 까무러칠 듯이 사지를 떨며 다시 뛰어들 제면 그도 당황히 낭이의 손을 쥐어주며, 그 희부연 종이 등불이 걸려 있는 처마 밑으로 이끌곤 했다.

낭이의 태도가 미묘해진 뒤부터 욱이의 얼굴빛은 날로 창백해져 갔다. 그렇게 한 보름 지난 뒤 그는 또 한 번 표연히 집을 나가고 말았다.

모화는 욱이가 집을 나간 지 이틀째 되던 날 밤 문득 자리에서 일어나 앉으며 긴 한숨을 내쉬었다. 그러고는 곁에 누워 있는 낭이를 흔들어 깨우더니 듣기에도 음울한 목소리로,

"욱이가 언제 온다더누?"

물었다. 낭이가 잠자코 있으려니까,

"왜 욱이 저녁 밥상은 보아 두라고 했는데 없노."

하고 낭이더러 화를 내었다. 모화는 날이 갈수록 점점 더 초조한 빛으로 밤중마다 부엌에다 들기름불을 켜고 부뚜막 위에 욱이의 밥상을 차려놓고는 기도를 드리는 것이었다.

"성주는 우리 성주, 칠성은 우리 칠성, 조왕은 우리 조왕,

비나이다 비나이다 신주님께 비나이다.

하늘에는 별, 바다에는 진주,

금은 같은 이내 장손, 관옥[32] 같은 이내 방성[33],

산신에 명을 빌어 삼신에 수를 빌어,

---

[32] 관옥 사내의 아름다운 얼굴을 비유하는 말.
[33] 방성 이십팔수의 넷째 별자리에 있는 별들.

칠성에 복을 빌어 쌈신에 덕을 빌어,

조왕님전 요오[34]를 타고 터주님전 재주 타니

하늘에는 별, 바다에는 진주,

삼신조왕 마다하고 아니 오지 못하리라.

예수 귀신아, 서역 십만 리 굶주리던 불귀신아

탄다 훨훨 불이 탄다 불귀신이 훨훨 탄다.

타고 나니 이내 방성 금은같이 앉았다가,

삼신 찾아오는구나, 조왕 찾아오는구나."

모화는 혼자서 손을 비비고, 절을 하고 일어나 춤을 추고 갖은 교태를 다 부리며 완연히 미친 것같이 날뛰었다. 낭이는 방에서 부엌으로 난 봉창 구멍에 눈을 대고, 숨소리를 죽여 오랫동안 어미의 날뛰는 양을 지켜보고 있다가 별안간 몸에 한기가 들며 아래턱이 달달달 떨리기 시작하였다. 그는 미친 것처럼 뛰어 일어나며 저고리를 벗었다. 치마를 벗었다. 그리하여 어미는 부엌에서, 딸은 방 안에서 한 장단, 한 가락에 놀듯 어우러져 춤을 추곤 했다. 그러한 어느 새벽, 낭이는 (정신을 차리고 보니) 발가벗은 알몸뚱이로 방바닥에 쓰러져 있는 그녀 자신을 발견한 일도 있었다.

두 번째 집을 나갔던 욱이는 다시 얼굴에 미소를 띠며 그녀들 어미 딸 앞에 나타났다.

모화는 그때 마침 굿 나갈 때 신을 새 신발을 신어보고 있었는데, 욱이가 오는 것을 보자 그 후리후리한 허리에 긴 팔을 벌려, 흡사 큰 새가

---

34) 요오 방의 동남 및 서남쪽 구석. 어둡고 으늑한 곳을 이름.

알을 품듯, 그의 상반신을 얼싸안고 울기 시작했다. 이번엔 아무런 푸념도 없이 오랫동안 욱이의 몸을 안은 채 잠자코 울기만 하는 것이었다. 언제나 퍼런 그 얼굴에도 이때만은 붉은 기운이 돌며, 그 천연스런 몸짓은 조금도 귀신 들린 사람 같지 않았다.

"오마니, 나 방에 들어가 좀 쉬겠쇠다."

욱이는 어미의 포옹을 끄르고 일어나 방에 들어가 누웠다.

모화는 웬일인지 욱이가 방에 들어간 뒤에도 혼자 툇마루에 앉아 고개를 수그린 채 몹시 쓸쓸한 얼굴이었다. 그러너니, 무슨 생각인지 일어나 방에 들어가 낭이의 그림을 이것저것 뒤져보는 것이었다.

그날 밤이었다.

밤중이나 되어 욱이가 잠결에 그의 품속에 언제나 품고 있는 성경책을 더듬어보았을 때, 품속이 허전함을 느꼈다. 그와 동시에 웅얼웅얼하며 주문을 외는 소리도 들려왔다. 자리에서 일어나 보았으나 품속에서 성경을 찾을 수는 없었다. 그리고 낭이와 욱이 사이에 누워 있을 그의 어머니는 보이지 않았다. 그는 어떤 불길하고 무서운 예감에 몸이 부르르 떨렸다. 바로 그때였다. 그의 귀에는, 땅속에서 귀신이 우는 듯한, 웅얼웅얼하는(주문을 외는 듯한) 소리가 좀더 또렷이 들려왔다. 다음 순간 그는 거의 무의식적으로, 방에서 부엌으로 난 봉창 구멍에 눈을 갖다 대었다.

"서역 십만 리 굶주리던 불귀신아,

한쪽 손에 불을 들고 한쪽 손에 칼을 들고,

이리 가니 산신님이 예 기신다,

저리 가니 용신님이 제 기신다,

칠성이라 돌아가니 칠성님이 예 기신다,

구름 속에 싸여 간다 바람결에 묻혀 간다,

구름님이 예 기신다, 바람남이 제 기신다,

용궁이라 당도하니 열두 대문 잠겨 있다,

첫째 대문 두드리니 사천왕[35] 뛰어나와,

종발눈 부릅뜨고, 주석 철퇴 높이 든다,

둘째 대문 두드리니 불개 두 쌍 뛰어나와,

꽃불은 수놈이 낼룽, 불씨는 암놈이 낼룽,

셋째 대문 두드리니 물개 두 쌍 뛰어나와,

수놈이 공공 꽃불이 죽고

암놈이 공공 불씨가 죽고……"

모화는 소복 단장에 쾌자까지 두르고, 온갖 몸짓 갖은 교태를 다 부려 가며 손을 비비다, 절을 하다, 덩싯거리며 춤을 추다 하고 있다. 부뚜막 위에는 깨끗한 접싯불(들기름의)이 켜져 있고, 접싯불 아래 놓인 소반 위에는 냉수 한 그릇과 흰 소금 한 접시가 놓여 있을 따름이다. 그리고 그 곁에는 지금 막 그 마지막 불꽃이 나불거리고 난 새빨간 불에서 파란 연기 한 오리가 오르는 『신약전서』의 두터운 표지는 한 머리 이미 파리한 재가 되어가고 있었다.

모화는 무엇에 도전이나 하는 것처럼 입가에 야릇한 냉소까지 띠며, 소반에 얹힌 접시의 소금을 집어, 인제 연기마저 사라진 새까만 재 위에 뿌렸다.

---

[35] 사천왕 지국천·증장천·광목천·다문천의 사왕천을 각각 맡아 수호하는 네 신.

"서역 십만 리 예수 귀신이 돌아간다,

당산[36]에 가 노자 얻고, 관묘[37]에 가 신발 신고,

두 귀에 방울 달고 방울 소리 발맞추어

재 넘고 개 건너 잘도 간다.

인제 가면 언제 볼꼬, 발이 아파 못 오겠다.

춘삼월에 다시 오랴, 배가 고파 못 오겠다……"

모화의 음성은 마주(魔酒)[38] 같은 향기를 풍기며 온 피부에 스며들었다. 그 보석 같은 두 눈의 교태와 쾌자 자락과 함께 나부끼는 손짓은 이제 차마 더 엿볼 수 없게 욱이의 심장을 쥐어짜는 것이었다. 욱이는 가위눌린 사람처럼 간신히 긴 숨을 내쉬며 뛰어 일어났다. 다음 순간, 자기 자신도 모르게 방문을 뛰어나온 그는, 부엌문을 박차고 들어가 소반 위에 차려놓은 냉수 그릇을 집어들려 하였다. 그러나 그가 냉수 그릇을 집어들기 전에 모화의 손에는 식칼이 번득이고 있었고, 모화는 욱이와 물 그릇 사이에 식칼을 두르며 조용히 춤을 추는 것이었다.

"엇쇠, 귀신아 물러서라

너 이제 보아하니 서역 십만 리 굶주리던 잡귀신아,

여기는 영주 비루봉 상상봉에

깎아질린 돌 벼랑에, 쉰길 청수에, 엄나무발에

너희 올 곳이 아니다.

바른손에 칼을 들고 왼손에 불을 들고,

---

36) 당산 토지나 마을의 수호신을 제사 지내는 곳.
37) 관묘 관우(關羽)를 신으로 섬기는 사당.
38) 마주(魔酒) 정신을 흐리게 하는 술.

엇쇠, 서역 잡귀신아 썩 물러서라."

이때, 모화는 분명히 식칼로 욱이의 면상을 겨누어 치려 하였다. 순
간, 욱이는 모화의 칼날을 왼쪽 귓전에 느끼며 그의 겨드랑이 밑을 돌아
소반 위에 차려놓은 냉수 그릇을 들어서 모화의 낯에다 그릇째 끼얹었
다. 이 서슬에 접시의 불이 기울어져 봉창³⁹⁾에 붙었다. 욱이는 봉창에서
방 안으로 붙어 들어가는 불길을 잡으려고 부뚜막 위로 뛰어올랐다. 그
러자 물 그릇을 뒤집어쓰고 분노에 타는 모화는 욱이의 뒤를 쫓아 칼을
두르며 부뚜막으로 뛰어올랐다. 봉창에서 방 안으로 붙어 들어가는 불
길을 덮쳐 끄는 순간, 뒷등허리가 찌르르하여 획 몸을 돌리려 할 때 이
미 피투성이가 된 그의 몸은 허옇게 이를 악물고 웃음 웃는 모화의 품속
에 안겨 있었다.

5

욱이의 몸은 머리와 목덜미와 등허리 세 군데에 상처를 입었다. 그러
나 욱이의 병은 이 세 군데 칼로 맞은 상처만이 아니었다. 그는 날이 갈
수록 갈비뼈가 앙상하게 드러나고 두 눈자위가 패어들기 시작하였다.

모화는 욱이의 병간호에 남은 힘을 다하여 그가 원하는 것이 있으면
낮과 밤을 헤아리지 않고 뛰어갔다. 가끔 욱이를 일으켜 앉혀서 자기의
품에 안아도 주었다. 물론 약도 쓰고 굿도 하고 방문⁴⁰⁾도 외웠다. 그러

39) **봉창** 창호지로 바른 창.
40) **방문** 어떤 일을 널리 알리기 위해 써 붙이는 글.

나 욱이의 병은 낫지 않았다.

모화는 욱이의 병간호에 열중한 뒤부터 굿에는 그만큼 신명이 풀린 듯하였다. 누가 굿을 청하러 와도 아들의 병을 핑계로 대개 거절을 했다. 그러자 모화의 굿이나 푸념의 반응이 이전과 같이 신령치 않다고들 하는 사람이 하나 둘씩 생기기도 했다.

이러할 즈음 이 고을에도 조그만 교회당이 서고 선교사가 들어왔다. 그리하여 그것은 바람에 불처럼 온 고을에 뻗쳤다. 읍내의 교회에서는 마을마다 전도대를 내보냈다. 그리하여 이 모화의 마을에까지 '복음[41]' 이 전파되었다.

"여러 부모 형제 자매 우리 서로 보게 된 것 하나님 앞에 감사드릴 것이오. 하나님, 우리 만들었소. 매우 사랑했소. 우리 모두 죄인이올시다. 우리 마음속 매우 흉악한 것뿐이오. 그러나 예수 우리 위해 십자가에 못 박혔소. 그러므로 예수 '그리스도' 믿음으로 우리 구원받을 것이오. 우리 매우 반가운 뜻으로 찬송할 것이오. 하나님 앞에 기도드릴 것이오."

두 눈이 파랗고 콧대가 칼날 같은 미국 선교사를 보는 것은 '원숭이 구경' 보다도 더 재미나다고들 하였다.

"돈은 한 푼도 안 받는다. 가자."

마을 사람들은 떼를 지어 모여들었다.

이 마을 방영감네 이종사촌 손자사위요 선교사와 함께 온 양조사(楊助事)[42] 부인은 집집마다 심방하여 가로대,

"무당과 판수[43]를 믿는 것은 거룩거룩하시고 절대적 하나밖에 없는 우

---

41) **복음** 매우 반갑고 기쁜 소식. 그리스도에 의한 인간 구원의 길. 또는 그리스도의 가르침.
42) **양조사**(楊助事) 목사를 도와서 전도하는 교직. 그 직을 맡은 사람.

리 하나님 아버지께 죄가 됩니다. 무당이 무슨 능력이 있습니까. 보십시오, 무당은 썩어빠진 고목나무나, 듣도 보도 못 하는 돌미륵한테도 빌고 절을 하지 않습니까. 판수가 무슨 능력이 있습니까. 보십시오, 제 앞도 못 보아 지팡이로 더듬거리는 그가 어떻게 눈 밝은 사람을 구원할 수 있겠습니까. 우리 인생을 만든 것은 절대적 하나밖에 없는 하나님 아버지올시다. 그러므로 아버지께서 말씀하셨습니다. 내 앞에 다른 신을 두지 말라……"

이리하여 하나님 아버지와 외아들 예수 '그리스도' 가 온갖 사귀 들린 사람, 문둥병 든 사람, 앉은뱅이, 벙어리, 귀머거리 고친 이야기와, 십자가에 못 박혀 죽은 지 사흘 만에 다시 살아나 승천했다는 이야기가 한정 없이 쏟아진다.

모화는 픽 웃고 했다.

"그까짓 잡귀신들."

했다. 그러나 그들의 비방과 저주는 뼛골에 사무치는 듯 그녀는 징을 울리고 꽹과리를 치며 외쳤다.

"엇쇠, 귀신아 물러서라.

당대 고축년에 얻어먹던 잡귀신아.

늬 어이 모화를 모르나냐. 아니 가고 봐하면 쉰 길 청수에, 엄나무 발에, 무쇠 가마에, 백말 가죽에 늬 자자손손을 가두어 못 얻어먹게 하고 다시는 세상 밖을 내주지 아니하여 햇빛도 못 보게 할란다.

엇쇠, 귀신아 썩 물러가거라.

서역 십만 리로 꽁무니에 불을 달고

---

43) 판수 점치는 것을 업으로 삼는 소경.

두 귀에 방울 달고 왈강달강 왈강달강

벼락같이 떠나거라."

그러나 '예수 귀신'들은 결코 물러가지 않았을 뿐 아니라 점점 늘어만 갔다. 게다가 옛날 모화에게 굿과 푸념을 빌러 다니던 사람들까지 하나 둘씩 모두 예수 귀신이 들기 시작하였다.

이러는 중에 서울서 또 부흥 목사가 내려왔다. 그는 기도를 드려서 병을 고치는 능력이 있다 하여 온 고을 사람들이 모여들기 시작하였다. 그가 병자의 머리 위에 손을 얹고,

"이 죄인은 저이 죄로 말미암아 심히 괴로워하고 있사옵니다."

하고 기도를 올리면, 여자들의 월숫병(月水病) 대하증쯤은 대개 '죄 씻음'을 받을 수 있었고, 그 밖에도 소경이 눈을 뜨고, 앉은뱅이가 걷고, 귀머거리가 듣고, 벙어리가 말하고, 반신불수와 지랄병까지 저희 믿음 여하에 따라 모두 '죄 씻음'을 받을 수 있다는 것이었다. 여자들의 은가락지, 금반지가 나날이 수를 다투어 강단 위에 내걸리게 된다. 기부금이 쏟아진다. 이리 되면 모화의 굿 구경에 견줄 나위가 아니라고들 하였다.

"양국 놈들이 요술단을 꾸며 왔어."

모화는 픽 웃고, 이렇게 말했다. 굿과 푸념으로 사람 속에 든 사귀 잡귀신을 쫓는 것은 지금까지 신령님께서 자기에게만 허락하신 자기의 특수한 권능이었다. 그리고 그의 신령님은 오늘날 예수꾼들이 그렇게도 미워하고 시기하는 고목이기도 했고, 미륵돌이기도 했고, 산이기도 했고, 물이기도 했다.

"무당과 판수를 믿는 것은 절대적 한 분밖에 안 계시는 거룩거룩하신 하나님 아버지께 죄가 됩니다."

‘예수 귀신’들이 나발을 불고 북을 치며 비방을 하면, 모화는 혼자서 징을 울리고 꽹과리를 치며,

"꽁무니에 불을 달고, 두 귀에 방울 달고, 왈강달강 왈강달강, 서역 십만 리로, 물러서라 잡귀신아."

이렇게 응수하곤 하였다.

6

욱이의 병은 그해 가을을 지나 겨울철에 들면서부터 표나게 악화되어 갔다. 모화가 가끔 간장이 녹듯 떨리는 음성으로,

"이것아 이것아, 늬가 이게 웬일이고? 머나먼 길에 에미라고 찾아와서 늬가 이게 무슨 꼴고?"

손을 잡고 눈물을 흘리면,

"오마니 너무 걱정하지 마시오. 나는 죽어서 우리 아버지께로 갈 것이오."

욱이는 조용히 이렇게 말했다. 그리고 무어 생각나는 게 없느냐고 물으면 그는 조용히 고개를 돌렸다. 그러나 그의 어미가 밖에 나가고 낭이가 혼자 있을 때엔, 이따금 낭이의 손을 잡고,

"나 성경 한 권 가졌으면……"

하는 것이었다.

이듬해 봄 그가 세상을 떠나기 사흘 전에 그가 그렇게도 그리워하고 기다리던 현목사가 평양에서 찾아왔다. 현목사는 방영감네 이종사촌 손

자사위인 양조사의 인도로 뜰 안에 들어서자 그 황폐한 광경과 역한 흙 냄새에 미간을 찌푸리며,

"이런 가운데서 욱이가 살고 있소?"

양조사에게 이렇게 물었다.

욱이는 양조사가 들어오는 것을 보자 두 눈에 광채를 띠며,

"목사님 목사님."

이렇게 두 번 불렀다.

현목사는 잠자코 욱이의 여윈 손을 쥐었다. 별안간 그의 온 얼굴은 물든 것처럼 붉어지며 무수한 주름살이 미간과 눈꼬리에 잡혔다. 그는 솟아오르는 감정을 누르려는 듯이 한참 동안 눈을 감고 있었다.

양조사는 긴장된 침묵을 깨뜨리려는 듯이 입을 열었다.

"경주에 교회가 이렇게 속히 서게 된 것은 이분의 공로올시다."

그리하여 그의 말을 들으면 욱이는 평양 현목사에게 진정을 했고, 현목사께서는 욱이의 편지에 의하여 대구 노회에 간청을 했고, 일방·경주교인들은 욱이의 힘으로 서로 합심하여 대구 노회와 연락한 결과 의외로 속히 교회 공사가 진척되었던 것이라 하였다.

현목사가 의사와 함께 다시 오기를 약속하고 일어나려 할 때 욱이는,

"목사님 나 성경 한 권만 사주시오."

했다.

"그럼 그동안 우선 이것을 가지시오."

현목사는 손가방 속에서 자기의 성경책을 내주었다. 성경책을 받아쥔 욱이는 그것을 가슴에 안고 눈을 감았다. 그의 감은 눈에서는 이슬방울이 맺혔다.

7

모화 집 마당에서는 예년과 다름없이 잡풀이 엉기고, 늙은 개구리와 지렁이들이 그 속에 웅크리고 있었다. 그녀는 그동안 거의 굿을 나가지 않고, 매일, 그 찌그러져가는 묵은 기와집, 잡초 속에서 혼자 징 꽹과리만 울리고 있었다. 사람들은 모화가 인제 아주 미친 것이라 하였다. 그는 부엌에다 오색 헝겊을 걸고, 낭이가 그려둔 그림으로 기를 만들어 달고는, 사뭇 먹기를 잊어버린 채 입술은 먹같이 검어지고 두 눈엔 날로 이상한 광채가 짙어갔다.

"서역 십만 리 예수 귀신 돌아간다.

꽁무니에 불을 달고, 두 귀에 방울 달고, 왈강달강 왈강달강,

엇쇠, 귀신아 썩 물러가거라,

늬 아니 가고 봐하면, 쉰 길 청수에, 엄나무 발에, 무쇠 가마에, 백말 가죽에, 너이 자자손손을 다 가두어 죽일란다. 엇쇠! 귀신아!"

그는 날마다 같은 푸념으로 징 꽹과리를 울렸다.

혹 술잔이나 가지고 이웃 사람이 찾아가,

"모화네 아들 죽고 섭섭해서 어쩌나?"

하면, 그녀는 다만,

"우리 아들은 예수 귀신이 잡아갔소."

하고, 한숨을 내쉬곤 했다.

"아까운 모화 굿을 언제 또 볼꼬?"

사람들은 모화를 아주 실신한 사람으로 치고 이렇게 아까워하곤 했다. 이러할 즈음에 모화의 마지막 굿이 열린다는 소문이 났다. 읍내 어

느 부잣집 며느리가 '예기소[44]'에 몸을 던진 것이었다. 그래 모화는 비난옷 두 벌을 받고 특별히 굿을 응낙했다는 말노 났다. 그리고 이와 동시에, 모화가 이번 굿에서 딸(낭이)의 입을 열게 할 계획이라는 소문도 났다. '흥, 예수 귀신이 진짠지 신령님이 진짠지 두고 보지.' 이렇게 장담했다는 것이다. 사람들은 기대와 호기심에 들끓었다. 그들은 놀랍고 아쉬운 마음으로 산을 넘고 물을 건너 모여들었다.

굿이 열린 백사장 서북쪽으로는 검푸른 소 물이 깊은 비밀과 원한을 품은 채 조용히 굽이돌아 흘러내리고 있었다. (명주구리 하나 들어간다는 이 깊은 소에는 해마다 사람이 하나씩 빠져 죽게 마련이라는 전설이었다.)

백사장 위에는 수많은 엿장수, 떡장수, 술가게, 밥가게 들이 포장을 치고 혹은 거적을 두리고 득실거렸고, 그 한복판 큰 차일 속에서 굿은 벌어져 있었다. 청사 홍사 녹사 백사 황사의 오색 사초롱[45]이 꽃송이같이 여기저기 차일 아래 달리고, 그 초롱불 밑에서 떡시루 탁주동이 돼지 통샘이 들이 온 시루 온 동이 온 마리째 놓인 대감상, 무덕이쌀과 타래실과 곶감꽂이, 두부를 놓은 제석상[46]과, 삼색 실과에 백설기와 소채[47] 소탕[48]에 자반 유과 들을 차려놓은 미륵상, 열두 가지 산채로 된 산신상과, 열두 가지 해물을 차린 용신상과 음식이란 음식마다 한 접시씩 놓은 골

---

44) 소 (沼) 늪.

45) 사초롱 여러 빛깔의 깁으로 거죽을 씌운 등롱.

46) 제석상 무당이 굿할 때에, 한 집안 사람의 수명과 재산을 맡아본다는 제석신을 위하여 차려 놓는 제물상. 술과 고기가 없는 소박한 상.

47) 소채 심어 가꾸는 온갖 푸성귀와 나물을 통틀어 이르는 말.

48) 소탕 제사에 쓰는 탕. 고기는 넣지 않고 두부와 다시마를 썰어 넣고 맑은 장에 끓인다.

목상과, 냉수 한 그릇만 놓인 모화상과 이 밖에도 여러 가지 크고 작은 전물상들이 쭉 늘어놓여 있었다.

이날 밤 모화의 얼굴에는 평소에 볼 수 없었던 정숙하고 침착한 빛이 서려 있었다. 어제같이 아들을 잃고 또 새로 들어온 예수교도들에게서 가지각색 비방과 구박을 받아오던 그녀로서는 의아스러울 만치 새침하게 가라앉아 있어, 전날 달밤으로 산에 기도를 다닐 적의 얼굴을 연상케 했다. 그녀는 전날과 같이 여러 사람 앞에서 아양을 부리거나 수선을 떨지도 않았다. 그러나 그녀는 그 호화스러운 전물상들을 둘러보고도 만족한 빛 한번 띠지 않고, 도리어 비웃듯이 입을 비쭉거렸다.

"더러운 년들 전물상만 잘 차리면 그만인가."

입 밖에 내어놓고 빈정거리기까지 하였다. 그러자 자리에서는 모화가 오늘밤 새로운 귀신이 지핀다고들 수군거리기 시작했다. 그 가운데 한 여자가 돌연히,

"아, 죽은 김씨 혼신이 덮였군."

하자 다른 여자들도,

"바로 그 김씨가 들렸다. 저 청승맞고 정숙하고 새침한 얼굴 좀 봐라, 그리고 모화네가 본디 어디 저렇게 예뻤나, 아주 김씨를 덮어썼구먼."

이렇게들 수군거렸다. 이와 동시, 한쪽에서는 오늘밤 굿으로 어쩌면 정말 낭이가 말을 하게 될 게라는 얘기도 퍼졌고, 또 한쪽에서는 낭이가 누구 아인지는 모르지만 배가 불러 있다는 풍설도 돌았다. ……하여간 이 여러 가지 소문들이 오늘밤 굿으로 해결이 날 것이라고 막연히 그녀들은 믿고 있는 것이었다.

모화는 김씨 부인이 처음 태어났을 때부터 물에 빠져 죽을 때까지의

사연을 한참씩 넋두리하다가는 전악[49]들의 젓대 피리 해금에 맞추어 춤을 덩싯거렸다. 그녀의 음성은 언제보다도 더 구슬펐고, 몸뚱어리는 뼈도 살도 없는 율동으로 화한 듯 너울거렸고, ……취한 양, 얼이 빠진 양 구경하는 여인들의 숨결은 모화의 쾌자 자락만 따라 오르내렸다. 모화의 쾌자 자락은 모화의 숨결을 따라 나부끼는 듯했고, 모화의 숨결은 한 많은 김씨 부인의 혼령을 받아 청승에 자지러진 채, 비밀을 품고 조용히 굽이돌아 흐르는 강물(예기소의)과 함께 자리를 옮겨가는 하늘의 별들을 삼킨 듯했다.

밤중이나 되어서였다.

혼백이 건져지지 않는다는 것이었다. 화랑이들과 작은 무당들이 몇 번이나 초망자(招亡者)[50] 줄에 밥그릇을 달아 물속에 던져도 밥그릇 속에 죽은 사람의 머리카락이 들어오지 않는 것으로 보아 김씨가 초혼[51]에 응하질 않는 모양이라 하였다.

작은 무당 하나가 초조한 낯빛으로 모화의 귀에 입을 바짝 대며,

"여태 혼백을 못 건져서 어떻게?"

하였다.

모화는 조금도 서둘지 않고 오히려 당연하다는 듯이 넋대[52]를 잡고 물가로 들어섰다.

초망자 줄을 잡은 화랑이는 넋대가 가리키는 방향으로 이리저리 초혼

---

49) 전악 조선 시대에 장악원에서 음악에 관한 일을 맡아보던 정6품 잡직.
50) 초망자(招亡者) 죽은 사람의 넋을 불러들임.
51) 초혼 사람이 죽었을 때에 그 혼을 소리쳐 부르는 일.
52) 넋대 무당이 물에 빠져 죽은 사람의 넋을 건지는 데에 쓰는 장대.

그릇을 물속에 굴렸다.

"일어나소 일어나소,

서른세 살 월성 김씨 대주 부인,

방성으로 태어날 때 칠성에 복을 빌어."

모화는 넋대로 물을 휘저으며 목이 멘 소리로 혼백을 불렀다.

"꽃같이 피난 몸이 옥같이 자란 몸이,

양친 부모도 생존이요, 어린 자식 누여 두고,

검은 물에 뛰어들 제 용신님도 외면이라,

치마폭이 봉긋 떠서 연화대를 타단 말가,

삼단머리 흐트러져 물귀신이 되단 말가."

모화는 넋대를 따라 점점 깊은 물속으로 들어갔다. 옷이 물에 젖어 한 자락 몸에 휘감기고, 한 자락 물에 떠서 나부꼈다.

검은 물은 그녀의 허리를 잠그고, 가슴을 잠그고 점점 부풀어오른 다…….

그녀는 차츰 목소리가 멀어지며 넋두리도 희황해지기 시작했다.

"가자시라 가자시라 이수중분 백노주로,

불러주소 불러주소 우리 성님 불러주소,

봄철이라 이 강변에 복숭꽃이 피거덜랑,

소복단장 낭이 따님 이내 소식 물어주소,

첫 가지에 안부 묻고, 둘째 가……"

할 즈음, 모화의 몸은 그 넋두리와 함께 물속에 아주 잠겨버렸다…….

처음엔 쾌자 자락이 보이더니 그것마저 잠겨버리고, 넋대만 물 위에 빙빙 돌다가 흘러내렸다.

열흘쯤 지난 뒤다.

동해변 어느 길목에서 해물 가게를 보고 있다던 체수 조그만 사내가 나귀 한 마리를 몰고 왔을 때, 그때까지 아직 몸이 완쾌되지 못한 낭이는 퀭한 눈으로 자리에 누워 있었다.

사내는 낭이에게 흰죽을 먹이기 시작했다.

"아버으이."

낭이는 그 아버지를 보자 이렇게 소리를 내어 불렀다. 모화의 마지막 굿이(떠돌던 예언대로) 영검53)을 나타냈는지 그녀의 말소리는 전에 없이 알아들을 만도 했다.

다시 열흘이 지났다.

"여기 타라."

사내는 손으로 나귀를 가리켰다.

"……"

낭이는 잠자코 그 아버지가 시키는 대로 나귀 위에 올라앉았다.

그들이 떠난 뒤엔 아무도 그 집을 찾아오는 사람이 없었고, 밤이면 그 무성한 잡풀 속에서 모기들만이 떼를 지어 울었다.

---

53) 영검 사람의 기원대로 되는 신기한 징험.

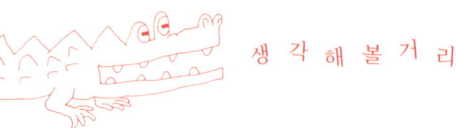

1 이 소설은 액자 소설의 형식을 취하고 있습니다. 액자 소설로서의 특징과 그로 인해 얻을 수 있는 효과는 무엇이 있을까요?

김동리는 액자 소설의 특징을 잘 살려 쓰는 작가 중 한 사람입니다. 액자 소설이란 소설 창작에서 흔히 사용하는 구성 방식으로 액자의 틀 속에 그림이 들어 있듯이 하나의 이야기 속에 또 다른 이야기가 들어 있는 구성 방식입니다.

외부 이야기 속에 내부 이야기가 들어 있는 경우, 외부 이야기가 액자의 역할을 하고 내부 이야기는 실제 작가가 의도한 이야기가 됩니다.

이 작품 역시 액자 소설의 형식을 갖추며 〈무녀도〉의 내력으로 도입하는 액자와, 뒷이야기로 이루어진 액자 속에 두 인물인 무녀 모화와 아들 욱이의 갈등을 축으로 하는 내부 이야기가 펼쳐집니다.

즉 작중 화자인 '나'가 할아버지에게 〈무녀도〉에 대한 내력을 전해 듣고 독자에게 다시 전하는 형식으로 '~이라 한다'라는 글귀나 '내가 할아버지에게 전해들은 이야기는 다음과 같다'라는 표현 등에서 그 특징을 알 수 있습니다.

이런 경우 내부 이야기만으로도 충분히 소설로 성립되지만 액자로 구성되는 이야기를 통해 내부 이야기의 상황이나 배경을 설명해 줄 수 있으며 내용에 대한 흥미를 유발하고 신빙성을 더해 줄 수 있습니다.

〈무녀도〉라는 그림 역시 액자 속 그림으로 제재 자체가 액자 소설로 서술되는 효과와 더불어 비극적 모습을 회화적 이미지로 형상화하는 효과를 줄 수 있습니다. 그림 속의 사연을 독자들이 흥미롭게 따라갈 수 있는 것입니다.

2 주된 갈등을 일으키는 모화와 욱이의 갈등 원인과 양상을 생각해 봅시다.

이 작품은 모화와 욱이의 외적 갈등과 모화 자신의 내적 갈등으로 사건이 진행됩니다. 우선 모화와 욱이의 외적 갈등은 표면적으로 종교적 갈등 양상을 보입니다. 모화는 토속적이고 신령스러운 세계관을 가진 인물로 우리의 전통적인 무속 신앙을 대표합니다.

어머니 모화가 교육을 위해 어린 욱이를 절에 보내지만 욱이는 평양으로 도망가서 오히려 외래의 사상을 전파하는 기독교도가 되어 어머니와 갈등합니다.

이러한 갈등 양상은 사라져가는 기존의 문화와 새롭게 유입된 문화의 갈등 모습이며 이 작품에서는 종교적 갈등의 모습으로 표출됩니다. 하지만 갈등의 결말은 어느 한쪽의 손을 들어 주지 않습니다. 어머니에게 칼에 찔려 목숨을 잃게 되는 욱이나 혈연의 정으로도 아들을 용납하지 못하는 모화 모두의 상호 파멸로 갈등이 해소됩니다. 종교적 갈등으로 표출되는 모화와 욱이의 외적 갈등은 토속 신앙의 퇴조와 외래 기독교 문화의 유입이라는 과도기적 상황 속에 전통과 외래의 문화적 갈등의 한 모습이며 변화의 필연적 과정이라고도 할 수 있습니다.

이야기의 전개는 무녀인 모화가 종교와 혈육의 정 사이에서 일으키는 내적 갈등이 〈무녀도〉라는 영원한 그림으로 승화되면서 끝이 납니다. 이러한 맺음을 통해 모화로 대표되는 인간의 원초적인 본능을 지배하는 정신의 불멸성을 우리에게 보여줍니다. 즉 샤머니즘과 기독교 사상의 틈에 서 있던 낭이가 가족사의 비극과 한을 〈무녀도〉라는 그림으로 완성함으로써 종교와 문화의 갈등과 충돌이, 사라져가는 전통 신앙에 대한 본질적 탐색과 신비롭고 운명적인 삶에 대한 탐색으로 승화됩니다.

3 모화의 신분과 성격을 나타내는 여러 요소를 생각해 봅시다.

모화는 여염집 여자와는 다른 인물로 신령님만을 의지하며 사는 무녀입니다. 이러한 모화의 모습은 우선 도깨비굴로 묘사된 묵은 집을 통해 알 수 있습니다. 집 안 뜰에 우거진 사람의 손길이 가지 않은 잡초와 이끼, 우글거리는 뱀, 지렁이와 늙은 개구리 떼가 살고 있는 폐허와 같은 집. 이러한 공간은 모화의 무속적이며 영적인 면모를 보여줍니다.

모화는 굿을 하는 날 이외에는 주막에서 술에 취해 사는 인물입니다. 사람에서부터 사물에 이르기까지 모두 귀신의 화신으로 보고, 딸 낭이조차 꽃님의 화신으로 모시는 비정상적인 모습을 보입니다. 또한 아들을 칼로 찌르는 극단적인 행동을, 거역할 수 없는 초월적인 힘에 의해 행해진 것으로 생각하여 운명론적 인물로 그려집니다.

이처럼 무당 모화에게 신비스럽고 특이한 성격을 부여한 작가는 모화라는 인물을 통해 전통적인 샤머니즘의 초월적이고 영적인 모습을 보여주고자 했습니다.

4 낭이의 역할에 대해 써 보세요.

　낭이는 모화의 딸이며 욱이와는 아버지가 다른 남매간입니다. 벙어리이자 귀머거리이며 그림에 능한 인물로 〈무녀도〉를 그림으로써 내부 이야기로 도입하는 계기를 줍니다. 모화는 낭이를 수국 용신의 막내따님으로 또한 복사꽃의 현신으로 보지만 욱이는 단지 귀신 들린 것으로 생각합니다. 즉 무속 신앙과 기독교 사상 사이의 틈에 낭이는 서 있으며, 관조적 입장에서 두 인물의 파멸을 예술적으로 승화시키는 역할을 합니다.

　모화의 굿으로 말문을 열게 된 낭이는 어머니 모화를 계승하며, 이후 모화의 춤사위를 그려낸 〈무녀도〉라는 영원의 그림을 완성합니다.

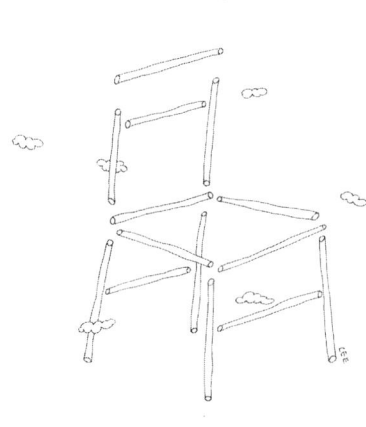

황토기

설화에 바탕을 둔 얽히고 설킨 운명적 관계를
극복하려는 두 인물의 비극적 의지를 드러낸 작품.

'네놈이 내 초상 안 치르고 자빠질 줄 아나'

얽히고 설키어 물고 뜯는 두 마리 용이 벌이는 한바탕 힘겨루기

등천하려던 황룡 한 쌍이 그 전야에 있어 잠자리를 삼가지 않은지라 천왕이 노하여 벌을 내리사 그들의 여의주를 하늘에 묻으시매 여의주를 잃은 한 쌍의 용이 슬픔을 이기지 못하여 저희들의 머리를 물어 뜯어 피를 흘리니 이 피에서 황토골이 생기니라.

김동리는 이 한 문장의 내용에 모티브를 얻어 소설「황토기」를 썼다고 합니다. 우리의 설화에 자주 등장하는 절맥(絕脈)과 상룡(傷龍)에 관련된 황톳골의 유래는 어려서부터 장사로 태어나 마을의 눈총을 받던 억쇠와 어느 날 황톳골로 흘러 들어온 득보의 만남으로 다시 현실화됩니다. 장정들도 겨우 든다는 들돌을 열세 살에 들어올린 장사 억쇠는 마을에 장사가 태어나면 부모에게 불효하고 나라에 역적이 된다는 속설 때문에 오히려 경계의 대상이 되고 자신의 힘을 감출 수밖에 없었습니다. 억쇠의 이와 같은 운명은 승천시 바윗돌에 맞아 피를 흘리는 상룡설의 황룡 한 쌍이나 여의주를 잃은 황룡 한 쌍에 얽힌 설화 '쌍룡설'에 의하면 비극적인 결말을 맺을 수밖에 없습니다. 장사가 날 곳에는 이미 혈을 잘라내 버렸다는 절맥설 역시 억쇠의 영웅됨이 좌절될 것을 암시합니다.

숫구치는 힘을 억누르며 허무한 삶을 살던 억쇠는 자신의 기운으로 맞설 수 있는 득보를 만나게 되면서 막연한 운명적 공감대와 기이한 형태의 우정을 느낍니다. 또한 억쇠와 득보의 갈등의 원인이 되었던 설희가 죽고 설희를 죽인 분이마저 사라진 상황에서도 의미 없고 헛된 힘겨루기는 계속됩니다. 이는 마치 여의주를 잃음으로써 생의 목적을 상실한 한 쌍의 용이 서로의 머리를 물어 뜯어 피를 흘리는 모습과 같습니다.

억쇠와 득보의 무의미한 싸움은 어쩌면 이미 결정되어진 운명의 허무함을 극복하려는 몸부림일 것입니다. 타고난 능력은 운명에 의해 아무 가치를 발휘하지 못하고 몰락하게 되고 무모한 싸움은 운명에 대한 일종의 도전이 됩니다. 극복하지 못하는 운명은 허무함을 느끼게 합니다. 그럼에도 불구하고 자신의 힘을 의미 없는 결과를 위해서 소모하는 억쇠의 모습에서 우리는 허무에 대한 의지를 엿볼 수 있습니다.

이 작품은 1939년 『문장』에 발표된 작품으로 「무녀도」와 더불어 김동리 초기 작품의 성향이 잘 나타나 있습니다. 토속적이고 신비스런 전설에 대한 이야기로 시작되어 극복할 수 없는 운명적 허무함과, 예견되는 좌절에도 불구하고 끝까지 도전하는 인물들의 비극은 그의 운명론적 세계관을 보여줍니다.

황토기 黃土記

주리재〔鵄述嶺〕에서 금오산(金鰲山) 쪽으로 뻗쳐 내리는 두 산맥이다.

등성이를 벌거벗은 채 이십 리 삼십 리씩을, 하나는 서북, 또 하나는 동북으로 뛰어 내려와서는, 겨우 황톳골이란 조그만 골짝 하나를 낳은 것뿐으로, 거기서 그 앞을 흘러가는 냇물을 바라보며, 동네 늙은 이들의 입으로 전하는 상룡(傷龍), 또는 쌍룡(雙龍)의 전설을 이룬 그 지리적 결구(結構)[1]는 여기서 끝을 맺는 것이다.

상룡설. 옛날 등천(騰天)[2]하려던 황룡 한 쌍이 때마침 금오산에서 굴러 떨어지는 바위에 맞아 허리가 상하니라. 그 상한 용의 허리에서 한없이 피가 흘러내려 부근 일대를 붉게 물들이니 이에서 황톳골이 생

---

[1] 결구(結構) 문장, 편지 따위의 끝을 맺는 글귀.
[2] 등천(騰天) 하늘에 오름. 승천.

기니라.

쌍룡설. 역시 등천하려던 황룡 한 쌍이 바로 그 전야(前夜)에 있어 잠자리를 삼가지 않은지라 상제(上帝)께서 노하시고 벌을 내리사 그들의 여의주(如意珠)를 하늘에 묻으시매 여의주를 잃은 한 쌍의 용이 슬픔에 못 이겨 서로 저희들의 머리를 물어뜯어 피를 흘리니, 이 피에서 황톳골이 생기니라.

이상의 상룡설 또는 쌍룡설밖에 또 절맥[3]설(絶脈設)도 있으니 그것은 다음과 같다.

절맥설. 옛날 당나라에서 나온 어느 장수가 여기 이르러 가로대 앞으로 이 산에서 동국의 장사가 난다면 감히 중원을 범할 것이라. 이에 혈[4]을 지르니, 이 산골에 석 달 열흘 동안 붉은 피가 흘러내리고 이로 말미암아 이 일대가 황토 지대로 변하니라.

제1장

용내를 건너 황톳골 앞들에는 두레논을 매는 한 이십여 명 되는 사람이 한일자(一字)로 하얗게 구부려 있고, 논둑에는 동기(洞旗)를 든 사람과 풍물 치는 사람들이 너덧 나서 있다.

---

3) 절맥(絶脈) 산의 혈맥이 끊어짐.
4) 혈 풍수지리에서 용맥(龍脈)의 정기가 모인 자리.

해는 바야흐로 하늘 한가운데서 이글거리고, 온 들과 산은 눈 가는 끝까지 푸르기만 하다.

께겡 께겡 떵땅 떵땅 꽤에…….

풍물이래야 꽹과리 하나, 장구 하나, 그리고 징 한 채다. 그런대로 그들은 논매는 일꾼들과 더불어 끈기 있게 논둑에서 논둑으로 타고 다니며 들판의 정적을 깨뜨려 가고 있다.

그런데 그들 두레꾼[5]들과는 동떨어져, 이쪽 산기슭 쪽에 혼자 논을 매느라고 논 가운데 허리를 구부리고 있는 사람이 하나 있다. 곁에서 이를 본다면, 그의 팔다리나 허리가 보통 사람보다 훨씬 크고 길 뿐 아니라 어깨나 몸집이 다 그렇게 두드러지게 장대하게 생겼고, 또한 머리털이 이미 희끗희끗 세어 있음을 알리라. 그의 이름은 억쇠다. 그는 몸이 그렇게 보통 사람보다 두드러지게 큰 것처럼 일도 동떨어진 곳에서 혼자 하고 있는 것이다.

억쇠는 논매던 손을 쉬고 논둑으로 나온다. 그는 두어 번이나 고개를 돌려 산 밑 쪽을 바라본다. 아직도 분이(粉伊)는 보이지 않는다. 그는 담배를 한 대 피워 문다.

논둑에 서 있는 소동나무에서는 매미 소리가 시끄럽게 들려온다.

억쇠가 담배를 두 대나 태우고 나서, 화가 치밀어 숫제 주막으로나 찾아갈 양으로 막 허리를 일으키려는데, 그때야 저쪽 소나무 사이로 조그만 술동이를 머리에 이고 오는 분이가 보였다.

"뭘 하고, 인제사 와."

5) 두레꾼 농민들이 힘을 모아 공동으로 일하려고 만든 모임.

58

가까이 온 분이를 보자 억쇠는 약간 노기 띤 목소리로 이렇게 물었다.

"뭘 하긴, 뭘 해."

분이는 머리에서 술동이를 내리며 이렇게 뱉는다. 입에서는 술냄새가 획 끼치고, 양쪽 눈언저리와 귓바퀴가 물을 들인 듯이 발긋발긋하다.

'또 술을 처먹은 게로군.'

억쇠는 혼자 속으로 중얼거리는 것이다.

"자아, 옛수."

억쇠에게 술사발을 건네는 분이의 입가에는 어느덧 그 야릇한 웃음이 떠돌기 시작한다.

억쇠는 분이의 손에서 사발과 술동이를 낚아채듯이 뺏어 든다. 동이 속에서는 술이 출렁하며 밖으로 튀어나온다.

사발과 동이를 빼앗기듯이 된 분이는 화통이 치미는지

"흥, 이년을 어디 두고 보자."

하며 이를 오도독 갈아붙인다. 설희(舌姬)를 두고 하는 욕질이지만 당치 않은 수작이다.

억쇠는 아랑곳없다는 듯이 술을 따라 마시고 있다. 그동안 잔뜩 독이 오른 눈으로 억쇠를 노려보고 있던 분이는,

"연놈을 한칼에 푸욱……."

하고는 또 한 번 이를 오도독 간다.

"이년아 말버릇이 그게 뭐여."

억쇠가 꾸짖자, 분이는

"어디 임자 보고 말했나, 득보 말이지."

한다.

더욱 모를 소리다.

"득보면 너의 아저씬가 무엇이 된다면서 그건 또 무슨 소리여."

이에 대하여 분이는

"흥, 아저씨? 아저씸 어쨌단 말요?"

하고 콧방귀를 뀌더니 풀 위에 발랑 드러누워버린다. 걷어 올려진 베 치맛자락 밑으로 새하얀 다리를 드러내 보이며 그녀는 어느덧 코를 골기 시작하였다.

소동나무에서는 또 한바탕 매미가 운다.

억쇠는 세 번째 술을 따라 든 채, 멍하게 소동나무를 바라보고 있다. 아까 분이가, 연놈을 한칼에 푸욱…… 하던 것이 아무래도 머릿속에서 사라지지 않는다. 누구를 두고 하는 강짜[6]란 말이냐. 억쇠는 어이가 없었다.

억쇠가 술동이를 밀쳐놓고 담배에 불을 붙여 물었을 때다. 득보가 나타났다. 한쪽 손에 멧돼지 한 마리를 거꾸로 대롱거리며 그쪽 산비탈에서 내려오고 있었던 것이다.

"그새 산에 갔던 갑네."

억쇠가 인사 삼아 묻는 말에, 득보는

"빈손으로 갔더니……"

하며, 멧돼지를 억쇠 곁에다 던지고, 누워 자고 있는 분이 앞에 와서 털썩 앉아버린다.

그도 보통 사람과는 딴판으로 몸집이 크게 생긴 사나이다. 키는 억쇠

---

[6] 강짜 사귀는 이성이나 부부 사이에서 상대방이 다른 이성과 좋아함을 지나치게 미워하는 마음이나 성질.

보다 좀 낮은 편이나 어깨는 더 넓게 쩍 벌어졌다. 게다가 얼굴은 구릿빛같이 검푸르다. 그 검푸른 구릿빛이 어딘지 그대로 무서운 비력(臂力)[7]을 말하고 있는 것 같다. 그리고 머리털도 칠흑같이 새까맣다. 나이도 억쇠보다는 예닐곱 살 젊어 보인다.

"한 사발 하겠나?"

억쇠가 턱으로 술동이를 가리키며 묻는다.

득보는 잠자코 술동이를 잡아당긴다. 그리하여 손수 한 사발을 따라 마시고 나더니

"좋구나."

한다.

그는 연거푸 또 한 사발을 따라 마시고 나더니

"얼마나 있누."

하고 억쇠를 노려본다.

"아직 많이 있다."

"그럼 낼 모두 걸러라."

득보는 이렇게 말하며 의미 있는 듯한 눈으로 억쇠를 노려본다. 순간 두 사나이의 눈에서는 다 같이 불길이 번쩍한다. 그것은 땅속의 유황이라도 녹일 듯한 무서운 불길이었다.

---

7) 비력(臂力) 팔의 힘.

제2장

이튿날은 여름치고도 유달리 더운 날씨였다.

하늘에는 가지각색 붉은 구름들이 연기를 머금은 불꽃으로 피어나고 있었다.

안냇벌은 황톳골에서 잔등[8] 하나 너머 있는 아늑한 산골짜기요 또 개울가였으므로 거기엔 흰 모래밭과 푸른 잔디와 게다가 그늘질 노송(老松)까지 늘어서 있어 억쇠와 들보들같이 온종일 먹고 놀고 싸우고 할 자리로서는 더할 나위 없이 알맞은 곳이었다.

두 사람은 짤막한 잠방이[9] 하나씩만 걸치고는 몸을 벌거벗은 채 소나무 그늘 밑에서 술을 마시고 있다. 처음엔 돼지 족(足)도 한 가리씩 의논성스럽게[10] 째어 들었고 술잔도 서로 권해가며 주거니 받거니 의좋게 건네다녔다.

한 철에 한두 번씩 이 안냇벌에서 대개 이렇게 술을 마시게 되었지만, 이 두 사람에게 있어서는 이때같이 가슴이 환히 트이도록 즐겁고 만족할 때가 없다. 그것은 아무것과도 바꿀 수 없는 기쁨이요, 보람이요, 그리고 거룩한 향연(饗宴)[11]이기도 하였다. 이에 견준다면 분이나 설희의 자색[12]도 한갓 이 놀이를 돋우고 마련키 위한 덤에 지나지 않을 듯했다.

두 사람은 술이 얼근해짐에 따라 말씨도 점점 거칠어져갔다.

---

8) 잔등 '고개'의 방언.
9) 잠방이 가랑이가 무릎을 덮을 정도로 짧게 만든 홑고의.
10) 의논성스럽게 서로 주고받음.
11) 향연(饗宴) 특별히 잘 베풀어 손님을 대접하는 잔치.
12) 자색 여자의 고운 얼굴.

"얼른 들이마셔라, 이 백정놈아."

"도둑놈같이, 어느새 고기만 나 처먹누."

이렇게 그들은 서로 욕질을 시작하였다. 그러면서도 연방 술잔을 서로 따라주고 고기 뭉치도 던져주곤 하였다.

"옛다, 이거 마저 뜯고 제발 인제 뒈지거라. 늙은 놈이 계집을 둘씩이나 끼고 근드렁거리는[13] 꼴 정 못 보겠다."

하며 득보가 족발 하나를 억쇠에게 던져준다.

"네 이놈, 말버르장머리 그러다간 목숨 못 붙어 있을 게다."

억쇠는 득보 잔에 술을 따라주며 이렇게 으르댄다.

싸움은 대개 득보가 먼저 돋우는 편이었다. 그것도 으레 분이나 설희를 걸어서 들었다. (득보는 그것이 가장 효과적이라고 믿었던 것이다.)

"계집 핥듯이 어지간히 칙칙하게도 핥고 있다. 더럽게 늙은 놈이."

하고 득보가 먼저 술자리를 걷어차고 일어나자, 억쇠는 뜯고 있던 족발을 득보의 얼굴에다 내던지며

"옛다, 그럼 이놈아, 네 마저 뜯어라."

하고 자리에서 일어난다.

이때부터 싸움은 시작되는 것이다. 그와 동시 두 사람의 얼굴에는 무어라 형언할 수 없는 어떤 긴장이 서린다.

득보는 주먹을 꺼떡 들어 억쇠의 얼굴을 겨누며

"얼씨구 저절씨구 가엾어라 이 늙은 놈아, 내 한 주먹 번쩍하면······."

아주 노래 조(調)로 목청을 뽑으며, 껑충껑충 억쇠에게로 뛰어 들어

---

13) 근드렁거리다 물체가 매달려 조금 가볍고 느리게 자꾸 흔들리다.

왔다 물러갔다 하는 것이다.

"네 이놈, 새뼈 같은 주먹으로 멋대로 한번 때려봐라."

억쇠는 그를 아주 멸시하듯이 태연자약하게 버티고 서 있다.

"내 한 주먹 번득하면…… 네놈 대가리가 박살이라……."

순간, 득보는 주먹으로 억쇠의 왼쪽 눈과 콧잔등을 훑쳤다[14]. 그 자리에 금시 퍼렁덩이가 들며 눈 안에는 핏물이 돌기 시작하였다.

"네 이놈 새뼈 같은 주먹으로 많이 쳐라…… 실컷…… 자아."

할 때 득보의 두 번째 주먹이 또 억쇠의 오른쪽 광대뼈를 쥐어질렀다.

세 번째 주먹이 또 먼저 때린 눈을 훑쳤다.

억쇠는 저만치 물러가 있는 득보를 바라보고, 갑자기 미친 사람처럼 허연 이를 드러내며 큰 소리로 껄껄껄 웃어대었다.

득보는 저만치 물러선 채 아까와 마찬가지 노래조로 목청을 뽑으며 덩실덩실 춤을 추고 있다. 네 번째 주먹이 오른쪽 눈 위를, 그리고 다섯 번째 주먹이 또다시 콧잔등을 때렸을 때, 그러나, 억쇠는 역시 먼저와 같이 큰 소리로 껄껄껄 웃어만 주었다.

"너 이놈 그 새뼈 같은 주먹으로 저 산을 한번 물려 세워봐라."

여섯 번, 일곱 번, 득보는 몇 번이든지 늘 마찬가지, 내 한 주먹 번득하면을 되풀이하며 뛰어 들어서 억쇠의 면상과 목과 가슴과 허구리[15]를 힘껏 지르는 것이었으나 그때마다 억쇠는 간단한 몸짓으로 그것을 받아내었을 뿐, 적극적으로 득보에게 주먹질을 시작하지는 않았다. 그는 이렇게 득보에게 같이 주먹질을 하지 않고 그냥 얻어맞기만 하는 것이 그

14) 훑치다 ~을 세게 후리다.
15) 허구리 허리 좌우의 갈비뼈 아래 부분.

64

지없이 즐겁고 만족한 모양으로, 상반신이 거의 피투성이가 되도록 종시 큰 소리로 껄껄껄 홍소(哄笑)[16]만을 터뜨리고 서 있는 것이었다.

득보는 더욱 힘이 솟아오르는 듯 주먹질과 함께 발길질도 시작하는 것이었다. 득보의 발길이 번번이 억쇠의 아랫배와 넓적다리 즈음에 와 닿는 것으로 보아 그 겨냥이 무엇이라는 것은 억쇠도 곧 짐작하였고, 그래서 그의 발길만은 늘 조심하지 않을 수 없었다.

"옛날도 그 옛날에 붕새[17]란 새가 있었나니, 수격 삼천 리, 니일니일 얼씨구야 지화자야 저절씨구."

득보는 입에 하나 가득 찬 피거품을 문 채 이렇게 목청을 뽑으며 덩실거리고 춤을 추는 것이었다.

억쇠는 피로 물든 장승처럼 뻣뻣이 서서, 뛰어 들어오는 득보의 주먹질과 발길을 받아낼 뿐이었다.

득보의 네 번째 발길이 억쇠의 국부를 건드렸을 때, 그는 한순간 그 자리에 척 꿇어앉을 뻔하다가 겨우 한쪽 팔로 득보의 목을 후려 안으며 어깨를 솟굴 수 있었다.

"이놈아!"

산골이 쩌르릉 울리는 억쇠의 목소리였다.

이리하여 한 덩어리로 어우러진 그들의 입에서는 어느덧 노랫소리도 웃음소리도 동시에 뚝 끊어지고, 다만 씨근거리는 숨소리와 뿌득뿌득 밀려 나갔다 들어왔다 하며 근육과 근육 부딪는 소리만이 났다. 두 사람

---

16) 홍소(哄笑) 크게 입을 벌리고 높은 소리로 웃는 웃음.
17) 붕새 등 크기가 수천 리, 날개는 하늘에 드리운 구름과 같고 한 번에 구만 리를 날아간다고 하는 상상의 새.

의 코에서는 거의 동시에 피가 주르르 쏟아져 내렸다. 눈에도 핏물이 돌고 목으로도 피가 터져 나왔다. 그차에 땀으로 번질번질하던 두 사람의 낯과 어깨와 가슴은 어느덧 아주 피투성이로 변해버렸다.

득보가 억쇠의 아래턱을 치지르며 막 몸을 옆으로 빼내려는 순간이었다. 억쇠의 힘을 다한 바른편 주먹이 득보의 왼쪽 갈비뼈 밑에 벼락을 쳤다. 갈비뼈 밑에 억쇠의 모진 주먹을 맞은 득보는 갑자기 얼굴이 아주 잿빛이 되어 뒤로 비실비실 몇 걸음 물러나다가 그대로 모래 위에 꼬부라져버린다.

억쇠의 목과 입과 코에서도 다시 피가 쏟아졌다. 그는 정신나간 사람처럼 두 손으로 아래턱을 받쳐 피를 받으며 우두커니 앉아 있다 말고 돌연히 미친 것처럼 뛰어 일어나는 길로 또 한 번 와락 득보에게로 달려들어, 쓰러져 있는 그의 바른편 어깨를 물어 떼었다. 어깨의 살이 떨어지며 시뻘건 피가 팔꿈치까지 주르르 흘러내리자 득보는 몸을 좀 꿈쩍이었으나, 역시 일어나지 못하는 채 그대로 뻗어 누워 있는 것이었다.

억쇠는 입에 든 득보의 어깨살을 질겅질겅 씹다 벌건 핏덩어리를 입에서 뱉어내고, 그러고는 또다시 술항아리를 기울여 술을 몇 사발·마시고는 그 자리에 쓰러져버렸다.

누구의 입에서 항복이 나온 것도 아니요, 어느 쪽에서 쉬기를 청한 것도 아니었다.

두 사람이 다 같이 죽은 듯이 늘어지고 잠든 듯이 자빠졌으나, 아주 숨통이 멎은 것도 아니요, 정말 평온한 잠이 든 것도 아니다.

흐르는 냇물에서 저녁 바람이 일고 높은 소나무 가지에서 매미 소리가 서슬[18]질 무렵이 되면, 그들은 마치 오랜 마주(魔酒)에서나 깨어나는 것처럼 떨고 일어나, 아침에 먹다 남겨둔 술항아리를 기울이기 시작하는 것이다.

저녁 때의 싸움은 대개 억쇠가 먼저 거는 편이었다. 이번에는 처음부터 억쇠가 먼저 주먹질도 시작하였다.

두 사람의 몸뚱이는, 그러나, 몇 번 모질게 부딪고 할 새도 없이 이내 피투성이가 되어버리는 것이었고 득보는 되도록이면 억쇠의 주먹을 피하려는 듯이 저만치 물러선 채 춤만 덩실덩실 추고 있는 것이었다.

"새야 새야 붕조새야

북명 바다 붕조새야

치징 치징 치징

지화자자 저절씨구."

"애 이놈 득보야!"

억쇠는 또 한 번 산골이 찌르렁하도록 소리를 질렀다.

"간다 훨훨 날아간다

수격 삼천 리……

내 한 주먹 번득하면 네놈 대가리가 박살이라,

치징 치징 치징

지화자자 저절씨구."

득보는 이렇게 목청을 뽑으며 점점 억쇠에게로 가까이 다가들어왔다. 웬일인지 싸울 태세를 갖추지 않고 그냥 춤만 덩실덩실 추며 억쇠의 턱 앞까지 다가들어왔다. 억쇠는 뛰어 들어 그의 목을 안았다. 득보도 억쇠

18) 서슬 강하고 날카로운 기세.

와 같이 하였다. 두 사람은 큰 나무가 넘어가듯, 쿵하고 한꺼번에 자빠져버렸다.

득보의 목을 안고 한참 동안 엎치락뒤치락하던 억쇠는 갑자기 큰 소리로 껄껄껄 웃어대었다. 그의 왼쪽 귀가 붙어 있을 자리엔 찢긴 살과 피가 있을 따름, 귀는 절반이나 득보의 입에 가 들어 있고, 득보는 아끼는 듯 그것을 얼른 뱉어내려고도 하지 않았다.

이리하여 해가 지고 어두운 산그늘이 내려오도록 이 커다란 피투성이들은 일어날 생각도 없이 연방 서로 피를 뿜으며 엎치락뒤치락하고 있는 것이다.

제3장

억쇠와 득보는 지난해 봄에 처음으로 만났다. 그리하여 그날로 함께 살게 된 것이다. 말하자면 그날부터 그들의 생활이 시작되었던 건지도 모른다.

지금 여기서 두 사람의 과거를 대충 살펴보면 다음과 같다.

먼저, 주인 격인 억쇠로 말하자면, 그는 이 황톳골 태생으로, 나이는 쉰두 살, 수염과 머리털이 희끗희끗 반이나 넘어 센 오늘날까지 항상 가슴속에 홀로 타는 불길을 감춰온 사람이다. 그것은 언젠가 한번 저 무지개와도 같이 하늘 끝까지 시원스레 뿜어졌어야 했을 불길이었는지도 모른다. 그가, 그 동네 장정들도 겨우 다룬다는 들돌[19]을 성큼 들어서 허리를 편 것으로 온 마을을 뒤집어놓은 것은 그의 나이 열세 살 나던 해다.

"장사 났군."

"황톳골 장사 났다."

사람들은 숙덕거리기 시작하여, 이튿날은 노인들이 의관을 하고 동회(洞會)[20]에 모여들었다.

"예로부터 황톳골에 장사가 나면 부모한테 불효하거나 나라의 역적이 된댔겄다."

"허긴, 인제는 대국 명장이 혈을 지른 뒤니까 별수는 없으리라."

"당찮으이, 온 바로 내 종조뻘 되는 이가 그때 장사 소릴 듣고 사또 앞에 잡혀가 오른쪽 팔 하나를 분질러 나왔거든."

이따위 소리들을 서로 주고받고 하다가 결국 억쇠의 오른쪽 어깨의 힘줄에다 침을 맞히라는 결론이 났다. 그중에서도 유독 심히 구는 사람이 억쇠의 백부뻘 되는 영감이었다.

"황톳골 장사라면 나라에서 아는 거다. 자, 자식 하나 버릴 셈치면 그만일걸…… 자, 괜히 온 집안 멸문당할라."

하고, 동생을 윽박질렀으나, 그러나 동생은 끝까지 묵묵히 앉아 대답을 하지 않았다. 그에게는 억쇠 하나밖에 더 자식이 없었던 것이다.

그날 밤 그의 어머니는, 억쇠의 소매를 잡고,

"이것아 어쩌다 그런 철없는 짓을 했노, 너의 아바이 속을 너는 모를라."

하며 울었다.

이튿날 아침 그 아버지는 억쇠를 불러

---

19) 들돌 몸의 힘을 늘리려고 들었다 놓았다 하는 둥근 돌, 또는 맷돌의 짝같이 만든 돌.
20) 동회 (洞會) 동네의 일을 협의하는 모임. 예전에 동사무소를 이르던 말.

"너 나이 열세 살이다. 몸 하나라도 성히 지닐라거든 철없이 아무 데나 나서지 마라, 네 일신 조지고 온 집안 문닫게 할라, 모두가 늬 맘 먹기다."

하였다.

억쇠는 아버지의 이 말을 가슴에 새겨 들었다. 그리하여 씨름판이고, 줄목이고, 들돌을 다루는 데고, 짐 내기를 하는 마당에고, 일절 사람이 많이 모인 곳이나, 무슨 힘겨룸하는 데는 나서지 않았다.

그의 나이 스무 살 남짓했을 때는 과연 솟는 힘을 제 스스로 감당할 수 없었다. 어떤 날 밤에는 혼자서 바위를 안고 산꼭대기로 올라갔다 골짜기로 내려왔다 하는 동안 어느덧 밤이 새어버리는 수도 있었다. 상투가 풀려 머리칼이 헝클어지고 두 눈엔 벌겋게 핏대가 서고 하여 흡사 미친 사람 같았다. 밤사이는 또 이렇게 바위와 씨름이라도 할 수 있지만, 낮이 되면 무엇이든지 눈에 뵈는 대로 때려 부수고 싶고 메어치고 싶고 온갖 몸부림과 발광이 치밀어올라 잠시도 견딜 수가 없었다. 힘자랑이 하고 싶어서가 아니라, 힘을 써보고 싶다는 욕망이었다.

억쇠의 이런 소문이 또 한 번 황톳골에 퍼지자, 그의 백부는 그의 아버지를 보고,

"인제는 그놈이 무슨 일을 낼 게다. 자아, 그때 내 말대로 단속을 했더면 이런 후환은 없었을걸, 자아, 인제 그놈을 누가 감당할꼬, 자아, 그러면 늬 자식 늬가 혼자 맡아라, 나는 이 황톳골에 못 살겠다."

이러고는, 재를 넘어 이사를 가버렸다.

억쇠는 이 말을 듣고 홀로 깊은 산속으로 들어가 목을 놓고 울었다. 집에 돌아와, 낫을 갈아서 아버지 모르게 오른쪽 어깨를 끊고 피를 흘렸다.

이것을 안 그의 어머니는

"어리석게 인제 와서 그게 무슨 짓이람, 힘세다고 다 불량할까, 제 맘 먹기에 달렸는걸…… 괜히 너의 어른 알면 시끄러울라."

하고, 되레 못마땅히 말했다.

그의 할아버지가 세상을 떠날 때, 그에게 남긴 유언도 다만 힘을 삼가라는 것뿐이었고, 그의 아버지가 임종에 이르러 그에게 신신당부를 한 것도 역시 이것뿐이었다.

"늬가 어릴 때 누구에게 사주를 봤더니 너의 팔자에는 살이 세다고, 젊어서 혈기를 삼가지 않으면 큰 화를 당할 게라더라……. 그렇지만 사람에게는 힘이 보배니 너만 알아 조처할 양이면 뒤에 한번 쓸 날이 있을 게다. 조용히 그때가 오기만 기다려라."

아버지가 숨을 거둘 때 남긴 이 말이 억쇠에게 있어서는 그 무슨 하늘의 계시와도 같이 들렸던 것이었다.

'한번 쓸 날이 있을 게다.'

'때가 오기만 기다려라.'

그는 잠시도 이 말이 그의 머릿속에서 사라질 때가 없었다.

그 미칠 듯이 솟아오르는 힘의 충동을 누르고 누르며 그 한번 크게 쓰일 날을 기다려, 오늘인가 내일인가 하는 사이, 그러나 그 기다리는 날이 오기도 전에 어느덧 그의 머리털과 수염만이 희끗희끗 반나마 세어지고 말았던 것이다.

그가 주막으로 나가 색시와 더불어 술잔을 기울이고 하기 시작한 것도 이 무렵부터의 일이었다.

하루는 삼거리 주막에서 분이라 하는, 예쁘장스러워 보이는, 젊은 색주가를 더불어 술을 먹고 있는데 계집이 잠깐 밖에서 손님이 저를 찾는 다면서, 곧 댕겨 들어온다 하고 나간 것이, 종시 들어오질 않고, 때마침 밖에서는 무슨 싸움 소리 같은 것이 왁자지껄하기에 문을 열어 보았더니, 어떤 낯선 나그네 한 사람이 주인의 멱살을 잡아 이리 나꾸고 저리 채고 하는 중이다.

그새 뒤란에서 노름을 하고 있던 패들이 우우 몰려나와, 이 말 저 말 주고받고 하던 끝에 시비를 가로맡게 되었다. 그것은 주인의 말이,

"아, 생전 낯선 나그네가 와서 남의 주모더러 이 여자는 내 딸이다, 이리 내어달라 하니, 온 세상에 이런 경우가 어디 있나."

하매, 필시 이 나그네가 분이의 상판대기에 갑자기 탐을 낸 모양이라고, 하나, 분이는 자기들도 누구나 다 끔찍이 좋아하는 터요, 더구나, 생전 낯선 작자가 돈 한푼 어떻다는 말 없이 가로 집어채려 하니, 이 불량하고 경위[21] 없는 작자를 그냥 둘 수가 없다 하여, 노름패 중에서 한 사람이 먼저 따귀 한 찰을 올려붙였더니, 낯선 사내는 펄쩍 뛰듯이 일어나 그 노름꾼의 멱살을 덥석 잡아 땅에 메어꽂아 놓았다. 이것을 본 한마당 사람들은 다 겁을 집어먹었으나, 원체가 이쪽엔 수효도 많고 또 노름꾼 중에는 힘센 놈도 있고 불량한 자도 있자니까, 그렇다고 그대로 물러설 리도 없었다. 이놈이 대들고 저놈이 거들고 하나, 낯선 사내는 좀처럼 꿀려 들어갈 듯도 하지 않는데 하나둘 자빠져 눕는 것은 모두 이쪽 편이다. 머리가 터진 놈, 아랫배를 차인 놈, 허구리를 쥐어박힌 놈, 따귀를 맞은 놈, 부상자들이 마당에 허옇게 나가 누웠다.

---

[21] 경위 사리의 옳고 그름이나 이러하고 저러함에 대한 분별.

억쇠도 술이 얼근했던 터라, 이 꼴을 그냥 볼 수 없다 하여, 방에서 일어나 밖으로 나오며,

"아니 웬놈이 저렇게 불량한 놈이 있누?"

한 번, 집이 찌르렁 울리도록 큰 소리로 호령을 쳤다.

낯선 사내는 이쪽으로 고개를 돌려 억쇠를 한 번 흘겨보더니,

"흥, 너도 이놈……."

하는, 말도 채 맺지 않고, 별안간 뛰어 들며 머리로 미간을 받으매, 억쇠도 한순간 정신이 다 아찔하였으나, 그다음 순간엔 그도 바른손으로 놈의 먹살을 잡아 쥘 수 있었다. 보매 기골도 범상하게는 생긴 놈이 아니로되, 그래도 처음 억쇠는, 그놈이 그저 힘깨나 쓰는 데다 싸움에 익은 놈이려니쯤으로밖에 더 생각하지 않았던 것인데, 한번 힘을 겨뤄보자 그냥 이만저만 센 놈이나 불량한 놈만은 아니라는 것을 깨닫게 되었다. 순간, 억쇠는, 문득 자기의 몸이 공중으로 스르르 떠오르는 듯한 즐거움이 가슴에 솟아오름을 깨달으며 저도 모르게 먹살 잡았던 손을 슬그머니 놓아버렸다.

제4장

이 낯선 사내—그의 이름이 득보였다—가 억쇠를 따라서 황톳골로 들어와, 억쇠와 징검다리 하나를 사이하고 살게 된 것은 바로 이틀 뒤의 일이었다. 냇물가 길을 향해 앉아 있던 오두막 한 채를 억쇠가 그를 위하여 마련해주었던 것이다.

한 사날 뒤에 득보는

"털이 그렇게 반이나 센 놈이 여태 자식새끼 하나도 없다니 가련하다. 헌데 나는 네놈한테 아무것도 줄 게 없구나. 그래서 분이를 데리고 왔다. 네 새끼 삼아 네가 데리고 살아라."

하였다.

억쇠가 거북하게 웃으며

"너는 이놈아……?"

하고 물으니까, 득보는

"늙은 놈이 남의 걱정까지 하게 됐느냐. 고맙다 하고 술이나 한턱 걸쩍하게 낼 일이지. 하기야 그렇지 않기로서니 아무렴 이 득보가 조카딸년 데리고 살겠냐마는……"

하며 입맛을 다셨다.

득보의 조카딸이란 말에, 억쇠는, 그렇다면 생판 남은 아닌 모양이라고 좀더 마음을 놓으며,

"너도 이놈아 같이 늙어가는 놈이 웬걸 주둥아리만 그렇게 사나우냐. 더구나 내가 늙었음 네놈 같은 거 하나쯤 처분하지 못할 상 부르냐."

"늙은 것이 잔소린 중얼중얼 잘 주워섬긴다."

두 사내가 이런 말을 건네고 있는 동안 분이는 억쇠네 술항아리에서 술을 퍼내다 거르고 있었다. 이것이 분이와 억쇠의 혼사요, 또, 그녀에게 있어서는 시집살이의 시작이기도 하였다. 술이 얼근했을 때, 억쇠가 또 득보를 보며,

"너는 이놈아 혼자 살래?"

하고 물어보았더니 득보는 곧

"세상에 계집이 없어?"

하고 자신 있게 말했다.

"네놈 그 험상궂은 상판대기 하며 웬걸 여자들이 그렇게 줄줄 따르겠나."

"흥, 이놈아 너무 따라서 걱정이다. 그러기 땜에 분이도 네놈의 차지가 되는 거다. 저년은 강짜를 너무 놓기 땜에 나한테는 어울리지 않거든. 너 같은 농사꾼한테나 제격이지."

이러한 득보의 대답을 억쇠는 어떻게 들어야 할지 몰랐다. 아까는 자기가 그에게 집을 마련해준 사례로, 그리고 또 이왕 제 조카딸을 데리고 살 수는 없으니까 데리고 왔노라고 해놓고, 지금 와서는 강짜가 심해서 어차피 저에게는 어울리지 않아 데리고 왔다는 것이다.

처음 주막에서 득보는 분이를 자기의 딸이라 했고, 그다음엔 조카딸이라 하더니, 지금 와서는 제가 데리고 살자니까 너무 강짜가 심해서 억쇠에게 양보를 한다는 것이다. 아무렇거나 억쇠는 어차피 후처를 얻어야 할 형편이요, 또 분이와는 본래 그녀가 주모로 있을 적부터 이미 색념[22]이 든 터라 구태여 마다할 까닭도 없었다.

그러나 득보가 분이를 두고 딸이니 조카니 하는 것처럼 득보에 대한 분이의 태도도 또한 야릇한 것이 있어, 어떤 때는 아저씨랬다 어떤 때는 그이랬다, 심하면 아주 득보라고도 불렀다. 그러다가 어느 날 밤엔

"아무것도 아니오. 외가는 외가뻘이라 하지만 그이와는 직접 걸리지 않고, 내 외삼촌의 배다른 형제라요."

22) 색념 여색이나 색정, 색사(色事) 따위에 대한 생각.

했다. 어느 날은 또 술에 취해서,

"왜 내가 아일 못 낳아? 저 건너 득보한테 가 물어보지, 분이가 열여섯에 낳은 옥동자를 어쨌는가고, 사내 글러 못 낳지 내 배 탓인 줄 알어?"

라고도 하였다.

이와 같이 걸핏하면 곧잘 득보의 이름을 걸치고 드는 분이가 억쇠에게는 여간 못마땅하지 않았지만 처음부터 숫색시인 줄 알고 장가든 것이 아닌 바에야 못 들은 척해둘밖에 없다고 생각하였다. 거기서 그 두 사람이 걸치는 말들을 종합해서 그들의 과거란 것을 대강 추려보면, 득보는 본래 이 황톳골에서 한 팔십 리가량 떨어져 있는 어니 동해변(東海邊)에서 그의 이복형제들과 더불어 성냥간[23] 일을 하고 있었는데 한번은 그 형제들과 싸움을 하다 괭이로 머리를 때려서 그 형제 하나를 죽이고 그길로 서울까지 달아나 거기서 누구 집 하인 노릇을 하던 중 이번에는 또 그곳 어느 대가의 부인과 관계를 맺었던 모양이다. 그랬다가 그것이 세상에 드러나게 되자 거기서 도망질을 쳐서 도로 고향 근처로 내려와 다시 옛날과 같은 성냥간 일이나 보고 있으려니까 이번에는 다시 그가 옛날 형제를 죽인 사람이란 소문이 퍼져, 더 머물러 살 수 없게 되니, 하는 수 없이 또 나그넷길을 떠날 수밖에 없었던 듯하다.

분이는 득보가, 두 번째 그의 고향 근처로 내려와 살려다 못 하고 다시 나그넷길을 떠나게 된 데 대하여, 그것은 그녀 자신이 그의 '옥동자'를 낳게 되었기 때문인 듯이 말하지만 그것이 어느 정도 확실한 이야기

23) 성냥간 대장간.

76

인지는 모를 일이다. 분이의 그 야릇한 말투와 행동으로 보아서, 그 관계란 것을, 가령, 분이가 아직 열어섯 살밖에 되지 않은 어린 계집애의 몸으로서, 자기의 외삼촌뻘이 되는—외삼촌의 이복형제라니까—득보의 아이를 낳게 된 것이라 하더라도, 득보 같은 그러한 위인이 그만한 윤리적 탈선이나 과실로 인하여, 일껏 벌였던 일터를 동댕이치고 다시 나그넷길을 떠나게 되었으리라고는 믿어지지 않는다. 그러고 보면 거기엔 위의 두 가지 이유가 다 걸려 있었는지도 모를 일이다.

분이가 걸핏하면 득보의 이야기를 끌어내는 것은 그녀의 마음이 거기 있는 까닭이요, 마음이 있는 곳에 몸도 대개 가 있어, 한 달 잡고 스무날 밤은 억쇠가 홀아비로 자야 하였다. 낮에 가서 술잔이나 팔아주고 돼지 다리나 삶아주고 하는 것쯤은 분이의 과거가 그러하니만치 혹 예사라 할지라도 잠자리까지 그러한 데는, 제 말대로 비록 제 외삼촌의 이복형제뻘쯤 된다 할지라도 바로 징검다리 이쪽에 제 서방의 집을 두고 있는 처지에서는 해괴하기 짝이 없는 노릇이었다.

억쇠가 득보더러

"너 이놈 분이는 왜 밤낮 네 집에 붙여두는 거여."

하고 꾸짖으면,

"늙은 놈이 계집 투정은 어지간히 한다."

하며 득보는 가재침을 탁 뱉는다.

"어디보자, 네놈 주둥아리가 곧장 성한가."

"벼르지만 말고 낼이라도 당장 끝장을 내렴. 끝장을 못 내면 그 대신 계집은 나에게 넘기고……."

"홍……."

하고 억쇠는 코웃음을 쳤다. 네놈 하나쯤은 가소롭다는 뜻이다. 이럴 때 만약 어느 쪽에서든지 술과 안주만 준비되어 있다면 이튿날로 곧 싸움이 벌어진다. 그들과 같이 가끔 싸움을 가져야 하는 사이에 있어 분이의 그러한 생활 태도는 그것을 돋우는 데 도움이 되었다. 하기는 득보가 처음부터 조카딸이라는 구실로 그녀를 억쇠에게 갖다 맡긴 것도 미리 다 이러한 효과를 노렸던 것인지 몰랐다.

분이는 분이대로 두 사나이가 자기를 두고 무슨 수작을 하든지 그런 것은 아랑곳도 없다는 듯이 밤에나 낮에나 부지런히 징검다리를 건너 다녔다.

억쇠가 볼 때, 더욱 해괴한 노릇은, 분이가 득보를 두고 강짜를 놓는 일이었다. 득보는 언젠가도 천하에 흔한 게 계집이라는 큰소리를 쳤지만, 과연 제 말대로, 분이가 아니더라도 계집에 그다지 주릴 사이는 없었다. 어디로 한번 나가 며칠을 묵고 들어올 적에는 으레 낯선 계집 하나씩을 달고 돌아오곤 하였다. 그것들이 그러나 사흘도 못 가 대개 달아나버리기는 하였지만.

그런데, 이와 같이 득보가 가끔 달고 들어오는 계집들에게 분이가 번번이 강짜를 부린다는 것이다. 강짜를 놓되 이건 어처구니도 없이, 이년아, 왜 남의 은가락지를 훔쳤느냐, 내 다리를 찾아내라, 수젓가락이 없어졌다, 모시 치마는 어디 갔느냐…… 이런 식으로 낯선 계집들의 노리개나 옷벌을 뺏기가 일쑤요, 그러고서도 계집이 얼른 물러가지 않으면 이번에는 육박전으로 달려들어 머리를 뜯고 옷을 찢곤 하는 것이다.

"너 때문에 득보는 평생 어디 장가들겠나."

하고 억쇠가 나무라면, 분이는

"별소릴 다 듣겠네. 그럼 도둑년을 붙여둘까."

하고 톡 쏘는 것이다.

한번은 역시 그러한 여자 하나가 득보에게 성이 들었던지 얼른 달아나지 않고 한 달포 동안이나 붙어살게 되었다. 분이가 그런 따위 수작을 붙이면 서슴지 않고 제 보따리를 털어서 척척, 내어주어 버린다. 몸집도 큼직하려니와 여자치고는 힘도 세어서 분이가 본래 남의 머리를 뜯고 옷벌이나 찢는 데는 여간한 솜씨가 아니라고 하지만 이 여자에게만은 그리 잘 되지 않은 모양이었다. 몇 번 머리를 뜯으려고 달려들었다가는 번번이 실패를 보고 말았다. 그러자 분이는 일도 하지 않고 잠도 자지 않은 채 며칠이든지 득보네 방구석에 그냥 박혀 있었다. 밤사이에는 셋이서 무엇을 하는지, 밖에서 들으면 흡사 씨름을 하는 것처럼 툭턱거리고 쾅쾅거리는 소리만 들렸다. 어떤 때는 그것이 거의 밤새도록 계속되기도 하였다. 이러고 난 이튿날 아침에 보면 세 사람이 다 으레 머리를 풀어 흩뜨린 채 눈들이 벌게져 있었다. 그것을 보는 억쇠는 입맛이 쓴지,

"더러운 연놈들!"

하면서 침을 뱉곤 하였다.

그렇게 얼마를 지난 어느 날 새벽녘이었다.

"연놈이 사람 죽이네!"

하는 날카로운 비명 소리가 들렸다. 분이의 목소리였다. 그리고는 또다시 툭턱거리는 소리가 들리기 시작하였다.

이와 같이 득보의 생활에 사생결단의 관심을 걸고 있는 분이가, 그러면 제 서방 셈인 억쇠를 보지 않느냐 하면 그런 것도 아니다. 정부는 정부요, 본부는 본부란 속인지, 득보의 집에서 국그릇도 들고 오고, 밥사

발도 안고 오곤 하여, 시어머니와 억쇠의 밥상을 보는 체도 하고, 가다가 빨래가 밀리면 빨랫방망이를 들고 나서기도 하였다. 그 밖에 무슨 잠자리 같은 데서 몸을 사리거나 하느냐 하면 그런 일은 한 번도 없고, 그보다도 분이의 말을 빌리면, 억쇠에 대한 그녀의 가장 중요한 불만이, 잠자리에 있어 그가 너무 심심한 점이라 한다.

제5장

분이가 밤낮으로 징검다리를 건너다니고 있을 무렵, 억쇠는 맘속으로 그녀를 단념하고, 그 대신, 그전부터 은근히 눈독을 들여오던 설희를 손에 넣고 말았다.

억쇠는 혈통이 농부요, 과거가 또한 그러니만치 잠자리에서뿐만 아니라 분이의 모든 점이 그에게는 맞을 수 없었다. 더구나 늙은 어머니까지 모시는 몸으로 여태 혈육 한 점 없다는 것도 여간 송구스러운 일이 아니었다. 뿐만 아니라 자기 자신의 심정으로서도 자식 하나쯤은 기어이 남겨야 할 것같이 생각되었다.

그러나 마음씨나 몸가짐이 그러한 분이에게 이 일을 기대할 수는 없었고, 또 그러니만치 그것을 통정[24]하고 싶지도 않아서 그녀와는 상의 없이 저 설희를 보게 되었던 것이다. 그러나 분이는 또 분이대로 잔뜩 배알이 꼴리는지,[25]

24) 통정 '통사정'의 준말.
25) 배알이 꼴리다 신경이 쓰이다.

"흥, 씨 글러 못 낳지 배 글러 못 낳는 줄 아나. 어느 년의 ×××은 어디 별난가 두고 보자!"

하며 이를 갈아붙였다.

설희는 용모가 미인이었고, 게다가 행실까지 얌전하다 하여 부근 일대엔 모르는 사람이 없으리만치 소문이 높이 나 있던 여자였다. 스물셋에 홀로 되어 그동안 여러 군데서 무수히 권하는 개가도 듣지 않고 식구래야 하나밖에 없는 늙은 시아버지를 지성껏 섬겨가며 군색[26]한 빛 남에게 보이지 않고 살아왔던 것이다. 얼마 전 그 시아버지마저 세상을 떠나버리고 의지가지없게[27] 되자, 그동안 이미 오래전부터 마음을 두고 몇 차례 집적거려보기까지 하여 오던 억쇠가 드디어 그녀를 손에 넣고 말았던 것이다.

한편 설희에 대하여 침을 흘려온 자로 말하면 물론 억쇠 한 사람뿐이 아니었다. 가운데도 득보는 잔득 제 것이 될 줄로만 믿어왔던 모양으로 설희가 억쇠와 함께 지내게 되었다는 소문을 듣자, 으흥하고 신음 소리를 내었다.

"늙은 놈이 계집을 둘씩이나 두고 근드렁거리다 쉬 자빠질라, 괜히 헛욕심 부리지 말고 진작 하날랑 냉큼 내놓는 게 어때."

안냇벌에서 돌아오며 억쇠에게 하는 말이었다.

억쇠는 그냥

---

26) 군색 딱하고 어려움.
27) 의지가지없다 조금도 의지할 만한 곳이 없다.

"그놈 주둥아릴……"

하고 말았지만, 속으로는

'이놈이 끝내 그냥 있진 않겠구나.'

했던 것이다.

어느 날 밤에는 비가 부슬부슬 내리는데 한 이경[28]이나 되어 억쇠가 설희에게로 가니 그 방무의 불빛은 여느 때와 마찬가지로 불그레하게 비쳐 있는데 그 안에서 사내의 코고는 소리가 드르렁거렸다. 아차 싶어 신돌 위를 보니 아니나 다를까, 그 침침한 불빛에서도 완연히 크고 낯익은 메투리[29] 한 켤레가 놓여 있다. 순간 억쇠는 자기 자신도 모르게 주먹이 불끈 쥐어지며 온몸의 피가 가슴으로 쫘악 모여드는 듯하였다. 떨리는 손으로 막 문고리를 잡으려 할 때, 저쪽 뜰 구석에서 사람의 기척 소리가 나는 듯하여 얼른 머리를 돌려서 보니 그쪽 어두컴컴한 거름 무더기 곁에 하얗게 서 있는 것이 분명히 사람의 모양이요, 한두 걸음 가까이 들어서는데 보니 바로 설희였다.

설희는 억쇠의 턱 밑으로 다가들어서며

"득보요, 벌써 초저녁에 와서 어른을 찾네요, 안 계신다고 해도 그냥 들어와서 어떻게 추근추근 구는지, 할 수 없이 측간엘 간다고 나와서 뒤꼍에 숨어 있입니다."

이렇게 소곤거렸다.

"으―ㅁ."

하고, 억쇠는 혼자 속으로

28) 이경(二更) 밤9시~11시.
29) 메투리 '미투리'의 방언으로 삼이나 노 따위로 짚신처럼 삼은 신.

82

'죽일 놈이다!'

했나.

부들부들 떨리는 손으로 방문 고리를 잡을 때는 이놈을 아주 잠이 든 채 대가리를 부숴봐라, 했던 것이다.

득보는 억쇠가 문을 열고 들어와도 모르고, 방에 하나 가득 찰 듯한 큰 신장을 뻐트리고 자빠져 누워 드르렁거리며 코를 골고 있었다. 유달리 검붉고 뚝뚝 불거진 얼굴에 희미한 불그림자가 가로 비껴 있고, 여줏덩이[30]만이나 한 콧마루 위에는 어이한 파리 한 마리가 앉아 있다. 파리는 콧마루에서 콧잔등을 타고 기어 올라가다가 산근[31] 즈음에서 한번 날아서, 다시 그의 왼쪽 눈썹 끝의, 도토리만 한 혹 위에 가 앉았다. 파리와 함께 그의 시선도 그 혹 위에 가 멎어서 더 움직이질 않았다. 그것은 금년 삼월 삼짇날 싸울 때 억쇠의 주먹에 맞아서 생긴 게라는 혹이었다. 그러자 억쇠는 문득 어떤 비창(悲愴)[32]한 생각이 들었다. 그는 후들거리는 발길로 득보의 엉덩이를 걷어차며

"이놈 득보야!"

하고 불렀다.

몸을 좀 꿈틀거리다 그대로 다시 코를 골기 시작하는 득보를 이번에는 좀더 거세게 지르며

"이놈 득보야!"

30) 여줏덩이 박과의 한해살이 덩굴풀. 줄기는 가늘고 길어 덩굴손으로 감겨 오르며, 손바닥 모양의 잎은 잎자루가 길고 어긋맞게 난다. 여름·가을에 노란 꽃이 피고 둥근 열매는 붉노랗게 익는다.
31) 산근 콧마루와 두 눈썹 사이.
32) 비창(悲愴) 마음이 몹시 상하고 슬픔.

하니, 그제야 핏대가 벌겋게 선 눈을 떠 방 안을 한번 살펴보고 나서 기지개를 켜며 부스스 일어나 앉았다.

억쇠가 목소리에 노기를 띠고

"네 이놈 여기가 어디여."

한즉, 그는 입맛만 쩍 다시고는 대답이 없었다.

"네 이놈 여기가 어디여."

또 한 번 호통을 치니, 그제야 그 벌건 눈으로 억쇠를 한번 힐끗 쳐다보며

"어딘 어디라."

한다.

"흥, 이놈!"

억쇠는 한참 득보의 낯을 노려보고 있다. 이렇게 선웃음을 한번 치고 나서, 얼굴을 고쳐,

"따로 매는 맞을 날이 있을 터이니 오늘밤엔 우선 술이나 처먹어라."

하고, 설희를 불러 술을 청했다.

이날 밤 이래로, 득보의 설희에 대한 태도가 조금 은근해진 듯하기는 했으나, 그 대신 전날보다도 더 걸음이 쉽고 찾게 되었다.

"아지매 있어?"

득보는 언제나 밖에서 이렇게 불렀다. 설희는 설희대로 득보가 비록 자기를 찾더라도,

"안 계시는데요."

하고, 으레 바깥주인이 안 계신다는 뜻으로만 대답을 하곤 했으나, 득보는 억쇠가 있든지 없든지 불구하고 그냥 방으로 들어오므로, 나중에는

잠자코 방문만 열어보곤 하였다.

　이렇게 방 안에 들어온 득보는 저음엔 으레 농지거리 비슷한 인사말을 붙여보곤 하였으나, 수작이 지나치면 그때마다 설희의 두 눈에 싸늘한 칼날이 돋힘을 발견하고 그러고는 슬그머니 뒤로 물러앉는가 하면 의외로 빨리 자빠져 누워 코를 골기 시작하는 것이었다.

　"이놈아 맞아 죽을라, 조심해라."

　억쇠가 은근히 얼러보면,

　"더럽게 늙은 놈아, 친구가 네 계집 궁둥이에 좀 붙어 자기로서니 늙은 놈 처신으로 그것까지 샘질이냐?"

　득보는 아니꼬운 듯이 가래를 돋우곤 하는 것이다.

　그러나 억쇠는, 득보가 언젠가 분이를 두고도 이렇게 가래만 뱉던 것을 기억하고,

　"흥, 이놈 어디 두고 보자."

　무서운 눈으로 노려보면,

　"이놈아 그렇다면 낼이라도 끝장을 내자. 어느 놈의 계집이 되는가 말이다."

하고, 득보는 또 언젠가 분이를 두고 하던 것과 같은 말투였다.

　"어디 이놈!"

하고 이번에는 억쇠도 이전과 달랐다.

　이 모양으로, 두 사람 사이에 실희가 새로 등장한 이후로는, 인제나 그녀로써 싸움의 동기를 삼았다. 그것도 물론 분이의 경우와 같이 한갓 싸움을 돋우기 위한 방편에 지나지 않았는지 모르지만, 분이의 경우보다는 양쪽이 다 좀더 심각한 체하는 것도 사실이었다.

억쇠도 설희에 대해서만은 진지한 태도로, 어쩌다 술이라도 얼근해지면

"난 자네가 암만히도 염려스러우이."

하고 슬쩍 그녀의 마음을 떠보기도 하였다. 그럴라치면 그때마다 설희는 소곳이[33] 고개를 숙일 뿐 대답이 없었다.

한번은 분이의 이야기를 하던 끝에 설희는

"아주 떼내어버려요."

하기에, 그때 역시 술기가 얼근하던 억쇠는, 농담 삼아, 또,

"그랬다가 자네마저 득보 놈이랑 어울려버리면 어쩌라구."

했더니, 설희는 갑자기 낯빛이 파랗게 질려 한참 앉아 있다가,

"지같이 팔자 험한 년이 앞으론들 좋기로사 바라겠소…… 그저 이 위에 더 팔자는 고치지 않을 작정……"

하며, 조용히 수건으로 눈물을 받으매, 억쇠는 취한 중에서도, 설희의 팔자란 말에 문득 자기의 반나마 센 수염을 쓸어쥐며,

"미안하이, 미안해……."

진정으로 언짢아하였다.

득보가 밤낮없이 설희의 방에 걸음이 잦을 무렵이었다.

밤마다, 달이 있을 때에는 그 집 뒤꼍의 늙은 홰나무[34] 그늘에 숨고, 달이 없을 때는 캄캄한 어둠에 싸여서 그 불빛이 희미하게 비쳐 있는 설

---

33) **소곳이** 다소곳하게.
34) **홰나무** 콩과의 갈잎큰키나무. 잎은 깃꼴겹잎으로 어긋맞게 나고 나비 모양의 꽃이 피며, 꼬투리가 열리는데 속에 납작하고 작은 씨가 있다. 나무는 가구재로, 꽃과 꼬투리는 약으로 쓴다.

희의 방문을 노리고 있는 여자 하나가 있었다. 그녀의 낯에는 그믐달빛 같은 독기가 서리고, 그 두 눈에는 야릇한 광채가 돌고, 그리고, 그 품속에는 날이 새파란 비수 하나가 헝겊에 싸여 들어 있었다.

제6장

억쇠와 득보 두 사람이 서로 겨루듯이 열을 내어 설희에게 다니기 시작한 뒤부터 분이의 낯빛과 거동엔 변화가 생겼다. 그녀는 전과 같이 수다스레 지껄이지도, 노골적으로 입을 비쭉거리지도 않았다. 밤으로는 어디 가 무엇을 하고 오는지 집 안에 붙어 있지도 않다가 낮이 되면 온종일 이불을 쓰고 잠을 자는 것이었다. 언제 어떻게 끼니를 치르는지 그녀는 거의 식사를 전폐[35]하듯 하였다. 그녀의 낯빛은 이제 종잇장같이 되고, 입가에 언제나 뱅글거리던 웃음도 아주 흔적을 감추어버렸다.

분이의 이러한 심상찮은 거동을 억쇠 역시 깨닫지 못한 바는 아니었으나 그는 그의 어머니의 병환으로 경황이 없을 즈음이라 설마 어떠랴 하고 내버려두었던 것이다.

어느 날 밤에는 억쇠가 그의 어머니의 병시중을 들고 있노라니, 밤이 이슥해서, 건너편 득보네 집에서 갑자기 싸우는 소리가 났다. 이윽고 분이의 비명 소리가 나고, 그러고는 싸움 소리는 갑자기 그쳐버렸다. 분이의 비명 소리가 났을 때, 억쇠의 늙은 어머니는 갑자기 자리에서 몸을

---

35) 전폐 완전히 다 닫거나 막음.

일으키며,

"야야, 저게 무슨 소리고? 저게, 저게!"
하고, 억쇠의 소매를 잡아당겼다.

이때부터 병세는 갑자기 위중해져서 그런지 사흘째 되던 날 그맘때엔
노인의 몸에 이미 숨이 없어진 뒤였다.

황톳골 뒷산 붉은 등성이에 억쇠네 무덤 한 상이 더 늘던 그날 밤이
었다.

억쇠가 그의 친척 몇 사람과 더불어 아직도 뜰 가운데 타고 있는 화롯
불을 바라보고 있었을 바로 그때 그의 가엾은 설희는 그 배 속에 또 하
나 다른 생명을 넣고, 목에 푸른 비수가 꽂힌 채 그녀의 다난한 일생을
마치고 말았다.

설희의 몸이 채 식기도 전에, 손과, 소매와 치맛자락을 온통 피로 물
들인 채, 분이는 다시 그 캄캄 어두운 홰나무 밑을 돌아 득보를 찾아가
고 있었다. 상기도 핏방울이 듣는[36] 그녀의 오른쪽 손에는, 다시 설희네
집에서 들고 나온 식칼이 번득이고 있었다.

낮에 상여를 메고 갔다 산에서 흙일을 하고 돌아온 득보는 술에 잠북
취하여, 마침 분이가 치마 속에 그것을 숨기고 설희 집 뒤의 홰나무 그
늘을 돌아 나올 때쯤 해서는 불도 켜지 않은 캄캄한 방 안에서 막 잠이
들어 있었던 것이다.

방문 앞까지 와서, 방 안의 득보의 코고는 소리를 들은 분이는 흡사
조금 전의 설희의 방문 고리를 잡으려던 그 순간과 같이, 별안간 가슴에

36) 듣다 눈물, 빗물 따위의 액체가 방울져 떨어지다.

서 걷잡을 길 없는 깡방망이질이 일어나며, 그와 동시에, 코에서는 어릴 석 남몰래 주워 먹던 마른 흙냄새가 훅 끼쳐 오르며, 정신이 몽롱해졌 다. 바로 그 다음 순간, 분이는 반무의식 상태에서 바른손에 든 식칼로, 어둠 속에 코를 골고 자는 득보의 목을 내리 찔렀다. 그러나 칼날은 그 의 목을 치지 못하고, 목에서는 한 뼘이나 더 아래로 빗나가 그의 왼편 가슴을 찔렀다.

가슴이 뜨끔하는 순간, 득보는

"어엇!"

하고, 놀라 일어나려는데, 무엇이 왈칵 가슴으로 뛰어 들어와 안기려 하였다. 분이라는 생각이 섬광처럼 머릿속에서 번쩍하던 다음 순간, 득보는 무슨 악몽에서나 깨는 듯 가슴의 것을 힘껏 후려 던져버렸다. 분이는 문턱에 가 떨어졌다.

그제야 정말 정신이 홱 돌아 들어오며 거의 본능적으로 그 손이 그쪽 가슴께로 갔다. 가슴에서 뜨뜻한 액체 같은 것이 손에 묻어지자, 그 순 간, 또 한 번 꿈속에 벼락을 맞듯 등골이 찌르르해짐을 깨달으며 그대로 자리에 쓰러져버렸다.

이튿날 새벽 억쇠가 숨을 헐떡이며 뛰어왔을 때엔 온 방 안이 벌건 피요, 피비린 냄새가 코를 찔렀다.

"득보!"

하고, 억쇠는 큰 소리로 불렀다.

"……"

득보는 잠자코 눈을 떠서 억쇠를 쳐다보았다. 그의 두 눈에는 벌건 핏대가 서 있었다.

"득보!"

"……."

"죽진 않겠나, 죽진."

"……."

대답 대신 득보는 손으로 왼편 가슴을 더듬었다. 거기엔 시뻘건 핏덩이가 풀처럼 엉겨 붙어 있고, 다시 그의 엉덩이 즈음에서는 피철갑이 된 식칼 하나가 나왔다.

식칼을 집어 들어서 보고 있는 억쇠의 신발에서는 피가 스며 올라와 버선을 적셨다.

그동안 부엌의 억새풀 위에 쓰러져 누워 있었던 분이는 새벽녘이 되어, 억쇠의 목소리가 나자, 놀라 일어나 거기서 그림자를 감추어버렸다. 그러고는 두 번 다시 그녀는 나타나지 않았다.

제7장

득보의 가슴의 상처는 달포 만에 거죽만은 대강 아물어 붙었으나 그 속이 웬일인지 자꾸 더 상해만 들어가는 모양이었다. 양쪽 광대뼈가 불거져 나오고, 광대뼈 밑에는 우물이 푹 패고, 게다가 낯빛은 마른 호박같이 되어, 옛날의 모습은 볼 길이 없는데, 이마에는 칼로나 그어낸 것처럼 깊고 험상궂은 주름살만 늘게 되었다. 그는 달포 동안에 완전히 늙은 사람이 되었다.

"분이는?"

그는 억쇠를 볼 때마다 늘 이렇게 물었다.

처음 억쇠는, 득보가 분이를 찾는 것은 분이에 대한 원수를 갚으려는 줄 알았으나, 두 번 세 번 그의 표정을 보아오는 동안, 그렇기만도 한 것이 아니고, 어쩌면 분이를 도리어 아쉬워하고 있는 듯한 눈치이기도 하였다.

"내가 찾아오지."

억쇠는 늘 이렇게 대답하였다.

그러나 좀처럼 분이의 행방은 알 길이 없었다. 혹은 그녀의 고향인 동해변 어디에 가 산다는 말도 있고, 혹은 남쪽의 어느 객줏집에 가 역시 주모 노릇을 한다는 말도 있고 또 일설에는 영천 지방 어디서 우물에 빠져 죽어버렸다는 소문도 있었다.

"뭐 하노."

득보는 억쇠에게 곧잘 역정을 내었다.

"그동안 찾아내지."

그러나, 억쇠는 분이를 찾아 길을 떠나지는 않았다.

이듬해 봄이 되었다.

세안에 가끔 장 출입을 하던 득보는, 땅에서 풀이 돋고, 건너 산에 진달래가 필 무렵이 되자, 표연히 어디로 길을 떠나고 말았다.

억쇠는 억쇠대로 그날부터 득보를 기다리기 시작하였다. 그는 매일같이 주막에 나가 득보의 소문만 들으려 하였다. 이른 여름이 되었다.

나뭇가지마다 녹음이 우거져가는 단오 무렵 어느 날 득보는 의외로 어린 계집애 하나를 데리고 황톳골로 돌아왔다. 유록[37] 저고리에 분홍 치마를 입은, 열두어 살 가령 되어 뵈는, 이 어린 계집애는, 분이가 열여섯 살 때 낳은 그녀의 딸이라는 것이었다. (그녀 자신은 일찍이 옥동자라고 했지만……)

"분이는 어쩌고?"

억쇠가 물은즉, 득보는 힘없이, 다만,

"아마 뒈진 모양이여."

하였다.

그 뒤에도 득보는 가끔 집을 나가면 한 열흘씩 이레씩 묵어 들어오곤 하였다.

"어디 갔더누."

억쇠가 물으면, 득보는 힘없이 그저,

"저어기……"

하고, 마는 것이 분명히 분이를 찾아다니다 오는 눈치였다.

분이를 찾아 나가지 않고 집에 있을 때는 무시로 계집애를 보내 억쇠의 거동을 엿보게 하였다.

"뭘 하더누."

"누워 있데요."

이것이 그들 아비 딸의 대화였다. 만약 억쇠가 집에 없더라고 하면 몇 번이고 계집애를 되돌려보냈다. 그리하여 결국 그가 집에 돌아와 있더라는 보고를 듣고 나서야 마음을 놓는 모양이었다.

한번은 주막에서 술에 취해서 돌아오는 길로 억쇠에게 들르더니, 득보는 그 커다란 주먹을 억쇠의 턱 밑에 디밀어 보이며,

---

37) 유록 검은빛을 띤 녹색.

"너 같은 놈은 아직 어림없다."

고, 하였다.

억쇠도 자칫 흥분을 하여,

"허허허……."

소리를 내어 웃어버렸더니, 득보는 그 주먹으로 억쇠의 불을 쥐어박으며,

"이 늙은 놈아, 이 더러운 놈아."

분이 찬 목소리로 이렇게 욕을 하였다.

억쇠도 그제야 자기의 경망[38]한 웃음을 뉘우치며,

"술만 깨면 네놈 죽여놓을 게다."

하고, 호통을 쳤더니, 그제야 득보도 눈에 광채를 띠며,

"응, 이놈아, 정말이냐."

하고, 자기의 귀를 의심하듯이 이렇게 한번 다지는 것이었다.

그러자 이튿날도 사흘째도 억쇠는 득보를 찾아주지 않았다.

그런 지도 보름이 지난 뒤였다.

낮이 다 되어 득보는 억쇠를 찾아와, 그동안 노름을 해서 돈이 생겼으니 술을 먹으러 가자고 하였다.

마침 목이 컬컬하던 차라 억쇠도 즐겁게 술잔을 나누게 되었는데, 그러나 득보의 행동이 웬일인지 이날따라 몹시 굼뜨게 보였다. 억쇠는 마음속으로 득보가 분이를 못 잊어 그러려니 하고,

"너 이놈 죽은 분이는 왜 못 잊고 그 지랄이냐."

38) 경망 말이나 몸가짐이 가볍고 방정맞음.

했더니,

"늙은 놈이 더럽게 계집 생각은 지독하게 헌다."

하며, 도로 억쇠를 나무라 주었다.

"이 불쌍한 놈아 분이는 영천서 우물에 빠져 죽은 지도 벌써 옛날이다."

하고, 억쇠가 한마디 던져본즉,

"그놈이 영천만 알고 언양은 모르는구나."

하였다. 그러면 영천이 아니라 바로 언양서 죽은 게로구나, 억쇠는 속으로 짐작을 하며, 그래서 저놈이 이 한 달포 동안은 그렇게 아가리에 술만 들이부은 게로구나, 하는 생각도 들었다.

"그럼 너는 이놈아 상제[39] 노릇을 해야지."

하는 억쇠의 말에, 득보는 무엇을 생각하는지 한참 동안 잠자코 있더니, 흥 하고 그저 코웃음을 한번 칠 뿐이었다.

술이 거의 다 마쳐갈 무렵이었다.

득보는 돌연히 술상 위에다 날이 퍼렇게 선 단도 하나를 내놓으며,

"너 이놈, 네 죄 알지."

하였다.

그러나 억쇠는 마치 자기 자신도 모르게 그러한 것을 예기하고나 있었던 것처럼 조금도 당황하거나 겁을 집어먹는 빛이 없이, 자칫하면, 또 언제와 같이 웃음이 터져나올 듯한 것을 억지로 누르며,

"흥, 내가 이놈……."

---

39) 상제 부모나 조부모가 세상을 떠나서 거상 중에 있는 사람.

하고, 엄숙한 음성으로 입을 떼었다.

"네놈의 목숨이 하나 오늘까지 남겨온 것은 다 요량이 있었던 거다."

억쇠의 두 눈에도 불이 켜졌다.

억쇠의 장엄한 목소리와 불을 켠 두 눈에서 형언할 수 없는 만족감을 깨달으며, 그러나 득보는 비웃는 듯이,

"너도 사내새끼로 생겨나, 방 안에서 자빠지기가 억울커든 나서거라."

하며, 단도를 도로 고이[40] 춤에 넣어버렸다.

억쇠는 득보를 먼저 안냇벌로 들여 보낸 뒤, 자기는 주막에 남아서 술 준비를 시키고 있었다.

"소주는 역시 칼칼한 놈이 좋군."

억쇠는, 안주인이 맛보기로 부어준 사발의 소주를 기울이며 바깥주인을 보고 이런 말을 하였다.

"안주가 마른 것뿐인데……"

하고, 안주인이 문어가리를 들고 나왔다.

"문어가리면 됐지, 뭐……."

억쇠는 문어가리를 꾸려서 조끼 주머니에 넣은 뒤, 소주 두르미(큰 병)를 메고 득보의 뒤를 쫓았다.

막걸리 먹은 다음에 소주를 걸친 때문인지, 옛날 처음으로 장가란 것을 가던 때처럼 가슴이 다 설레며, 걸음이 흥청거렸다.

'네놈이 내 초상 안 치르고 자빠질 줄 아나.'

---

40) 고이 속곳.

억쇠는 문득, 언젠가 득보가 가래와 함께 뱉어놓던 이 말이 머리에 떠오르며 동시에, 아까 술상 위에 내어놓던 득보의, 그 날이 시퍼렇던 단도가 생각났다.

그 한 뼘도 넘어 될 득보의 단돗날이 자기의 가슴 한복판을 푹 찔러, 이 미칠 듯이 저리고 근지러운 간과 허파를 송두리째 긁어내 준다면, 하는 생각과 함께 자기 자신도 모르게 몸서리를 한 번 치고, 문득 걸음을 멈추며, 고개를 들었을 때, 해는 이미 황토재 위에 설핏한데, 한 마장[41] 가량 앞에는 득보가 터덕터덕 혼자서 먼저 용냇가로 내려가고 있었다.

---

[41] 마장 거리의 단위. 오 리나 십 리가 못 되는 거리.

1 억쇠가 장사로 태어난 것에 대해 마을 사람들의 반응은 어떠하며 그이유는 무엇인가요?

　　황톳골에서 마을에 장사가 태어났다는 것은 걱정의 대상입니다. 억쇠가 열세 살 나던 해 장사의 힘을 보이자 이튿날 마을의 노인들은 동회에 모여 억쇠의 힘을 없앨 방법을 논의합니다. 황톳골 장사는 가문을 멸하게 하고 부모에게는 불효하고 나라에는 역적이 된다는 이유입니다. 억쇠의 아버지는 억쇠에게 힘을 쓰지 말도록 당부를 하며 그는 힘겨룸의 자리에는 절대 나서지 않습니다. 솟구치는 힘을 참기 어려울 때는 홀로 바위와 씨름을 하지만 그것조차 할 수 없으면 감당할 수 없는 힘에 괴로워합니다. 마을에 전해오는 전설에 의하면 영웅의 운명은 좌절될 수밖에 없으며 따라서 억쇠의 출현은 반가울 수 없었습니다. 영웅을 인정하지 않는 마을 사람들에게 억쇠의 능력은 경계의 대상일 뿐입니다.

2 황톳골에 전해 오는 전설과 소설의 주제와는 어떤 연관이 있나요?

김동리는 「황토기」의 소재를 다솔사에서 싸움만 하다 죽은 두 장사의 이야기에서 얻었다고 밝혔습니다. 우리 나라 곳곳에는 이와 같이 좌절하고 힘이 꺾인 장사에 대한 전설이 전해옵니다. 결정적인 순간에 무엇인가 부족함이 있어 실패를 거듭하는 아기장수 설화나 용으로 승천하지 못한 이무기의 전설 등은 이처럼 타고난 능력을 발휘하지 못하고 불우한 운명을 가진 영웅의 이야기입니다. 태생은 영웅이지만 결국 뜻을 이루지 못한 그들의 모습은 안타깝기만 합니다.

이 작품 서두에는 세 가지 전설이 소개됩니다.

우선 상룡설로 황룡 한 쌍이 승천하다 바윗돌에 맞아 피를 흘리고 그 피가 일대를 붉게 물들여 황톳골을 이룬다는 내용으로 주인공의 운명이 비극적으로 좌절될 것을 암시합니다.

승천 전야에는 잠자리를 하지 말라는 금기를 어긴 황룡 한 쌍이 여의주를 잃고 서로 의미 없는 싸움을 벌인다는 쌍룡설에 의하면 두 장사 억쇠와 득보의 힘겨루기는 무의미한 싸움이며 허무하기 짝이 없습니다.

절맥설 역시 동국에 장사가 날 것을 염려해 당나라 사람이 혈을 지르고 그로 인해 황톳골이 생겼다는 내용으로 이곳에 태어날 장수는 이미 그 운명이 결정된 듯합니다.

이러한 전설이 전해오는 곳에 태어난 장사의 운명이 어찌 될 것이라는 것은 자명하겠지요. 「황토기」는 김동리의 작품 중 운명의 절대성이 가장 극대화된 작품으로 그 운명은 이미 전설로 예고되어 있습니다. 이런 상황에서 인물은 운명을 타개하려는 시도조차 하지 못하고 그 힘을 의미 없는 싸움으로 소모합니다. 작품 전체의 내용을 지배하는 전설은 두 인물의 무모한 싸움을 통해 극복할 수 없는 운명과 그로 인한 삶의 허무함이라는 작품의 주제를 암시합니다.

3 득보의 등장은 억쇠에게 어떤 의미가 있나요?

득보는 억쇠에게 솟구치는 힘을 분출할 수 있는 돌파구를 줍니다. 득보와의 처음 대적에서 자기의 몸이 공중으로 스스로 떠오르는 즐거움을 느꼈으며 이후에도 피투성이가 될 정도로 무모한 힘겨루기는 계속됩니다.

설희와 분이를 사이에 두고 득보와 억쇠는 살이 찢기고 피가 튀는 격렬한 싸움을 합니다. 전설 속 한 쌍의 용이 여의주를 잃고 서로 물고 뜯는 무모한 싸움을 하듯이 억쇠와 득보도 무의미한 힘겨루기를 계속 합니다. 겉으로는 치정적인 갈등으로 보이지만 억쇠에게는 그 의미를 넘어서 숨겨 왔던 힘을 발휘하는 자리입니다. 하지만 그 싸움은 무승부로 끝이 납니다. 억쇠는 그 싸움에서 자신의 힘을 다 발휘하지 않고 계속된 득보의 주먹을 받으면서도 오히려 웃음을 터뜨립니다. 이를 통해 득보는 자신의 진정한 적수가 될 수 없음에 대한 공허함과 치솟는 힘을 제대로 써 볼 수 없는 자신의 운명의 허무함에 대한 허탈함을 보여줍니다.

그럼에도 불구하고 득보가 분이에게 칼에 찔리는 중상을 입자 진심으로 걱정합니다. 분이와 설희로 인해 갈등을 겪지만 득보는 억쇠에게 허무의 감정을 제공할 수 있는 유일한 상대이기 때문입니다. 득보와의 싸움에서 얻는 허무의 감정은 억쇠가 자신의 절대적인 운명을 인정하고 그에 순응하도록 합니다.

4 각 인물의 성격 및 운명을 정리해 보세요.

인물	성격 및 운명
억쇠	—힘이 센 장사로 태어났으며 황톳골 전설의 용에 해당하는 인물임. —마을에 장사가 태어난 것을 우려한 마을 사람들이 그의 힘을 꺾으려고 하지만 하나뿐인 아들을 위하는 아버지 덕분으로 화는 피했음. 평생 자신의 힘을 감추고 허무하게 쉰두 살의 머리털이 희끗한 나이가 되어버림. —어느 날 낯선 사내 득보의 등장으로 그의 치솟는 힘을 분출할 수 있는 적수를 만나게 됨. —하지만 분이와 설희의 갈등으로 둘 모두를 잃게 되고 득보와 의미 없는 싸움을 통해 극복할 수 없는 운명의 허무함에 도전함.
득보	—이복동생을 죽이고 대갓집 부인과의 관계가 탄로 나 도망치다 황톳골에 흘러들어온 힘이 센 장사로 전설의 또 다른 용에 해당하는 인물임. —우연히 만난 억쇠와 힘겨루기를 하며 억쇠 힘의 분출구가 되어줌. —분이와 사이에 딸이 있으며 분이를 억쇠에게 소개시켜 주고 억쇠와 결혼한 설희에게 추근대는 등 억쇠와 갈등 관계를 형성하다 분이에게 중상을 입게 됨. —득보는 진정한 적수는 되지는 못하나 운명에 순응하는 억쇠에게 허무의 감정을 제공하는 역할을 함.
분이	—색주가 출신으로 득보와 사이에 딸이 있으나 후에 득보의 소개로 억쇠와 생활함. —억세고 질투심이 강한 인물로 억쇠와 결혼한 설희를 죽이고 득보까지 중상을 입히고 사라짐. 억쇠와 득보의 외형적 갈등을 일으키는 인물.
분이	—과수댁으로 스물셋에 혼자됨. 여성스럽고 참한 성격으로 억쇠에게 재가를 하나 득보의 추근거림과 분이의 질투 대상이 됨. —결국 분이에게 칼을 맞아 죽는 불행한 운명을 당함.

5 주인공 억쇠가 운명을 대하는 태도를 김동리의 또 다른 소설 「역마」 속의 인물과 비교해 보세요.

김동리의 작품 속에서 운명이란 하늘이 정해준 삶의 방향이며 우리의 의지와는 관계없이 타고난 것입니다. 이러한 운명을 믿는 것을 운명론이라고 합니다. 이렇듯 사람은 타고난 팔자를 고칠 수 없고 그에 따라야 한다는 운명론은 우리 문학 곳곳에서 보입니다.

특히 김동리의 초기 작품에는 한국인의 운명론적 세계관이 주된 내용을 이루며 그중 「황토기」는 김동리의 작품 중 운명의 힘이 가장 강하게 나타나는 작품입니다. 그 외에 비슷한 시기에 발표된 「역마」 「무녀도」 「바위」 등도 운명론을 보여주는 작품입니다.

절대적인 운명의 굴레 속에 그에 대응하는 인물의 태도는 여러 모습입니다. 때로는 극복하기 위해 애쓰기도 하고 때로는 아무 힘도 발휘하지 못하고 순응하며 허무한 삶을 살아갑니다. 「역마」와 「황토기」의 인물이 운명을 대하는 태도는 약간 다릅니다.

「역마」의 주인공인 옥화와 성기는 역마살이라는 운명을 극복해 보려고 여러 시도를 합니다. 성기를 절에 보내어 중질을 시키기도 하고 결혼을 통해 정착을 시키려고도 합니다. 하지만 운명은 인간의 힘으로 어찌 할 수 없는 것이라 결국 그 큰 힘을 깨닫고 순응합니다. 「황토기」의 주인공인 억쇠와 득보는 운명에 대항하지 않습니다. 운명을 타개하려는 노력보다는 운명 속에서 허무함과 허탈함을 극복하려 노력합니다. 억쇠와 득보와의 무의미한 싸움은 이러한 허무함을 극복하기 위한 도전 의식을 의미합니다.

역마

거대한 운명을 헤쳐 나가려는 인간의 극복의지와
운명의 힘에 순응하는 삶의 질서를
비극적으로 드러낸 작품.

"천성 제 애비 팔자를 따라갈려는 게지"

삶을 지배하는 거대한 힘, 거역할 수 없는 운명의 굴레

막연한 그리움으로 어느 한 곳에 정착하지 못하고 무엇인가를 찾아 헤매는 운명을 타고난 삶. 뿌리 없는 부초처럼 떠돌며 세속적 인연의 끈을 묶지 못하는 허무한 인생. 이처럼 한곳에 뿌리내리지 못하고 떠돌 수밖에 없는 인간의 운명을 역마살이라고 합니다.

우리는 흔히 운명을 극복하거나 타고난 팔자를 바꾸는 삶을 성공적인 삶이라 말하기도 합니다. 우리 삶에 거대한 밀물처럼 다가오는 어찌할 수 없는 운명에 좌절하거나 순응하기 보다는 헤쳐 나가고 이겨 나가려 애를 씁니다. 그러나 이 소설 속 인물들의 삶은 자신의 의지나 선택에 의해 결정되지 않습니다.

전라도와 경상도의 경계에 있어 장사치들이 빈번하게 왕래하는 화개 장터. 그곳은 떠돌이 인생들이 방랑에 지친 몸을 쉬어가는 곳입니다. 그

곳에 옥화와 그의 아들 성기는 주막을 하며 삶을 꾸려 가고 있습니다. 옥화는 하루 저녁 놀다간 남사당과 그의 어미가 맺은 인연으로 태어났으며 그녀 역시 떠돌이 중으로부터 아들 성기를 낳게 됩니다. 삼대에 걸친 역마살을 없애 보려고 애를 쓰는 옥화는 결국 운명의 힘을 깨닫고 그에 순응합니다. 역마살이란 운명에 따라 엿장수가 되어 유랑의 길을 떠나는 성기는 콧노래를 흥얼거리며 육자배기를 흥겹게 부릅니다. 운명에 순응함으로써 구원받고 자연의 법칙 앞에서 인간의 허무는 오히려 극복됩니다.

소설 「역마」는 김동리의 운명론적 세계관이 뚜렷이 보이는 작품으로 그의 나이 36세인 1948년에 발표한 작품입니다. 그에게 문학은 인간에게 부여된 운명을 발견하고 이를 타개하기 위해 노력하는 하나의 통로였습니다. 그는 '구경적인 삶'에 대한 모색이 진정한 삶의 의미이며 가치라고 생각했습니다.

'구경적인 삶'이란 인간과 자연 사이에 유기적 연관성이 있음을 깨닫고 이 유기적 연관성에 대해 자연이 인간에게 부여한 필연적인 질서를 발견하고 이를 타개하기 위해 노력하는 것입니다. 과학과 물질의 발달로 한계를 느끼고 겪게 되는 고통과 슬픔은 인간 스스로 발견하게 되는 운명으로 극복됩니다. 운명을 깨닫고 그에 따르는 것이 진정으로 사는 것이고 문학을 하는 진실이 됩니다.

이러한 그의 삶의 모습은 또 다른 작품 「무녀도」 「황토기」 등의 운명론적 세계관을 통해 알 수 있습니다. 김동리는 여러 작품을 통해 '운명의 힘'을 주요 테마로 삼았습니다.

옥화의 주막에 모인 여러 인물들은 우연한 인연으로 연결됩니다. 아들 성기와 계연의 결혼을 통해 역마살이라는 운명을 끊어 보고자 노력하는 옥화의 시도는 계연이 옥화의 이복동생이란 사실을 알게 되면서 깨지고 우연한 인연은 운명이 되어버립니다. 결국 옥화와 성기는 운명에 삶을 던짐으로써 운명의 강에 순행하고, 개인이 아무리 발버둥을 쳐도 벗어날 수 없는 굴레로 그들의 삶을 가둬버립니다.

어떠한 삶이 진정한 삶일까요? 정말 운명이란 있는 것일까요? 운명이 있다면 그것을 극복한다는 것은 정말 불가능할까요? 그 해답을 소설 「역마」에서 찾아 봅시다.

역마 驛馬

'화개장터'의 냇물은 길과 함께 세 갈래로 나 있었다. 한 줄기는 전라도 땅 구례(求禮) 쪽에서 오고, 한 줄기는 경상도 쪽 화개협(花開峽)에서 흘러내려, 여기서 합쳐서, 푸른 산과 검은 고목 그림자를 거꾸로 비친 채, 호수같이 조용히 돌아, 경상 전라 양도의 경계를 그어주며, 다시 남으로 남으로 흘러내리는 것이, 섬진강(蟾津江) 본류(本流)였다.

하동(河東), 구례, 쌍계사(雙磎寺)의 세 갈래 길목이라, 오고 가는 나그네로 하여, '화개장터'엔 장날이 아니라도 언제나 홍성거리는 날이 많았다. 지리산 들어가는 길이 고래로 허다하지만, 쌍계사 세이암(洗耳岩)의 화개협 시오리를 끼고 앉은 '화개장터'의 이름이 높았고, 경상 전라 양도 접경이 한두 군데일 리 없지만 또한 이 '화개장터'를 두고 일렀다. 장날이면 지리산 화전민(火田民)[1]들의 더덕 도라지 두릅 고사리 들이 화갯골에서 내려오고, 전라도 황화물장수[2]들의 실 바늘 면경 가위

허리끈 주머니끈 족집게 골백분 들이 또한 구렛길에서 넘어오고, 하동 길에서는 섬진강 하류의 해물장수들의 김 미역 청각 명태 자반조기 자 반고등어 들이 들어오곤 하여, 산협(山峽)[3]하고는 꽤 은성한[4] 장이 서 는 것이기도 하였으나, 그러나 '화개장터'의 이름은 장으로 하여서만 있는 것은 아니었다.

장이 서지 않는 날일지라도 인근(隣近) 고을 사람들에게 그곳이 그렇 게 언제나 그리운 것은, 장터 위에서 화갯골로 뻗쳐 앉은 주막마다 유달 리 맑고 시원한 막걸리와 펄펄 살아 뛰는 물고기의 회를 먹을 수 있기 때문인지도 몰랐다. 주막 앞에 늘어선 능수버들 가지 사이사이로 사철 흘러나오는 그 한(恨) 많고 멋들어진 진양조[5] 단가[6] 육자배기[7] 들이 있기 때문이지도 몰랐다. 여기 가끔 전라도 지방에서 꾸며 나오는 남사 당 여사당 협률(協律)[8] 창극광대들이 마지막 연습 겸 첫 공연으로 여기 서 반드시 재주와 신명을 떨고서야 경상도로 넘어간다는 한갓 관습과 전례(前例)[9]가 '화개장터'의 이름을 더욱 높이고 그립게 하는 것인지도

---

[1] 화전민(火田民) 화전을 일궈 먹고 사는 농민. 화전은 원시적인 약탈농법으로, 열대 및 온대의 자연림이나 2차림(二次林), 초원 등에서 임야를 불태우고 농경·시비(施肥)를 하지 않은 채 파종 한 뒤, 그대로 수확을 기다리는 농법이다.
[2] 황화물장수 잡화 행상.
[3] 산협(山峽) 산속의 골짜기. 두메.
[4] 은성한 번화하고 풍성한.
[5] 진양조 판소리·산조 따위에 쓰이는 4분의 6박자 넷이 모여 한 장단 24박으로 이루어지는 느 린 장단.
[6] 단가 판소리를 부르기 전에 목을 풀기 위하여 부르는 짧은 노래.
[7] 육자배기 전라도의 대표적인 민요의 하나. 곡조가 굴곡이 많고, 높낮이 차이가 많으며, 진양조 장단.
[8] 협률(協律) 고대에 중국의 시를 음악에 맞추던 일.
[9] 전례(前例) 이전부터 있었던 사례.

몰랐다.

가운네도 옥화(玉化)네 집은 술맛이 유달리 좋고, 값이 싸고, 안주인 (즉 옥화)의 인심이 후하다 하여 화개장터에서는 가장 이름이 들난 주막이었다. 얼마 전에 그 어머니가 죽고 총각 아들 하나와 단 두 식구만으로 안주인 옥화가 돌아올 길 망연[10]한 남편을 기다리며 살아간다는 것이라 하여 그들은 더욱 호의와 동정을 기울이는 것인지도 몰랐다. 혹 노자가 달린다거나 행장이 불비[11]할 때 그들은 으레 옥화네 주막을 찾았다.

"나 이번에 경상도서 돌아올 때 함께 회계[12]하지라오."

그들은 예사로 이렇게들 말하곤 하였다.

늘어진 버들가지가 강물에 씻기고, 저녁 바람에 은어가 번득이고 하는 여름철 석양 무렵이었다.

나이 예순도 훨씬 더 넘어 뵈는 늙은 체[13]장수 하나가, 체 바퀴와 바닥가음 들을 어깨에 걸머진 채, 손에는 지팡이와 부채를 들고 옥화네 주막을 찾아왔다. 바로 그 뒤에는 나이 열대여섯 살쯤 나뵈는, 몸매가 호리호리한 소녀 하나가 조그만 보따리를 옆에 끼고 서 있었다. 그들은 무척 피곤해 보였다.

"저 큰애기까지 두 분입니까?"

옥화는 노인보다 '큰애기'의 얼굴을 바라보며 이렇게 물었다. 노인은 조용히 고개를 끄덕였다.

그날 밤 저녁상을 물린 뒤 노인은 옥화에게 인사를 청했다. 살기는 구

10) 망연 매우 넓고 멀어서 아득하다.
11) 불비 제대로 다 갖추어져 있지 아니함.
12) 회계 물건 값을 치러 주는 일.
13) 체 가루를 곱게 치거나 액체를 받거나 거르는 데 쓰는 기구.

례에 사는데, 이번엔 경상도 쪽으로 벌이를 떠나온 길이라 하였다. 본시 여수가 고향인데, 젊어서 친구를 따라 한때 구례에 와서도 살다가, 그 뒤 목포로 군산으로 전전하였고, 나중 진도로 건너가 거기서 열여덟 해 사는 동안 그만 머리털까지 세어져서는[14], 그래 몇 해 전부터 도로 구례에 돌아와 사는 것이라 하였다. 그렇지만 저런 큰애기를 데리고 어떻게 다니느냐고 옥화가 묻는 말에 그러잖아도 이번에는 죽을 때까지 아무 데도 떠나지 않으려고 했던 것인데, 떠나지 않고는 두 식구 가만히 굶을 판이라 할 수 없었던 것이라 했다.

"그럼, 저 큰애기는 할아버지 딸입니까?"

옥화는 '남폿불[15]' 그림자가 반쯤 비긴 바람벽 구석에 붙어 앉아 가끔 그 환한 두 눈으로 이쪽을 바라보곤 하는 소녀의 동그스름한 어깨를 바라보며 이렇게 물었다.

노인은 또 고개를 끄덕였다. 그리 평생 객지로만 돌아다니고 나니 이제 고향 삼아 돌아온 곳(구례)이래야 또한 객지라 그들 아비 딸이 어디다 힘을 입고 살아가야 할는지 아무 데도 의탁할 곳이 없다고, 그들의 외로운 신세를 한탄도 했다.

"나도 젊었을 때는 노는 것을 좋아했지라오, 동무들과 광대도 꾸며 갖고 댕겨봤는듸, 젊어서 한번 바람들어놓게 평생 못 잡게 마련이랑게……. 그것이 스물네 살 때 정초닝게 꼭 서른여섯 해 전일 것이여, 바로 이 장터에서도 하룻밤 논 일이 있었지라오."

노인은 조용히 추억의 실마리를 더듬는 듯, 방 안을 두리번거리며 살

14) 세어지다 머리털이 희어지다.
15) 남폿불 남포등에 켠 불.

펴보곤 하는 것이었다.

"어이유! 참 오래전일세!"

옥화는 자못 놀라운 시늉이었다.

이튿날은 비가 왔다.

화개장날만 책전[16]을 펴는 성기(性驥)는 내일 장 볼 준비도 할 겸 하루를 앞두고 절에서 마을로 내려오고 있었다.

쌍계사에서 화개장터까지는 시오리가 좋은 길이라 해도, 굽이굽이 벌어진 물과 돌과 산협의 장려한 풍경은 언제 보나 그에게 길멀미를 내지 않게 하였다.

처음엔 글을 배우러 간다고 할머니에게 손목을 끌리다시피 하여 간 곳이 절이었고, 그다음엔 손윗동무들의 사랑에 끌려다니다시피쯤 하여 왔지만, 이쯤 와서는 매일같이 듣는 북소리 목탁 소리, 그리고 그 경을 치게 희맑은 은행나무 염주나무[菩提樹], 이런 것까지 모두 다 싫증이 났다.

당초부터 어디로 훨훨 가보고나 싶던 것이 소망이었고, 그러나 어디로 간다는 건 말만 들어도 당장에 두 눈이 시뻘개져서 역정을 내는 어머니였다.

"서방이 있나, 일가친척이 있나, 너 하나만 믿고 사는 이년의 팔자에 너조차 밤낮 어디로 간다고만 하니 난 누굴 믿고 사냐?"

어머니의 넋두리는 인제 귀에 못이 박힐 정도였다.

16) 책전 서점.

이러한 어머니보다도 차라리, 열 살 때부터 절에 넣어 중질을 시켰으니, 인제 역마살(驛馬煞)[17]도 거의 다 풀려갈 것이라고, 은근히 마음을 늦추시는 편이던 할머니는, 그러나 갑자기 세상을 떠나버렸다. 당사주(唐四柱)[18]라면 다시는 더 사족을 못 쓰던 할머니는, 성기가 세 살 났을 때 보인 그의 사주에 시천역(時天驛)[19]이 들었다 하여 한때는 얼마나 낙담을 했던 것인지 모른다. 하동 산다는 그 키가 나지막한 명주 치마저고리를 입은 할머니가 혹시 갑자 을축을 잘못 짚지나 않았나 하여, 큰절(쌍계사)에 있는 어느 노장에게도 가 물어보고, 지리산 속에서 도를 닦아 나온다던 어떤 키 큰 영감에게 다시 뵈어도 봤지만 시천역엔 조금도 요동[20]이 없었다.

"천성 제 아비 팔자를 따라가려는 게지."

할머니가 어머니를 좀 비꼬아 하는 말이었으나, 거기 깊은 원망이 든 것도 아니었다. 그러나 이런 말엔 각별나게 신경을 쓰는 옥화는,

"부모 안 닮은 자식 없단다. 근본은 모두 엄마 탓이지."

도리어 어머니에게 오금을 박고[21] 들었다.

"이년아 어미한테 너무 오금 박지 마라. 남사당[22]을 붙었음, 너를 버리고 내가 그놈을 찾아갔냐, 너더러 찾아달라 성화를 댔냐?"

그러나 서른여섯 해 전에 꼭 하룻밤 놀다 갔다는 젊은 남사당의 진양

---

17) 역마살(驛馬煞) 늘 분주하게 멀리 돌아다녀야 하는 액운.
18) 당사주(唐四柱) 중국에서 온 그림으로 사주를 보는 법.
19) 시천역(時天驛) 사주팔자의 용어로 역마살을 의미함.
20) 요동 흔듦. 또는 흔들림.
21) 오금 박다 다른 사람에게 함부로 말이나 행동을 하지 못하게 단단히 이르거나 으르다.
22) 남사당 여기저기 돌아다니면서 노래와 춤을 팔며 노는 사내.

조장단에 반하여 옥화를 배게 된 할머니나, 구름같이 떠돌아다니는 중과 인연을 맺어서 성기를 가지게 된 옥화나 다 같이 '화개장터' 수막에 태어났던 그녀들로서는 별로 누구를 원망할 턱도 없는 어미 딸이었다. 성기에게 역마살이 든 것은 어머니가 중 서방을 정한 탓이요, 어머니가 중 서방을 정한 것은 할머니가 남사당에게 반했던 때문이라면 성기의 역마운도 결국은 할머니가 장본이라. 이에, 할머니는 성기에게 중질을 시켜서 살을 때려고도 서둘러 보았던 것이고, 중질에서 못다 푼 살을, 이번에는, 옥화가 그에게 책장사를 시켜서 풀어 보려는 속셈인 것이었다. 성기로서도 불경(佛經)보다는 암만해도 이야기책에 끌리는 눈치요, 중질보다는 차라리 장사라도 해보고 싶다는 소청이기도 하여, 그러나, 옥화는 꼭 화개장만 보이기로 다짐까지 받은 뒤, 그에게 책전을 내어주기로 했던 것이었다.

성기가 마루 앞 축대 위에 올라서는 것을 보자 옥화는 놀란 듯이 자리에서 일어나 앉으며

"더운데 왜 인제사 내려오나?"

곁에 있던 수건과 부채를 집어 그에게 주었다.

지금까지 옥화에게 이야기책을 읽어 들려주고 있은 듯한 낯선 계집애는, 책 읽던 것을 멈추고 얼굴을 들어 성기를 바라보았다. 갸름한 얼굴에, 흰자위 검은자위가 꽃같이 선연한 두 눈이었다. 순간, 성기는 가슴이 찌르르하며, 갑자기 생기 띤 눈으로 집 앞에 늘어선 버들가지를 바라보았다.

얼마 뒤, 계집애는 안으로 들어가고, 옥화는 성기의 점심상을 차려 들고 나와서,

"체장수 딸이다."

하였다. 어머니도 즐거운 얼굴이었다.

"체장수라니?"

성기는 밥상을 받은 채, 그러나 얼른 숟가락을 들려고도 않고, 그의 어머니의 얼굴을 쳐다보았다.

"구례 산다더라. 이번에 어쩌면 하동으로 해서, 진주 쪽으로 나가볼 참이라는데 어제 저녁에 화갯골로 들어갔다."

그리고 저 딸아이는 그 체장수의 무남독녀인데 영감이 화갯골 쪽으로 들어갔다 나와서, 하동 쪽으로 나갈 때 데리고 가겠다고, 하도 간청을 하기에, 그동안 좀 맡아 있어 주기로 했다면서, 옥화는 성기의 눈치를 살피듯 그의 얼굴을 물끄러미 바라보았다.

"화갯골에서는 며칠이나 있겠다는고?"

"들어가 보고 재미나면 지리산 쪽으로 깊이 들어가 볼 눈치더라."

그리고 나서, 옥화는 또,

"그래도 그런 사람의 딸같이는 안 뵈지?"

하였다. 계연(契姸)이란 이름이었다.

성기는 잠자코 밥숟가락을 들었다. 그러나 밥은 반도 먹지 않고 상을 물려버렸다.

이튿날 성기가 책전에 있으려니까, 그 체장수 딸이 그의 점심을 이고 왔다. 집에서 장터까지래야 소리 지르면 들릴 만한 거리였지만, 그래도 전날 늘 이고 다니던 '상돌 엄마'가 있을 터인데 이렇게 벌써 처녀 티가 나는 남의 큰애기더러 이런 사환(使喚)[23]을 시켜 미안하단 생각이 들었다. 그러나 정작 그녀의 쪽에서는 그러한 빛도 없이, 그 꽃송이같이 환한 두 눈에 웃음까지 담은 채, 그의 앞에 밥함지를 공손스레 놓고는, 떡과 엿과 참외 들을 팔고 있는 음식전 쪽으로 곧장 눈을 팔고 있었다.

"상돌 엄만 어디 갔는디?"

성기는 계연의 그 아리따운 두 눈에서 홍건한 즐거움을 가슴으로 깨달으며, 그러나 고개는 엉뚱한 방향으로 돌린 채, 차라리 거친 음성으로 이렇게 물었다.

"손님이 마루에 가득 찼는듸 상돌 엄마가 혼자서 바빠 서두닝게 어머니가 지더러 갖고 가라 했어요."

그동안 거의 입을 열어 말하는 일이 없었던 계연은, 성기가 묻는 말에, 의외로 생경한 전라도 쪽 토음(土音)[24]으로 이렇게 말했다. 그 가냘프고 갸름한 어깨와 목하며, 어디서 그렇게 힘차고 콸콸한 음성이 울려나오는 것인지 알 수가 없었다. 한 줌이나 될 듯한 가느다란 허리와 호리호리한 몸매에 비하여 발달된 팔다리와 토실토실한 두 손등과 조그맣게 도톰한 입술을 가진 탓인지도 몰랐다.

"계연아 오빠 세숫물 놔드려라."

이튿날 아침에도 옥화는 상돌 엄마를 부엌에 둔 채 역시 계연에게 성기의 시중을 들게 하였다. 세숫물을 놓는 일뿐 아니라 숭늉 그릇을 들고 다니는 것이나 밥상을 차려오는 것이나 수건을 찾아주는 것이나 성기에 따른 잔시중은 모조리 그녀로 하여금 들게 하였다. 그러고는,

"아이가 맘이 컴컴치 않고, 인정이 있고, 얄미운 데가 없어."

옥화는 자랑 삼아 이런 말도 하였다.

23) 사환(使喚) 심부름을 하는 아이.
24) 토음(土音) 사투리.

"저희 아버지는 웬일인지 반억지 비슷하게, 거저 곧장 나만 믿겠다고, 아주 양딸처럼 나한테다 맽기구 싶은 눈치더라만……."

옥화는 잠깐 말을 끊어서 성기의 낯빛을 살피고 나서 다시,

"그래, 너한테도 말을 들어봐야겠고 해서 거저 대강 들을 만하고 있었잖냐…… 언제 한번 데리고 가서 칠불(七佛)[25] 구경이나 시켜줘라."
하는 것이, 흡사 성기의 동의를 구하는 모양 같기도 하였다.

그러고 나서 옥화는 계연의 말을 옮겨, 구례 있는 저희 집이래야 구례읍에서 외따로 떨어진 무슨 산기슭 밑에 이웃도 없이 있는 오막살인가 보더라고도 하였다.

"그럼 살림은 어쩌고 나왔을까?"

"살림이래야 그까짓 거 뭐 방문에 자물쇠 채워두었으면 그만 아냐, 허지만 그보다도 나그넷길에 데리고 나선 계연이가 걱정이지."

이러한 옥화의 말투로 보아서는 체장수 영감이 화갯골에서 나오는 대로 계연을 아주 양딸로 정해둘 생각인 듯이도 보였다. 다만 성기가 꺼릴까 보아 이것만을 저어하는[26] 눈치 같았다. 지금까지 몇 번이나 옥화는 성기더러 장가를 들라고 권했으나 그는 응치 않았고, 집에 술 파는 색시를 몇 차례나 두어도 보았지만 색시 쪽에서 간혹 성기에게 말썽을 낸 적은 있어도, 성기가 색시에게 그러한 마음을 두는 일은 한 번도 있은 적이 없어, 이러한 일들로 해서, 이번에도 옥화는 그녀로 하여금 성기의 미움이나 받지 않게 할 양으로, 그녀의 좋은 점만 이야기하는 듯한 눈치

---

25) 칠불(七佛) 과거의 일곱 부처. 곧 비바시불·시기불·비사부불·구류손불·구나함모니불·가섭불·석가모니불.
26) 저어하다 염려하거나 두려워하다.

같기도 하였다.

아랫집 실과 가게에서 성기가 짚신 한 켤레를 사 들고 오려니까, 옥화
는 비죽이 웃는 얼굴로, 막걸리 한 사발을 그에게 떠주며,

"오늘 날씨가 너무 덥잖나?"

고 하였다. 술 거를 때 누구에게나 맛보기 떠주기를 잘하는 옥화였다.
계연이는 방에서 옷을 갈아입고 있었다.

"계연아 너도 빨리 나와. 목마를 텐데, 미리 좀 마시고 가거라."

옥화는 방을 향해서도 이렇게 소리를 질렀다.

항라[27] 적삼[28]에 가는 삼베 치마를 갈아입고 나오는 계연은 그 선연
한 두 눈의 흰자위 검은자위로 인하여 물에 어린 한 송이 연꽃이 떠오는
듯하였다.

"꼭 스무 해 전에 내가 입었던 거다."

옥화는 유감(有感)한 듯이 계연의 옷맵시를 살펴주며 말했다.

"어제 꺼내서 품을 좀 줄여놨더니만 청승스레 맞는구나, 보기보단 품
을 여간 많이 입잖는다. 이앤……. 자, 얼른 마셔라 오빠 있음 무슨 내외
할 사이냐?"

그러자 계연은 웃는 얼굴로 술잔을 받아 들고 방으로 들어가 마시고
나오는 모양이었다.

성기는 먼저 수양버들 밑에 와서 새 신발에 물을 축였다. 계연이도 곧
뒤를 따라 나섰다. 어저께 성기가 칠불암(七佛庵)까지 책값 수금 관계

27) 항라 명주실·모시실·무명실로 세 올이나 다섯 올씩 몰아 구멍이 송송 나게 짠 피륙.
28) 적삼 홑으로 만든 웃옷.

로 좀 다녀올 일이 있다고 했더니, 옥화가, 그러면 계연이도 며칠 전부터 산나물을 캐러 간다고 벼르는 중이고, 또 칠불암 구경은 어차피 한번 시켜주어야 할 게고 하니, 이왕이면 좀 데리고 가잖겠느냐고 하였다.

성기는 가슴도 좀 뛰고, 그래서, 나물을 내가 어떻게 아느냐고, 싫다고 했더니, 너더러 누가 나물까지 캐라느냐고, 앞에서 길만 끌어주면 되잖느냐고 우겨, 기승한 어머니에게 성기는 더 항변을 못 하고 말았던 것이다.

성기는 처음부터 큰길을 버리고, 사람이 잘 다니지 않는, 수풀 속 산길을 돌아가기로 하였다. 원체가 지리산 밑이요, 또 나뭇길도 본디부터 똑똑히 나 있지 않은 곳이라, 어려서부터 자라난 고장이라곤 하지만 울울한[29] 수풀 속에서 성기는 몇 번이나 길을 잃고 헤매곤 하였다.

쳐다보면, 위로는 하늘을 찌를 듯한 높은 산봉우리요, 내려다보면, 발 아래는 바다같이 뿌연 수풀뿐 그 위에 흰 햇살만 물줄기처럼 내리 퍼붓고 있었다. 머루 다래 으름[30]은 아직 철이 일러 파랗고 가지마다 새빨간 복분자(나무딸기) 오디(산뽕나무)는 오히려 철이 겨운 듯 한 머리 까맣게 먹물이 돌았다.

성기는 제 손으로 다듬은 퍼런 아가위나무 가지로, 앞에서 칡넝쿨을 헤쳐가며 가고 있는데, 계연은 뒤에서, 두릅을 꺾는다, 딸기를 딴다, 하며 자꾸 혼자 떨어지곤 하였다.

"빨리 오잖고 뭘 하나?"

성기가 걸음을 멈추고 서서 나무라면, 계연은 딸기를 따다 말고, 두릅

---

29) 울울한 나무가 빽빽하게 들어서 매우 무성한.
30) 으름 난초과의 여러해살이 풀인 으름덩굴의 열매.

을 꺾다 말고, 그 조그맣고 도톰한 입술을 꼭 다물고는 뛰어오는 것인데, 한참만 가다보면 또 뒤에 떨어지곤 하였다.

"아이고머니 어쩔거나!"

갑자기 뒤에서 계연이가 소리를 질렀다. 돌아다 보니 떡갈나무 위에서, 가지에 치맛자락이 걸려 있다. 하필 떡갈나무에는 뭣 하러 올라갔을까고, 곁에 가 쳐다보니, 계연의 손이 닿을 만한 위치에 그 아래쪽 딸기나무 가지가 넘어와 있다. 딸기나무에는 가시가 있고 또 비탈에 서 있어 갈 수가 없으니까 그 딸기나무와 가지가 서로 얽힌 떡갈나무 쪽으로 올라간 모양이었다. 몸을 굽혀 손으로 치맛자락을 벗기려면 간신히 잡고 서 있는 윗가지에서 손을 놓아야 하겠고, 손을 놓았다가는 당장 나무에서 떨어질 형편이다. 나무 아래서 쳐다보니, 활짝 걷어 올려진 베치마 속에, 정강마루까지를 채 가리지 못한 짤막한 베고의가 흰한 햇살을 받아 그 안의 뽀오얀 것을 그대로 보여주고 있었다.

성기는 짚고 있던 생나무 지팡이로 치맛자락을 벗겨 주려 하였으나, 지팡이가 짧아서 그렇겠지만, 제 자신도 모르게, 지팡이 끝은 계연의 그 발그스레하고 매출한 종아리만을 자꾸 건드리고 있었다.

"아이 싫어! 나무에서 떨어진당게!"

계연은 소리를 질렀다. 게다가 마치 다람쥐란 놈까지 한 마리 다래 넝쿨 위로 타고 와서, 지금 막 계연이가 잡고 서 있는 떡갈나무 가지 위로 건너뛰려 하고 있다.

"아 곧 떨어진당게! 그 막대로 저 다램이나 때려줬음 쓰겠는듸."

계연은 아랫도리를 거의 햇살에 흰히 드러낸 채 있으면서도 다래 넝쿨 위에서 이쪽을 건너다보고 그 요망스런 턱주가리를 쫑긋거리고 있는 다람쥐가 더 안타까운 모양으로 또 이렇게 소리를 질렀다.

"요놈의 다램이가……"

성기는 같은 나무 밑둥치에까지 올라가서야 겨우 계연의 치맛자락을 벗겨주고, 그러고는 막대로 다시 조금 전에 다람쥐가 앉아 있던 다래 넝쿨도 한 번 툭 쳤다. 이 소리에 놀랐는지 산비둘기 몇 마리가 '푸드덕' 하고 아래쪽 머루 넝쿨 위로 날아갔다.

"샘물이 있어야 쓰겄는듸."

계연은 치맛자락을 걷어올려 이마의 땀을 씻으며 이렇게 말했다.

모롱이를 돌아 새로운 산줄기를 탈 때마다 연방 더 우악스런[31] 멧뿌리요, 어두운 수풀을 지나 환하게 열린 하늘을 내다볼 때마다 바다같이 질펀한[32] 골짜기에 차 있으니 머루 다래요, 딸기 칡의 햇넝쿨들이다. 산속으로 산속으로 들어갈수록 여기저기서 난장판으로 뻐꾸기들은 울고, 이따금씩 낄낄거리고 골을 건너 날아가는 꿩 울음소리마저 야지의 가을 벌레 소리를 듣는 듯 신산(辛酸)[33]을 더했다.

해는 거의 하늘 한가운데를 돌아 바야흐로 머리에 불을 끼었고, 어두운 숲 그늘 속에는 해삼 같은 시꺼먼 달팽이들이 허연 진물을 토한 채 땅에 붙어 늘어졌다.

햇살이 따갑고, 땀이 흐르고, 목이 마를수록 성기들은 자꾸 넝쿨 속으로만 들짐승들처럼 파묻혔다. 나무딸기 덤불딸기 머루 다래 오디 손에 닿는 대로 따서 연방 입에 가져가지만 입에 넣으면 눈 녹듯 녹아질 뿐,

31) 우악스런 모질고 우락부락한.
32) 질펀한 넓고 편편한. 느런히 들어서서 그득한.
33) 신산(辛酸) 맵고 신 맛 또는 쓰라리고 고생스러움. 또는 그러한 고통.

떨저지근한 침을 삼키면 그만이었다. 간혹 이에 걸린다는 것이 아직 익지 않은 풋머루 풋다래인데, 딸기 녹은 짐물로는 그 쓰고 떫은 것마서 사양 없이 넘겨졌다. 처음엔 입술이 먼저 거뭏게 열매 물이 들었고, 나중엔 온 볼에까지 묻어졌다. 먹을수록 목이 마른 딸기를 계연은 그 새파란 머루 다래 섞인, 둥그런 칡 잎으로, 하나 가득 따서 성기에게 주었다. 성기는 두 손바닥 위에다 그것을 받아서는 고개를 숙여 물을 먹듯 입을 대어 먹었다. 먹고 난 칡 잎은 아무렇게나 넝쿨 위로 던져버린 채 칡넌줄이 담뿍 감겨 있는 다래 넝쿨 위에 비스듬히 등을 대고 누웠다.

계연은 두 번째 또 칡 잎의 것을 성기에게 주었다. 성기는 성가신 듯이 그냥 비스듬히 누운 채 그것을 그대로 입에 들어부어 한입 가득 물고는 나머지를 그냥 넝쿨 위로 던졌다.

그리고 그는 곧 코를 골기 시작하였다.

세 번째 칡 잎에다 딸기 알 머루 알을 골라놓은 계연은, 그러나 성기가 어느덧 잠이 들어 있음을 보자 아까 성기가 하듯 하여 이번엔 제가 먹어치웠다.

"참, 잘도 잔당게."

계연은 혼잣말로 중얼거리며 자기도 다래 넝쿨에 등을 대고 비스듬히 드러누워 보았으나 곧 재채기가 났다. 목이 몹시 말랐다. 배도 고팠다.

갑자기 뻐꾸기 소리가 무서워졌다.

"넝쿨 속에는 샘물이 없는가?"

계연은 넝쿨을 헤치고 들어가다 문득, 모과나무 가지에 이리저리 얽히고 주렁주렁 열린 으름 넝쿨을 발견하였다.

"이것이 익어 있음 쓰겄는듸."

계연은 이렇게 중얼거리며 아직도 파아란 오이를 만지듯 딴딴하고 우툴두툴한 으름을 제일 큰 놈으로만 세 개를 골라 따 쥐었다. 그리하여 한나절 동안 무슨 열매든지 손에 닿는 대로 마구 따 입에 넣고는 하던 버릇으로, 부지중 입에 가져가 한 번 덥석 물어 떼었더니 이내 비릿하고 떫직스레한 풀 같은 것이 입에 하나 가득 끼었다.

"아, 풋내 나!"

계연은 입 안의 것을 뱉고 나서 성기 곁으로 갔다. 해는 벌써 점심 때도 겨운 듯 갈증과 함께 시장기도 들었다.

"일어나 새물 찾아가장게."

계연은 성기의 어깨를 흔들었다.

성기는 눈을 떴다.

계연은 당황하여, 쥐고 있던 새파란 으름 두 개를 성기의 코끝에 내밀었다. 성기는 몸을 일으켜 그녀의 그 동그스름한 어깨와 목덜미를 껴안았다. 그러고는 입술이 포개졌다. 그녀의 조그맣고 도톰한 입술에서는 한나절 먹은 딸기 오디 머루 다래 으름 들의 달짝지근한 풋내와 함께, 황토 흙을 찌는 듯한 향긋하고 구수한 고기 냄새가 느껴졌다.

까악까악하고 난데없는 까마귀 한 마리가 그들의 머리 위로 울며 날아갔다.

"칠불은 아직도 멀지라?"

계연은 다래 넝쿨에 걸어두었던 점심을 벗겨 들었다.

화갯골로 들어간 체장수 영감은 보름이 넘도록 돌아오지 않았다. 떠날 때 한 말도 있고 하니, 지리산 속으로 아주 들어간 모양이라고, 옥화와 계연은 생각하고 있었다.

"산승에서 아수 여름을 내시는갑네."

옥화는 가끔 이런 말도 하였다. 그리고 그들은 끈기 있게 이야기책을 들고 앉곤 하였다. 계연의 약간 구성진 전라도 지방 토음은 날이 갈수록 점점 더 맑고 처량한 노래조를 띠어왔다.

그동안 옥화와 계연의 사이에 생긴 새로운 사실이 있다면, 옥화가 계연의 왼쪽 귓바퀴 위에 있는 조그만 사마귀 한 개를 발견한 것쯤이었다.

어느 날 아침, 그녀의 머리를 빗어 땋아주고 있던 옥화는 갑자기 정신을 잃은 사람처럼 참빗 쥔 손을 부들부들 떨고 있었다.

"어머니 왜 그려여?"

계연이 놀라 물었으나 옥화는 그녀의 두 눈만 멀거니 바라보고 있을 따름 말이 없었다.

"어머니 왜 그러시여?"

계연이 또 한 번 물었을 때, 옥화는 겨우 정신이 돌아오는 듯, 긴 한숨을 내쉬며,

"아무것도 아니다."

하고, 다시 빗질을 시작하는 것이었다.

계연은 속으로 이상한 생각이 들었으나 아무것도 아니라는 옥화에게 다시 더 캐어물을 도리가 없었다.

이튿날 옥화는 악양(岳陽)에 볼 일이 좀 있어 다녀오겠노라면서 아침 일찍 머리를 빗고 떠났다. 성기는 큰 방에서 낮잠을 자고 있었다. 소낙비가 왔다. 계연이가 밖에서 빨래를 걷어 안고 들어오면서,

"어쩔거나, 어머니 비 만나시겠는듸!"

하였다. 그녀의 치맛자락은 바깥의 선선한 비바람을 묻혀다 성기의 자는 낯을 스쳐주었다. 성기는 눈을 뜨는 결로 손을 뻗쳐 그녀의 치맛자락을 거머잡았다.

그녀는 빨래를 안은 채 고개를 획 돌이켜 성기의 얼굴을 가만히 바라보았다. 그녀의 두 볼에 바야흐로 조그만 보조개가 파이려 할 때, 밖에서 인기척이 났다.

"어머나 옷 다 젖겄는듸!"

또 한 번 이렇게 말하며, 계연은 마루로 나갔다. 성기는 어느덧 또 코를 골기 시작하였다.

성기가 다시 잠이 깨었을 때는, 손님들이 마루에서 막걸리를 마시고 있었다. 계연은 그들의 치다꺼리를 해주고 있는 모양으로 부엌에서,

"명태랑 풋고추밖엔 안주가 없는듸!"

하는 소리가 났다.

나중 손님들이 돌아간 뒤, 성기는 그녀더러,

"어머니 없을 땐 손님 받지 말라고."

약간 볼멘소리로 이런 말을 하였다.

"허지만 오늘 해 넘김, 이 술은 시어질 것인듸, 그냥 두면 어머니가 오셔서 화내시지 않을 것이요?"

계연은 성기에게 타이르듯이 이렇게 말했다. 조금 뒤 그녀는 다시 웃는 낯으로 성기 곁에 다가서며,

"오빠, 나 면경[34] 하나만 사주시요, 똥그란 놈이 꼭 한 개만 있었음

---

34) 면경 얼굴이나 겨우 비춰 볼 만한 작은 거울.

쓰겄는듸."

하였다. 이튿날이 마침 상날이라, 성기는, 점심을 가지고 온 그녀에게 미리 사두었던 조그만 면경 하나와 찰떡을 꺼내 주었다.

"아이고머니!"

면경과 찰떡을 보자, 계연은 놀란 듯이 소리를 질렀다. 그녀는 그 꽃 같은 두 눈에 웃음을 담뿍 담은 채 몇 번이나 면경을 들여다보곤 하더니, 그것을 품속에 넣고는, 성기가 점심을 먹고 있는 곁에 돌아앉아, 어느덧 짝짝 소리까지 내며, 그것을 먹고 있었다.

성기는 남이 보지 않게 전 앞에 사람 그림자가 얼씬할 때마다 자기의 몸을 이리저리 움직여서 그것을 가려주었다. 딴은 떡뿐 아니라, 참외고 복숭아고 엿이고 유과고 일체 군것[35]을 유달리 좋아하는 그녀의 성미인 듯하였다. 집 앞으로 혹 참외장수나 엿장수가 지나가는 것을 보면 계연은 골무를 깁거나 바늘겨레[36]를 붙이다 말고, 뛰어 일어나, 그것들이 시야에서 사라질 때까지 멀거니 바라보며 서 있곤 하였다.

한번은 성기가 절에서 내려오니까, 어머니는 어디 갔는지 눈에 띄지 않고, 그녀만이 마루 끝에 걸터앉은 채 이웃 주막의 놈팽이 하나와 더불어 함께 참외를 먹고 있었다. 성기를 보자 좀 무안스러운 듯이 얼굴을 약간 붉히며 곧 일어나 반가운 표정을 지어 보였다.

"아, 오빠!"

"……."

그러나 성기는 그러한 그녀를 거들떠도 보지 않고 그대로 자기의 방

---

35) 군것 끼니 밖에 과자, 과실, 떡.
36) 바늘겨레 바늘을 꽂아두는 작은 물건.

으로만 들어가버렸다. 계연은 먹던 참외도 마루 끝에 놓은 채 두 눈이 휘둥그레해서 성기의 뒤를 따라왔다.

"오빠 왜?"

"……."

"응 왜 그러여?"

"……."

그러나 성기는 아무런 대꾸도 없었다. 그녀가 두 팔을 성기의 어깨 위에 얹어, 그의 목을 껴안으려 했을 때, 성기는 맹렬히 몸을 뒤틀어 그녀의 팔을 뿌리치고는, 돌연히 미친 것처럼 뛰어 들어 따귀를 때리기 시작하였다.

처음 그녀는,

"오빠, 오빠!"

하고 찡그린 얼굴로 성기를 쳐다보며 두 손을 내밀어 그의 매질을 막으려 하였으나, 두 찰 세 찰 철썩철썩하고, 그의 손이 그녀의 얼굴에 와 닿자 방구석에 가 얼굴을 쿡 처박은 채 얼마든지 그의 매질에 몸을 맡기듯이 하고 있었다.

이튿날 장에 점심을 가지고 온 계연은 그 적고 도톰한 입술을 꼭 다문 채, 말이 없었으나, 그의 꽃같이 선연한 두 눈엔 어저께의 일에 깊은 적의도 원망도 품어 있지 않는 듯하였다.

그날 밤 그녀가 혼자 강가에 나와 있는 것을 보고, 성기는 그녀의 뒤를 쫓아 나갔다. 하늘엔 별이 파랗게 나 있었으나 나무 그늘은 강가를 칠야 같이 뒤덮어 있었다.

"오빠."

계연은 성기가 바루 그녀의 곁에까지 왔을 때, 일어나 성기의 턱 앞으로 바싹 다가들어서며 낮은 목소리로 이렇게 불렀다.

"오빠, 요즘은 어쩌자고 만날 절에만 노[37] 있는 것이여?"

그 몹시도 굴곡이 강렬한 전라도 지방 토음이 이렇게 속삭였다. 그즈음 성기는 장을 보러 오는 날 이외에는 절에서 일절 내려오지를 않았다. 옥화가 악양 명도에게 갔다 소나기에 젖어 돌아온 뒤부터는, 어쩐지 그와 그녀의 사이를 전과 달리 경계하는 듯한 눈치라, 본래 심장이 약하고 남의 미움받기를 유달리 싫어하는 그는, 그러한 어머니에 대한 노여움도 있고 하여 기어코 절에서 배겨내려 했던 것이었다.

이날 밤만 해도 계연의 물음에, 성기가 무어라고 대답도 채 하기 전에, '계연아 계연아!' 하는, 옥화의 목소리가 또 어느덧 들려오고 있었다. 성기는 콧잔등을 찌푸리며 말을 하려다 말고 입을 다물어버렸다.

'아, 어머니도 어쩌면 저다지 야속할까?'

성기는 갑자기 목이 뿌듯해졌다.

반딧불이 지나갔다. 계연은 돌 위에 걸터앉아, 손으로 여뀌풀[38]을 움켜잡으며 혼잣말같이, 또 무어라 속삭이는 것이었으나, 냇물소리에 가려 잘 들리지 않았다.

이튿날 아침 일찍이 성기가 방 안으로, 부엌으로, 누구를 찾으려는 듯 기웃기웃하다가 좀 실망한 듯한 낯으로 그냥 절로 올라가고 말았을 때, 그녀는 역시 이 여뀌풀 있는 냇물가에서 걸레를 빨고 있었던 것이다.

사흘 뒤에 성기가 다시 절에서 내려오니까, 체장수 영감은 마루 위에

---

37) 노 늘, 항상.
38) 여뀌풀 쌍떡잎식물 마디풀목 마디풀과의 한해살이풀.

서 막걸리를 마시고 있고, 계연은 고개를 떨어뜨린 채 마루 끝에 걸터앉아 있었다. 머리를 감아 빗고 새 옷—새 옷이래야 전날의 그 황라 적삼을 다시 빨아 다린 것—을 갈아입고, 조그만 보따리 하나를 곁에 두고, 슬픔에 잠겨 있던 계연은, 성기를 보자 그 꽃같이 선연한 두 눈에 갑자기 기쁨을 띠며 허리를 일으켰다. 그러나 바로 그다음 순간, 그 노기를 띤 듯한 도톰한 입술은 분명히 그들 사이에 일어난 어떤 절박하고 불행한 사실을 전하고 있었다.

막걸리 사발을 들어 영감에게 권하고 있던 옥화는 성기를 보자,

"계연이가 시방 떠난단다."

대번에 이렇게 말했다.

옥화의 말을 들으며, 영감은 그날, 성기가 절로 올라가던 날, 저녁때에 돌아왔더라는 것이었다. 그 이튿날이니까, 즉 그저께, 영감은 그녀를 데리고 떠나려고 하는 것을 하루 더 쉬어가라고 만류를 해서, 그래 오늘 아침엔 일찍이 떠난다고 이렇게 막 행장[39]을 차려서 나서는 길이라 하였다.

그러나 이것은 실상 모두 나중 다시 들어서 알게 된 것이었고, 처음은 그저 쇠뭉치로 돌연히 머리를 얻어맞은 것같이 골치가 땅하며, 전신의 피가 어느 한 곳으로 쫙 모이는 듯한, 양쪽 귀가 머리 위로 쫑긋이 당겨 올라가는 듯한, 혀가 목구멍 속으로 말려들어가는 듯한, 눈언저리에 퍼런 불이 번쩍번쩍 일어나는 듯한, 어지러움과 노여움과 조마로움[40]이 한데 뭉쳐, 발끝에서 머리끝까지의 그의 전신을 어디로 휩쓸어가는 듯

---

39) 행장 여행할 때 쓰는 여러 가지 물건이나 차림.
40) 조마롭다 매우 조마조마하거나 조마조마한 데가 있다.

만 하였다. 그는 지금껏 이렇게까지 그녀에게 마음이 가 있어 떨어질 수 없게 되었으리라고는 너무도 뜻밖이었다. 그것이 이제 영원히 헤어지려는 이 순간에 와서야 갑자기 심지에 불을 켜듯 확 타오를 마련이던가, 하는 것이 자꾸만 꿈과 같았다. 자칫하면 체면도 염치도 다 놓고 엉엉 울음이 터질 것만 같이 목이 징징 우는 것을, 그러는 중에서도 이 얼굴을 어머니에게 보여서는 아니된다는 의식에서, 떨리는 입술을 깨물며, 마루 끝에 궁둥이를 찧듯 털썩 앉아버렸다.

"아들이 참 잘생겼소."

영감은 분명히 성기를 두고 하는 말인 모양이었다. 그러나 성기는 그쪽으로 고개도 돌려보지 않은 채, 그들에게 무슨 적의나 품은 듯이 앉아 있었다.

옥화는 그동안 또 성기에게 역시 그 체장수 영감의 이야기를 전해 들려주고 있는 모양이었다. 지리산 속에서 우연히 옛날 고향 친구의 아들이 된다는 낯선 젊은이 하나를 만났다. 그는 영감의 고향인 여수에서 큰 공장을 경영하는 실업가로, 지리산 유람을 들어왔다가 이야기 끝에 우연히 서로 알게 되었다. 그는 영감에게 함께 고향으로 돌아가 살자고 한다. 영감은 문득 고향 생각도 날 겸 그 청년의 도움으로 어떻게 형편이 좀 펼 것같이도 생각되어 그를 따라 여수로 돌아가기로 결정을 하고 나오는 길이라―, 옥화가 무어라고 한참 하는 이야기는 대개 이러한 의미인 듯하였으나, 조마롭고 어지럽고 노여움으로 이미 두 귀가 멍멍해진 그에게는 다만 벌떼처럼 무엇이 왕왕거릴 뿐, 아무것도 분명히 들리지도 않았다.

"막걸리 맛이 어찌나 좋은지 배가 부르당게."

그동안 마지막 술잔을 들이켜고 난 영감은 부채와 지팡이를 집어 들며 이렇게 말했다.

"여수 쪽으로 가시게 되면 영영 못 보게 되겠구먼요."

옥화도 영감을 따라 일어서며 이렇게 말했다.

"사람 일을 누가 알간듸, 인연 있음 또 볼 터이지."

영감은 커다란 미투리에 발을 끼며 말했다.

"아가, 잘 가거라."

옥화는 계연의 조그만 보따리에다 돈이 든 꽃주머니 하나를 정표로 넣어주며 하직을 하였다.

계연은 애걸하듯 호소하듯 한 붉은 두 눈으로 한참 동안 옥화의 얼굴을 쳐다보고만 있었다.

"또, 오너라."

옥화는 계연의 머리를 쓸어주며 다만 이렇게 말하였고, 그러자 계연은 옥화의 가슴에다 얼굴을 묻으며 엉엉 소리를 내어 울기 시작하였다.

옥화가 그녀의 그 물결같이 흔들리는 동그스름한 어깨를 쓸어주며,

"그만 울어, 아버지가 저기 기다리고 계신다."

하는 음성도 이젠 아주 풀이 죽어 있었다.

"그럼 편히 계시오."

영감은 옥화에게 하직을 하였다.

"할아버지 거기 가 보시고 살기 여의찮거든 여기 와서 우리 한데 삽시다."

옥화는 또 한 번 이렇게 당부하는 것이었다.

"오빠 편히 사시오."

계연은 이미 시뻘겋게 된 두 눈으로 성기의 마지막 시선을 찾으며 하식 인사를 하였다.

성기는 계연의 이 말에, 꿈을 깬 듯 마루에서 벌떡 일어나, 계연의 앞으로 당황히 몇 걸음 어뚤어뚤 걸어오다간, 돌연히 다시 정신이 나는 듯, 그 자리에 화석처럼 발이 굳어버린 채, 한참 동안 장승같이 계연의 얼굴만 멍하게 바라보고 있었다.

"오빠, 편히 사시오."

이렇게 두 번째 하직을 하는 순간까지도, 계연의 그 시뻘건 두 눈은 역시 성기의 얼굴에서 그 어떤 기적과도 같은 구원만을 기다리는 것이었고, 그러나, 성기는 그 자리에 그냥 주저앉아버릴 뻔하던 것을 겨우 버드나무 가지를 움켜잡을 수 있었을 뿐이었다.

계연의 시뻘겋게 상기한 얼굴은, 옥화와 그의 아버지가 그들을 지켜보고 있다는 것도 잊은 듯이 성기의 얼굴만 일심으로 바라보고 있었으나, 버드나무에 몸을 기댄 성기의 두 눈엔 다만 불꽃이 활활 타오를 뿐, 아무런 새로운 명령도 기적도 나타나지 않았다.

"오빠, 편히 사시오."

하고, 거의 울음이 다 된, 마지막 목소리를 남기고 돌아선 계연의 저만치 가고 있는 항라 적삼을, 고운 햇빛과 늘어진 버들가지와 산울림처럼 울려오는 뻐꾸기 울음 속에, 성기는 우두커니 지켜보고 있을 뿐이었다.

성기가 다시 자리에서 일어나게 된 것은 이듬해 우수(雨水)⁴¹⁾도 경칩

---

41) 우수(雨水) 24절기의 둘째. 입춘과 경칩 사이에 드는데, 양력 2월 19일이나 20일이 된다.

(驚蟄)⁴²⁾도 다 지나, 청명(淸明)⁴³⁾ 무렵의 비가 질금거릴 무렵이었다. 주막 앞에 늘어선 버들가지는 다시 실같이 푸르러지고 살구 복숭아 진달래 들이, 골목 사이로 산기슭으로 울긋불긋 피고지고 하는 날이었다.

아들의 미음상을 차려 들고 들어온 옥화는 성기가 미음 그릇을 비우는 것을 보자 이렇게 물었다.

"아직도, 너, 강원도 쪽으로 가보고 싶냐?"

"……."

성기는 조용히 고개를 돌렸다.

"여기서 장가들어 나랑 같이 살겠냐?"

"……."

성기는 역시 고개를 돌렸다.

그해 아직 봄이 오기 전, 보는 사람마다, 성기의 회춘⁴⁴⁾을 거의 다 단념하곤 하였을 때 옥화는, 이왕 죽고 말 것이라면, 어미의 맘속이나 알고 가라고, 그래, 그 체장수 영감은, 서른여섯 해 전 남사당을 꾸며와 이 화개장터에 하룻밤을 놀고 갔다는 자기의 아버지임이 틀림이 없었다는 것과, 계연은 그 왼쪽 귓바퀴 위의 사마귀로 보아 자기의 동생임이 분명하더라는 것을, 통정하노라면서, 자기의 같은 왼쪽 귓바퀴 위의 검정 사마귀까지를 그에게 보여주었다.

"나도 처음부터 영감이 '서른여섯 해 전'이라고 했을 때 가슴이 섬

<hr>

42) 경칩(驚蟄) 24절기의 셋째. 우수와 춘분 사이로 양력 3월 5일이나 6일에 든다. 겨울잠을 자던 벌레들이 깨어 꿈질거리기 시작하는 시기라는 뜻.
43) 청명(淸明) 24절기의 다섯째. 춘분과 곡우 사이에 들며 양력 4월 5일이나 6일이 된다.
44) 회춘 늙은이의 중한 병이 낫고 다시 건강을 회복함.

뜩하긴 했다. 그렇지만 설마했지 그렇게 남의 간을 뒤집어놓을 줄이야 알았나. 하도 아슬해서 이튿날 악양으로 가 명도[45]까지 불러봤더니, 요 것도 남의 속을 빤히 들여다나 보는 듯이 재잘대는구나, 차라리 망신을 했지."

옥화는 잠깐 말을 그쳤다. 성기는 두 눈에 불을 켜듯 한 형형한 광채를 띠고, 그 어머니의 얼굴을 쳐다보고 있었다.

"차라리 몰랐으면 또 모르지만 한번 알고 나서야 인륜이 있는듸 어찌겠냐."

그리고 부디 어미 야속타고나 생각지 말라고, 옥화는 아들의 뼈만 남은 손을 눈물로 씻었다.

옥화의 이 마지막 하직같이 하는 통정 이야기에 의외로도 성기는 도로 힘을 얻은 모양이었다. 그 불타는 듯한 형형한 두 눈으로 천장을 한참 바라보고 있던 성기는 무슨 새로운 결심이나 하듯 입살을 지그시 깨물고 있었다.

아버지를 찾아 강원도 쪽으로 가볼 생각도 없다, 집에서 장가들어 살림을 할 생각도 없다, 하는 아들에게 그러나, 옥화는 이제 전과 같이 고지식한 미련을 두는 것도 아니었다.

"그럼 어쩔라냐? 너 졸 대로 해라."

"……"

성기는 아무런 말도 없이 도로 자리에 드러누워버렸다.

---

45) 명도 점의 일종. 마마를 앓다가 죽은 어린 계집아이 귀신. 다른 여자에게 지펴서 길흉화복을 말하고, 모든 것을 잘 알아맞힌다고 함.

그러고 나서 한 달포나 넘어 지난 뒤였다.

성기가 좋아하는 여러 가지 산나물이 화갯골에서 연달아 자꾸 내려오는 이른 여름의 어느 장날 아침이었다. 두릅회에 막걸리 한 사발을 쭉 들이켜고 난 성기는 옥화더러,

"어머니, 나 엿판 하나만 맞춰주."

하였다.

"……."

옥화는 갑자기 무엇으로 머리를 얻어맞은 듯이 성기의 얼굴을 멍하니 바라보고 있었다.

그런 지도 다시 한 보름이나 지나, 뻐꾸기는 또다시 산울림처럼 건드러지게 울고, 늘어진 버들가지엔 햇빛이 젖어 흐르는 아침이었다. 새벽녘에 잠깐 가는 비가 지나가고, 날은 다시 유달리 맑게 갠 화개장터 삼거릿길 위에서, 성기는 그 어머니와 하직을 하고 있었다. 갈아입은 옥양목46) 고이 적삼에 명주 수건까지 머리에 잘끈 동여매고 난 성기는, 새로 맞춘 새하얀 나무 엿판을 걸빵해서 느직하게 엉덩이 즈음에다 걸었다. 윗목판에는 새하얀 가락엿이 반나마 들어 있었고, 아랫목판에는 팔다 남은 이야기책 몇 권과 간단한 방물47)이 좀 들어 있었다.

그의 발 앞에는, 물과 함께 갈려 길도 세 갈래로 나 있었으나, 화갯골 쪽엔 처음부터 등을 지고 있었고, 동남으로 난 길은 하동, 서남으로 난 길이 구례, 작년 이맘때도 지나 그녀가 울음 섞인 하직을 남기고 체장수 영감과 함께 넘어간 산모퉁이 고갯길은 퍼붓는 햇빛 속에 지금도 환히

46) 옥양목 빛이 썩 희고 얇은 무명의 한 가지.
47) 방물 여자에게 소용되는 화장품, 바느질 기구, 패물 따위.

장터 위를 굽이돌아 구례 쪽을 향했으나, 성기는 한참 뒤, 몸을 돌렸다. 그리하여 그의 발은 구례 쪽을 등지고 하동 쪽을 향해 천천히 옮겨졌다.

한 걸음, 한 걸음, 발을 옮겨놓을수록 그의 마음은 한결 가벼워져, 멀리 버드나무 사이에서 그의 뒷모양을 바라보고 서 있을 그의 어머니의 주막이 그의 시야에서 완전히 사라져갈 무렵 해서는, 육자배기 가락으로 제법 콧노래까지 흥얼거리며 가고 있는 것이었다.

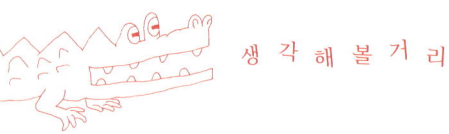

1 역마의 상징적 의미에 대해 각 인물의 운명과 연관지어 생각해 봅시다.

'역마' 란 역참에 갖추어 놓은 말을 의미합니다. 역마는 당연히 이곳 저곳 많은 곳을 돌아다닙니다. '살' 이란 사람이나 물건을 해치는 독한 기운을 일컫는 말로 흔히 살이 끼었다고 하면 어찌 할 수 없는 팔자를 타고 났음을 말합니다. 따라서 역마살은 역마처럼 이리저리 떠돌아다 닐 팔자라는 뜻을 갖게 되며, 이 작품에서도 역시 한곳에 뿌리 내리지 못하고 정처 없이 떠돌 수밖에 없는 운명을 상징합니다.

「역마」에는 이와 같은 운명이 대에 걸쳐 이어집니다. 남사당과 하룻 밤 인연으로 옥화가 태어나고 옥화 역시 떠돌이 중 사이에서 아들 성기 를 낳습니다. 자신의 의지와는 상관없이 역마의 운명을 타고난 인물들 은 결혼이라는 인연에도 결국은 떠돌이 인생을 선택하고 옥화의 노력 에도 불구하고 아들 성기 역시 결말에 가서는 엿장수로 유랑의 길을 떠 납니다. 그리고 육자배기를 흥얼거리는 그의 모습은 오히려 홀가분해 보입니다. 운명에 순응할 때 인간은 오히려 구원받을 수 있다는 작가의 운명론적 세계관이 보이는 결말입니다.

2 주요 배경이 되는 화개 장터의 의미에 대해 써 보세요.

화개 장터는 경상도와 전라도가 만나는 경계지역으로 섬진강 본류의 근원지이고 각 지역 장사꾼들이 모여서 서로 왕래하고 소통하는 곳입니다. 화개(花開)가 꽃이 핀다는 의미라는 것을 생각해 볼 때 화개장터는 만남이 시작이 되는 곳이며 피곤한 몸을 풀고 다시 떠나기 위해 충전을 하는 곳입니다.

그렇기 때문에 화개 장터의 사람들은 영구적이고 항구적으로 머무는 붙박이라기보다는 떠돌이일 가능성이 크고, 그곳에서 맺는 인간 관계 역시 일시적이고 헤어질 가능성이 큰 관계입니다. 이러한 화개 장터의 의미는 그곳에서 만난 작품 속 인물들의 관계에서도 확인됩니다. 머물기를 바라지만 떠날 수밖에 없는 운명을 가진 사람들은 화개 장터에서 인연을 만들지만 운명을 거역하지 못하고 다시 떠나게 됩니다. 화개 장터라는 공간적 배경은 주제와 연관되며 작품의 개연성을 더욱 높여줍니다.

3 성기와 옥화의 사랑이 좌절되는 이유와 계연의 사마귀가 가지는 의미는 무엇인가요?

　　옥화는 아들 성기의 역마살을 극복하기 위해 계연과 결혼시키려고 합니다. 계연과 성기는 서로 사랑하는 사이가 되고 옥화는 성기의 역마살이 극복될 수 있으리라 생각합니다. 그러던 어느 날 옥화는 계연의 왼쪽 귓바퀴에 있는 조그만 사마귀를 발견합니다. 이 사마귀를 보고 계연은 옥화가 자신의 이복동생이 아닐까 생각합니다. 옥화의 우려대로 계연과 옥화는 체장수의 배다른 자식이고 그들의 결혼은 근친상간이 됩니다. 운명을 극복하고자 했던 옥화의 노력은 더 큰 운명의 굴레로 빠져들고 좌절됩니다.

　　운명적으로 역마살을 타고난 성기에게 결혼과 같은 정상적인 삶은 가능하지 않으며 계연의 등장은 그 운명에 대한 시험입니다. 계연과의 사랑이 좌절하는 것과 중병을 앓는 성기의 모습은 운명에 대한 그의 갈등을 심화시키고 운명의 힘을 더욱 강하게 만듭니다.

4 역마살이라는 운명을 극복하기 위한 방법으로 시도된 것은 무엇인지 찾아 보세요.

성기의 역마살을 극복하기 위해 옥화는 여러 방법을 생각합니다. 열 살이 되던 해 성기를 쌍계사로 보내어 중을 만들려 하고 역마살이 거의 다 풀렸을 것이라고 생각합니다. 그러나 시천역이 들었다는 그의 사주가 내심 걱정이 되었던 옥화는 책장수라도 시켜보려 합니다. 그러던 차에 계연의 등장으로 옥화는 결혼을 통해 역마살을 극복하려고 하지만 그 역시 좌절됩니다. 역마살을 극복하기 위한 옥화의 여러 가지 노력은 이처럼 성공하지 못하고 운명에 순응함으로써 오히려 구원받게 됩니다.

5 작품에 드러난 작가의 운명론적 세계관에 대해 써 보세요.

김동리는 작품「역마」를 통해서 우리 민족에게 뿌리 깊게 내려오는 운명관을 보여주고 있습니다. 타고난 팔자나 운명이란 말은 삶이 뜻대로 되지 않을 때 우리가 흔히 하는 말로 이미 정해진 우리 삶의 방향입니다. 우리가 바꾸고자 해도 바꿀 수 없으며 극복하고자 아무리 몸부림쳐도 그 결과는 이미 정해진 것입니다. 과연 운명이란 있는 것일까, 또 극복될 수 없는 강력한 힘인가란 것에 대해 많은 논의가 있습니다. 그 논의에 대해 김동리는 문학에서 그 해답을 제시하려 했습니다.

그에게 문학은 구경적(究竟的)인 생의 형식이어야 하며 작가는 단순히 직업으로 문학을 제조해서는 안 된다고 생각했습니다. 작가는 구경적인 삶의 형식을 그려내야 하고 우리가 추구해야 하는 구경적인 삶은 인간이 산다는 것의 가장 우위에 있는 삶입니다.

우리는 한 사람씩 한 사람씩 천지 사이에 태어나 한 사람씩 한 사람씩 천지 사이에 살아가고 있다는 사실을 통하여 적어도 우리와 천지 사이엔 떠날래야 떠날 수 없는 유기적 관련이 있다는 것과 이 유기적 관련에 관한 우리들에게는 공통된 운명이 부여되어 있다는 것을 발견하게 되는 것이다. 우리는 우리들에게 부여된 우리의 공통된 운명을 발견하고 이것의 타개에 지향하지 않으면 안 된다. 우리가 이 사업을 수행하지 않는 한 우리는 영원히 천지의 파편에 그칠 따름이요, 우리가 천지의 분신임을 체험할 수 없는 것이며, 이 체험을 갖지 않는 한 우리의 생은 천지에 동화될 수 없기 때문이다. 그리고 우리는 우리에게 부여된 우리의 이 공통된 운명을 발견하고 이것의 타개에 노력하는 것, 이것이 곧 구경적 삶이라 부르며 또 문학하는 것이라 일컫는 것이다. 왜 그러냐 하면 이것만이 우리의 삶을 구경적으로 완수할 수 있는 길이기 때문이다.

—『해방 3년의 비평문학』「문학하는 것에 대한 사고」중에서

위의 글에서 말하듯 무한한 자연 속에 존재하는 인간은 현대의 물질적이고 기계적인 변화 속에 스스로의 한계를 절감하고 고통과 슬픔에 직면하게 됩니다. 그 고통과 슬픔을 극복하기 위해서 인간은 자연이 인간에게 부여한 질서인 운명을 발견하고 그에 따라야만 합니다. 그러한 삶이 최상의 삶이며 그 삶을 표현하는 것은 작가의 몫입니다. 그런 의미에서 운명에 순응할 때 오히려 운명은 극복될 수 있고 구원받을 수 있는 것입니다.

작품 속 인물이 겉으로 보기에는 운명에 패배한 것같이 보이지만 사실은 자연의 법칙에 순응함으로써 활기차고 편한 모습을 보입니다. 계연과의 사랑이 좌절되고 중병을 앓던 성기가 훌훌 털고 일어나 엿판을 메고 육자배기를 흥얼거리는 모습은 혹독한 시련 속에서 자신의 운명을 깨닫고 순응하는 구경적 삶의 태도를 보여주는 예입니다.

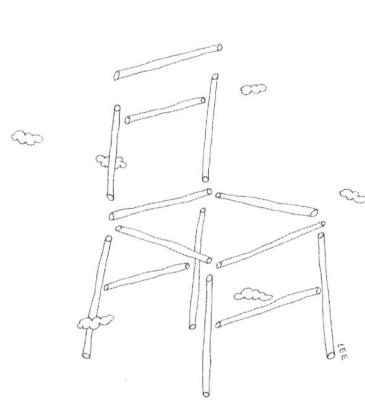

등신불

세속적 번민과 고통을 소신공양을 통해 구원받고
단순한 불교적 사상을 뛰어넘은 인간의지의
극복을 드러낸 작품.

'저건 부처님이 아니다! 불상도 아니야!'

세속적 번민으로부터 구원받기 위한 자기희생적 소신공양

등신불은 사람 크기의 불상을 의미합니다. 때로는 자신의 육체를 희생하는 공양을 하여 스스로 부처가 되는 경우도 있습니다. 이 작품은 인간적이고 세속적인 번민과 고통을 소신공양을 통하여 구원받는 만적의 이야기와 비참한 전쟁에서 탈출하기 위해 손가락을 끊은 나의 이야기를 통해 단순한 불교적 사상을 뛰어넘은 인간사의 번뇌와 한계 상황, 인간 의지에 의한 극복 등을 보여줍니다.

인간에게는 스스로의 의지와는 무관한 숙명적인 고통과 번뇌가 운명처럼 다가옵니다. 그것을 극복하기 위해 노력하지만 때로는 감당할 수 없는 운명을 초월적 존재에게 의지하며 절대자에게 자비를 구하기도 합니다. 이 작품 속의 만적은 이복동생 신을 죽이려 했던 어머니의 극악함에 회의를 느껴 불교에 귀의합니다. 그러나 후에 문둥병에 걸린 신을 만

144

나 인간적 힘으로는 어찌할 수 없는 숙명에 번민하며 스스로를 구원하고 모든 인간에게 주어진 고통을 사하고자 소신공양을 결심합니다. 소신공양이란 자신의 몸을 태워 불전에 공양을 하는 것입니다.

만적의 머리 위에 화관같이 씌워진 향로에서는 점점 더 많은 연기가 오르기 시작했다. 이미 오랜 동안의 정진으로 말미암아 거의 화석이 되어가고 있던 만적의 육신이지만 불기운이 그의 숨골을 뚫었을 때는 저절로 몸이 움칠해졌다. 그리하여 그때부터 눈에 보이지 않게 그의 고개와 등 가슴이 조금씩 앞으로 숙여져 갔다.

아름답고 거룩한 모습과는 너무 다른 우는 듯한, 웃는 듯한, 찡그리는 듯한 오뇌와 비원의 등신불을 보고 "부처가 아니다"라고 했던 나 역시 불도의 진리를 깨닫기 위해 손가락을 잘라 자신의 운명을 극복하고자 했습니다. 이를 통해 소극적이나마 전쟁이라는 죄악의 현실을 벗어나고자 했던 것입니다. 만적의 내력을 이야기해 준 후, 원혜대사는 나의 바른손 식지를 들어 보도록 했습니다. 하지만 왜 손가락을 들도록 했는지 그것이 만적의 소신공양과 무슨 관계가 있는지 아무 뒷말이 없었습니다.

이 작품은 1961년 『사상계』에 발표된 단편소설로 김동리의 후기 작품이며 성경에서 소재를 얻은 1958년 작품 「사반의 십자가」와 더불어 인간의 운명과 구원의 문제를 다룬 작품입니다. 삶의 현실이나 인간사에 대한 적극적 참여보다 인간과 신의 만남, 구원의 문제 등에 더욱 치중했던 그의 작품 세계를 보여주며 단순한 불교적 내용의 소설이 아닌 신과 인간이 만나는 문제에 대한 작가의 해답을 보여주는 소설이기도 합니다.

김동리의 또 다른 소설 「무녀도」와 같은 액자 소설의 형식을 취하고 있으며 액자 밖 인물인 나의 사연과 액자 속 이야기인 만적의 이야기가 마침내 하나로 동일화되는 장면을 통해 동기나 희생의 정도는 다르지만 육체의 희생을 통해 구원받고자 했던 작품 속 인물들의 삶의 번뇌와 초월적 극복에 대해 생각해 봅시다.

등신불 等身佛[1]

등신불(等身佛)은 양자강(揚子江)[2] 북쪽에 있는 정원사(淨願寺)의 금불각(金佛閣) 속에 안치되어 있는 불상(佛像)의 이름이다. 등신금불(等身金佛) 또는 그냥 금불이라고도 불렀다.

그러니까 나는 이 등신불, 또는 등신금불로 불리는 불상에 대해 보고 듣고 한 그대로를 여기다 적으려 하거니와, 그보다 먼저, 내가 어떻게 해서 그 정원사라는 먼 이역[3]의 고찰(古刹)[4]을 찾게 되었는지 그것부터 이야기해야겠다.

내가 일본의 대정대학 재학 중에, 학병(태평양전쟁)으로 끌려 나간

---

[1] 등신불 사람의 키만 한 크기로 만든 불상.
[2] 양자강 티베트 고원 북동쪽에서 발원하여 동중국해로 흘러드는 중국에서 가장 긴 강.
[3] 이역 다른 나라의 땅 혹은 제 고장이나 고향에서 멀리 떨어진 곳.
[4] 고찰(古刹) 옛 절.

것은 일구사삼(1943)년 이른 여름, 내 나이 스물세 살 나던 때였다.

내가 소속된 부대는 북경(北京)서 서주(徐州)를 거쳐 남경(南京)에 도착되었다. 그리하여 우리는 다른 부대가 당도할 때까지 거기서 머무르게 되었다. 처음엔 주둔(駐屯)이라기보다 대기(待機)에 속하는 편이었으나, 다음 부대의 도착이 예상보다 늦어지자, 나중은 교체 부대(交替部隊)가 당도할 때까지 주둔군(駐屯軍)의 임무를 맡게 되었다.

그때 우리는 확실한 정보는 아니지만 대체로 인도지나나 인도네시아 방면으로 가게 된다는 것을 어림으로 짐작하고 있었기 때문에 하루라도 오래 남경에 머물면 머물수록 그만치 우리의 목숨이 연장되는 거와 같이 생각하고 있었다. 따라서 교체 부대가 하루라도 더 늦게 와주었으면 하고 마음속으로 은근히 빌고 있는 편이기도 했다.

실상은 그냥 빌고 있는 심정만도 아니었다. 더 나아가서 이 기회에 기어이 나는 나의 목숨을 건져내어야 한다고 결심을 했다. 나는 이런 기회를 위하여 미리 약간의 준비(조사)까지 해두었던 것이다. 그것은 중국의 불교 학자로서 일본에 와 유학을 하고 돌아간—특히 대정대학 출신으로—사람들의 명단을 조사해 둔 일이었다. 나는 비장(秘藏)5)한 작은 쪽지에서 '남경 진기수(陳奇修)'란 이름을 발견했을 때 야릇한 흥분으로 가슴이 후들거리며 머릿속까지 휑해지는 듯했다.

그러나 낯선 이역의 도시에서, 더구나 나 같은 일본군에 소속된 한국 출신 학병의 몸으로써, 그를 찾고 못 찾고 하는 일이 곧 내가 죽고 사는 판가름이라고 생각하지 않았던들, 또 내가 평소에 나의 책상머리에 언

---

5) 비장(秘藏) 비밀리에 감추어 두거나 간직함.

제나 걸어두고 바라보던 관세음보살님의 미소로써 나를 굽어보고 있는 것이라고 믿어지지 않았던들, 그때의 그러한 용기와 지혜를 내 속에서 나는 자아내지 못했을는지 모른다.

나는 우리 부대가 앞으로 사흘 이내에 남경을 떠난다고 하는—그것도 확실한 정보가 아니고 누구의 입에선가 새어나온 말이지만—조마조마한 고비에 정심원(靜心院: 남경에 있는 중국인 불교 포교당)에 있는 포교사(布敎師)[6]를 통하여 진기수씨가 남경 교외의 서공암(棲空庵)이라는 작은 암자에 독거(獨居)[7]하고 있다는 것을 알게 되었다.

그날 내가 서공암에서 진기수씨를 찾게 된 것은 땅거미가 질 무렵이었다. 나는 그를 보자 합장을 올리며 무수히 머리를 수그림으로써 나의 절박한 사정과 그에 대한 경의를 먼저 표한 뒤, 솔직하게 나의 처지와 용건을 털어놓았다.

그러나 평생 처음 보는 타국 청년—그것도 적국의 군복을 입은—에게 그러한 위험한 협조를 쉽사리 약속해줄 사람은 없었다. 그의 두 눈이 약간 찡그러지며 입에서는 곧 거절의 선고가 내릴 듯한 순간 나는 미리 준비하고 갔던 흰 종이를 끄집어내어 내 앞에 폈다. 그러고는 바른편 손 식지[8] 끝을 스스로 물어서 살을 떼어낸 다음 그 피로써 다음과 같이 썼다.

'願免殺生 歸依佛恩'(원컨대 살생을 면하게 하옵시며 부처님의 은혜 속에 귀의코자 하나이다).

나는 이 여덟 글자의 혈서를 두 손으로 받들어 그의 앞에 올린 뒤 다

6) 포교사(布敎師) 교리를 널리 펴는 중이나 신도.
7) 독거(獨居) 혼자 살거나 홀로 지냄.
8) 식지 집게손가락.

시 합장을 했다.

이것을 본 진기수씨는 분명히 얼굴빛이 달라졌다. 그것은 반드시 기쁜 빛이라 할 수는 없었으나 조금 전의 그 거절의 선고만은 가셔진 듯한 얼굴이었다.

잠깐 동안 침묵이 흐른 뒤 진기수씨는 나직한 목소리로 입을 열었다.

"나를 따라오게."

나는 곧 자리에서 일어나 그의 뒤를 따라갔다.

깊숙한 골방이었다.

진기수씨는 나를 그 컴컴한 골방 속에 들여보내고 자기는 문을 닫고 도로 나가버렸다. 조금 뒤 그는 법의(法衣: 중국 승려복) 한 벌을 가져와 방 안으로 디밀며

"이걸로 갈아입게."

하고 또다시 문을 닫고 나갔다.

나는 한숨이 터져 나왔다. 이제야 사는가 보다 하는 생각이 나의 가슴 속을 후끈하게 적셔주는 듯했다.

내가 옷을 갈아입고 났을 때, 이번에는 또 간소한 저녁상이 디밀어졌다.

나는 말없이 디밀어진 저녁상을 또한 그렇게 말없이 받아서 지체 없이 다 먹어 치웠다.

내가 빈 그릇을 문밖으로 내어놓자 밖에서 기다리고나 있었던 듯 이내 진기수씨가 어떤 늙은 중 하나를 데리고 들어왔다.

"이분을 따라가게. 소개장은 이분에게 맡겼어. 큰절[本刹]의 내법사 스님한테 가는……."

"……."

나는 무조건 네, 네, 하며 곧장 머리를 끄덕일 뿐이었다. 나를 살려주려는 사람에게 무조건 나를 맡길 수밖에 없었던 것이다.

"길은 일본 병정들이 알지도 못하는 산속 지름길이야. 한 백 리 남짓 되지만, 오늘이 스무하루니까 밤중 되면 달빛도 좀 있을 게구…… 그럼…… 불연(佛緣)⁹⁾ 깊기를…… 나무관세음보살."

그는 나를 향해 합장을 하며 머리를 수그렸다.

"……."

나는 목이 콱 메어옴을 깨달았다. 눈물이 핑 돈 채 나도 그를 향해 잠자코 합장을 올렸다.

어둡고 험한 산길을 경암(鏡岩)―나를 데리고 가는 늙은 중―은 거침없이 걸었다. 아무리 발에 익은 길이라 하지만 군데군데 나뭇가지가 걸리고 바닥이 파이고 돌이 솟고 게다가 굽이굽이 간수(澗水)¹⁰⁾가 가로지른 초망(草莽)¹¹⁾ 속의 지름길을 칠흑 같은 어둠 속에서 어쩌면 그렇게도 잘 뚫고 나가는지 그저 신기하기만 했다. 내가 믿는 것은 젊음 하나뿐이련만, 그는 이십 리나 삼십 리를 걸어도 힘에 부치어 쉬자고 할 기색은 보이지 않았다.

나는 쉴 새 없이 손으로 이마의 땀을 씻어가며 그의 뒤를 따랐으나 한참씩 가다 보면 어느덧 그를 어둠 속에 잃어버리곤 했다. 나는 몇 번이

---

9) 불연(佛緣) 중생이 불교나 부처와 맺은 인연.
10) 간수(澗水) 골짜기에 흐르는 물.
11) 초망(草莽) 풀숲.

나 나뭇가지에 얼굴이 긁히고, 돌에 차여 무릎을 깨고 하며 "대사……"

"대사……" 그를 불러야만 했다. 그럴 때마다 경암은 혼잣말로 낮게 중 얼거리며 나를 기다려주는 것이나, 내가 가까이 가면 또 아무 말도 없이 그냥 휙 돌아서서 걸음을 옮겨놓기 시작하는 것이다.

밤중도 훨씬 넘어 조각달이 수풀 사이로 비쳐들면서부터 나는 비로소 생기를 얻기 시작했다. 이제부터는 경암이 제아무리 앞에서 달린다 하 더라도 두 번 다시 그를 놓치지는 않으리라 맘속으로 다짐했다.

이렇게 정세가 바뀌었음을 그도 느끼는지 내가 그의 곁으로 다가서자 그는 나를 흘낏 돌아다보더니, 한쪽 팔을 들어 먼 데를 가리키며 반원을 그어 보이고는 이백 리라고 했다. 이렇게 지름길을 가지 않고 좋은 길로 돌아가면 이백 리 길이라는 뜻인 듯했다.

나는 한마디 얻어들은 중국말로 "쎼 쎼[12]" 하고 장단을 맞추며 고개 를 끄덕여 보이곤 했다.

우리가 정원사 산문 앞에 닿았을 때는 이튿날 늦은 아침절이었다. 경 암은 푸른 수풀 속에 거뭇거뭇 보이는 높은 기와집들을 손가락질로 가 리키며 자랑스런 얼굴로 무어라고 중얼거렸다. 나는 또 고개를 끄덕이 며 "하오! 하오![13]"를 되풀이했다.

산문을 지나 정문을 들어서니 산무더기 같은 큰 다락이 정면에 버티 고 섰다. 현판[14]을 쳐다보니 태허루(太虛樓)라 씌어 있었다.

12) 쎼 쎼 감사합니다.
13) 하오 하오 좋습니다.
14) 현판 글자나 그림을 새겨 문 위나 벽에 다는 널조각. 흔히 절이나 누각, 사당, 정자 따위의 들 어가는 문 위, 처마 아래에 걸어 놓는다.

태허루 곁을 돌아 안마당 어귀에 들어서니 정면 한가운데 높직이 앉아 있는 가장 웅장한 건물이 법당이라고는 짐작이 가나 그 양옆으로 첩첩이 가로 세로 혹은 길쭉하게 눕고, 혹은 높다랗게 서고 혹은 둥실하게 앉은 무수한 집들이 모두 무슨 이름에 어떠한 구실을 하는 것들인지 첫눈엔 그저 황홀하고 얼떨떨할 뿐이었다.

경암은 나를 데리고, 그 첩첩이 둘러앉은 집들 사이를 한참 돌더니 청정실(淸淨室)이란 조그만 현판이 붙은 조용한 집 앞에 와서 기척을 했다. 방문이 열리더니 한 스무 살이나 될락 말락 한 젊은 중이 얼굴을 내밀며 알은체를 한다. 둘이서 (젊은이는 방문 앞에 서고 경암은 뜰 아래 선 채) 한참 동안 말을 주고받고 한 끝에 경암이 나를 데리고 집 안으로 들어갔다.

방 안에는 머리가 하얗게 세고 키가 성큼하게 커 뵈는 노승이 미소 띤 얼굴로 경암과 나를 맞아주었다. 나는 말이 통하지 않으므로 노승 앞에 발을 모으고 서서 정중히 합장을 올렸다. 어저께 진기수씨 앞에서 연거푸 머리를 수그리던 것과는 달리, 이번에는 한 번만 정중하게 머리를 수그려 절을 했던 것이다.

노승은 미소 띤 얼굴로 고개를 끄덕이며 나에게 앉을 자리를 가리킨 뒤 경암이 내드린 진기수씨의 편지를 펴 보았다.

"불은(佛恩)[15]이로다."

편지를 읽고 난 노승은 이렇게 말했다. (그것도 그때는 알아듣지 못했지만 나중 가서 알고 보니 그랬다. 그리고 이것도 나중에야 알게 된

---

15) 불은(佛恩) 부처의 은혜.

일이지만 이 노승이 두어 해 전까지 이 절의 주지를 지낸 원혜대사(圓慧
大師)로, 진기수씨가 말한 자기의 법사(法師) 스님이란 곧 이분이었던
것이다.)

그날 저녁 때 나는 원혜대사의 주선으로 그가 거처하고 있는 청정실
바로 곁의 조그만 방 한 칸을 혼자서 쓸 수 있게 되었다.

나를 그 방으로 인도해준 젊은이―원혜대사의 시봉(侍奉)16)―는,

"저와 이웃이죠."

희고 넓적한 이를 드러내 보이며 빙긋이 웃었다. 그리고 자기 이름은
청운(淸雲)이라 부른다고 했다.

나는 방 한 칸을 따로 쓰고 있었지만 결코 방 안에 들어앉아 게으름을
피우지는 않았다. 나를 죽을 고비에서 건져준 진기수씨―그의 법명(法
名)17)은 혜운(慧雲)이었다―나 원혜대사의 은덕을 생각해서라도 나는
결코 남의 입질에 오르내릴 짓을 해서는 안 되리라고 결심했던 것이다.

나는 아침 일찍이 일어나 세수를 하고, 예불을 끝내면 청운과 함께 청
정실 안팎과 앞뒤의 복도와 뜰을 먼지 티끌 하나 없이 쓸고 닦았다.

뿐만 아니라 다른 스님들을 따라 산에 가 약도 캐고 식량 준비도 거들
었다. (이 절에서도 전쟁 관계로 식량이 달렸으므로 산중의 스님들은 여
름부터 식용이 될 만한 풀잎과 나무 뿌리 같은 것들을 캐러 산으로 가곤
했다.)

일을 마치고 돌아오면 손발을 깨끗이 씻고 내 방에 꿇어앉아 불경을

---

16) 시봉(侍奉) 모시어 받듦.
17) 법명(法名) 중이 되는 사람에게 종문(宗門)에서 지어 주는 이름.

읽거나 그렇지 않으면 청운에게 중국어를 배웠다.(이것은 나의 열성에다 청운의 호의가 곁들여서 그런지 의외로 빨리 진척이 되어 사흘 만에 이미 간단한 말로—물론 몇 마디씩이지만—대화하는 흉내까지 낼 수 있게 되었다.)

아무리 방에 혼자 있을 때라도 취침 시간 이외엔 방 안에 번듯이 드러눕지 않도록 나 자신과 씨름을 했다. 그렇게 버릇을 들이지 않으려고 나는 몇 번이나 나 자신에게 다짐을 놓았는지 모른다. 졸음이 와서 정 견디기가 어려울 때는 밖으로 나와 어정대며[18] 바람을 쐬곤 했다.

처음엔 이렇게 막연히 어정대며 바람을 쐬던 것이 얼마 가지 않아 나는 어정대지 않게 되었다. 으레 가는 곳이 정해지게 되었다. 그것은 저 금불각(金佛閣)이었던 것이다.

여기서도 물론 나는 법당 구경을 먼저 했다. 본존(本尊)[19]을 모셔 둔 곳이니만치 그 절의 풍도[20]나 품격을 가장 대표적으로 보여주는 곳이라는 까닭으로서보다도 절 구경은 으레 법당이 중심이라는 종래의 습관 때문이라고 하는 편이 옳았는지 모른다. 그러나 내가 법당에서 얻은 감명은 우리 나라의 큰 절이나 일본의 그것에 견주어 그렇게 자별[21]하다고 할 것이 없었다. 기둥이 더 굵대야 그저 그렇고 불상이 더 크대야 놀랄 정도는 아니요, 그 밖에 채색이나 조각에 있어서도 한국이나 일본의 그것에 비하여 더 정교한 편은 아닌 듯했다. 다만 정면 한가운데 높직이

---

18) 어정대다 한가하게 거닐다.
19) 본존(本尊) 주불로서의 '석가모니불'.
20) 풍도 풍채와 태도.
21) 자별 저절로 서로 다름.

모셔져 있는 세 위(位)의 불상(훌륭히 도금을 입힌)을 그대로 살아 있는
사람으로 간주하고 힘겨룸을 시켜 본다면 한국이나 일본의 그것보다 더
놀라운 힘을 쓸 수 있지 않을까 하는 생각이었다. 그러니까 나로서는 어
디까지나 '살아 있는 사람으로 간주하고 힘겨룸을 시켜 본다면' 하는
가정에서 말한 것이지만 그네의 눈으로써 보면 자기네의 부처님(불상)
이 그만치 더 거룩하게만 보일는지 모를 일이었다. 더 쉽게 말하자면 내
가 위에서 말한 더 놀라운 힘이란 체력을 뜻하는 것이지만 그들의 눈에
는 그것이 어떤 거룩한 법력(法力)이나 도력(道力)으로 비칠는지도 모
른다는 것이다.

그리고 내가 특히 이런 생각을 더하게 된 것은 금불각을 구경한 뒤였
다. 금불각 속에 모셔져 있는 등신불(등신금불)을 보고 받은 깊은 감명
이 그 절의 모든 것을, 특히 법당에 모셔져 있는 세 위의 큰 불상을, 거
룩하게 느끼게 하는 어떤 압력 같은 것이 되어 나타났다고나 할까.

물론 나는 청운이나 원혜대사로부터 금불각에 대하여 미리 들은 바는
없었지만 금불각이 앉은 자리라든지 그 집 구조로 보아서 약간 특이한
느낌이 그 안의 불상(등신불)을 구경하기 전에 이미 들지 않았던 것은
아니다. 그것은 무엇보다도 법당 뒤꼍에서 길 반가량 높이의 돌계단을
올라가서, 거기서부터 약 오륙십 미터 거리의 석대(石臺)가 구축되고,
그 석대가 곧 금불각에 이르는 길이 되어 있기 때문인지도 몰랐다. 더구
나 그 석대가 꼭 같은 크기의 넓적넓적한 네모잽이 돌로 쌓아져 있는데
돌 위엔 보기 좋게 거뭇거뭇한 돌 옷이 입혀져 있었던 것이다. 말하자면

22) 추녀 처마 네 귀에 걸리는 네모지고 길고 끝이 번쩍 들린 큰 서까래. 또는 그 부분의 처마.

법당 뒤껼이 동북쪽 언덕을 보기 좋은 돌로 평평하게 쌓아서 석대를 만들고 그 위에 금불각을 세워놓은 것이다. 게다가 주녀[22]와 현판을 모두 돌아가며 도금을 입히고 네 벽에 새긴 조상(彫像)과 그림에 도금을 많이 써서 그야말로 밖에서 보는 건물 그 자체부터 금빛이 현란했다.

나는 본디 비단이나, 종이나, 나무나, 쇠붙이 따위에 올린 금물이나 금박 같은 것을 왠지 거북해하는 성미라 금불각에 입혀져 있는 금빛에도 그러한 경계심과 반감 같은 것을 품고 대했지만 하여간 이렇게 석대를 쌓고 금칠을 하고 할 때는 그대들로서 무언가 아끼고 위하는 마음의 표시를 하느라고 한 짓임이 틀림없을 것이라고 보지 않을 수 없었다.

그러면서도 나는 그 아끼고 위하는 것이 보나마나 대단한 것은 아니리라고 혼자 속으로 미리 단정을 하고 있었다. 나의 과거 경험으로 본다면, 이런 것은 대개 어느 대왕이나 황제의 갸륵한 뜻으로 순금을 많이 넣어서 주조(鑄造)[23]한 불상이라든지 또는 어느 천자가 어느 황후의 명복을 빌기 위해서 친히 불사를 일으킨 연유의 불상이라든지 하는 따위—대왕이나 황제의 권위를 보여주기 위한 금빛이 십상이었기 때문이다.

나의 이러한 생각은 그들이 이 금불각의 권위를 높이기 위하여 좀처럼 문을 열어주지 않는 것을 보고 더욱 굳어졌다. 적어도 은화(銀貨) 다섯 냥 이상의 새전(賽錢)[24]이 아니면 문을 여는 법이 없다는 것이다. 그렇지 않으면 어느 선남선녀의 큰 불공이 있을 때라야만 한다는 것이다.

---

23) 주조(鑄造) 녹인 쇠붙이를 거푸집에 부어 물건을 만듦.
24) 새전(賽錢) 신불 앞에 돈을 바침. 또는 그 돈.

(그리고 이때—큰 불공이 있을—에도 본사 승려 이외에 금불각을 참례하는 자는 또 따로 새전을 내야 한다는 것이다.)

그렇다면 더구나 신도들의 새전 긁어모으기 위한 술책으로 좁쌀만 한 언턱거리[25]를 가지고 연극을 꾸미고 있는 것임이 틀림이 없으리라고 나는 아주 단정을 하고 도로 내 방으로 돌아왔다가 그때 마침 청운이 중국어를 가르쳐 주려고 왔기에,

"저 금불각이란 게 뭐지?"

아무것도 아닌 것처럼 물어보았다.

"왜요?"

청운이 빙긋이 웃으며 도로 물었다.

"구경 갔더니 문을 안 열어 주던데……"

"지금 같이 가볼까요?"

"무어, 담에 보지."

"담에라도 그럴 거예요, 이왕 맘 난 김에 가보시구려."

청운이 은근히 권하는 빛이기도 해서 나는 그렇다면 하고 그를 따라 나갔다.

이번에는 청운이 숫제 금불각을 담당한 노승에게서 쇳대를 빌려와서 손수 문을 열어주었다. 그리고 문 앞에 선 채 그도 합장을 올렸다.

나는 그가 문을 여는 순간부터 미묘한 충격에 사로잡힌 채 그가 합장을 올릴 때도 그냥 멍하니 불상만 바라보고 서 있었다. 우선 내가 예상한 대로 좀 두텁게 도금을 입힌 불상임에는 틀림이 없었다. 그러나 그것

25) 언턱거리 남에게 무턱대고 억지로 떼를 쓸 만한 근거나 핑계.

은 전혀 내가 미리 예상했던 그러한 어떤 불상이 아니었다. 머리 위에 향로를 이고, 두 손을 합장한, 고개와 능이 앞으로 좀 수그러진, 입도 조금 헤벌어진, 그것은 불상이라고 할 수도 없는, 형편없이 초라한, 그러면서도 무언지 보는 사람의 가슴을 쥐어짜는 듯한, 사무치게 애절한 느낌을 주는 등신대(等身大)[26]의 결가부좌[27]상(結跏趺坐像)이었다. 그렇게 정연하고 단아하게 석대를 쌓고 추녀와 현판에 금물을 입힌 금불각 속에 안치되어 있음직한, 아름답고 거룩하고 존엄성 있는 그러한 불상과는 하늘과 땅 사이라고나 할까, 너무도 거리가 먼, 어이가 없는, 허리도 제대로 펴고 앉지 못한, 머리 위에 조그만 향로를 얹은 채 우는 듯한, 웃는 듯한, 찡그린 듯한, 오뇌[28]와 비원(悲願)[29]이 서린 듯한, 그러면서도 무어라고 형언할 수 없는 슬픔이랄까 아픔 같은 것이 보는 사람의 가슴을 콱 움켜잡는 듯한, 일찍 본 적도 상상한 적도 없는 그러한 어떤 가부좌상이었다.

내가 그것을 바라보는 순간부터 나는 미묘한 충격에 사로잡히게 되었다고 말했지만 그러나 그 미묘한 충격을 나는 어떠한 말로써도 설명할 길이 없다. 다만 나는 그것을 바라보고 있는 동안 처음 보았을 때 받은 그 경악과 충격이 점점 더 전율과 공포로 화하여 나를 후려갈기는 듯한 어지러움에 휩싸일 뿐이었다고나 할까. 곁에 있던 청운이 나의 얼굴을 돌아다보았을 때도 나는 손끝 하나 까딱하지 못하며 정강마루와 아래턱

---

26) 등신대(等身大) 사람의 키와 같은 크기.
27) 결가부좌(結跏趺坐) 오른발을 왼편 넓적다리 위에 놓은 뒤, 왼발을 오른편 넓적다리 위에 놓고 앉는 앉음새.
28) 오뇌 괴로워하고 걱정함.
29) 비원(悲願) 비장한 결심으로 이루려는 소원.

을 그냥 덜덜덜 떨고 있을 뿐이었다.

'저건 부처님이 아니다! 불상도 아니야!'

나는 나 자신도 모르는 사이에 이렇게 목이 터지도록 소리를 지르고 싶었으나 나의 목구멍은 얼어붙은 듯 아무런 말도 새어 나지 않았다.

이튿날 새벽 예불을 마치고 내가 청운과 더불어 원혜대사에게 아침 인사를 드리러 갔을 때 스님은

"어저께 금불각 구경을 갔었니?"

물었다.

내가 겁에 질린 얼굴로 참배했다고 대답하자, 스님은 꽤 만족한 얼굴로

"불은이로다."

했다.

나는 맘속으로 그건 부처님이 아니었어요, 부처님의 상호30)가 아니었 어요, 하고 소리를 지르고 싶은 충동을 깨달았으나 굳이 입을 닫치고 참 을 수밖에 없었다.

이때 스님(원혜대사)은 내 맘속을 헤아리는 듯,

"그래 어느 부처님이 제일 맘에 들더냐?"

물었다.

나는 실상 그 등신불에 질려 그 곁에 모신 다른 불상들은 거의 살펴보 지도 못했던 것이다.

"다른 부처님은 미처 보지도 못했어요, 가운데 모신 부, 부처님이 어

---

30) 상호 얼굴 모습이나 생김새. 부처의 화신에는 32가지 상과 80가지의 호가 있다고 한다.

떻게나 무, 무서운지……."

나는 또 아래턱이 덜덜덜 떨려 말을 이을 수 없었다.

원혜대사는 말없이 나의 얼굴(아래턱이 덜덜덜 떨리는)을 가만히 건너다보고만 있었다. 그러자 나는 지금 금방 내 입으로 부처님이라고 말한 것이 생각났다. 왜 그런지 그렇게 말해서는 안 될 것을 말한 듯한 야릇한 반발이 내 속에서 폭발되었다.

"그렇지만…… 아니었어요…… 부처님의 상호 같지 않았어요."

나는 전신의 힘을 다하여 겨우 이렇게 말해버렸다.

"왜, 머리에 얹은 것이 화관[31]이 아니고 향로[32]라서 그러니!…… 그렇지, 그건 향로야."

원혜대사는 조금도 나를 꾸짖는 빛이 아니었다. 오히려 나의 그러한 불만에 구미가 당기는 듯한 얼굴이었다.

"……."

나는 잠자코 원혜대사의 얼굴을 쳐다보고 있었다. 곁에 있던 청운이 두어 번이나 나에게 눈짓을 했을 만치 나의 두 눈은 스님을 쏘아보듯이 빛나고 있었다.

"자네 말대로 하면 부처님이 아니고 나한(羅漢)[33]님이란 말인가. 그렇지만 나한님도 머리 위에 향로를 쓴 분은 없잖아. 오백 나한(五百羅漢) 중에도……."

나는 역시 입을 닫친 채 호기심에 가득 찬 눈으로 스님의 얼굴을 쳐다

---

31) 화관 칠보로 꾸민 부녀자의 예장용 관의 하나.
32) 향로 향을 피우는 데 쓰는 자그마한 화로.
33) 나한(羅漢) 부처의 제자들.

볼 뿐이었다.

그러나 원혜대사는 더 자세한 이야기를 들려주지 않았다.

"그렇지, 본래는 부처님이 아니야. 모두가 부처님이라고 부르게 됐어. 본래는 이 절 스님인데 성불(成佛)[34]을 했으니까 부처님이라 부른게지. 자네도 마찬가지야."

스님은 말을 마치고 가만히 두 손을 모아 합장을 한다.

나도 머리를 숙이며 합장을 올리고 자리에서 일어났다.

그날 아침 공양을 마치고 청정실로 건너올 때 청운은 나에게 턱으로 금불각 쪽을 가리키며

"나도 첨엔 이상했어, 그렇지만 이 절에선 영검이 제일 많은 부처님이라오."

"영검이라고?"

나는 이렇게 물었지만 실상은 청운이 서슴지 않고 부처님이라고 부르는 말에 더욱 놀랐던 것이다. 조금 전에도 원혜대사로부터 '모두가 부처님이라고 부르게 됐다'는 말을 듣긴 했지만 그때까지의 나의 머릿속에 박혀 있는 습관화된 개념으로써는 도저히 부처님과 스님을 혼동할 수 없었던 것이다.

"그럼, 그래서 그렇게 새전이 많다오."

청운의 대답이었다. 그는 계속해서 들려주었다.

---

34) 성불(成佛) 부처가 되는 일. 보살이 자리(自利)와 이타(利他)의 덕을 완성하여 궁극적인 깨달음의 경지를 실현하는 것을 이른다.
35) 소신공양(燒身供養) 자기 몸을 불살라 부처 앞에 바침.

……스님의 이름은 잘 모른다. 당(唐)나라 때다. 일천수백 년 전이라고 한다. 소신공양(燒身供養)[35]으로 성불을 했다. 공양[36]을 드리고 있을 때 여러 가지 신이(神異)[37]가 일어났다. 이것을 보고 들은 수많은 사람들이 구름같이 모여들어서 아낌없이 새전과 불공을 드렸는데 그들 가운데 영검을 보지 못한 사람은 하나도 없다. 그 뒤에도 계속해서 영검이 있었다. 지금까지 여기 금불각(등신금불)에 빌어서 아이를 낳고 병을 고치고 한 사람의 수효는 수천 수만을 헤아린다. 그 밖에도 소원을 성취한 사람은 이루 다 헤일 수가 없다…….

나도 청운에게서 소신공양이란 말을 들었을 때 몸이 부르르 떨렸다.

"그러면 그럴 테지."

나는 무슨 뜻인지 이렇게 중얼거렸다. 그리고 잇달아 눈을 감고 합장을 올렸다. 나무아미타불, 나무아미타불! 나의 입에서는 나도 모르게 염불이 흘러나왔다.

아아, 그 고뇌! 그 비원(悲願)! 나의 감은 두 눈에서 눈물이 번져 나왔다. 나무아미타불, 나무아미타불! 나는 발작과도 같이 곧장 염불을 외었다.

"나도 처음 봤을 때는 가슴이 뭉클했다오. 그 뒤에 여러 번 보고 나니까 차츰 심상해지더군요."

청운은 빙긋이 웃으며 나를 위로하듯이 말했다.

그것은 그렇다 하더라도 나에게 아무래도 석연치 못한 것이 있다…….

36) 공양 부처 앞에 음식물을 이바지하는 일.
37) 신이(神異) 신기하고 이상하다.

소신공양으로 성불을 했다면 부처님이 되었어야 하지 않는가. 부처님이 되었다면 지금까지 모든 불상에서 보아온 바와 같은 거룩하고 원만하고 평화스러운 상호는 아니라 할지라도 그에 가까운 부처님다움은 있어야 하지 않을까. 거룩하고 부드럽고 평화스러운 맛은 지녔어야 하지 않겠는가. 그러나 금불각의 가부좌상은 어디까지나 인간을 벗어나지 못한 고뇌와 비원이 서린 듯한 얼굴이 아니던가. 그럼에도 불구하고 과거의 어떠한 대각(大覺)[38]보다도 그렇게 영검이 많다는 것은 무슨 까닭인가.

나의 머릿속에서는 잠시도 이러한 의문들이 가셔지지 않았다. 더구나 청운에게서 소신공양으로 성불했다는 이야기를 들은 뒤부터는 금불이 아닌 새까만 숯덩이가 곧잘 눈에 삼삼거려 배길 수 없었다.

사흘 뒤에 나는 다시 금불을 찾았다. 사흘 전에 받은 충격이 어쩌면 나의 병적인 환상의 소치가 아닐까 하는 마음과, 또 청운의 말대로 '여러 번' 봐서 '심상해'진다면 나의 가슴에 사무친 '오뇌와 비원'의 촉수(觸手)[39]도 다소 무디어지리라는 생각에서다.

문이 열리자, 나는 그날 청운이 하던 대로 이내 머리를 수그리며 합장을 올렸다. 입으로는 쉴 새 없이 나무아미타불을 부르며…… 눈까풀과 속눈썹이 바르르 떨리며 나의 눈이 열렸을 때 금불은 사흘 전의 그 모양 그대로 향로를 이고 앉아 있었다. 거룩하고 원만한 것의 상징인 듯한 부처님의 상호와는 너무나 거리가 먼, 우는 듯한, 웃는 듯한, 찡그린 듯한,

38) 대각(大覺) 크게 진리를 깨달음.
39) 촉수(觸手) 어떤 작용이나 행동이 미치는 '손길'의 비유.

164

오뇌와 비원이 서린 듯한, 가부좌상임에는 변함이 없었으나, 그 무어라고 형언할 수 없는 슬픔이랄까 아픔 같은 것이 전날처럼 송누리째 나의 가슴을 움켜삽는 듯한 선율에 휩쓸리시는 않았다. 나의 가슴은 이미 그러한 '슬픔이랄까 아픔 같은 것'으로 메워져 있었고 또, 그에게서 '거룩하고 원만한 것의 상징인 부처님의 상호'를 기대하는 마음은 가셔져 있었기 때문인지도 몰랐다.

나는 다시 눈을 감고 합장을 올리며 입술이 바르르 떨리듯 오랫동안 아미타불을 부른 뒤 그 앞에서 물러났다.

그날 저녁 예불[40]을 마치고 청운과 더불어 원혜대사에게 저녁 인사(자리에 들기 전의)를 갔을 때, 스님은 나를 보고

"너 금불을 보고 나서 괴로워하는구나?"

했다.

"……."

나는 고개를 수그린 채 입을 열지 못하고 있었다.

"그럼, 너 금불각에 있는 그 불상의 기록을 봤느냐?"

스님이 또 물으시기에 내가 못 봤다고 했더니, 그러면 기록을 한번 보라고 했다.

이튿날 내가 청운과 더불어 아침 인사를 드릴 때 원혜대사는, 자기가 금불각에 일러두었으니 가서 기록을 청해서 보고 오라고 했다.

나는 스님께 합장하고 물러나와 곧 금불각으로 올라갔다. 금불각의 노승이 돌함(石函)에서 내준 폭이 한 뼘 남짓, 길이가 두 뼘가량 되는

---

40) 예불 부처 앞에 경배하는 의식. 또는 그 의식을 행함.

책자를 받아들었을 때 향기가 코를 찌르는 듯했다. (벌레를 막기 위한 향료인 듯). 두터운 표지 위에는 금 글씨로 '만적선사소신성불기(萬寂禪師燒身成佛記)'라 씌어 있고, 책 모서리에도 금물이 먹여져 있었다.

표지를 젖히자 지면은 모두 잿빛 바탕(물감을 먹인 듯)이요, 그 위에 사연은 금 글씨로 다음과 같이 씌어 있었다.

萬寂法名俗名曰耆姓曹氏也金陵出生父未詳母張氏改嫁謝公仇之家仇有一子名曰信年似與耆各十有餘歲一日母給食于二兒秘置以毒信之食耆偶窺之而按是母貪謝家之財爲我故謀害前室之子以如此耆不堪悲懷乃自欲將取信之食母見之驚而失色奪之曰是非汝之食也何取信之食耶信與耆默而不答數日後信去自家行蹟渺然耆曰信已去家我必携信然後歸家卽以隱身而爲僧改稱萬寂以此爲法名住於金陵法林院後移淨願寺無風庵修法于海覺禪師寂二十四歲之春曰我生非大覺之材不如供養吾身以佛恩報乃燒身而供養佛前時忽降雨沛然不犯寂之燒身焚光漸明忽懸圓光以如月輪會衆見之而攄感佛恩癒身病衆曰是寂之法力所致競擲私財賽錢多積以賽鍍金寂之燒身拜之爲佛然後奉置于金佛閣時唐中宗十六年聖曆二年三月朔日

(만적은 법명이요, 속명은 기, 성은 조씨다. 금릉서 났지만 아버지가 어떤 이인지는 잘 모른다. 어머니 장씨는 사구(謝仇)라는 사람에게 개가를 했는데 사구에게 한 아들이 있어 이름을 신이라 했다. 나이는 기와 같은 또래로 모두가 여나믄 살씩 되었다. 하루는 어미[장씨]가 두 아이에게 밥을 주는데 가만히 독약을 신의 밥에 감추었다. 기가 우연히 이것을 엿보게 되었는데 혼자 생각하기를 이는 어머니가 나를 위

166

하여 사씨 집의 재산을 탐냄으로써 전실자식인 신을 없애려고 하는 짓이라 하였다. 기가 슬픈 맘을 참지 못하여 스스로 신의 밥을 제가 먹으려 할 때 어머니가 보고 크게 놀라 질색을 하며 그것을 뺏고 말하기를 이것은 너의 밥이 아니다, 어째서 신의 밥을 먹느냐 했다. 신과 기는 아무도 대답을 하지 않았다. 며칠 뒤 신이 자기 집을 떠나서 자취를 감춰버렸다. 기가 말하기를 신이 이미 집을 나갔으니 내가 반드시 찾아 데리고 돌아오리라 하고 곧 몸을 감추어 중이 되고 이름을 만적이라 고쳤다. 처음은 금릉에 있는 범림원에 있다가 나중은 정원사 무풍암으로 옮겨서, 거기서 해각선사에게 법을 배웠다. 만적이 스물네 살 되던 해 봄에, 나는 본래 도(道)를 크게 깨칠 인재가 못 되니 내 몸을 이냥 공양하여 부처님의 은혜에 보답함과 같지 못하다 하고 몸을 태워 부처님 앞에 바치는데 그때 마침 비가 쏟아졌으나 만적의 타는 몸을 적시지 못할 뿐 아니라 점점 더 불빛이 환하더니 홀연히 보름달 같은 원광이 비쳤다. 모인 사람들이 이것을 보고 크게 불은을 느끼고 모두가 제 몸의 병을 고치니 무리들이 말하기를 이는 만적의 법력 소치라 하고 다투어 사재를 던져 새전이 많이 쌓여졌다. 새전으로써 만적의 탄 몸에 금을 입히고 절하여 부처님이라 하였다. 그 뒤 금불각에 모시니 때는 당나라 중종 십륙년 성력[연호] 이년 삼월 초하루다.)

내가 이 기록을 다 읽고 나서 청정실로 돌아가니 원혜대사가 나를 불렀다.

"기록을 보고 나니 괴롬이 덜하냐?"

스님이 물었다.

"처음같이 무섭지는 않았습니다마는 그 괴롭고 슬픈 빛은 가셔지지 않았습니다."

내가 대답하자, 스님은 고개를 끄덕이며

"당연한 일이야, 기록이 너무 간략하고 섬소(纖疏)[41]해서……"

했다. 그것이 자기는 그보다 훨씬 많은 것을 알고 있는 듯한 말씨였다.

"그렇지만 천이백 년도 넘은 옛날 일인데 기록 이외에 다른 일을 어떻게 알겠습니까?"

또 내가 물었다.

이에 대하여 원혜대사는 전해 내려오는 이야기가 있는데 산(절)에서는 그것을 함부로 이야기하지 않는 것으로 알고 있으며, 그러니까 그만치 금불각의 등신불에 대해서는 모두들 그 영검을 두려워하고 있는 셈이라고 정색을 하고 말했다.

원혜대사가 나에게 들여준 이야기는 다음과 같다. 이것은 물론 천이백 년간 등신금불에 대하여 절에서 내려오는 이야기를 원혜대사가 정리해서 간단히 한 이야기다.

……만적이 중이 되기까지의 이야기는 대개 기록과 같다. 그러나 그가 자기 몸을 불살라서 부처님께 공양을 올린 동기에 대해서는 전해오는 다른 이야기가 몇 있다. 그것을 차례에 좇아 이야기하면 다음과 같다.

만적이 처음 금릉 법림원에서 중이 되었는데 그때 그를 거두어 준 스님에 취뢰(吹籟)라는 중이 있었다. 그 절의 공양을 맡아 있는 공양주(供

---

41) 섬소(纖疏) 체격이나 구조가 가냘프고 어설픔.

168

養主) 스님이었다. 만적은 취뢰스님의 상좌로 있으면서 불법을 배우기 시작했다. 그러니까 취뢰스님이 그에 대한 일체를 돌보아 준 것이다.

만적이 열여덟 살 때—그러니까 그가 법림원에 들어온 지 오 년 뒤— 취뢰스님이 열반하시게 되자 만적은 스님(취뢰)의 은공을 갚기 위하여 자기 몸을 불전에 헌신할 결의를 했다.

만적이 그 뜻을 법사(법림원의) 운봉선사(雲峰禪師)에게 아뢰자 운봉 선사는 만적의 그릇(器)됨을 보고 더 수도를 계속하도록 타이르며 사신 (捨身)[42]을 허락하지 않았다.

만적이 정원사의 무풍암에 해각선사를 찾았다는 것도 운봉선사의 알 선에 의한 것이다. 그가 해각선사 밑에서 지낸 오 년간의 수도 생활이란 뼈를 깎고 살을 가는 정진이었으나 법력의 경지는 짐작할 길이 없다.

만적이 스물세 살 나던 해 겨울에 금릉 방면으로 나갔다가 전날의 사 신(謝信)을 만났다. 열세 살 때 자기 어머니의 모해를 피하여 집을 나간 사신이었다. 그리고 자기는 이 사신을 찾아 역시 집을 나왔다가 그를 찾 지 못하고 중이 된 채 어느덧 꼭 십 년 만에 그를 다시 만난 것이다. 그 러나 그때 다시 만난 사신을 보고는 비록 속세의 인연을 끊어버린 만적 으로서도 눈물을 금할 수 없었던 것이다. 착하고 어질던 사신이 어쩌면 하늘의 형벌을 받았단 말인고. 사신은 문둥병이 들어 있었던 것이다.

만적은 자기의 목에 걸었던 염주를 벗겨서 사신의 목에 걸어주고 그 길로 곧장 정원사에 돌아왔다.

그때부터 만적은 화식(火食)을 끊고 말을 잃었다. 이듬해 봄까지 그

---

42) 사신(捨身) 보살의 자비하심을 좇거나 은혜에 보답하기 위해 팔을 끊으며 몸을 태우고 살을 지지며 몸을 버리는 일.

가 먹은 것은 하루에 깨 한 접시씩뿐이었다. (그때까지의 목욕 재계는 말할 것도 없다.)

이듬해 이월 초하룻날 그는 법사 스님(운봉선사)과 공양주 스님 두 분만을 모시고 취단식(就壇式)을 봉행했다. 먼저 법의를 벗고 알몸이 된 뒤에 가늘고 깨끗한 명주를 발끝에서 어깨까지(목 위만 남겨놓고) 전신에 감았다. 그러고는 단 위에 올라가 가부좌(跏趺坐)를 개고 앉자 두 손을 모아 합장을 올렸다. 그리하여 그가 염불을 외우기 시작하는 것과 동시에 곁에서 들기름 항아리를 받들고 서 있던 공양주 스님이 그의 어깨에서부터 기름을 들어 부었다.

기름을 다 붓고, 취단식이 끝나자 법사 스님과 공양주 스님은 합장을 올리고 그 곁을 떠났다.

기름에 결은[43] 만적은 그때부터 한 달 동안(삼월 초하루까지) 단 위에서 움직이지 않았다. 가부좌를 갠 채, 합장을 한 채, 숨쉬는 화석이 되어가고 있었다.

이레에 한 번씩 공양주 스님이 들기름 항아리를 안고 장막(帳幕─흰 천으로 장막을 치고 있었다) 안으로 들어오면 어깨에서부터 다시 기름을 부어주고 돌아가는 일밖에 그 누구도 이 장막 안을 엿보지 못했다.

이렇게 한 달이 찬 뒤, 이날의 성스러운 불공에 참여하기 위하여 산중의 스님들은 물론이요, 원근 각처의 선남선녀들이 모여들어, 정원사 법당 앞 넓은 뜰을 메웠다.

대공양(大供養: 소신공양을 가리킴)은 오시 초에 장막이 걷히면서 시작

---

43) 결다 '젊다'의 뜻. 땀이나 때, 냄새나 기름 등이 속까지 배다.

되었다. 오백을 헤아리는 승려가 단을 향해 합장을 하고 선 가운데 공양주 스님이 불 남긴 향로를 받들고 난 앞으로 나아가 만적의 머리 위에 얹었다. 그와 동시 그 앞에 합장하고 선 승려들의 입에서 일제히 아미타불이 불려지기 시작했다.

만적의 머리 위에 화관같이 씌워진 향로에서는 점점 더 많은 연기가 오르기 시작했다. 이미 오랫동안의 정진으로 말미암아 거의 화석이 되어가고 있는 만적의 육신이지만, 불기운이 그의 숨골(정수리)을 뚫었을 때는 저절로 몸이 움칠해졌다. 그리하여 그때부터 눈에 보이지 않게 그의 고개와 등, 가슴이 조금씩 앞으로 숙여져갔다.

들기름에 결은 만적의 육신이 연기로 화하여 나가는 시간은 길었다. 그러나 그 앞에 선 오백의 대중(승려)은 아무도 쉬지 않고 아미타불을 불렀다.

신시(申時)⁴⁴⁾ 말(末)에 갑자기 비가 쏟아졌다. 그러나 웬일인지 단 위에는 비가 내리지 않았다. 만적의 머리 위로는 더 많은 연기가 오르기 시작했다.

염불을 올리던 중들과 그 뒤에서 구경을 하던 신도들이 신기한 일이라고 눈이 휘둥그레져서 만적을 바라보았을 때 그의 머리 뒤에는 보름달 같은 원광이 씌워져 있었다.

이때부터 새전이 쏟아지기 시작하여 그 뒤 삼 년간이나 그칠 날이 없었다.

이 새전으로 만적의 타다가 굳어진 몸에 금을 씌우고 금불각을 짓고

---

44) 신시(申時) 오후 3시에서 5시.

석대를 쌓았다…….

원혜대사의 이야기를 듣고 있는 동안 나는 맘속으로 이렇게 해서 된 불상이라면 과연 지금의 저 금불각의 등신금불같이 될 수밖에 없으리란 생각이 들었다. 그리고 많은 부처님(불상) 가운데서 그렇게 인간의 고뇌와 슬픔을 아로새긴 부처님(등신불)이 한 분쯤 있는 것도 무관한 일인 듯했다.

그러나 이야기를 다 마치고 난 원혜대사는 이제 다시 나에게 그런 것을 묻지는 않았다.

"자네 바른손 식지를 들어보게."

했다.

이것은 지금까지 그가 이야기해 오던 금불각이나 등신불이나 만적의 소신공양과는 아무런 상관도 없는 엉뚱한 이야기가 아닐 수 없다.

나는 달포[45] 전에 남경 교외에서 진기수씨에게 혈서를 바치느라고 내 입으로 살을 물어 뗀 나의 식지를 쳐들었다.

그러나 원혜대사는 가만히 그것을 바라보고 있을 뿐 더 말이 없다. 왜 그 손가락을 들어 보이라고 했는지 이 손가락과 만적의 소신공양이 무슨 관계가 있다는 겐지 이제 그만 손을 내려도 좋다는 겐지 일절 뒷말이 없는 것이다.

"……."

"……."

45) 달포 한 달이 조금 넘는 기간.

태허루에서 정오를 아뢰는 큰 북소리가 목어(木魚)⁴⁶⁾와 함께 으르렁거리며 들려온다.

---

46) 목어(木魚) 나무로 잉어 모양을 만들어 매달고 불사 때 두드리는 기구.

1 이 소설의 '나'가 손가락을 끊어 혈서를 쓴 이유는 무엇이며 작품의
주제와 어떤 관련이 있는지 생각해 봅시다.

이 소설의 배경이 되는 태평양전쟁에 나는 일본 대정대학 재학 중 학
병으로 끌려갑니다. 그때 나는 불과 23세로 전쟁에서 죽음을 당할 수
는 없었고 간신히 탈출하여 불교학자 진기수씨를 찾아가 도움을 청합
니다. 생면부지의 낯선 청년에게 도움을 줄 리 만무했고 그에게 나는
스스로 바른쪽 식지를 물어 피로 글을 썼습니다.

원컨대 살생을 면하게 하옵시며 부처님의 은혜 속에 귀의코자 하나이다.

결국 그의 도움으로 나는 목숨을 건지고 정원사라는 절에 머물게 됩
니다. 내가 바른쪽 식지를 깨물어 피로 글을 쓴 것은 소극적이고 개인
적이지만 전쟁이라는 살생의 죄악에서 벗어나기 위한 육체적 희생이며
결과적으로 나는 구원받았습니다. 평범한 세속의 인물로 생에 대한 열
망으로 종교에 귀의하고 구원받은 나에게 만적의 소신공양의 내력과
그의 등신불은 어떤 모습으로 다가올까요? 만적의 이야기를 마친 후
원혜대사가 나에게 바른쪽 식지를 들어 보이라는 것은 어쩌면 희생의
정도는 다르지만 인간의 번민과 고뇌가 종교적으로 승화되고 구원받았
다는 점에서 같다는 것을 깨우쳐주는 선문답일지 모릅니다.

2 만적이 소신공양을 하게 된 연유와 인간적 번민에 대해 써 봅시다.

　만적은 이복형제인 '신'을 죽이려는 어머니의 극악한 모습에 회의를 느끼고 불교에 귀의합니다. 그러나 금릉 방면에서 우연히 만난 '신'이 오히려 천형이라고 할 수 있는 문둥병을 앓고 있는 것을 보고 큰 번민과 고통에 빠집니다. 결국 만적은 자신의 염주를 그에게 걸어주고 절로 돌아와 소신공양을 결심합니다.

　소신공양은 자신의 육체를 불태워 삼보 즉 법(法), 불(佛), 승(僧)에 바치는 의식으로 참회를 통한 자기희생이 가장 극치를 이루는 것입니다. 만적이 자신의 몸을 불태우던 날 하늘에서 비가 내렸으나 의식을 행하던 단 위에는 내리지 않았으며 만적의 머리 위에는 보름달 같은 원광이 씌워졌습니다. 그후 삼 년 동안 새전이 쏟아졌으며 그것으로 타다 만 만적의 몸에는 금물이 입혀졌습니다.

　인간에게는 자신의 의지와 희생으로 해결할 수 없는 운명적인 상황이 있습니다. 이러한 상황에 맞닥뜨릴 때 인간은 절대자에게 의지하고 구원을 청합니다. 어머니의 죄를 불교에 귀의함으로써 사해 보고자 했던 만적의 의지는 좌절되고 소신공양을 통해 자신의 인간적 번민을 구원받으려고 했습니다. 즉 만적의 소신공양은 자신으로 인해 고통 받은 이복동생 '신'에 대한 죄의식을 구원받고 동시에 자신을 포함한 모든 인간의 고통에 대해 절대자에게 구원의 자비를 청하는 의식이라고 할 수 있습니다.

3 내가 손을 깨물어 혈서를 쓴 것과 만적의 소신공양은 어떤 맥락에서 연관지을 수 있을지 써 봅시다.

나의 단지(斷指)가 전쟁의 참혹함과 살생의 죄악에서 벗어나고자 했던 개인적 차원의 자기희생이라면, 만적의 소신공양은 스스로를 구원함과 동시에 자신과 같은 인간적 번민에 휩싸인 중생의 고통이 구원받기를 절대자에게 청하는 보다 대승적인 희생입니다. 비록 공양의 동기나 의미는 다르지만 결국 인간의 한계를 깨닫고 부처라는 절대자에게 귀의하여 자비를 청하고 구원받는다는 점에서 같습니다. 내가 만적의 이야기를 알게 되면서 처음 만적의 등신불을 보고 느꼈던 경악과 충격은 점차 경외와 공감으로 바뀌어가고 나의 희생과 만적의 소신공양은 공유점을 갖게 됩니다.

4 원혜대사가 나에게 바른손 식지를 늘어 보이라는 것은 어떤 의미가 있을까요?

바른쪽 식지는 삶의 절대적 위기에서 내가 스스로 나의 육체를 희생함으로써 구원받았던 손가락입니다. 만적이 소신공양한 이야기를 들려주고 난 후 원혜대사는 아무 말 없이 바른쪽 식지를 들라고만 합니다. 그때 정오를 알리는 큰 북소리가 목어와 어우러져 으르렁거릴 뿐 침묵만 흐릅니다. 그 한마디의 선문답이 백 마디의 말보다 더 큰 깨달음을 주었을지도 모릅니다. 즉 인간이 스스로 자신을 낮추고 희생할 때 오는 구원이 진정한 구원이며 그런 의미에서 나와 만적은 절대자의 자비를 받고 구원받았습니다.

5 등신불을 대하는 나의 태도는 어떻게 달라졌는지 써 봅시다.

금불각에 모셔진 등신불의 모습을 보기 전 나는 금불각에 입혀진 세속적인 금물이나 금박에 대해 거북해 하는 마음이 있었습니다. 새전 다섯 냥 이상이 아니면 문을 열지 않는다는 말을 듣고 나의 생각은 더욱 굳어졌습니다. 그러나 처음 등신불을 본 나는 미묘한 충격에 휩싸입니다. 상상했던 대로 도금한 불상의 모습은 틀림없었지만 그 모습은 거룩하고 찬란한 불상의 모습이 아니었기 때문입니다. 불상이라고 할 수도 없는, 형편없이 초라한, 그러면서도 무언지 보는 사람의 가슴을 쥐어짜는 듯한, 사무치게 애절한 느낌을 주는 등신대의 결가부좌상. 아름답고 거룩하고 존엄성 있는 모습과는 사뭇 거리가 먼 오뇌와 비원에 찬, 그러면서도 사람의 마음을 꽉 움켜잡는 듯한, 일찍이 본 적도 상상해 본 적도 없는 충격적인 모습의 불상이었던 것입니다. 공포와 전율 그리고 경악에 휩싸여 나는 덜덜 떨기만 했습니다.

그때 내가 마음속으로 되뇌인 말은 '저건 부처님도 아니다! 불상도 아니야!' 이었습니다.

청운에게 등신불이 소신공양했다는 말을 전해 듣고 난 후 나는 궁금증이 생겼습니다. 소신공양으로 성불을 했다면 모든 불상과 같이 거룩하고 원만한 상호는 아니더라도 그에 가까운 부드럽고 평화스러움을 지녀야 하는 것이 아닌가. 얼마 후 다시 금불을 찾은 나는 거룩하고 원만한 부처님의 상호에 대한 기대는 가시고 오뇌와 비원에 찬 상호로 인한 슬픔과 괴로움이 가득했습니다.

그후 등신불이 된 만적의 사연을 듣고 나는 그렇게 인간의 고뇌와 슬품을 지닌 부처님의 번민과 소신공양을 하게 된 인간적 고통을 이해하게 됩니다. 전쟁이라는 불가항력적인 상황에서 불교에 귀의한 나에게 등신불의 상호는 손가락을 끊어 혈서를 쓴 나의 질박함과 심정을 보여주는 모습과 같다고 할 수 있습니다.

6 소신공양을 한 만적의 등신불은 어떤 의미를 가지는지 생각해 봅시다.

김동리는 인간이 운명적으로 맞게 되는 원초적 죄와 번뇌, 종교적 구원과 승화를 즐겨 다룬 작가입니다. 이 작품은 불교적 소재를 채택하고 있지만 불교와는 다른 우리 민족의 전통 사상을 보여주고 있습니다. 만적의 소신공양은 오로지 불심에 의한 중생 구원의 차원이 아닌 개인적이고 인간적인 고통과 번뇌를 해결하기 위한 한 방편이기도 했으며 그 불상의 모습도 일반적인 불상의 오묘하고 온화한 상호가 아닌 고통과 비원에 일그러진 모습이었습니다. 그런 면에서 본다면 만적의 등신불은 인성과 불성을 모두 지녔으며, 인간의 운명에 대한 초극적 의지가 종교적으로 승화된 모습이라고 볼 수 있습니다.

화랑의 후예

허위의식에 가득찬 몰염치한
황진사라는 인물을 통해
전통의 계승과 시대착오적인
구습의 문제를 비판한 작품.

"황후암의 육대 종손이유!"

전통의 계승자인가, 시대착오적인 허풍쟁이인가

김동리는 1935년 〈조선중앙일보〉 신춘문예에 「화랑의 후예」가 당선되어 문단에 본격적으로 데뷔합니다. 처녀작이라 할 수 있는 「화랑의 후예」는 이후 전개되는 김동리 문학의 출발점이 되며 작가로서 그의 세계관이 자리 잡아가는 초석이 됩니다. 김동리 문학의 주된 내용이 무속적 세계관이나 운명에 순응하는 구경적 삶의 자세라는 점에서 볼 때 「화랑의 후예」는 아무 관련이 없는 동떨어진 작품으로 보이기도 합니다. 하지만 현재적 관점에서 본 전통 세계의 위상에 대한 내용을 주로 다루었던 그의 많은 작품 속 인물들처럼 「화랑의 후예」의 주인공 황진사는 전통을 고수하는 '조선의 심볼'입니다.

김동리는 「화랑의 후예」를 발표하기 일 년 전 「백로」라는 시를 〈조선일보〉 신춘문예에 출품해 당선됩니다. 중학교 중퇴라는 학력을 가진 청년 김동리에게 시「백로」의 당선은 문학가로서 자존심과 자신감을 심어 주기에 충분한 사건이었습니다. 그는 백로를 조촐한 강산의 넋이고 점잖은 나라의 넋이며 어질고 순한 평화의 나래로 노래하고 있습니다. 즉 백로는 우리 민족의 넋이며 전통의 표상입니다. 그는 일 년 뒤 소설「화랑의 후예」를 발표함으로써 시「백로」를 소설화합니다.

황후암의 육대 종손으로 육십이 다 된 중늙은이인 황진사는 우연한 기회에 나와 알게 되고 이후 이런저런 이유로 나에게 용돈을 타 가는 몰염치한 인물입니다. 경제적 무능함에도 불구하고 홀아비인 것이 측은해 경제력 있는 과부를 중매하는 외숙모에게 과부라는 것을 들어 오히려 화를 내기도 합니다. 자신이 화랑의 후예라는 것을 자랑하던 그도 결국 사기꾼 약장수와 함께 효험을 본 인물로 약을 팔다 결국 순사에게 끌려갑니다. 이처럼 주인공 황진사는 몰락한 양반의 후손으로 과거에 연연하는 무능력한 인물이며 1930년대라는 현실에 적응하지 못하고 경제력은 전혀 없으면서 허위의식에 가득찬 부정적 인물로 그려집니다. 체면을 중시하지만 그것을 뒷받침할 수 있는 능력이 없어 조롱의 대상이 되며 희극적 인물로 전락합니다.

황진사를 보는 관점은 당연히 비판과 조롱일 것입니다. 하지만 황진사에 대한 일련의 사건들을 겪으며 관찰자인 나는 점차 호기심을 갖게 되고 후에는 연민의 정조차 느끼게 됩니다. 황진사라는 인물을 알면 알수록 그에 대한 심리적 거리감은 줄게 되고 우호적으로 바뀌어 갑니다. 이렇듯 황진사에게 비판과 연민을 동시에 느끼는 나의 모습은 사라져 가는 전통적인 것을 바라보는 작가의 시선입니다. 비굴하고 몰염치한 인물인 황진사로 대표되는 전통에 대한 작가의 호의적 입장은 1920년대에서 1930년대를 풍미했던 유물론적 사고관에 대항하는 그의 사상적 관점이며 민족적 정체성을 고수하려는 노력이라고 볼 수 있습니다.

전통에 대한 우호적인 시각과 관심은 그의 큰형 범부 김기봉의 영향이 컸습니다. 그는 김동리에게 민족 개념을 가르쳐 주고 김동리의 인생과 문학에 큰 가르침을 줍니다. 그가 끼친 영향은 이후 김동리 문학의 주요 기조가 되는 전통적이고 토속적인 세계관의 시초를 이루며 사상의 바탕이 됩니다.

과연 황진사는 전통의 계승자일까요, 아니면 허위의식에 가득찬 몰락한 양반에 불과할까요? 전통과 외래의 혼재와 갈등 속에 화랑의 후예로 자부했던 황진사를 어떤 인물로 평가할 수 있을지 생각해 보면서 작품을 감상합시다.

화랑 花郎의 후예 後裔

1

황진사(黃進士)를 처음 알게 된 것은 지난해 가을이었다.

아침을 먹고 등산을 할 양으로 신발을 신노라니 윗방에서 숙부님이 부르셨다.

"오늘 너 날 따라 가볼래?"

숙부님은 방문을 열고 툇마루에 나오시며 이렇게 물었다.

"어디요?"

"저 지리산에서 도인이 나와 사주와 관상을 보는데 아주 재미난단다."

"싫어요, 숙부님께서나 가슈."

나는 단번에 거절하였다.

"왜, 싫긴?"

"난 등산할 참인데……."

"것두 좋긴 하지만…… 오늘은 특별히 한번 따라와봐…… 무슨 사주 관상 보이는 게 재미나단 말이 아니라, 그런 데서도 배울 게 있느니…… 더구나 거기 뫼드는 인물들이란 그대로 조선의 심볼[1]들이야."

"조선의 심볼이요?"

나는 반쯤 웃는 얼굴로 이렇게 물은즉, 숙부님도 따라 웃으며,

"그렇지, 심볼이지."

하였다.

이리하여 '조선의 심볼'이란 말에 마음이 솔깃해진 나는 등산하려던 신발을 끄르기 시작하였다.

파고다 공원에서 뒷문으로 빠지면 서울 중앙 지점치고는 의외로 번거롭지도 않은 넓은 거리가 두 갈래로 갈라져 있고, 바로 그 두 갈래로 갈려지는 길목에 '중앙여관'이란 간판을 걸고 동남쪽으로 대문이 난 여관이 있고, 이 여관에 소란한 차마[2] 소리와, 사람의 아우성과, 입김과 먼지와, 기계의 비명이 주야로 쉬지 않는 도시의 심장 속에 ―접신(接神)[3] 통령(通靈)[4]의 간판을 내걸고 손님을 기다리고 있는 '도인'이 있다.

방 안에는 많은 사람이 있었다. 술이 묻고 때가 전 옷을 입고 눈에 핏줄들을 세우고 볼에 살이 빠져 광대뼈들이 불거진 불우한 정객 불평 지사들이며, 문학가, 철학가, 실업가, 저널리스트, 은행원, 회사원 들이 무수히 출입하고 금광쟁이, 기미꾼[5] 들이 방구석에서 뒹굴고 있었다.

1) 심볼 상징.
2) 차마 수레와 말.
3) 접신(接神) 사람에게 신이 내려서 서로 영(靈)이 통함.
4) 통령(通靈) 정신이 신령과 서로 통함.

나는 무슨 아편굴 속에나 들어온 것처럼 기분이 불쾌했다. 내가 얼굴을 붉히며 숙부님을 향해 얼른 다녀 나가자는 눈짓을 했을 때, 그러나 숙부님은 나의 눈짓에 응한다기보다는 분명히 묵살[6]을 하고 나를 좌중에 소개를 시키셨다. 바로 그때,

"아, 이분이 김선생 조카 되시는 분이구려."

하고, 거무추레한[7] 두루마기에 얼굴이 누르퉁퉁한, 나이 한 육십가량된 영감 하나가 방구석에서 육효[8]를 뽑다 말고 얼굴을 돌리며 어눌한 음성으로 이렇게 물었다. 그는, 하도 살아갈 지모(智謀)[9]가 나지 않아 육효를 뽑아보았노라 하면서 반가운 듯이 삼촌 곁으로 다가앉았다. 그의 까닭 없이 벗겨진 이마 밑의 두 눈엔 불그스름한 핏물 같은 것이 돌고 있었다. 내가 자리를 고치고 머리를 굽히려니까,

"괘, 괜찮우, 거, 거 자리에 앉우."

하고, 손을 내저으며,

"나 황일재(黃逸齋)우, 이 와, 완장 선생과는 참 마, 막역지간[10]이유."

하는 것이었다.

좌중의 시선이 모두 나에게 집중된 듯하였다. 바로 그때였다. 나와 바로 마주 앉은 접신 통령의 도인은 그 손톱자국과도 같이 생긴 조그마한 새빨간 눈으로 몇 번 나의 얼굴을 흘낏흘낏 보고 나더니,

---

5) 기미꾼 쌀 투기꾼.
6) 묵살 보고도 안 본 체, 듣고도 안 들은 체 내버려두고 문제 삼지 않음.
7) 거무추레한 거무스름하여 깨끗하지 못하다.
8) 육효 주역에서 말하는 64괘의 하나하나를 이루고 있는 여섯 가지 획.
9) 지모(智謀) 슬기와 꾀.
10) 막역지간 허물 없이 아주 친한 벗의 사이.

"부모와는 일찍이 이별할 상이야."

불쑥 이렇게 외쳤다.

"형제도 많지 않고, 초년은 퍽 고독해야."

하고, 또 인당11)이 명윤12)하고 미목이 수려하니 학문에 이름이 있으리라 하고, 준두13)와 관골14)이 방정15)해서 중정에서 왕운16)이 있으리라 하고 끝으로 비록 부모가 없더라도 부모에 못하지 않은 삼촌이 계셔서 나의 입신출세에 큰 도움이 되리라 하였다.

나는 어쩐지 쑥스럽고 거북해져서 얼굴을 붉히며 그만 자리에서 일어나버렸다. 내 뒤를 이어 숙부님이 일어나시고 숙부님을 따라 황일재 황진사가 밖으로 나왔다.

파고다 공원 뒤에서 황진사는 때 묻은 헝겊 조각 같은 모자를 벗어 쥐고 그저 몇 번이나 절을 하고 나서 공원으로 들어가버렸다.

"어디루 가우?"

숙부님이 물으신즉,

"나 여기 공원에서 친구 좀 만나구……"

했다.

해는 오정에 가까웠다. 구름 한 점 없이 갠 하늘엔 북한산이 멀리 솟아 있었다. 안타까움에 내 몸은 봄날같이 피곤하였다.

---

11) 인당 관상에서 양쪽 눈썹 사이.
12) 명윤 환하게 나는 윤기.
13) 준두 코끝.
14) 관골 광대뼈.
15) 방정(方正) 바르고 점잖음.
16) 왕운 왕성한 운세.

2

　나뭇잎이 다 지고 그해 가을도 깊어졌을 때다. 삼촌은 금광에 분주하시느라고 외처에 계시고 없는 어느 날 아침 막 밥상을 받고 있으려니까, 문밖에서 '에헴' '에헴' 연달아 헛기침 소리가 나더니,

　"일 오너라―"

하고, 부르는 소리가 났다. 밥숟가락을 놓고 문밖으로 나가 보니, 어느 날 관상소에서 육효를 뽑고 있던 그 황진사였다. 이날은 처음부터 그 '조선의 심볼'이란 생각을 머릿속에서 가지지 않은 탓인지, 처음 보았을 때처럼 그렇게 불쾌하거나 우울하지도 않고, 그보다도 다시 보게 된 것이 나는 오히려 반갑기도 하였다.

　"웬일로 이 추운 아침에 이렇게……."

　인사를 한즉,

　"괘, 괜찮우, 거 완장 어른 안 계슈?"

하는 소리는 전날보다도 더 어눌하였다. 그 푸르죽죽하고 거무추레한 고약[17] 때 오른 당목[18] 두루마기 깃 밖으로 누런 털실이 내다뵈는 것으로 보면 전날보다 재킷 한 벌은 더 입은 모양인데도 그렇게 몹시 추운 기색이었다.

　"네, 숙부님 마침 출타하셨어요."

한즉,

　"어디 출타하신 곳 몰우, 예서 얼마나 머, 멀리 나갔엤우?"

17) **고약** 헌데나 곪은 데 붙이는 끈끈한 약.
18) **당목** 두 가닥 이상의 가는 실을 한 가닥으로 꼰 무명실로 나비가 넓고 발이 곱게 짠 피륙.

"네."

"언제쯤 도, 돌아오실 예, 예정……."

"글쎄올시다. 아마 수일 후라야……"

한즉, 갑자기 그는 실망한 듯이.

"아아 이."

하는 소리가 저 목구멍 속에서 육중한 신음과도 같이 들려왔다.

"어쩐 일로 오셨다가…… 춘데 잠깐 들오시죠."

한즉, 그는 두루마기 속에 찌르고 있던 손을 빼어 모자를 쥐려다 말고 한참 동안 무엇을 망설거리며 내 눈치를 보곤 하더니, 모자를 잡으려던 손으로 콧물을 닦으며 왼편 손은 사뭇 두루마기 속에서 무엇을 더듬어 찾고 있었다.

"이거 대, 대, 댁에 잘 간수해두."

하며 종잇조각에 싼 것을 주는데 받아서 보니 이건 흙에다 겨 가루를 섞은 것 같아 보였다.

"……?"

내가 잠자코 의아한 낯빛으로 그를, 쳐다보려니까, 그는 어느덧 오연(傲然)[19]한 태도를 가지며 위엄 있는 음성으로,

"거 쇠똥 위에 개똥 눈 겐데 아주 며, 며 명약이유."

한다. 나는 그의 말뜻을 바로 이해할 수 없어 어리둥절해 있으려니까,

"허어, 어떻게 귀중한 약인데 그랴!"

하며 그 물이 도는 두 눈에 독기를 띠고 나를 노려보았다. 내가 민망

19) 오연(傲然) 태도가 오만함.

해서,

"대개 어떤 병에 쓰는 게쇼?"

하고, 물은즉,

"아, 거야 만병에 좋은걸 뭐."

하며, 나를 흘겨보고 나서,

"거 어떻게 소중한 약이라구……. 필요할 때는 대, 대갓집에서두 못 구해서들 쩔쩔매는 겐데, 괜히……."

그는 목을 내두르며 무척 억울한 듯한 시늉을 하였다. 나는, 왜 그가 이렇게 공연히 분개하고 억울해 구는지를 알 수 없어, 한순간 나 자신을 좀 반성해 보고 있으려니까 그도 실쭉20)해서 잠자코 있더니, 갑자기

"괘엔히 모르고들 그랴."

또 한 번 고함을 질렀다.

내가 막 아침 밥상을 받았다 두고 나간 것을 언짢이 생각하고 몇 번이나 힐끔힐끔 밖을 내다보시고는 하던 숙모님이, 기다리다 못 해,

"애, 무얼 밖에서 그러니?"

하고, 어지간하거든 손님을 모시고 안으로 들어오라는 듯이 '밖에서'란 말에 힘을 주어 주의를 시킨다. 바로 그때였다.

"거, 아침밥 자시고 남았거든 좀……."

하며 입가에 비굴한 웃음을 띠고 고개질을 하고 하는 양은 조금 전에 흙 가루를 내어놓고 호령할 때와는 딴판이었다.

나는 그를 방에 안내한 뒤 나의 점심밥을 차려 내오게 하였더니 그는

---

20) 실쭉 마음에 차지 않아서 고까워하는 태도를 드러내는 모양.

밥상을 받으며 진정 만족한 얼굴로,

"이거 미안하게 됐소구라."

하였다.

그는 밥을 한입에 삼킬 듯이 불이 나게 퍼먹고 찌개 그릇을 긁고 하더니, 숟가락을 놓기가 바쁘게 곧 모자를 쥐며 자리에서 일어났다. 몇 번이나 절을 하곤 했으나, 아까 하던 약 말은 아주 잊어버린 듯이 다시는 아무런 말도 없었다.

그후 사흘째 되던 날 아침에 또 황진사가 찾아왔다. 이번에는 그의 친구라면서 그보다 키는 더 크고 흰 두루마기는 입었으되 그에 지지 않게 눈과 코와 입이 실룩거리는 위인이었다. 이 흰 두루마기 친구는 어깨에 먼지투성이 된 자그만 책상 하나를 메고 왔다. 황진사는

"이거 댁에 사두."

하고 거의 명령하듯이 이렇게 말했다.

"글쎄올시다, 별루……."

"아아니, 값이 아주 염하니 염려 말구 사두."

"그래두 별루 소용이 없는걸……."

"아아니, 값이 아주 염하대두 그래."

"……."

"자 오십 전 인 주."

황진사는 그 누르퉁퉁하고 때가 묻은 손바닥을 내 앞에 펴 보였다.

"글쎄, 온, 소용이……."

"그럼, 제에길, 이십 전만 내구 맡아두."

"……."

"것두 싫우?"

"……."

"그럼 꼭 십 전만 빌려주."

황진사는 어느덧 콧구멍을 벌름거리며 애걸을 하였다.

"나 그날 댁에서 그렇게 포식한 이래, 여태 굶었우다. 여북[21] 시장해서 이 친구를 찾아갔겠우. 아 그랬더니 이 친구도 사정이 딱했던지 사무 보는 이 책상을 내주는구려."

그는 손으로 콧물을 닦아가며 한참 신이 나서 떠들어댔다. 그의 친구란 사람은 연방 입을 실룩거리며 외면을 하고 서 있었다.

한 오 분 뒤, 내가 안에 들어가 돈 이십 전을 주선해 나와 그들에게 주었을 때, 그들 두 사람은 무수히 절을 하고 나서 책상을 도로 메고 가버렸다.

3

길바닥이 얼어붙고 먼 산에 눈이 치고 그해는 이른 겨울부터 몹시 추웠다. 그동안 숙부님은 몇 번이나 집에 다녀가시고 관상소 출입도 더러 있는 듯하였다. 그러나 황진사의 얼굴은 그 뒤로 뵈지 않았다. 다만 삼촌을 통해서 그의 시골이 충청도 어디란 것과, 그의 문벌이 놀라운 양반이란 것과, 그의 조상에는 정승 판서 따위가 많이 났다는 것과, 그 자신

---

21) 여북 '오죽', '작히나', '얼마나' 등의 뜻.

도 현재 진사 구실을 한다는 것과, 그의 머릿속은 자기 가벌에 대한 자존심으로 가득 차 있다는 것들이었다.

그런데 그 가운데 한 가지 우스운 것은 그가 곧장 진사[22] 노릇을 한다는 것이다. 그것도 처음 관상소에서 어느 장난꾼이 농담 삼아 그에게 서전[23]과 춘추[24]를 외게 하여 강급재를 주고 진사라 부르기 시작한 것인데 그후로 만나는 사람마다 반조롱으로 '황진사' '황진사' 부르게 되니, 그러나 '황진사' 자신은 조금도 어색해하지 않고 오히려 그럴싸하게 여겨 이즘 와서는 아주 뽐내고 진사 행세를 한다는 것이다.

어느 몹시 추운 날이었다. 아궁에 불을 넣고 방구석에 숯불을 피우고 나는 온종일 책상에서 일을 하고 있었다. 낮이 짐짓[25]했을 때다. 밖에서,

"일 오너라—."

하는 소리가 마치 '사람 살리우' 하는 소리같이 바람결에 싸여 들어왔다. 나가 보니 황진사가 연방 손으로 콧물을 닦고 서 있는 것이다. 나는 대체 얼어 죽지나 않았나 하고 궁금해하던 차라 이렇게 다시 보게 된 것이 진정 반가웠다.

나는 곧 그를 나의 방에 안내한 뒤,

"그런데, 그동안 어떻게 지냈어요?"

한즉,

"거야 친구 집에서 지냈지유, 뭐. 흐흐……."

22) 진사(進事) 조선 때 소과(小科)의 초장(初場)에 급제한 사람.
23) 서전 중국 송나라 때에, 주희의 제자 채침(蔡沈)이 『서경』에 주해를 달아 편찬한 책.
24) 춘추(春秋) 유학(儒學)에서 오경(五經)의 하나.
25) 짐짓 어떤 때가 지난 듯.

하며, 재미난 듯이 웃었다.

"아, 참, 완장 선생은 여태 안 왔이유?"

"수차 다녀가셨지요."

"아, 그렁 거루 난 여태 한 번두 못 뵈었으니 이거 죄송해서 흐흐……."

그는 숯불을 안고 앉아 또 히히거리고 웃었다.

흰떡을 사다 숯불에 구워 그에게 대접을 하고 나는 아까 하다 둔 일을 마저 해치울 양으로 잠깐 책상에 앉아 있으려니까, 그는 언 것 구운 것도 가리지 않고 한참 부지런히 집어 먹더니 그동안 흥이 났는지 아주 목청을 뽑아서,

"관관저구[26]는 재하지주로다 요조숙녀는 군자호구로다."

하는 대문[27]을 외곤 하였다.

나는 그동안 책상에 앉아 있노라고 모른 체하고 있으니까,

"아, 성인께서도 실수가 있단 말야!"

그는 나를 바라보며 이렇게 소리를 질렀다.

"아, 공자님께서 시전[28]에 음문[29]을 두셨거든!"

그는 무슨 큰 문제나 발견한 듯이 나 있는 쪽을 곁눈질로 흘겨보며 마구 기를 뽑아 이렇게 외쳤다.

그래도 내가 모른 체하고 있으려니까 그는 화로 곁에서 일어서더니, 두루마기 자락을 뒤로 젖히고 저고리 섶[30]을 위로 쳐들고 손을 넣어 무

---

26) 관관저구(關關雎鳩) 『시경』「국풍」의 한 구절로, '구룩구룩 물수리는 강가 섬에 있도다' 라는 뜻.

27) 대문(大文) 몇 줄이나 몇 구로 이루어진 글의 한 동강이나 단락.

28) 시전(詩傳) 『시경』의 내용을 알기 쉽게 풀이한 책.

29) 음문(淫文) 음란한 글.

엇을 꺼내는 시늉을 하였다. 나는 속으로 옷의 이를 잡아내어 숯불에 넣으려는 겐가 하고 있는데 그는 또 한 번 나 있는 쪽을 흘겨보고 나서 배에 두르고 있던 때 묻은 전대[31] 하나를 꺼내었다. 전대 속에서는 네 귀가 다 이지러지고 종잇빛까지 우중충하게 묵은 모필[32] 사책[33] 한 권과, 백지로 싸서 노끈으로 챙챙 감아맨 솔잎 한 줌과, 휴지 조각 몇 장이 나왔다.

"거 무슨 책이유."

내가 이렇게 물은즉,

"아, 주역 책이지 그랴."

하고 된소리를 질렀다. 과연 그 이지러진 네 귀마다 넓적넓적한 괘가 그려져 있는 것으로 보아 주역 책임이 틀림없는 모양이었다. 그런데 주역 책을 왜 하필 전대에 넣어서 두르고 다니느냐고 물은즉,

"아, 공자님께서도 역은 삼천독을 하셨다는데 그랴."

하고, 된소리를 질러놓고 나서, 다시 조용히 음성을 낮추어,

"아, 여북해 지략의 조종이요, 조화의 근본 아니오."

하였다. 나는 처음 관상소에서 그를 보았을 때부터 '하도 지모가 나지 않아 육효를 뽑아 보았노라' 한 것을 들은 일이 있어서 그가 평소 얼마나 이 '지략'과 '조화'를 부려보고 싶어하는 위인인지를 짐작은 할 수 있었지만, 이와 같이 언제나 몸에 지닌 솔잎 한 줌과 네 귀 모지라진 주

---

30) 섶 두루마기나 저고리 따위의 깃 아래에 달린 긴 천 조각.
31) 전대 무명이나 베헝겊으로 길게 자루를 만들어 양쪽 끝은 터 놓고 중간을 막았는데, 양쪽 터진 곳으로 돈이나 물건을 넣고 허리에 차기도 하고 어깨에 메기도 하는 자루.
32) 모필 짐승의 털로 만든 붓.
33) 사책 손으로 베껴 쓴 책.

역 속에서 우러난 음양오행의 지모 조화가 겨우 '쇠똥 위에 개똥 눈' 흙가루 약과, 친구의 책상을 늘고 다니는 것쯤인가 하고 생각할 때 나 자신도 모르게 한숨이 새어나왔다.

저녁 때가 되어 그는 전대를 다시 배에 두르고 돌아갔다. 종종 오라고 한즉, 매양 신세를 끼쳐서 미안하다고 하며 절을 몇 번이나 하였다.

그해 겨울 그는 내가 성이 가시도록 자주 나를, 아니 내 삼촌을 찾아왔다. 그는 언제나 나를 볼 때마다 오랫동안 삼촌께 못 뵈어 죄송하다고 하였다.

그는 나에게 한시를 지어달라면서 사오차(四五次)나 운자를 가지고 왔다. 어디 쓰느냐고 물으면 친구의 환갑 잔치를 내놓으려고 한다. 친구가 누구냐고 물으면, 이참봉 윤승지 무슨 참판 어디 남작 하고 모조리 서울에서도 유수한 대가와 부자들의 이름만 꼽지만 거리에서 그가 어울려 다니는 것을 보나 가끔 친구라고 데리고 오는 것을 보면 그의 말과는 딴판으로 황진사 자신보다 별로 유여(有餘)한[34] 축들도 아니었다.

좋은 규수가 있으니 장가를 들지 않겠느냐고, 그는 여러 차례 나를 졸랐다. '좋은 규수'가 어디 있느냐고 물으면, 단번에 친구의 딸이라 하고, 어떤 친구냐고 하면 무슨 승지, 무슨 자작 하는 예의 대갓집 따위를 꼽았다. 색시 얼굴이 어떻게 생겼더냐고 하면 매양 자기의 누르퉁퉁하게 부은 얼굴을 가리키며 이렇게 아주 유복스레 생겼다고 한다. 내가 웃으며, 색시가 일새 선생 같아서야 좀 재미적다고 하면

"아, 일등 규수라는데 그랴."

---

34) 유여하다(有餘—) 여유가 있다.

하고, 화를 내었다.

"그렇지만 너무 육중해서야."

하면,

"아, 거기 식록³⁵⁾이 들었는걸 그랴, 아, 여북해 일등 규수라는데 그래
도 못 믿어서 그랴."

하고 기를 쓰곤 하였다.

4

눈에 고인 물이 눈물이라면 황진사의 두 눈에는 언제나 눈물이 있었
다. 그는 가끔 나에게 그가 혈육 없는 것을 한탄하였다. '친구' 집 회갑
잔치 같은 데서 떡국 그릇이나 배불리 얻어먹고 술기라도 얼근해서 돌
아오는 날은,

"아, 명가 종손으로 혈육 한 점이 없다니, 천도가 무심하지 그랴."

대개 이런 말을 했다.

"혼담은 사방 있지만, 어디 천량³⁶⁾이 있어야지."

이런 말도 하였다.

언젠가 숙모님이, 그의 맘에 제일 드는 규수의 나이와 이름을 물었더
니, 하나는 열아홉 살이고 하나는 갓 스물인데 열아홉짜리는 성이 오씨
고 갓 스물짜리는 윤씨라 하였다.

35) 식록(食祿) 녹봉.
36) 천량 재물과 양식.

"열아홉 살?"

듣던 사람이 놀라니,

"아, 자식을 봐야지유."

하였다.

숙모님이,

"좀 나이 짐짓해두 넉넉할걸 뭐."

하니,

"그야 그렇지유, 허지만 암만하면 젊은 규수를 당할라고."

하는 것이, 아무래도 그 열아홉 살인가 갓 스물인가 난 규수에게 마음에 많은 모양이었다.

이런 일이 있은 지 며칠 뒤, 숙모님이 황진사의 중매를 들게 되었다. 그즈음 황진사는 거의 날마다 우리 집에 들르게 되어 그의 딱한 형편을 은근히 걱정하고 있던 숙모님은, 그때 마침 집에 돌아와 계시던 숙부님과 의논하고, 그를 건넛집 젊은 과부에게 장가를 들게 해주자고 하였다. 나는 물론 그리되기를 원했다. 숙부님도 웃는 얼굴로,

"몰라, 허기야 저도 과부지만 그렇게 늙은 사람과 잘 살라구 할는지."

하셨다. 그러나 숙모님이

"젊고 예쁜 홀아비가 어딨어요. 딸린 자식 없구 한 것만 해두……."

하고 자신 있게 말하는 것을 듣고 나도 적이 안심이 되었다.

그날 저녁 때 황진사가 온 것을 보고,

숙부님이,

"일재, 여기 젊고 돈 있는 색시가 있는데 장가 안 들라우?"

하고 물어본즉,

"아, 들면야 좋지만 선생도 아시다시피 천량이 있어야지."

하는 그의 얼굴에는 완연히 희색이 넘쳤다.

그의 얼굴에 희색이 넘침을 보신 숙모님은, 돈이 없어도 장가를 들 수 있다는 것과, 장가만 들게 되면 깨끗한 의복에 좋은 음식도 먹을 수 있으리라 하는 것을 일러주신즉,

"아 그럼야 여북 좋겠우, 규수 나이 몇 살이구…… 집안도 이름 있구……."

그는 연방 입이 벌어져 침을 흘리며 두 눈에 난데없는 광채를 띠고 숙모님께로 달려드는 판이었다.

"과부래야 이름 아깝지 뭐. 이제 나이 삼십 다 못 된걸……."

숙모님도 신명이 나는 모양으로 이렇게 자랑 삼아 말한즉, 황진사는 갑자기 낯빛이 홱 변해지며,

"아 규, 규수가, 시방 말씀한 그 규수가, 과, 과, 과부란 말씀유?"

이렇게 물었다.

"왜 그류."

한순간 침묵이 흘렀다. 황진사의 닫힌 입가에 미미한 경련이 일어나며, 힘없이 두 무르팍 위에 놓인 그의 두 손은 불불불 떨리고 있었다. 벽에 걸린 시계 소리가 '뚝딱 뚝딱' 하고 들렸다. 그는 조용히 고개질부터 좌우로 돌렸다.

"당찮은 말씀유……. 흥, 과, 과부라니 당하지 않은 말씀을……."

그는 곧 호령이라도 내릴 듯이 누렇게 부은 두 볼이 꿈적꿈적하며 노기 띤 눈을 부라리곤 하더니, 엄숙한 목소리로,

"황후암(黃厚庵) 육대 종손이유."

하고, 다시,

"황후암 육대 손이 그래 남의 가문에 줄가했던 여자한테 장갈 늘다니 낭하기나 한 소리요…… 선생도 너무나 과도한 말씀이유."

그는 분함을 누르느라고 목소리에 강한 굴곡이 울렸고 낯에는 비통한 오뇌의 경련이 일어나 있었다.

"내일이래두 그럼 어린 규수 골라 혼인하시지요, 뭐……."

하고, 숙모님도 무안해서 일어났다.

숙부님도 딱했던지,

"일재, 일재 염려 말우, 농담했우, 그럼 일재 되구야 한 번 타문에 출가했던 사람과 혼인을 하다니 될 말이유? 내가 어디 황후암을 몰우, 황익당을 몰우?"

한즉, 그때야 그도,

"아아무렴 그야, 그렇지 거 어디라구, 함부로 어림없이들……. 황후암이 누구며 황익당이 누군데 그랴?"

얼굴을 펴고 이렇게 높은 소리로 외쳤다.

5

해가 바뀌고 새해가 되었다.

숙부님은 사뭇 금광에 계시느라고 새해 맞임까지도 숙모님과 나와 단둘이서 쓸쓸히 하게 되었다. 섣달 중순 즈음에서 한 보름 동안 일절 얼굴을 뵈지 않던 황진사가 정월 초하룻날 아침에 대문 밖에서

"일 오너라."

하고, 언제보다도 호기 있게 불렀다. 그 고약 때가 전 두루마기를 빨아 입은 위에 어이한 색안경까지 시키면 걸로 하나 쓰고는, 숙부님께 새해 인사를 드리러 왔노라고 하였다. 숙부님이 안 계신다고 하니 그러면 숙모님이나 뵙고 가겠다고 하였다.

숙모님은 마침 있는 음식에 반가워 구시며, 떡과 술상을 차려 내주셨다. 그는 몇 번이나 완장 선생을 못 뵈어 죄송스럽다고 유감의 뜻을 표하고는, 술을 몇 잔 들이켜고 나더니,

"일배 일배 부일배로 우리 군자 사람끼리 설쇰을 이렇게 해야지."

흥취에 못 배기겠다는 듯이 손으로 무르팍을 치곤 하였다.

숙모님이

"새해에는 장……."

하다가 말끝을 옴츠러들여 버리자, 그는 그 말끝을 잡아서,

"금년 신운은 청룡이 농주[37]랬지만 아 천량이 생겨야 장갈 들지."

하였다.

이튿날도 찾아왔다. 사흘째도 왔다. 이리하여 정월 한 달 동안을 거의 매일같이 숙부님께 새해 인사를 드려야 할 것이라면서 찾아왔다. 그러나 그는 결국 숙부님께 새해 인사를 드리지 못하고 말았다.

그 뒤 한철 동안을 그는 아주 우리 집에 발길을 끊고 나타나지 않았다. 검은 둥치에 새 움이 트고 버들가지에 물기가 흐르는 봄 한 철을 나는 궁금한 가운데 보냈다.

---

37) 청룡이 농주 푸른 용이 여의주를 얻어 희롱하다.

봄도 지나 여름이 되었다. 새는 녹음 속에 늙고 물은 산골을 울리며 흘렀다.

그때 돌연히 숙부님이 어떤 사건으로 피검(被檢)[38]이 되자, 나는 시골 어느 절간에 가 지내려던 피서 계획을 포기하고 괴로운 여름 한 철을 서울서 나게 되었다. 물론 숙부님의 사건이란 건 당시 나도 잘 몰랐는데, 세상에서 들리는 말로는 만주에서 발달된 '대종교 사건'의 연루라는 것으로 숙부님 검거, 금광 채굴 중지, 가택수색, 이 세 가지를 한꺼번에 당하게 되었던 것이었다.

어느 날은 서대문 밖에서 숙부님을 면회하고 돌아오는 길에 광화문통을 지나오려니까,

"아, 이건 노상 해후로구랴!"

하는 소리가 났다. 고개를 들어보니, 연녹색 인조견 조끼에 검은 유리 안경을 쓴 황진사가 빨아 말린 두루마기를 왼쪽 팔에 걸고, 해묵은 누런 맥고모[39]는 뒤통수에 잦혀 쓰고, 그 벗겨진 알이마를 햇살에 번쩍거리며 총독부 쪽에서 걸어오고 있는 것이었다.

"네, 일재 선생 오래간만이올시다."

하고, 내가 인사를 한즉,

"댁에서들 모두 태평하시구, 완장 선생께도 소식 자주 들구…… . 아 이건 참 노상 해후로구랴!"

또 한 번 감탄하고 나더니,

"이리 잠깐 오, 날 좀 보."

---

38) 피검(被檢) 수사기관에 잡혀가 검사를 받음.
39) 맥고모 밀짚이나 보릿짚으로 만들어 여름에 쓰는 모자. 위가 높고 둥글며 갓양태가 크다.

하고, 그는 나를 한쪽 구석에 불러놓고, 지극히 중대한 사실을 발견했노라고 한다. 나는 사정이 전과 다른 형편에 있던 터라 혹시나 이런 데서 무슨 자세한 내용이나 알게 되나 하여 두근거리는 가슴을 누르며 긴장한 낯으로 그를 쳐다보고 있는 것인데, 그는

"아, 내 조상께서도 모르고 지낸 윗대 조상을 근일에 와서 상고(相考)⁴⁰⁾했구랴."

이런 엉뚱한 소리를 하였다.

나는 너무 어이없어 어리둥절해 있노라니,

"왜 그루, 어디 편찮우."

한다. 괜찮으니 얼른 마저 이야기하라고 하니,

"아, 이럴 수가…… 온, 내 조상이 대체 신라 적 화랑이구랴!"

하고 혼자 감개해서 못 견디는 모양이었다. 그건 또 어떻게 알아냈냐구 한즉, 근일에 여러 가지 서적을 상고하던 중 우연히 발각하게 된 것이라 하였다.

황진사를 광화문통에서 만난 뒤, 두 달이 지난 어느 날 나는 숙모님을 모시고 병원에 갔다가 총독부 앞에서 전차를 내려 필운동으로 들어가노라니 '모루히네' 환자 치료소 옆에서 조금하면 못 보고 지나칠 뻔하다가 그를 보게 되었다.

머리가 더부룩한 거지 아이 몇 놈과 아편 중독자 몇과 그 밖에 중풍쟁이, 앉은뱅이, 수족병신 들이 몇 둘러싼 가운데에 한 두어 뼘 길이쯤 되는 무슨 과자를 거꾸로 엎어놓고, 그 위에 빼쩍 마른 두꺼비 한 마리와,

---

40) 상고(相考) 서로 견주어 고찰함.

그 옆의 똥그란 양철통에 흙빛 연고약을 넣어두고 약 쓰는 법을 설명하는 위인이 있다.

"두꺼비 기름, 두꺼비 기름, 에헴, 두꺼비 기름이올시다. 옻 오른 데도 쓰고, 옴 오른 데도 쓰고, 등창, 둔창, 화상, 동상, 충치, 풍치, 이 앓는 데도 쓰고, 어린애 귀젖 앓는 데, 머리가 자꾸 헐어 들어가 항에아다마[41]되랴는 데, 남녀노소, 어른 애, 계집 사내 할 것 없이, 서울내기 시골뜨기, 물을 것 없이, 거저 누구든지 헌 데는 독물을 빼고, 벌레가 먹는 데는 벌레를 내고, 고름이 생기는 데는 고름 뿌리를 빼고, 살이 썩는 데는 거구생신(去舊生新)을 하고, 자, 깊이깊이 감춰두면 반드시 한 번씩은 찾게 되는 약 첩첩이 싸서 깊이깊이 넣어두면 언제든지 한 번은 보배가 되는 약! 자아, 두꺼비 기름이올시다. 두꺼비 코에서 짠 두꺼비 기름, 자아, 그러면 이 두꺼비가 얼마나 무서운 신효[42]가 있는지를 여러분의 눈앞에 보여드릴 터이니까 단단히 보시오."

그는 약물에다 흙빛 고약을 찍어 넣어서 저으며

"자아, 단단히 보시오, 우리 몸에 있는 썩은 피가 두꺼비 코끝만 들어가면 그만 이렇게 홍로일점설[43], 봄철의 눈과 같이 흔적도 없이 사라져 버립니다!"

하고, 약물 접시를 들어 여러 사람 앞에 한 번 내두르고 나서 기침을 한 번 새로 하더니,

"여러분, 여기 계시는 이분은 우리 조선에서 유명한 선생이올시다,

41) 항에아다마 '대머리'의 일본말.
42) 신효 신기한 효과나 효험이 있음. 또는 그 효과나 효험.
43) 홍로일점설 빨갛게 달아오른 화로 위에 떨어진 한 점 눈.

그런데 선생께서는 두 달 전부터 충치를 앓으셔서 병석에 누워 계시다가 이 약으로 말미암아 어저께 벌레를 내고 오늘부터 이렇게 이곳까지 나와 주시게 되었습니다."

하고, 궐자[44]가 손으로 가리키는 바로 그 곁에는, 전날에 보던 그 검정색 안경을 쓴 우리 황진사가 점잖게 먼 산을 바라보고 앉아 있었다. 궐자는 다시 말을 이어,

"선생께서는 또 이 방면에 대한 연구가 대단히 깊으실 뿐 아니라, 곰의 쓸개, 오리의 혀, 지렁이 오줌, 쥐의 똥, 고양이 간 같은 걸로 훌륭한 약을 지어서 일만 가지 병마를 퇴치시킬 수도 있는 말하자면 이인(異人)과 같은 능력을 가지신 어른이올시다!"

할 즈음에 순사가 왔다. 에워싸고 있던 거지, 아편쟁이, 수족 병신 들은 각기 제 구석을 찾아 헤어졌다.

이 꼴을 보신 숙모님은 나에게 눈짓을 하시며 앞서 가셨다. 나도 숙모님 뒤를 쫓아 한참 오다 돌아본즉 아까 연설을 하던 작자는 빈 과자 상자에 마른 두꺼비와 고약 통을 담아 가슴에 안고, 황진사는 점잖게 두 손을 두루마기 옆구리에 찌른 채 순사를 따라 건너편 파출소를 향해 걸어가고 있었다.

---

[44] 궐자 '그'를 낮잡아 이르는 말.

1 제목 '화랑의 후예'가 의미하는 것이 무엇인지 생각해 봅시다.

화랑은 신라가 삼국 통일을 하는 데 핵심적인 역할을 한 집단이며 많은 역사적 위인을 배출한 집단입니다. 그런 점에서 보면 화랑의 후예라는 제목은 인물에 긍정적인 의미를 부여하는 듯합니다. 하지만 실제 전개되는 내용에 의하면 주인공 황진사는 몰락한 양반의 후손으로, 부적응자이고 비현실적인 성격의 소유자입니다. 황후암의 육대 종손으로 남들이 조롱거리로 붙여준 진사라는 꼬리표를 달고 이름이 아닌 일재라는 호만 알려주는 그는 허식과 문벌의식으로 가득찬 인물입니다.

대종교 사건으로 투옥된 삼촌을 면회하고 오는 길에 만난 황진사는 자신이 화랑의 후예임을 자랑하지만 곧이어 사기꾼 약장수 옆에서 효험을 증명하는 인물로 서 있다가 일본 순사에 체포됩니다. 그가 자랑하는 화랑의 후예라는 사실은 무능과 무기력이라는 현실을 기만하고 위장하기 위한 껍데기입니다. 시대의 변화에 따르지 못하는 전통에 대한 맹목적 집착은 낙오되고 비굴해질 수밖에 없습니다.

이러한 인물의 성격에 대한 설정으로 보아 제목 '화랑의 후예'는 변화에 적응하지 못하고 전통만 고수하는 모습에 대한 조롱과 비판으로 볼 수 있습니다.

2 황진사에 대한 묘사를 통해 성격을 정리해 보세요.

작품 속에 표현된 황진사의 모습	—살아갈 지모가 나지 않아 육효를 뽑는다고 하나 그 실력이 신통치 못함. —나에게 개똥 위에 소똥 눈 약을 명약이라며 밥을 얻어 먹음. —친구와 책상을 들고 와 억지로 사라고 하며 20전을 받고 책상은 다시 가져감. —문벌은 놀랍고 가벌에 대한 자부심으로 가득 차 있으나 조롱조로 붙인 진사라는 꼬리표를 당당하게 달고 다님. —혈육 없음은 한탄하나 과부 중매를 서자 황후암 육대 종손이 남의 가문에 출가한 사람에게 장가갈 수 없다며 화를 냄. —삼촌에게 인사를 해야 한다며 찾아와서는 매번 끼니만 얻어 먹음. —자신이 화랑의 후예임을 자랑함. —두꺼비 기름을 만병통치약이라고 속여 파는 약장수와 결탁하여 효험을 본 인물로 앉아 있다 일본 순사에게 체포됨.
인물의 성격	—몰락한 양반의 후손으로 과거에서 벗어나지 못하고 현실을 거부함으로써 자신을 기만하는 인물임. —끼니를 해결하는 방법이 남에게 사기를 치거나 구걸하는 식이며 그의 거짓말은 누구나 한눈에 알아챌 정도로 허술해서 비난과 동시에 연민을 느끼게 함. —무능하고 돈이 없으나 혼인에 대해 욕망을 가지고 있으며, 명문가의 여자와 혼인할 수 있다는 믿음을 가지고 있음. 과부를 중매 받으며 현실을 인식하고 스스로에 대한 자괴감과 분노를 느끼나 다시 허망한 믿음으로 분노에서 벗어남. —진사라는 벼슬이 있으나 실질적인 권력이나 능력은 없어 자신에 대한 정체성이 없이 부유하는 인물임.

3 황진사의 가치관에 대해 비판해 보세요.

　황진사의 가치관은 문벌의식과 전통에 대한 집착으로 볼 수 있습니다. 가치관은 우리의 행동과 삶의 방향을 좌우합니다. 가치관에 따라 같은 상황이라도 그것을 타개해 나가는 방법은 다를 것입니다. 황진사는 변화하는 시대에 따라가지 못하는 과거지향적 인물입니다. 1930년대 많은 변화에 그는 적절하게 대응하지 못하고 과거에만 집착합니다. 그의 무능함은 더욱 극명하게 드러나며, 황진사 자신도 보다 나은 현실 적응 방법을 모색하기 보다는 허세를 부리며 자신의 상황을 정당화합니다.

　이 소설의 관찰자인 나는 신문학을 섭렵한 인물로 황진사의 행동에 대해 가치 판단을 하지는 않습니다. 다만 그의 여러 행동들을 객관적으로 서술함으로써 일반적인 도덕적 잣대로 용인할 수 없는 비판의 대상으로 그려냅니다. 변화와 발전에 대한 노력 없는 전통에 대한 맹목적인 집착은 올바른 가치관이라고 할 수 없습니다.

4 작품 속 ‘나’가 황진사를 보는 관점에 대해 써 보세요.

　이 작품의 작가 김동리는 전통적 보수주의 입장을 고수했던 작가로 전통적이고 민족적인 것에 대한 강한 애착을 보였던 작가입니다. 그의 이러한 입장은 그의 정신적 지주였던 큰형 범부 김기봉 선생의 영향이 컸습니다. 형을 스승이라 주저 없이 칭했던 김동리에게 전통에 대한 긍정적 시선을 찾아 볼 수 있는 것은 당연한 것입니다.

　또한 외부의 압력에 대해 민족 정체성을 강조하며 저항하던 작가 김동리는 소설 속에 서술자이자 관찰자인 ‘나’를 통해 사라져가고 변화되어 가는 전통적인 것에 대한 작가의 입장을 투영하고 있습니다.

　전통에 집착하고 계승자임을 자처하는 황진사는 비록 무능하고 염치 없는 인물로 묘사되지만 작품 속 내가 그를 보는 시선은 오히려 연민과 호의입니다. 황진사는 조롱의 대상이 되고 희극적 인물로 전락하지만 작가는 오히려 그에게 변화를 요구하기 보다는 그러한 삶을 유지하도록 성원을 보내고 있습니다. 작가의 이러한 사상은 지식인을 자처하는 ‘나’에 의해 독자에게 전달되고 있습니다.

　김동리는 소설 「화랑의 후예」를 발표하기 일 년 전 이 소설의 전신이라고 할 수 있는 시 「백로」를 발표합니다. 백로는 조촐한 강산의 넋, 점잖은 이 나라의 넋을 통해 민족의 혼에 대한 작가의 그리움과 애정을 보여주는 시이며, 이는 후에 「화랑의 후예」의 황진사에 대한 비판과 연민으로 나타납니다.

백로

숨 사이 언덕 사이 푸른 물 우에
님을 기려 벗기려 너푸는 나래
고민과 추억이 한숨을 몰으느니
오오 조촐한 이 강산의 넋시여

해돗는 아츰에는 金물을 반기고
바람부는 저녁 때엔 나불에 딸으고
노래와 춤이 사철 눈물을 이지여
고민과 추억이 한숨을 몰으느니
오오 점잔흔 이 나라의 넋시여

청성스리 파랑새 눈물로 새우지만
하늘과 물 사이에 감출 바 없는
사랑과 벗님이 누구라 업다드냐
허나 보라 수리와 매의 모질게 싸흠과
야심에 불이 붓는 우울한 가마귀를
고민과 추억이 한숨을 몰으누나
오오 어질고 순한 평화의 나래여

5 마지막 장면에서 두꺼비 기름약을 팔아 순사에게 잡혀가면서 황진사
는 어떤 생각을 했으며 앞으로 어떻게 살아갈지 상상해서 써 보세요.

황진사는 현실에 대한 의식이나 규제에서 벗어난 인물로 그려집니
다. 사기꾼과 결탁하여 순사에게 잡혀가지만 그에게 죄책감이나 가책
은 없는 것 같습니다. 불법적인 행동으로 법의 제재가 가해지더라도 그
의 문벌의식에는 변화가 없으며 스스로 돈을 벌 수 있는 능력이 없기
때문에 그의 이후의 삶은 큰 변화가 없으리라 추측됩니다. 그에게 삶을
살아가는 방법이나 생계를 유지하는 실질적인 능력은 그다지 중요하지
않으며 양반의 후손이라는 허울이 더 중요하므로 그 허상의 껍데기만
유지된다면 생각이나 삶의 모습은 큰 변화가 없을 것입니다.

을화

외래 문화인 기독교에 맞서
변화의 소용돌이 속에서도 사라져가는
샤머니즘의 전통과 가치를 지키고자 했던
을화의 비극적 운명을 드러낸 작품.

"먼 타국에서 온 옛날 신자만 제일이고 살아 있는 우리 나라 신자는 외면해야 되노 말이다"

샤머니즘 속에서 발견한 새로운 인간 종교

신보다 인간을, 내세보다 현세를 택한 사람으로서 인간에게 충실하고 현세에 충실하는 길을 통해서, 신과도 통하고 내세와도 통하는 철학이나 종교를 찾아볼 수 없을까.

김동리는 이 질문에 대해 잡초에 묻혀 있는 샤머니즘에서 새로운 종교를 발견하려고 했다고 밝혔습니다. 그는 불교와 기독교, 유교 그리고 미신으로 치부되며 전통 속에 스러져가던 샤머니즘까지 모든 종교에 대해 관심을 가지고 문학적 영역을 넓혔던 작가입니다.

그의 초기 작품인 「무녀도」와 40여 년의 시간에 걸쳐 확대 개작한 「을화」는 샤머니즘 속에서 생과 사의 문제, 인간과 신에 대한 문제의 해답을 찾으려 했습니다. 그에게 있어 샤머니즘은 20세기의 불안과 혼돈의 세기말적 증상을 치료하는 해결책이었습니다.

샤머니즘에 대한 그의 관심은 민족적이고 전통적인 것에 대한 주구에서 비롯했습니다. 그는 「을화」의 전신이라고 할 수 있는 「무녀도」의 창작 동기를 '식민치하에서 가장 민족적이고 주체적인 얼과 넋을 샤머니즘에서 찾았고 소설로 형상화' 하려는 데서 시작했다고 밝혔습니다.

우리 민족의 가장 근본적인 것은 무엇일까 하고 나는 생각했다. 민족의 근원적인 얼과 넋은 무엇일까. 나는 우선 그것을 찾기로 했다. 그 방법으로서 나는 우리같이 불행하지 않은 중국이나 서양인의 경우를 생각해 보았다.

그들에게 있어 정신적인 지주가 되는 것이 유교 혹은 기독교란 것을 알게 되었다. 그렇다면 이에 필적하는 우리의 것은 무엇인가. 그것은 물론 유교도 불교도 들어오기 이전의 상고시대로 소급할 수밖에 없었다. 거기서 만난 것이 샤머니즘이었다.

1930년대 전통 신앙이던 무교는 미신 타파의 대상이 되고 그 위상은 추락하고 있었습니다. 김동리는 무교의 종교로서의 본질과 기능을 살리기 위해 당시 새롭게 유입되어 퍼지고 있던 기독교를 무교에 맞서게 했습니다. 그리고 두 인물 욱이와 모화의 대립을 통해 무교와 기독교의 혼재와 갈등과 보여주었습니다. 사라져가는 전통을 모화를 통해 보여주었으며 아들 욱이의 죽음 뒤에 물속으로 걸어 들어가는 모화의 마지막 모습을 통해 변화의 소용돌이 속에도 자신의 가치를 지키고자 하는 비장미를 보여주었습니다. 이처럼 「무녀도」에서는 식민 치하에서 문학을 통해 민족의 얼과 넋을 지키고자 샤머니즘을 대상으로 했습니다.

반면에 「을화」를 통해서는 20세기의 허무와 절망의 벽에 부닥친 신과 인간의 문제를 해결하기 위해 샤머니즘 속에서 새로운 인간형을 창조해 냈습니다. 그는 문학을 통해 새로운 성격의 신과 새로운 인간형을 창조하려 했으며 그것은 샤머니즘형 인간으로 탄생하였습니다. 새로운 성격의 신은 좀더 자연적인 신이며, 새로운 인간형은 신을 내포한 인간 즉 신과 같은 인간입니다. 소설 「을화」의 샤먼 을화는 영험하고 신들린 인간이며 그가 창조해낸 새로운 성격의 인간입니다.

을화는 옥선이 자신의 아들 영술의 병을 고쳐준 빡지 무당의 신딸이 되어 붙여진 이름입니다. 열여섯의 순박한 처녀였던 옥선은 그저 알고 지내던 이웃집 청년 성출 사이에서 영술을 낳게 되고 이후 험난한 삶을 살게 됩니다. 남의 집의 후실로 들어가나 2년여 만에 남편이 병으로 죽고 어미마저 덧없이 죽습니다. 설상가상으로 아들 영술마저 마마에 걸려 생사의 기로에 서게 됩니다. 서낭당에서 지성을 드리던 옥선은 '빡지에게 가라'는 말을 듣게 되고 그길로 찾아간 빡지 무당은 영술의 병을 씻은 듯이 낫게 해줍니다. 하지만 옥선은 영술이 낫자마자 쓰러지고 을핫골 서낭당에 찾아가 빌던 중 선도산 선왕마님과 접신을 하게 됩니다.

결국 옥선은 신내림을 받고 빡지 무당의 신딸이 됩니다. 을화라는 이름으로 무당이 된 옥선은 마을의 큰 굿을 맡아 하며 영험함을 보입니다. 을화는 이승과 저승, 생과 사를 넘나드는 영매자이며 차마 이승을 떠나지 못하는 원혼을 불러 그 한을 풀어주면서 인간과 신을 만나게 하는 중간자 역할을 합니다. 이야말로 김동리가 찾고자 했던 신이 아닌 인간으로 현세에 충실하며 신과도 통하는 인간의 모습일 것입니다.

을화는 기림사에 보냈던 아들 영술이 돌아오면서 위기에 봉착합니다. 영술은 을화와 혈연으로 맺어진 관계로 현세의 인연이지만 신의 세계에서 본다면 모시는 신이 다른 대결자이며 양립할 수 없는 관계입니다. 결국 영술은 을화에게 죽임을 당합니다. 이는 현세가 아닌 신의 세상에서의 대결이 파국으로 치닫게 된 결과입니다. 기독교를 대표하는 영술의 등장은 신과 인간의 문제, 인간의 삶과 죽음의 문제에 대해 해결의 열쇠를 주었던 샤머니즘의 세계를 강조하고 긍정하게 하기 위한 수단일 뿐입니다. 이 작품의 주인공은 을화이며, 작가의 의도 역시 샤머니즘적 세계관입니다.

샤먼 을화는 「무녀도」의 모화처럼 비장하게 죽지 않습니다. 이는 김동리가 밝혔듯이 현대 문명의 혼란과 위기를 구원해줄 하나의 가치로서 샤머니즘을 두고자 했던 그의 의도를 보여주는 결말이라고 할 수 있습니다.

「을화」는 1982년 노벨문학상 후보작에 오릅니다. 당시 우리 나라를 대표하는 작가의 다섯 작품을 스웨덴왕립아카데미를 비롯하여 몇몇 유명한 문화단체와 도서관에 보냈는데 그중 「을화」가 노벨문학상 후보로 올랐다는 소식이 전해 왔습니다. 우리 나라 작품은 번역 과정에서 그 작품의 원형이 변질될 수 있다는 약점에도 불구하고 노벨문학상 후보로 올랐다는 사실은 우리 문학사에 소설 「을화」가 가지는 가치를 더욱 확고히 합니다.

그는 1978년 「을화」를 발표하면서 스스로 다음과 같이 해설했습니다.

「을화」를 통해 먼저 「무녀도」에서 줄거리의 일부에다 분위기만 붙여두었던 이 샤머니즘의 세계를 문학적으로 형상화시키는 일과 아울러 샤머니즘에서 이승과 저승에 관련되는 새로운 문제점을 한국문학과 나아가서는 세계 문화에 제의해보고자 하는 것이다.

그가 의도했던 세계 문화에의 제의는 샤머니즘이라는 가장 전통적이고 한국적인 정서를 통해 가능했습니다. 그렇다면 과연 김동리가 「을화」에서 보여준 샤머니즘적 세계를 통해 인류가 당면한 정신적 혼란과 불안의 위기 상황을 극복할 수 있을까요? 또한 현대인들에게 외면당하고 있는 무속 신앙이 종교적 믿음의 대상이 될 수 있을까요?

소설 「을화」를 감상하며 위의 질문에 대한 해답을 찾아 봅시다.

을화 乙火

무녀의 집

을화가 당우물까지 가서 물을 길어 왔을 때에도, 월희(月姬)는 그냥 곤히 잠든 채였다. 당우물이라고 하면 그녀의 집에서 한 마장이나 좋이 되는, 동네 앞 당나무 곁의, 예부터 내려오는 큰 우물이다.

여기는 본디 서낭당[1]이 있었던 곳으로 당집과 함께 당나무 당우물들이 있었으나 지금은 당나무 곁에 우물만이 남아 있다.

을화는 아침마다 남 먼저 이 당우물에 가서, 자그만 동이에 물을 채우고 나면, 거기서 아예 세수까지 마치고 돌아오는 것이다.

그녀가 이렇게 매일 아침 왕복 두 마장 거리도 넘는 당우물을 찾는 것은, 이 우물이 워낙 깊어 물맛도 유별나게 좋으려니와, 그보다도 이웃

---

[1] 서낭당 서낭신을 모신 집.

의, 남의 집 안에 있는 우물은 이른 아침부터, 그것도 주인 먼저 가서 물을 길을 수 없을 뿐 아니라, 더군다나 세수까지 한다는 것은 도저히 용인될 수 없는 일이기도 했기 때문이다.

을화는 이고 온 물동이를 부뚜막 위에 고이 내려놓은 뒤, 정결하게 닦아두었던 까만 소반[2] 위에, 지금 막 길어 온 물 한 주발을 조심스레 떠서 얹자 두 손으로 받쳐 들고 방으로 들어간다. 지금 을화가 살고 있는 이 뱃집[3]으로 된 신당집은 제일 동쪽이 큰 마루방이요, 가운데가 온돌방, 그리고 맨 서쪽이 넓은 부엌이었다.

을화는 이 집에 들어올 때부터, 맨 동쪽의 넓은 마루방에다 신단(神壇)을 꾸미고, 신단 위의 정면 벽엔 그녀의 수호신인 선왕성모(仙王聖母)[4]의 여신상(女神像)을 모시고, 신단 위엔 명도(明圖)[5] 거울을 위시한 신물(神物) 일체를 봉안(奉安)[6]해 두었던 것이다. 그 뒤에도 그녀는 여러 가지 무신도(巫神圖)를 구하는 대로 네 벽에 삥 돌아가며 붙이고, 그 밖에 그녀가 굿을 할 때 쓰는 온갖 금구(金甌)[7]—巫樂器, 무구(巫具)[8] 그리고 각종 무의(巫衣)[9] 따위를 모두 제자리에 맞도록 안치해 두었다.

그러나 매일 아침 드리는 제의(祭儀)나 수시로 올리는 축수를 번번이

2) 소반 자그마한 밥상.
3) 뱃집 추녀가 없이 양쪽에 박공만 붙인 집. 사원이나 신당 따위 건물에 흔히 있음.
4) 선왕성모(仙王聖母) 여신의 일종을 높여 부르는 말.
5) 명도(明圖) 거울의 준말. 무당들이 흔히 자기들의 수호신의 상징으로 쓰는 청동거울.
6) 봉안(奉安) 신주(神主)나 화상(畫像)을 받들어 모심.
7) 금구(金甌) 무당들이 굿할 때 쓰는 징이나 꽹과리 따위의 악기.
8) 무구(巫具) 무당이 굿을 할 때 사용하는 여러 가지 도구. 신·칼·작두·방울·부채 따위의 도구와, 구·제금 따위의 악기가 있다.
9) 무의(巫衣) 무당이 굿할 때 입는 옷.

신단방까지 찾기가 힘들어, 그녀들 모녀가 거처하는 온돌방 안 구석에다 작은 신단을 또 한 자리 더 모시게 되었던 것이다. 여기서도 그녀의 몸주(수호신)인 선왕성모 여신상은 모시지 않을 수 없었고, 신물로서는 명도 거울을 신단 위에 봉안해 두고 있었다.

을화가 정화수를 소반 위에 받쳐 들고 방으로 돌아올 때까지도, 월희(月姬)는 아직 밤중같이 곤히 잠들어 있었다. 그녀의 새하얀 얼굴의, 콧잔등과 볼 위에는 파리 떼가 까맣게 붙어 있었으나, 그런 것도 아랑곳없을 만큼 그녀는 아직 단잠에 빠져 있기만 했다.

그러나 그러한 월희가 을화의 눈에는 비치지도 않는 듯, 꼭 빈방에서처럼, 그녀는 그녀의 명도 거울이 모셔져 있는 신단 위에 정화수를 옮겨놓자 천천히 일어나 손을 비비며 빌기 시작했다.

"선왕마님 선왕마님, 복 주시고 요 주시고, 화 쫓아주시는 선왕마님 큰마님, 오늘도 저희 에미 딸의 실낱 같은 이 목숨을 꽉 잡아주옵시고 지켜주옵소서, 선왕마님 큰마님, 지난밤 꿈에 이년을 찾아왔던 큰 뿔 돋친 몽달귀[10]가 어디서 난 몽달권지, 어이해 온 몽달권지, 이 집 근방을 빙빙 돌고 떠나지 않사오니, 이 집엘랑 아예 발도 되레 놓지 못하도록, 선왕마님 큰마님께서 에헴 큰소리로 내어쫓아 주옵소서. 선왕마님 선왕마님 큰마님께 비나이다. 큰 뿔 돋친 몽달귀가 이 집엘랑 얼씬도 못 하도록, 우리 에미 딸한텔랑 범접[11]도 못 하도록 십 리 밖에 물러서게, 백리 밖에 물러서게 내어쫓아 주옵소서, 내어쫓아 주옵소서."

끈적끈적 묻어날 것 같은, 잠긴 듯한 목소리였다. 그녀는 비비던 두

---

10) 몽달귀 총각이 죽어서 되었다는 귀신.
11) 범접 함부로 가까이 범하여 접촉함. '가까이 다가섬'으로 순화.

손을 이마 위로 쳐들자, 늘씬하고 후리후리한 허리를 꺾어 세 번이나 절을 했다. 절을 시작할 때마다 쳐드는 두 손의, 길쭉길쭉한 열 개의 손가락 사이사이로 굵은 두 눈의 검은 광채가 명도 거울을 향해 번쩍이곤 하였다.

그저도 월희는 쌔근쌔근 고른 숨소리를 내며 단잠이 든 채였다. 그러한 월희가 을화는 조금도 싫지 않은 듯, 그 푸르스름한 얼굴에 은근한 미소까지 머금은 채, 치맛자락으로 그녀의 얼굴에 붙은 파리 떼만 휙 날려주고는 그래도 나가버렸다. 실컷 자고 나서, 제물로[12] 깨어 일어날 때까지, 을화는 딸의 잠을 깨우는 법이 없었다.

부엌으로 나온 을화는 그녀들 두 모녀의 아침상을 보았다. 상을 본대야, 언제나 꼭같은, 김치 한 보시기에 간장 반 종지를 놓는 일에 지나지 않았다. 거기다 밥 세 그릇과 냉수 두 그릇을 놓으면 그것이 모두였다.

을화가 아침밥을 푸고 있을 때, 월희도 자리에서 일어났다. 그녀가 하루 한 번씩 정해놓고 방에서 나와, 신발에 발을 담고, 뜰까지 내려오는 것은, 아침 세수를 할 때뿐이다. 그녀는 세수를 하기 전에, 언제나 뜰에 하나 가득 찬 잡풀을 헤치다시피 하며 뒷간엘 잠깐 다녀온다.

을화는 그동안에 월희의 세숫물을 옹배기[13]에 담아 내어놓는다. 월희는 어머니가 준비해 준 옹배기의 물로 간단한 세수를 마치면, 그것을 잡풀 위에 아무렇게나 버린 뒤, 이내 방으로 들어가 버린다. 그녀들 어미 딸은 자고 일어나 처음으로 얼굴을 대할 때에도 서로 인사란 것이 없다.

을화가 아침상을 들고 방으로 들어왔을 때, 월희는 방 한가운데 앉아

---

12) 제물로 그 자체가 스스로.
13) 옹배기 둥글넓적하고 아가리가 쩍 벌어진 아주 작은 질그릇.

자기의 조그만 손거울을 들여다보고 있었다. 그녀가 온종일 하는 일이라고는, 그림을 그리는 섯 이외엔 자기의 손서울을 들여다보는 섯쯤이었다.

을화는 밥상을 들고 선 채, 딸에게 비켜 앉으란 말도 없이, 취한 듯한 눈으로 딸의 얼굴만 내려다보고 있었다. 그녀의 얼굴에서 이렇게도 꿈속 같은 황홀한 미소가 번져 나는 일은, 딸의 얼굴을 바라볼 때뿐이었다. 그렇게도 그녀의 눈에는 월희의 얼굴이, 목이, 어깨와 허리와 다리가, 그리고 몸매 전체가, 더할 나위 없이 아름답고 어여쁘게만 보였다. 그것은 그냥 아름답고 어여쁠 뿐 아니라, 신비하고 거룩하게까지 느껴졌다.

월희가 거울을 놓고 몸을 옆으로 돌리자, 을화는 비로소 제정신을 돌이킨 듯 밥상을 방 가운데 놓았다. 그리고는 맨 먼저 담았던 밥그릇을 신주단 위에 옮겨놓았다.

을화가 아침(끼니)을 신단에 모시는 일은 지극히 간단했다. 밥그릇 하나를 아까의 물그릇 곁에 옮겨놓으면 그것으로 끝났다. 정화수를 모실 때처럼 손을 비비거나 절을 하거나 사설을 늘어놓는 일이 결코 없었다.

"오늘 아침밥 참 맛있을 끼다."

을화는 월희를 보고 말했다. 사실 오늘 아침밥이라야 여느 때보다 다를 것이 하나도 없었다. 같은 물, 같은 쌀, 같은 땔감에, 같은 솜씨의 아침밥이 아닌가.

그런데도 을화는 이런 말을 하곤 했다. 자기 나름대로의 느낌인지, 그도 아니고, 단지 상대자의 식욕을 돋우어 주기 위한 목적으로 그냥 하는 소리인지 알 수 없었다.

그 어느 쪽인지를 알아내기라도 하려는 듯이, 월희는 그 파란 달조각 같은 얼굴로 그러한 어미를 말끄러미 바라보는 것이다. 그러나 역시 아무런 표정도 없는 채, 두 눈을 천천히 자기의 밥그릇 위로 떨구고는, 천천히 숟가락을 집어 든다. 그리하여 밥 서너 숟가락을 물에 말면, 그것을 조금씩 떠서 입으로 가져간다. 반찬이라고는 간장을 숟가락 끝으로 조금씩 찍어서 입에 넣을 뿐, 김치를 집는 일도 두세 번에 그쳤다.

　월희보다 을화의 식성이 나은 편이었다. 그녀는 자기 밥을 반 넘어 물에 말면, 그것을 숟가락껏 떠서 입에 넣고, 반찬도 간장보다 김치를 주로 먹었다. 그러니까 김치는 주로 을화의 몫, 간장은 거의 월희의 차지쯤 되는 꼴이었다.

　월희가 숟가락을 놓자, 을화는 월희의 물그릇(밥 말았던)을 가리키며,

　"물도 마셔라."

했다.

　그 파란 달조각 같은 얼굴을 어미에게 주고 있던 월희는, 어미가 시키는 대로 잠자코 물그릇을 들어 서너 모금 꼴깍꼴깍 시원스레 마셨다. 그러자 을화도 숟가락을 놓고, 자기의 물그릇을 들어 훌쩍 마셔 버렸다.

　이것으로 그녀들의 아침 식사는 끝났다. 그러나 을화는 여느 때처럼 얼른 빈 상을 들고 일어나려 하지 않았다.

　무슨 얘기가 또 남았나 하는 듯, 월희가 그 파란 달조각을 어미에게 돌리자, 을화는,

　"내 지난밤 꿈에 어떤 몽달귀를 봤대이."

　불쑥 이렇게 말했다.

　그러고는, 다시, 두 손의, 그 긴 손가락을 있는 대로 쭉쭉 편 채, 자기

의 머리 위에 얹어 보이며,

"이렇게 큰 뿔 돋친 몽달귀가 자꾸 우리 집에 들올락 하더라."

설명을 덧붙였다.

그러나 월희의 얼굴에는 조금도 놀라거나 두려워하는 빛이 없었다.
그녀는 평소부터 무엇에 놀라거나 두려워하는 일이 좀체 없는 편이기도
했다.

"알겠제, 내 단지야."

을화는 손으로 딸의 궁둥이를 툭툭 쳤다. 그녀는 월희를 보통 달희라
고 불렀지만, 때로는 '따님' 또는 '단지'라고도 했다. 단지 보물단지,
귀염단지 하는 따위를 가리키는 듯했다.

"엿장수나 방물장수도 몽달귀 끼고 들온다, 알겠제?"

"……."

월희는 고개를 끄덕였다.

을화는 아침상을 치우면 곧장 집을 나간다. 그리고는 으레 저녁 때에
야 돌아오곤 한다. 매일 그렇게 어디로 가는 건지, 월희는 그것을 알 리
도 없었고, 알려고 하지도 않았다.

다만 푸닥거리(작은 굿)[14]나 오구(큰 굿)[15]가 있을 때만, 그 준비를 하
느라고 한두 차례 들락날락하는 정도였다. 그러나 그녀는 굿 청탁을 기
다리기 위하여 집에 붙어 있는 일은 본디 없었다. 을화 무당이라고 하면
원근 동네에서 모르는 이 없을 만큼 이름이 널리 나 있었기 때문에, 큰

---

14) 푸닥거리 무당이 하는 굿의 하나. 간단하게 음식을 차려 놓고 부정이나 살 따위를 푼다.
15) 오구굿 죽은 사람의 넋을 위로하여 극락왕생하기를 비는 굿. 대개 죽은 지 한 해나 두 해 뒤에
한다.

굿(오구)은 으레 열흘이나 보름 전에 이미 청탁이 들어왔고, 푸닥거리는 날마다 있다시피 했지만 거의 보수랄 것이 없는 만큼, 그녀로서는 일종의 의무같이 알고 나가는 데 지나지 않았다.

그러나 워낙 영검으로 널리 알려진 을화의 푸닥거리라, 사오십 리 밖에서까지 청이 들어올 때도 많았다. 을화는 이러한 면 동네의 푸닥거리라도, 청을 받으면 꾀를 부려서 거절을 하는 일은 없었다. 그렇다고 보수를 따로 바라는 것도 아니요, 쌀이면 쌀, 잡곡이면 잡곡, 주는 대로 받아들고 두말없이 돌아오곤 했다.

"그러다간 늬 신발 값도 안 되겠다."

누가 이렇게 걱정해 주면, 신발 값이 문제가 아니라는 듯, 을화는,

"내 다리 아프다고 남의 죽는 목숨 안 살릴까?"

이렇게 대답하곤 했다.

사실 사오십 리 시골길을 걸어서 갔다 왔다 해야 하는 고생을 금품으로 헤아린다면, 그들로부터 보통 받는 사례의 열 곱절도 부족할지 몰랐다.

이렇게 을화가 보수를 염두에 두지 않는 것처럼 상대방들도 그것을 특히 고맙다고 알기보다는 오히려 자기들의 당연한 권리 같은 것으로 생각하고 있는 편이었다. 그것은, 옛날, 추수 무렵에 벼쭉정이[16] 따위를 한두 되씩 그녀의 걸립[17] 자루에 부어준 일이 있었기 때문인지도 몰랐다.

그러나 근년의 을화는 걸립 자루를 메고 마을을 도는 일도 전혀 없었

16) 벼쭉정이 알맹이가 들지 않은 벼 이삭.
17) 걸립 여러 사람들이 패를 짜서 각처로 다니면서 풍물을 치고 재주를 부리며 돈이나 곡식을 구하는 일.

던 것이다.

"아무렴, 쌀 몇 톨이면 우리 에미 딸 묵고 남는 판인데, 걸립 자루 없다고 우리 식구 목구멍에 거미줄 칠랑가?"

이것이 을화의 생활 태도였다.

굿이 없는 날은, 거의 온종일을 을화는 단골 술집에서 남자들과 어울려 술을 마시며 놀았다.

을화가 이렇게 친구와 술을 따라 대부분의 시간을 밖에서 보내는 반면, 월희는 그림과 손거울을 가지고 모든 날을 방 안에서 배겼다[18].

그날도 월희가 연꽃을 다 그리고 나서 손거울 가지고 노는데,

"따님 따님 내 따님, 단지 단지 내 단지."

을화의 끈적끈적 묻어날 듯한, 잠긴 듯한 목소리가 들려왔다.

월희가 방문을 열었을 때, 을화는 기쁨을 못 이기는 듯,

"달 속에 애기씨요, 별 속에 꽃이시요, 단지 단지 내 단지요."

하며 긴 팔을 쳐들어 춤을 덩실덩실 추었다.

월희는 가만히 툇마루로 어미의 왼쪽 손에 들려 있는 수건에 싸인 것에만 눈길을 돌렸다. 수건을 끄르지 않더라도, 그 속에 싸인 것이 과일이란 것을 그녀는 잘 알고 있었다. 을화가 술을 좋아하듯, 월희가 과일을 좋아한다는 것은 그녀들 자신이 잘 알고 있었고, 따라서 과일이 나는 한철 동안, 을화는 날마다 능금이나 복숭아 따위를 몇 알씩 수건에 싸 들고 들어올 것을 잊지 않았다.

월희가 손을 내밀자, 을화는 춤을 멈추고 수건에 싸인 것을 월희의 손

18) 배기다 참기 어려운 일을 잘 참고 견디다.

에 건네주었다.

해가 서쪽 산마루를 막 넘어간 저녁 때였다.

"몽달귀 안 왔던?"

을화가 월희를 보고 물었다.

"……."

월희는 가볍게 고개를 저었다.

"엿장수, 방물장구 끼고 온 몽달귀도 없더나?"

"……."

월희는 역시 가볍게 고개를 돌렸다

"이웃집 각시도, 분내미〔紛南〕도……?"

"아, 아, 아무도."

월희는 어눌한 발음으로 이렇게 대답했다.

아무도 오지 않았다고 듣자, 을화는 그때에야 마음이 놓이는 듯,

"그럼 그렇지, 몸주마님께 그렇게 신신당부했는데, 제놈의 몽달귀가 감히 어디라고 범접을 했을라꼬" 했다.

해가 졌으니까, 그날의 액땜은 그것으로 끝난 거라고 믿는 을화였다.

그녀는 방으로 들어오자 푸닥거리 나갈 옷차림을 하고 있었다.

두 하나님

청년이 마차에서 내렸을 때, 뿌연 안개 같은 것이 깔려 있었다. 해 진 뒤의 먼 놀 그림자인지, 달 그림자인지 분간할 수 없었다.

청년은 다 낡은 가죽 가방을 왼쪽 팔에 끼자, 바른손으로 머리에 쓴

회색 캡[19]을 다시 한 번 매만지고 나서, 이번에는 상체를 돌려 하늘을 한참 바라보았다. 여느 때보나도 많은 별들이 세각기 얼굴을 내밀며, 오래간만에 돌아오는 그를 반겨주는 듯했고, 초아흐렛달은 얇은 흰 구름에 싸인 채 서쪽으로 기울고 있었다.

한길에서 골목으로 빠져나오니 논들이었다. 갑자기 개구리 소리가 와글거렸다. 개구리 소리는 온 들판을 뒤덮은 듯했다.

청년은 개구리 소리를 들으며 들길을 걸었다. 읍내에서 그의 살던 집이 있는 백곡 동네까지는 북쪽으로 이십여 리나 더 가야 했다.

청년은 어릴 때 다니던 기억을 더듬으며 이내 소로길[20]을 찾아내는 데 성공할 수 있었다. 그러나 어차피 오늘밤 안에는 집까지 당도할 수 있다고 짐작됐기 때문에 걸음을 서두르려 하지는 않았다.

청년이 북천(알천)을 건너 큰 숲머리에 접어 들었을 때, 거기 옛날 보던 늪개울이 나왔다. 다른 어느 곳보다도 개구리가 제일 많이 들끓는 늪개울이었다. 청년은 걸음을 멈춘 채, 지금도 옛날과 다름없이 극성스레 와글거리는 개구리 소리에 귀를 맡긴 채 개울을 한동안 들여다보고 있었다. 달은 이미 진 뒤였기 때문에, 검은 개울 속에는 별들만 하나 가득 담겨 있었다. 그것이 와글거리는 개구리 소리에 의하여 곧장 뿜어내지고 있는 듯했다.

이렇게 와글거리는 개구리 소리에서 자꾸자꾸 뿜어내어지는 듯한 별무더기들을 들여다보며 쉬엄쉬엄 걷는 길이라, 청년이 잣실(백곡 마을) 앞까지 당도했을 때는 밤도 이슥해 있었다. 이제 집에 다 왔으니 밤중

---

19) 캡〔cap〕 테와 운두가 없는 납작한 모자.
20) 소로길 산아의 좁은 길.

아니라 새벽녘인들 어떠랴 하고, 청년이 옛집을 찾았을 때, 청년은, 별안간, 무엇이 잘못되어 있는 듯한 예감이 들었다. 그것은 당장, 옛날에 없었던 삽짝[21]이 달려 있기 때문인지도 모른다. 그리고 집의 서까래[22]와 툇마루[23] 같은 데도 희끄무레하게 손질이 되어 있다고 느껴졌다. 이런 것이, 십 년 가야 집에 손질 하나 할 줄 모르던 그의 어머니의 짓이라고는 믿어지지 않았던 것이다.

그러나 옛날의 그 집임엔 틀림없었기 때문에, 청년은 일단 삽짝을 흔들어보았다. 삽짝은 안으로 걸려 있었다. 두 번 세 번 흔들어도 안에서는 아무런 기척도 없었다.

할 수 없이 소리를 질렀다.

"어무이요."

청년은 고향말씨로 목청껏 불렀으나 안에서는 역시 아무런 반응도 없었다. 두 번이나 연거푸 불렀으나 마찬가지였다.

이번에는 먼저보다 훨씬 더 세차게 세 번 네 번 힘껏 흔들어대었다. 그러자 안에서,

"누고?"

하는 소리가 들렸다. 남자 목소리였다.

"술이요, 영술이."

청년은 높은 소리로 대꾸했다.

안에서는 또 한 번 무어라고 중얼중얼하는 소리가 나더니 방문이 벌

---

21) 삽짝 '사립문'의 방언.
22) 서까래 마룻대에서 도리 또는 보에 걸쳐 지른 통나무. 그 위에 산자를 얹게 된다.
23) 툇마루 원 칸살 밖에 달아낸 마루.

컥 열리며,

"누구라꼬?"

아까의 남자 목소리가 물었다. 물론 모르는 남자의 그것이었다.

"술이요, 영술이."

"술이라께?"

"본래 이 집에 살던 영술이요."

"그러면 저 무당네 말인가?"

'무당네'란 말이 청년의 귀에는 거슬렸지만, 마을 사람들이 옛날부터 저희들끼린 항용[24] 그렇게 불렀었기 때문에 따로 나무랄 수도 없고, 또 그러할 계제[25]도 아니므로,

"그러심더."

하고 응대해 주었다.

"그러면 무당 아들인가 뵈?"

사내가 혼잣말같이 또 이렇게 물었다.

'무당 아들'이란 말이 청년에게는 여간 듣기 거북하지 않았지만 참기로 하고, 역시 먼저와 같이,

"그러심더."

했다.

"그러면 이 밤중에 안됐구나. 무당네는 하마(벌써) 옛날에 이사를 갔는 거로."

"어디메 동네로요?"

24) 향용 흔히, 늘.
25) 계제 어떤 일을 할 수 있게 된 형편이나 기회.

"저 성 밖 근방이락 하더라."

"동네 이름이 뭔데요?"

"상밭이락 하더나?"

사내도 동네 이름은 잘 모르고 있었다.

사내에게 더 물어봐야 소용없는 일이라고, 청년은 생각했다.

"주무시는데 깨워서 미안합니다."

청년은 서울 말씨로 이렇게 인사를 닦았다.

"내사 괜찮다마는, 밤중에 갈데도 없을 낀데 어짜노?"

사내도 인사랍시고 혼잣말같이 묻는 말이었다.

청년은 삽짝 앞에 돌아선 채 하늘의 별을 한참 바라보고 있다가, 동사(洞舍)를 찾기로 했다. 밤에는 동사(동네 집회소)가 언제나 비어 있던 어릴 때의 기억이 금방 되살아났던 것이다.

옛집에서 동네 안 골목으로 한참 들어오면 연자방아[26]가 있고, 연자방앗간에서 왼쪽으로 돌아 호박 덩굴로 덮여 있는 야트막한 담장을 끼고 들어가노라면 언제나 쉬파리 왕파리 떼가 왕왕거리는 동사 뒷간이 있고, 뒷간 곁이 동소임(동하인)의 집이요, 그 위의, 축대 위에 좀 덩그렇게 지어진 집이 동청(洞廳)이었다.

십 년 만에 돌아와도, 동네 안의 골목과 연자방아와, 호박 덩굴 덮인 얕은 담장과, 쉬파리 떼 들끓던 동사 뒷간과, 그 곁의 동소임 집과, 그 위의 동사(동청)와 그런 것이 조금도 변함없이 옛날 그대로인 것이, 일면 안심도 되었지만, 또 다른 한쪽으로는 무언지 쓸쓸한 생각도 들었다.

[26] 연자방아 방아의 한 가지. 둥근 돌판 위에 그보다 작고 둥근 돌을 옆으로 세워 얹어서 이를 마소가 끌어 돌려, 곡식을 찧거나 빻는다.

청년은 동사 안으로 들어가자, 축대 위에 올라가 섬돌[27) 위에 신발을 벗어놓고 동사 넓은 대청으로 올라섰다.

청년은 마루(대청)에다 웃옷과 양말을 벗어놓고, 우물가로 나와 세수까지 하고 올라와 자리에 누웠지만, 아래채의 동소임한테서는 아무런 기척도 들리지 않았다.

'모든 것이 옛날 그대로군.'

청년은 혼자 속으로 중얼거리며, 금방 자기 볼에 날아와 앉는 모기를 손바닥으로 때렸다.

이튿날 청년이 그의 어머니의 이사 간 집을 찾아내게 된 것은 저녁 햇살이 설핏[28)할 무렵이었다.

을화 무당이라고 하면 온 고을에서 모르는 이가 별로 없을 만큼 이름난 그의 어머니의 집을 찾는 데 거의 하루가 걸린 것은, 청년이 될 수 있는 대로 '을화'와 '무당'이란 말을 피하려고 한 데 많은 원인이 있었지만, 동네 이름이, 전날 밤 옛집의 사내에게서 들은 그 '성밭 동네'를 위시하여, 성외리니, 서부리니 하고 종잡을 수 없이 여러 가지인 데도 원인이 있었다.

이 서부리 성외리 하는 동네는 읍내 동네의 하나로 되어 있긴 했지만, 읍외(邑外)의 어느 농촌과도 크게 다를 것이 없었다. 그것은 온 동네가 거의 농가였기 때문만도 아니었다.

그보다도, 어쩌면 이 동네와 성내(城內) 동네들과의 사이에, 허물어

---

27) 섬돌 뜰에서 오르내리는 돌층계.
28) 설핏 해의 밝은 빛이 약해진 모양.

지긴 했어도 옛 성이 뚜렷하게 남아 있었기 때문인지도 몰랐다. 얼른 보면 긴 돌무더기 같은 옛 성이, 이 고도(古都)[29]의 서쪽과 북쪽엔 그냥 남아 있었던 것이다.

성뿐이 아니라, 성의 외곽인 개천(開川)까지 엄연히 성을 따라 에워져 있었던 것이다. 그리하여 성내에서 이 동네로 내왕하는 길은, 남문 거리─남문터의 거리─에서 개천을 끼고 밖으로 돌며 서쪽으로 빠져, 동네의 동남 어귀로 통하는 길과, 서문 거리를 지나 개천을 가로지른 긴 돌다리(몇 개의 긴 돌로 다리를 놓은)를 건너 동네의 동북 어귀로 들어오는 두 길이 있었다.

이 동네의 이름이 성 밖 동네, 서문밖 동네, 성외리, 성서리, 서부리, 성건리, 심지어는 성밭 동네라고까지, 사람에 따라, 형편에 따라 종잡을 수 없이 여러 가지로 불려진 까닭의 하나는, 이와 같이 그 위치의 특수한 성질에도 있었다.

청년이 물어 찾아온 길은 남문 거리 쪽이었다. 따라서 동네 앞길로 들어온 셈이었다.

이 성외리는 동남쪽에만 큰 기와집이 서너 군데나 들어서 있었기 때문에, 서문 거리 쪽에서보다 남문 거리 쪽으로 돌아와 앞길에서 바라보면, 굉장한 부자 동네만 같았다.

그러나 동네 앞 축대 위에 서 있는 큰 당나무[30]─옛날에는 이 당나무 곁에 이 동네의 앞당산인 서낭당이 있었다─밑을 돌아 동네 안으로 빠지는 골목에 들어서면 그 일대는 전부가 초가였다. 거기다 모두가 농가들이있기 때문에, 집집마다 뜰 구석엔 풀과 짚을 썩히는 두엄너미가 조그만 오두막만큼씩 쌓여져 있고, 바로 그 곁에는 뒷간들이 크게 파여진 채 시꺼먼 아가리들을 벌리고 있어서, 지리고 구리고 퀴퀴한 냄새는 집 안이고 골목이고 할 것 없이 온 동네를 뒤덮어 있었다.

이 지리고 퀴퀴한 냄새는 동네 안 골목에서 서쪽으로 갈수록 더 코를 찔렀다. 동네 안 큰 골목은 동네 한가운데를 남북으로 뚫어, 동네를 동과 서로 쪼개어놓은 것같이 되어 있었는데, 기와집[31]은 대개 동쪽에 들어있었고, 초가도 큰 집채는 서쪽엔 드물었다. 같은 서쪽 부분에서도, 서쪽 변두리로 더 나갈수록 곧장 집채는 작고 두엄더미는 커서, 오줌 똥 냄새, 풀 썩는 냄새, 소 마구간 쳐낸 지푸라기에 푸성귀[32] 떡잎 뜨는 냄새들은 그만큼 더 극성일밖에 없었다.

청년이 찾는 그의 어머니 을화 무당의 집은 큰 골목 서쪽에 있는 유일한 기와집이었다. 그러나 아무도 기와집이라고 부르지는 않았다. 옛날엔 할미집이라 불렀고, 지금은 무당집으로 통했다. 그것은 '기와집' 보다 '할미' 나 '무당' 이 더 유명했기 때문만도 아니었다. 명색이 기와집이라고는 하지만 그것은 너무나 허물어져 가는, 낡고, 퇴폐하고, 어둡고, 쓸쓸한 도깨비굴 같은 집이었다. 얼마나 오랜 기와들인지, 기왓장에는 퍼렇게 이끼가 덮여 있고, 기왓골마다엔 흙과 먼지와 풀과 이끼가 덮인 채 그 위엔 연록색 기와버섯이 삐죽삐죽 돋아나 있었다.

지붕뿐 아니라, 서까래와 기둥과 벽도 모두 그렇게 때와 그을음을 거

---

31) 기와집 지붕을 기와로 인 집.
32) 푸성귀 사람이 가꾸어 기르거나 저절로 난 온갖 나물들을 통틀어 일컫는 말.

멓게 입고 있었다.

　그러나 청년이 놀란 것은, 집 안에 들어와서 그러한 꼴을 자세히 살펴본 뒤가 아니었다. 골목에서 그것을 바라보는 순간, 직감적으로 가슴이 철렁 내려앉았다. 동네 한 구석에 있으면서도 전혀 사람이 사는 집같이 느껴지지 않았기 때문이었다. 우선 집을 에워싸고 있는 앙상한 돌각담이 여느 집과도 달랐다. 그것은 흡사 이 고장의 옛 성을 옮겨놓은 듯한, 긴 돌무더기만으로 집을 삥 둘러싸고 있었다. 돌무더기로 에워진 담장(돌담)인 만큼 삽짝이나 대문은 일찍이 달았던 흔적도 보이지 않았다. 동쪽 귀퉁이 한 군데가 틔여진 채, 양쪽 어귀에 거무스름한 큰 돌(작은 바위) 두 개가 놓여 있었다. 그러니까 그 돌 두 개가 대문(출입구) 구실을 하는 셈이었다.

　그러나 굳이 그 돌 두 개 사이를 통과해야만 출입이 되는 것도 아닌 듯했다. 돌각담은 군데군데 무너진 채 돌무더기를 이루고 있었고, 그 돌무더기 위로는, 동넷집 개들이나 고양이들만이 넘나든 것 같지 않은, 어딘지 사람 발자취로 닳아진 듯한 흔적이 나 있었다. 청년도 처음엔 그러한 돌무더기를 그냥 넘어가려다가 고쳐 생각하고, 앞으로 돌아 그 거무스름한 두 개의 돌 사이를 통과했던 것이다.

　돌담 안에 들어선 청년은 주춤 걸음을 멈추고 섰다. 뜰에 하나 가득 찬 풀덤불이 앞을 가로 막았다. 그것은 누가 심어서 가꾼 옥수수나 호박 따위가 아닌, 제멋대로 나서 자란 잡초 수풀 더미였던 것이다. 우선 청년의 눈을 가로막는 키 큰 풀은, 답싸리[33]에다 돌강냉이 돌수수 따위가 섞여 있었고, 거기다 명아주 늘쟁이 바랭이 개머루 여뀌 망아지풀 들이 엉긴 채 뜰을 하나 가득 덮고 있었다. 청년은 소년 시절을 외롭게 지내면서 산골짜기나 들 끝을 자주 헤매었기 때문에, 잡풀에도 많이 친했던 편이지만, 이렇게 수풀을 이룬 듯한 부성한 잡풀밭은 일찍이 어디서고 본 적조차 없었다.

청년은 동쪽 돌각담 밑으로 좁다랗게 나 있는 공지를 돌아 집 앞으로 다가갔다.

처마 앞으로 다가서자, 방문 양쪽 양벽에 붙어 있는 그림이 나타나기 시작했다. 조금 멀리서 봤을 때까지는, 온 집이 그냥 그을음에 결은 듯 거무충충하기만 했었는데, 가까이 다가서자, 앞벽의 채색 그림이 그을음을 헤치며 드러나기 시작했던 것이다. 왼쪽(방문에서) 벽의 그림은, 휘황찬란한 관복 같은 것을 입고 수염을 늘어뜨린 남자상인데, 한쪽 옆에다 한문 글자로 천왕신주(天王神主)[34] 태주(胎主)[35]라 씌어져 있었고, 바른 쪽 벽의 그림은, 천왕신주의 홍색 관복[36] 대신 녹색 관복 같은 것을 입은 여상(女像)으로, 역시 한문 글자로 선왕신모(仙王神母) 명두(冥痘)[37]라 씌어 있었다.

청년으로서는 천왕신주 태주가 무엇인지, 선왕신모 명두가 무엇인지 통 알 수 없는 채, 그저 무당들이 쓰는 그림이거니 했을 뿐이었다.

청년은 그렇게 그림을 들여다 보느라고 처마 끝에 한참 동안 어정거

33) 답싸리 명아줏과의 한해살이풀. 높이는 1미터 정도이며, 잎은 어긋나고 피침 모양이다. 한여름에 연한 녹색의 꽃이 피며 줄기는 비를 만드는 재료로 쓴다.
34) 천왕신주(天王神主) 남신의 일종을 높여서 하는 말.
35) 태주(胎主) 마마를 앓다가 죽은 어린 계집아이 귀신. 다른 여자에게 지펴서 길흉화복을 말하고, 모든 것을 잘 알아맞힌다고 함.
36) 관복 군(軍)이나 관(官)에서 지급한 제복이나 정복.
37) 명두(冥痘) 죽은 영혼이 아이라는 데서 생긴 명칭으로 보고 있으며, 명두 무당은 어린아이 신을, 태주 무당은 마마를 앓다가 죽은 어린 계집아이 귀신을 몸주신으로 모셨다.

리면서, 그 사이에 혹시나 누가 방문을 열고 내다봐 주지나 않을까 하고 마음속으로 은근히 기다려보는 것이기도 했지만, 빈집같이 방 안에서는 아무런 인기척도 나지 않았다.

청년은 툇마루 앞에 바싹 다가서며,

"여보세요."

하고, 처음엔 서울 말씨로 주인을 불러보았다.

안에서는 역시 아무런 기척도 나지 않았다.

"여보세요."

두 번째도 마찬가지였다.

"보이소, 계십니꺼?"

이번에는 이 고장 말씨로 불러보았다. 그러나 역시 마찬가지였다.

"보이소."

이번에는 툇마루를 손으로 약간 치며 불러보았지만 대답이 없기로는 마찬가지였다.

툇마루는 얼마나 오랫동안 걸레질을 하지 않았는지, 흙과 먼지와 때가 거멓게 덮여 있었다.

툇마루에 잠깐 걸터앉으려다 말고 청년은 큰 소리로,

"보이소, 안 계십니꺼?"

이렇게 외치다시피 하며, 동시에 손으로 방문을 두드렸다.

그러자 그때에야 비로소 방문이 방긋이 열리기 시작했다. 그와 동시, 그 방긋이 열린 틈으로 내다보는 새하얀, 조그만 얼굴이 청년의 눈에 비치었다. 순간, 청년은 직감적으로 월희라고 생각을 했다.

'그렇지만, 월희가 어쩌면 저렇게 희고 조그만 거울 같은 얼굴이 되

었을까.'

청년은 맘속으로 이렇게 생각하며, 얼굴에다 굳이 미소를 지으려고 애를 썼지만, 그러나 그때 이미 방문은 도로 닫혀 버린 뒤였다.

"보이소, 문 좀 열어주소, 아아."

청년은 오래간만에 고향 사투리를 써보며, 부드러운 목소리로 부탁했으나 안에서는 전혀 응할 기척이 없었다.

청년은 그녀의 이름을 불러서, 자기가 영술이란 것을 밝힐까 하다가 말았다. 십 년이 지난 옛날의 이름을, 지금 갑자기 털어놓는다고 해서 그녀가 얼른 믿어줄 것 같지도 않았고, 또 기억이나마 하고 있을지도 의문이었다.

영술은 그의 어머니가 돌아오기를 기다릴 수밖에 없었다.

그러나 그동안이나마 궁둥이를 붙이고 앉아 쉴 만한 곳이 없었다. 툇마루 위에는 시꺼멓게 흙과 먼지가 덮여 있고, 뜰에는 하나 가득 잡풀이 엉겨 있을 뿐 아니라, 수채가 막힌 탓인지 땅바닥에 물기가 괴어 퍼렇게 물이끼까지 긴 채 고약한 흙냄새만 코를 쏘고 있었다.

이왕이면 집이라도 한 바퀴 돌아다녀 볼밖에 없다고, 모퉁이께로 돌아가 보니, 거기서도 뒤꼍까지 앞뜰의 그것과 같은 검푸른 잡풀이 꽉 차 있었다. 헤치고 들어가 보려고 해도, 그 속에 얼마나 많은 독사나 독충들이 들끓고 있을지 몰라 발을 들여놓을 수가 없었다. 그런 대로 잡풀 앞에 바짝 다가서서 고개를 젖히고 쳐다보니, 집 동쪽 바깥벽에도 그림이 그려져 있었다. 앞 벽의 것은 장지 같은 두꺼운 종이에 그려서 붙인 것이었으나, 모퉁이의 것은 벽에다 직접 그린 벽화였다. 그림의 내용은 절 중문 안벽 같은 데 흔히 그려져 있는 사천왕상(四天王像) 따위 비슷

했으나, 그림 위에 희미하게 보이는 글자는 무슨 천신(天神)[38]이니 산신(山神)이니 신장(神將)[39]이니 하는 것으로 되어 있었다. 그러나 그림이고 글자고, 워낙 오래되어 물감이 바래고, 때와 그을음이 끼고, 게다가 벽토(壁土)[40]가 군데군데 헐고 해서 아주 먼 데서 바라보는 것같이 희미한 윤곽밖에는 짐작할 수 없었다.

그런 대로 그림은 본디 아주 익숙했던 솜씨 같아서, 무언지 신비한 이야기를 안겨 주는 듯한 야릇한 힘을 담고 있었다. 영술이 절에 있을 때의 경험에 의하면, 이런 따위 벽화는, 앞면을 제외한 삼면(좌·우·후)에 연작(連作)으로 그려지는 것이 통례[41]였으므로, 이 집의 뒷벽에도 같은 솜씨의 그림이 으레 그려져 있으리라고 짐작되었지만, 잡풀을 헤치고 들어갈 수가 없어 그냥 돌아서고 말았다.

바로 그때였다.

앞뜰 잡풀 속에서,

"허, 저것이 누군고? 허, 저것이 누굴꼬?"

하는, 잠긴 듯한 여인의 목소리가 들려왔다.

영술이 그쪽으로 고개를 돌렸다. 을화였다.

여인은 춤을 추듯, 팔을 쳐들어 영술을 가리키며,

"허, 그게 누군가? 허, 그게 누구기에, 도둑같이 귀신같이 남의 집에 들와 있나?"

---

38) 천신(天神) 신을 높여서 하는 말.
39) 신장(神將) 무신을 높여서 하는 말.
40) 벽토(壁土) 바람벽에 바른 흙.
41) 통례 일반에게 통하여 있는 전례.

노래조로 호통을 쳤다.

영술은 희고 단정한 얼굴에 미소만 띠며 여인을 마주 바라보았다. 얼른 무어라고 내답해야 좋을지 몰라서였다.

여인은 검은 광채[42]가 가득 괸 두 눈으로 영술을 노려보며,

"이 집은 도둑도 귀신도 범접하지 못하는 선왕마님 지키시는 따님네 집이다. 지나던 나그네걸랑 걸어서 고이나가고, 눈먼 도둑이걸랑 기어서 물러나가고, 길 잘못 든 귀신이걸랑 수채구멍으로 바삐 빠져나가거라."

위협하듯 달래듯 이렇게 명령했다.

"오마니, 저는 귀신도 도둑도 아니올시다."

"그렇다면 지나던 나그넨가?"

"오마니, 저는 나그네도 아니올시다."

영술의 얼굴에는 어여쁜 미소가 번지고 있었고, 그의 목소리는 잔잔하고 부드러웠다.

"무어라꼬? 오마니가 누군고? 나그네도 아니라면 누구란 말인고?"

"오마니 저는 영술이올시다. 오마니의 아들이올시다."

"무어라꼬? 내가 오마니라꼬?"

그녀는 오마니란 타처[43] 말을 처음 듣는다. 그러나 본디 말 조화에 몹시 민감했기 때문에, 그것이 어머니와 같은 뜻이란 것을 이내 느끼고 있었다.

"네에 그렇습니다. 저의 오마니올시다. 저는 오마니의 아들 영술이올

---

42) 광채 섬뜩할 정도로 날카로운 빛.
43) 타처 다른 곳.

시다."

"뭐, 영술이라꼬? 아들이라꼬?"

그녀는 아직도 이 낯선 청년이 자기의 아들 영술이란 것을 반신반의[44]하고 있었다.

"네에 오마니, 저는 십 년 전에 오마니가 기림사에 데려다 주신 그 영술이올시다. 영술이가 돌아왔습니다."

"기림사?"

여인의 두 눈에 새로운 검은 광채가 어리었다. 그녀에게는 영술이란 이름보다 기림사(祇林寺)란 절 이름이 더 실감 나는 모양이었다. 기림사라면 세상에서 제일 거룩하고 아름다운 선경(仙境)[45]이며, 그녀 자신도 언젠가는 그곳으로 돌아가리라고 은근히 믿고 있는 것이다. 그와 동시, 십 년 전의 열한 살 난 어린 영술의 손목을 잡고 이 절의 아는 스님을 찾아갔던 일이 머릿속에 뚜렷이 되살아나기 시작했다.

"기림사라꼬?"

"예에, 오마니, 기림사였습니다. 저를 처음 데려다 주신 절입니다."

"아. 그러면, 늬가 영술이가?"

이렇게 다시 묻는 그녀의 목소리는 갑자기 딴 사람의 그것같이 달라져 있었다. 조금 전의 노래를 부르듯 하던, 누구를 호령하고 위협하듯 하던 그 목소리 대신 부드럽고 잔잔한 여느 여인의 그것이 되어 있었다. 그와 동시 얼굴에도 어딘지 새로운 핏기가 살아나는 듯했다.

"오마니."

44) 반신반의 얼마쯤은 믿으면서도 한편으로 의심함.
45) 선경(仙境) 신선이 산다는 곳으로 경치가 좋고 속세를 떠난 그윽한 곳.

영술은 지금까지 줄곧 옆에 끼고 있던 그 자그만 가죽 가방까지 땅에 떨어뜨린 채 여인의 가슴으로 와락 달려들었다.

"아, 내 아들, 술이, 늬가 술이가?"

여인은 그 긴 두 팔을 벌려 아들을 얼싸안았다.

"영술아, 영술아, 늬가 이거 웬일고?"

여인은 아들을 품에 꽉 안은 채 두 눈에서는 눈물이 흘러내리기 시작했다.

신이 내리지 않은 채, 맑은 정신으로 그녀가 사람을 안고 눈물을 흘린 일은 이것이 처음이었다.

아직도 그녀의 얼굴이 눈물에 젖어 있을 때, 월희가 맨발로 방문을 열고 나왔다. 그리하여 어미와 아들의 엉켜 있는 것을 본 그녀는 너무나 놀란 나머지 얼굴이 파랗게 질린 채 오들오들 떨고 있었다.

어미의 품에 안겨 있는 사내는, 분명히 아까 월희가 혼자 있을 때 마루를 두드리고 방문을 흔들던 그 몽달귀가 아닌가. 도대체 어떻게 된 노릇이란 말인가. 어미는 어느덧 몽달귀에게 잡아먹힌 것이 아닐까, 그런데 도리어 어머니가 몽달귀를 얼싸안고 있지 않은가. 그 사이에 어머니는 넋이 빠져버린 것이나 아닐까. 월희는 바들바들 떨리는 다리로, 조심스레 한두 걸음 다가들었다.

'아, 어미의 얼굴이, 두 눈이, 젖어 있지 않은가. 도대체 어떻게 된 일인가.'

월희는 놀람과 무서움이 뒤엉긴 얼굴로,

"어머, 모, 몽가기?"

하며, 손으로 영술을 가리켜 보였다.

을화는 아직 젖은 얼굴로 천천히 도리질[46]을 해보였다. 몽달귀가 아님을 가리키는 모양이었다.

그러나 조금도 놀람과 무서움이 가셔지지 않은 채 두 눈을 크게 뜨고 있는 월희에게, 을화는 청년을 가리키며,

"오라비다."

했다.

"오라버이?"

월희는 새로운 놀람과 의혹이 가득 찬, 어리둥절한 얼굴로 이렇게 되물었다.

그러나 월희가 두 번씩이나 그 어눌한[47] 발음으로 말을 건네고 참견을 하는 일도 일찍이 좀체 볼 수 없었던 유별난 행동이요, 또 그만큼 그녀들 어미 딸에게 있어서는 큰 사건이기도 했다.

"오라바이다. 늬가 일곱 살 때 절에 갔던, 술이 오라바이다."

"수리 오라버이?"

월희가 또 이렇게 되풀이해 묻는 말에, 을화는 잠자코 고개를 끄덕였고, 영술은 그 희고 단정한 얼굴에 산뜻한 미소를 지으며,

"그렇다, 오라비다, 오마니가 말씀하신 대로, 월희가 일곱 살 때 집을 떠났던 영술이 오라비다."

하고, 친절히 대답했다.

월희는 아직도 무엇이 어떻게 된 영문인지 잘 모르는 듯한 얼떨떨한 두 눈으로, 영술의 얼굴을 뚫어져라고 바라볼 뿐이었다.

---

46) 도리질 머리를 흔드는 일.
47) 어눌한 말을 유창하게 하지 못하고 떠듬떠듬하는 면이 있는.

"자, 들어가자. 방에 들어가 쉬어라."

을화의 말에, 영술은 아까 땅에 떨어뜨렸던 소그만 가죽 가방을 집어 들었다. 닳아서 군데군데 희끄무레하게 빗거진 조그만 검정 가죽 가방에, 을화와 월희는 무심코 시선을 쏟았다. 그 속에 무슨 보물이나 아니면 신기한 요술 꾸러미 같은 것이라도 들었으려니 하는 기대를 걸어서가 아니고, 오래간만에 꿈같이 나타난 아들이요, 오빠인, 수수께끼 같은 이 미모의 청년이 지닌 것이라고는, 그 가방 하나밖에 아무것도 없었기 때문이었다.

영술은 가방을 소중히 집어 올려 왼쪽 옆구리에 끼자, 어머니의 뒤를 따라 앞으로 돌아 나갔다. 그네보다 한 발 앞에 가던 월희는, 맨발 채, 뜰에서 툇마루로, 툇마루에서 방으로 거침없이 뛰어 들어가 버렸다. 발에 흙이나 먼지가 묻었든지 말든지 별로 아랑곳[48]도 하지 않는 듯한 거동이었다.

'저렇게 옥을 깎아놓은 듯이 맑고 깨끗하게 생긴 처녀가 어쩌면 방과 뜰도 구별하지 못하고 맨발로 마구 드나들까.'

영술은 이런 생각을 하며, 섬돌 위에 아무렇게나 벗어던져져 있는 월희의 짚신을 바로 놓아준 뒤, 자기의 구두끈을 끄르기 시작했다. 그는 목달이 가죽 구두를 신고 있었기 때문에, 벗을 때마다 끈을 끌러야만 했다.

영술이 툇마루로 올라가 방문을 열었을 때, 방 안의 어지럽고 요란한 광경과 월희의 엉뚱스런 거동은 그를 또 한 번 경악과 당황에 빠지게 했다. 조금 먼저 방으로 뛰어 들어왔을 뿐인 그녀는, 그 사이에 농문을 열

48) 아랑곳 어떤 일에 관계하거나 관심을 두는.

어젖혀 놓고 옷을 갈아입는 중이 아닌가. 먼저 입었던 유록색 치마저고리 대신 남색 치마저고리를 농에서 찾아내어 놓고는, 우선 고쟁이를 벗는 중이었던 것이다.

그는 곧 방문을 도로 닫고 돌아서긴 했으나, 방문을 여는 순간 무심코 바라보게 된 월희의 옥을 깎아놓은 듯한 그 희고 어여쁜 몸동아리는 머릿속에서 얼른 사라지지 않았다. 그는 지금까지 교회 관계로 그림 구경도 더러 했지만 저렇게 아름다운 여자의 몸동아리는 그림에서도 일찍이 본 적이 없다고 생각했다.

그러나 그는 한시바삐 그러한 생각이 머릿속에서 가셔지기를 원했다. 여자의 알몸동아리를 생각한다는 것은 그 자체가 악마의 유혹에 빠져든 증거라고 보겠는데, 그것도 다른 여자가 아닌 누이동생뻘이 되는 월희의 그것이라고 생각할 때 참으로 미안하고 죄스러운 일이 아닐 수 없었다.

그리하여 그는 그러한 생각을 어서 몰아내기라도 하려는 듯이, 앞벽에 붙은, 태주(胎主)니 명두(冥痘)니 하는 그 어두운 채색 그림 쪽으로 시선을 돌렸다.

도대체 이러한 그림은 누가 어떻게 그리며, 무슨 목적으로 이 벽에 붙이게 되었을까, 영술이 이런 생각을 하고 있을 때, 그 사이에 남색 치마저고리로 바꾸어 입은 월희가 방문을 방긋이 열며,

"오라버이."

했다.

영술은 조금 전에, 무심결이긴 했으나 그녀의 벗은 몸을 본 것이 미안해서, 우정[49] 그녀에게는 시선을 보내지 않은 채 방으로 들어왔다.

방 안은 본디 넓은 편이었으나, 북쪽 벽 앞에는 신단이 차려져 있고,

신단 좌우에는 장롱이 놓여져 있었는데, 왼쪽의 큰 농은 아까 월희가 열어젖히고 남색 옷을 뒤져내던 것인 만큼 거긴 그녀들의 평상시 옷이 들어 있는 모양이었고, 바른쪽의 작은 농에는 을화의 굿옷과 화관과 부채 따위가 들어 있는 듯했다. 북쪽 벽을 제외한 삼면 벽에는 가지각색 채색 그림이 가득 붙어 있었다. 그 가운데서도 동쪽 벽에 붙은 제일 큰 그림에는 선왕신모(仙王神母) 선도성모(仙桃聖母) 하는 여덟 글자가 씌어져 있는 것으로 보아, 그것이 을화의 수호여신상(守護女神像)인 듯했다.

이 밖에도, 방 밖의 앞벽에 붙어 있던 것과 비슷한 무슨 신왕(神王)이니 대왕(大王)이니 하는 따위들과, 그리고 연꽃에 파랑새를 곁들여 그린 그림들이 많았다.

이렇게 귀신인지 사람인지 모를 얼굴의 진한 채색 그림들이 삼면 벽에 가득히 붙어 있는 것은, 을화의 직업이 무당인 만큼 무업(巫業)에 관계되는 일이거니 했지만, 그러한 그림들 위에 파리 떼가 거멓게 붙어 있는 것을 월희가 전혀 개의치도 않는 듯 태연한[50] 얼굴인 데는, 의아스럽다기보다 스스로 수치스러움을 금할 수 없었다.

그러나 영술은 모든 것을 서서히 고쳐나가리라 생각했다. 그리고는 눈을 감으며, 혼자 속으로 기도를 드렸다.

'하나님 아버지, 이 못난 자식을 저의 어머니 집으로 인도해 주신 것을 감사드리옵니다. 아버지께서는 이 못난 자식에게 가장 알맞고 가장 훌륭한 일터를 주셨사옵니다. 이 못난 자식이 중도에 물러서거나 낙심하는 일이 없도록 아버지께서는 끝까지 살펴주옵시고 이끌어주옵시기

---

49) 우정 '일부러'의 방언.
50) 태연한 마땅히 머뭇거리거나 두려워할 상황에서 태도나 기색이 아무렇지도 않은.

간절히 바라고 원하옵나이다.'

영술이 눈을 감고 마음속으로 기도를 드리고 있는 것을 본 월희는 그가 먼 길에 오느라고 몹시 고단하고 졸릴 것이라고 생각하는지, 농 위에 얹어두었던 때가 새까맣게 묻은 베개를 내려주었다.

영술은 베개를 월희 앞으로 밀어놓으며,

"아니야, 월희. 난 졸리지 않아."

했다.

을화가 저녁 밥상을 들고 들어왔다.

상 위에는, 밥 세 그릇과, 냉수 세 그릇과 김치 한 보시기[51]에 간장 반 종지가 차려져 있었다. 아침에 그녀들 어미 딸이 먹을 때보다, 밥 한 그릇, 물 한 그릇, 그리고 수저 한 벌이 더 놓인 것뿐이었다.

"자, 시장한데 들어라."

을화는 아들에게 그의 숟가락을 집어서 쥐어주며 이렇게 말했다.

그러나 영술이 얼른 숟가락으로 밥을 뜨지 않은 채 머뭇거리고 있는 것을 보자, 반찬이 없어서 그러는 줄 아는지,

"아까도 말했제? 여기는 절이다. 절에서도 소찬[52]뿐이제?"

했다.

"아니오, 어무이."

영술은 얼굴을 들어 그의 어머니를 잠깐 바라보며,

"김치 한 가지면 충분합니다."

---

51) 보시기 김치나 깍두기 따위를 담는 반찬 그릇의 하나. 모양은 사발 같으나 높이가 낮고 크기가 작다.
52) 소찬 고기나 생선 등이 들지 않은 반찬.

했다.

"그러면 얼른 들어라. 와 그렇게 디려다 보고만 있노?"

을화는 이렇게 말하며 자기도 숟가락을 들었다.

그러나 밥을 뜨려다 말고, 문득 고개를 들어 또 한 번 아들의 얼굴을 건너다 보았을 때, 아들은 자기의 숟가락을 도로 상 위에 놓은 채 눈을 감고 앉아 있는 것이 아닌가. 눈만 감고 있는 것이 아니라 고개도 약간 수그렸고, 입술도 조금씩 달싹거리는 것으로 보아, 마음속으로 무슨 주문을 외고 있는 것이 분명하다고 그녀는 짐작했다. 순간 그녀의 얼굴 위로는 그림자 같은 것이 지나갔다. 다음 순간 그 그림자는 노기[53]로 변해졌다.

"늬 불도에서도 밥 묵을 때 주문을 외우나?"

을화는 두 눈에 노기를 담은 채 이렇게 물었다. 그녀는 불교를 불도(佛道)라고 불렀다. 그녀는 아들이 지금까지 절에 있다가 돌아온 줄 알고 있었다.

영술은 머리도 빡빡 깎지 않았으며, 의복도 승려복이 아닌 양복으로 입고 있었고, 신발도 구두에다 머리엔 캡을 쓰고 왔었지만, 을화는 본디 그런 외양엔 아랑곳하지 않는 성미였던 것이다.

천천히 눈을 뜨고 고개를 든 영술은 조용히 그의 어머니를 마주 바라보며, 잔잔한 목소리로,

"어무이 저는 불도가 아니외다."

간단히 대답했다.

---

53) 노기 성난 얼굴빛. 또는 그런 기색이나 기세.

"뭐? 불도가 아니라고?"

"오마니, 저는 예수교올시다."

"뭐? 야수교라고?"

을화의 목소리는 먼저보다 더 높고 거칠어졌다.

"네에, 어무이. 저는 처음 어무이가 데려다 주신 기림사에서나 또 다른 절에서나, 어느 절에서고 불도가 싫어서 예수교로 옮겨가고 말았습니다."

"불도가 싫다께. 불도보다 더 큰 도가 어딨노?"

"제가 절에서 불도를 배울 때 보니, 마음씨가 착한 스님네들은 낮이나 밤이나 졸고만 있고, 마음씨도 착하지 못한 스님들은 장사만 하려고 하고, 하나도 배울 것이 없었습니다. 어느 절에 가도 스님들은 다 똑같앴습니다. 그래서 저는 불도가 싫어졌댔습니다."

이렇게 말하는 영술의 얼굴은 온화했고, 목소리는 잔잔했다. 그의 얼굴에는 조금도 어머니에게 맞서려는 기색이 보이지 않았고, 그보다는 어머니의 양해를 빌기 위하여 호소하고 있는 듯했다.

아들의 온화하고 잔잔한 태도에 을화도 조금 누그러진 어조로

"그때 늬가 열한 살밖에 안 된 어린 게, 뭐를 알았을라고, 불도가 나쁘니 좋니 하고 부처님한테 죄 지을 소리만 씨부리쌓노?"

이렇게 꾸짖어 물었다.

"어무이 제가 처음 기림사에 들어갔을 때는 열한 살이지만, 열여섯 살까지 절에서 불도 공부를 했댔습니다."

"열대여섯 살에 불도를 다 닦아낸다면 이 세상에 도사 안 될 사람 누가 있노? 설령 늬 말대로 불도가 맘에 안 들었닥 하면 와 하필 양눔들이

꾸며온 야수도를 하노 말이다."

"오마니, 야수노가 아니고 예수교올시다."

"……"

을화는 잠자코 불만스러운 눈으로 아들을 지그시 노려보고 있었다.

영술은 어머니의 그러한 눈길에도 별로 개의치 않은 듯한 맑고 잔잔한 목소리로,

"오마니, 예수교는 우리 사람에게 빛과 생명을 주는 세계적인 종교올시다."

타이르듯이 나왔다.

그러나 을화는 '빛과 생명' '세계적인 종교' 하는 따위 말들을 이해할 수도 없었고, 그러할 필요도 느끼지 않은 채,

"그런 걸 누가 준닥 하더노?"

하고 물었다. '빛과 생명'이란 말을 똑똑히 이해할 수도 없었지만, 기억하려고도 않았기 때문에 '그런 거'라고 했던 것이다.

영술은 곧 어머니의 묻는 말뜻을 알아듣고 자신 있는 어조로,

"하나님께서 주십니다."

했다.

"뭐라꼬? 하나님이라꼬?"

을화는 분개한 목소리로 다시 물었다. 자기들의 전용어(專用語)[54]같이 쓰는 하나님이란 말을, 영술이 예수교에 끌어다 붙이는 것이 더욱 해괴하고 망측했던 것이다.

---

54) 전용어(專用語) 학술이나 기타 전문 분야에서 특별한 의미로 쓰는 말.

그러나 영술은 여전히 밝고 온화한 목소리로,

"네에, 어무이 저 하늘에 계신 하나님이올시다. 우리 인간과 천지만물을 만들어내신 하나님이올시다."

했다. 그의 잔잔하고 평화스러운 목소리에는 신념과 긍지가 차 있는 듯했다.

을화는 그러한 아들이 가소로운 듯 히죽이 웃음까지 띠며,

"그런 건 제석[55]님이니 신령님이니 하는 거다."

하고 일축해 버렸다.

"오마니, 제석님이니 신령님이니 하는 것은 모다 사람들이 만들어낸 우상[56]의 이름이올시다."

영술의 우상이란 말이 드디어 을화의 분통을 터뜨려 놓았다. 그녀는 야수교에 나가는 '실근 에미'로부터 우상이란 말을 더러 들어왔기 때문에, 그것이 몹시 모욕적인 의미를 품고 있는 것이라고 짐작하고 있었던 것이다.

"뭐라꼬? 우생이라꼬?"

"……."

영술은 대답을 하지 않았다. 을화의 서슬이 시퍼런 질문에 대답을 한다는 것은 그녀의 분노에 부채질을 하는 결과밖에 될 수 없다고 헤아려졌기 때문이었다.

"늬가 몽달귀로구나."

55) 제석 무당이 모시는 신의 하나. 집 안사람들의 수명, 곡물, 의류 및 화복에 관한 일을 맡아본다고 한다.
56) 우상 신처럼 숭배의 대상이 되는 물건이나 사람.

을화는 무서운 눈으로 영술을 쏘아보며 냉연히[57] 선언했다.

"아니올시다. 저는 오마니의 아들 영술이올시다."

"내 아들 영술이한테 몽달귀가 붙어 왔구나. 늬 속에 몽달귀가 들었다."

이렇게 말하며, 을화는 손에 들고 있던 자기의 숟가락을 물그릇에 걸쳐놓았다. 몽달귀가 붙은 아들과는 같은 상에 밥을 먹을 수 없다고 생각하는 모양이었다.

이와 동시에, 지금까지 어미와 영술의 서슬진 대화를 가만히 지켜보고 있던 월희도, 자기의 밥숟가락을 어미가 한 것처럼 물그릇 위에 걸쳐놓았다.

영술은 자기의 우상이란 말이 조금 지나쳤다는 생각을 하며,

"오마니 진정하십시오, 저는 오마니가 그리워서, 오마니를 섬기고자 집에 돌아왔습니다. 제가 열한 살 때 오마니께서 제의 손목을 잡고 기림사로 데리고 가시면서, 술아, 에미 생각 말고 절에서 스님 말씀 잘 듣고, 불도 열심히 닦아서 훌륭한 도사 스님 되어다오. 이렇게 말씀하셨지요?"

영술의 약간 잠긴 듯한 목소리에 을화는 갑자기 숙연해졌다[58]. 십 년 전의 일이 갑자기 눈앞에 되살아나는 듯했다.

영술은 다시 말을 계속했다.

"그때 오마니께서는, 저더러 또 이렇게 말씀했댔습니다. '술아, 늬가 잘되거든 에미 찾지 말고 살아라. 무당 아들이라꼬 천대[59] 받는 거보다

57) 냉연히 태도 따위가 쌀쌀맞게.
58) 숙연하다 고요하고 엄숙하다.

그게 날 꺼다. 그렇지만 정 고생되거든 이 에미 찾아오너라. 달희하고 우리 서이서 같이 살자. 에미는 늬가 어디 있든지 늬 잘되라고 칠성님 전에 축수[60]드리마……'. 저는 어디 가든지 오마니의 이 말을 잠시도 잊은 일이 없습니다. 그렇지만 제가 오마니를 찾아온 것은 객지살이가 고달프고 고생스러워서 온 것이 아닙니다. 저는 그 뒤 서양 선교사님을 만나서 많은 은혜와 가르침을 받고, 세상에 있는 어느 왕자나 부자도 부럽지 않게 살아왔습니다. 그렇게 행복하게 살고 있으니까 도리어 오마니가 그리워졌습니다. 오마니와 어린 누이에게도 행복을 나눠드리고 싶은 마음을 누를 수 없었습니다. 그래서 선교사님의 허락을 받고 오마니를 찾아온 것입니다. 오마니 저를 나무라지 말아주십시오. 저는 오마니께 복종하고, 오마니의 힘이 되어드리고 싶은 생각뿐이올시다."

영술이 이렇게 말하며 두 손을 을화에게 내밀었을 때, 을화는 아들의 두 손을 덥석 잡으며,

"내 아들아, 늬는 옛날 일을 잘도 기억하는구나. 늬 속에 몽달귀가 들어 있지 않는다면, 이 에미는 그보다 더 기쁘고 좋은 일이 세상에 없으련만……."

목이 메인 소리로 말했다.

이로써 모자간에 벌어질 뻔한 격돌[61]은 일단 모면할 수 있었다.

그러나 을화는 부엌으로 돌아와 설거지를 하며 생각해도 아들의 예수교란 것이 해괴하고 망측하고 괘씸하기만 했다.

---

59) 천대 업신여기어 천하게 대우하거나 푸대접함.
60) 축수 두 손바닥을 마주 대고 빎.
61) 격돌 세차게 부딪침.

'그 착하고 어여쁘던 우리 아들이 어쩌면 세상에도 망측한 예수꾼이 됐을꼬. 그것도 이 에미를 못 잊어서, 에미한테 효도를 한다고 놀아온 게 그 꼴이니 쯧쯧.'

을화는 여느 때나 마찬가지로 간단한 설거지를 마치자 손을 씻고 방으로 들어왔다.

방구석에 놓인 등잔에는 희미한 접시불이 켜져 있고, 영술은 바람벽에 등을 기댄 채 눈을 감고 있었다.

"먼데서 오느라꼬 오죽 고단하겠나? 거기 좀 누우라. 우리도 곧 불끄고 잘란다."

"아닙니다 오마니, 저는 고단하지 않습니다. 그렇……"

"오마니가 뭐꼬? 와(왜) 엄마라꼬 안 하고, 그런 나쁜 말을 쓰노?"

을화는 영술의 말을 가로막으며 언짢은 듯한 목소리로 이렇게 항의했다.

"그것은 나쁜 말이 아니고, 웃녘에서 많이 쓰는 말이기에 부지중 그렇게 나올 때가 있습니다. 그렇지만 어무이께서 엄마라고 부르라 하시면 어무이 명령대로 복종하겠습니다."

"와 나쁜 말이 아니고? 본데 쓰던 말을 베리고(버리고) 타처말 쓰는 사람은 맘뽀가 덜 좋대이."

"알았습니다 어무이, 그 대신 저는 잘 때 저쪽 마루방에 가서 자겠습니다."

영술은 신단방(神壇房)을 가리키며 말했다.

"……"

을화는 먼저 고개를 옆으로 저어보이고 나서, 천천히 입을 열었다.

"안 된다. 거기는 아무나 들어가는 거 앙이다."

딱 잘라 거절을 한 뒤 자리에서 일어나더니, 농 위에 개켜져 있던 요와 베개를 내려다 주었다. 옛날 월희 아버지가 쓰던 침구였다.

'그 아버지는 어디로 갔을까? 죽은 사람의 침구를 설마 나에게 주지는 않을 텐데.'

영술은 혼자 속으로 이렇게 생각하며, 벽에 기댄 채 눈을 감고 기도를 드린 뒤 자리에 누웠다.

이튿날 아침을 치른 뒤, 을화는 영술에게,

"이 집에 있는 거는, 방 안에 거나 뜰에 거나 뭐든지 손대지 마라, 손대면 큰일 난다. 내 정부자 댁에 다녀올게."

자못[62] 엄숙한 어조로 경고를 하고 나서 밖으로 나갔다.

을화가 나간 뒤, 영술은 월희를 보고,

"아버진 어디 가셨지?"

월희 아버지의 행방을 물었다.

"……."

월희는 당황한 듯한 얼굴로 영술을 마주 바라보고만 있었다.

"아버지 말이다. 옛날 잣실 동네에서 같이 살던……."

"저기……."

월희는 손가락으로 동쪽을 가리켜 보였다.

"거기가 어디지?"

"가포."

---

62) 자못 생각보다 몹시 큰.

"감포(甘浦)?"

"……"

월희는 고개를 끄덕였다.

"언제?"

월희는 한참 생각하는 듯하더니 손가락 아홉을 펴보였다. 아홉 살 때를 가리키는 듯했다.

"안 보고 싶나?"

"그때 와서."

"언제? 자주 오시니?"

"……"

월희는 고개를 저었다.

"내 나중에 아버지 데려오마."

영술의 말에 월희는 대답을 하지 않았다. 그의 말을 알아듣지 못해서인지 또는 어머니의 뜻을 몰라서인지 알 수 없었다.

저녁 때에 을화는 월희에게 줄 자두와 함께, 영술의 반찬감인 듯, 마른 명태 두 마리와 콩나물을 사 들고 들어왔다. 그녀가 이렇게 반찬감을 사 들고 들어오는 일이라곤 한 해 잡고도 몇 차례밖에 없는 일이었다.

그러나 그날 오전 중에 외출한 영술은 그때 아직 돌아와 있지 않았다.

"늬 오래비 어디 간닥 하더노?"

월희는 그냥 고개를 좌우로 돌려보았다.

"언제쯤 나가더노?"

"나제."

을화는 월희의 '낮에'라는 대답에 깜짝 놀라며 그녀를 바라보았다.

여느 때보다도 분명한 발음을 했기 때문이었다.

"그 작은 가방 끼고 가더나?"

을화에게는 그 '작은 가방'이 왠지 곧장 신경에 걸리는 듯했다.

월희는 말없이 그냥 어미의 얼굴을 건너다보고만 있었다.

그 낡은 가죽 가방은 방 안의 어느 구석에서도 찾아볼 수 없었다.

'역시 가지고 간 거로군, 그 속엔 무슨 요술 보재기가 들었을꼬. 에미에겐 비밀일까. 뭔지 에미한테는 감출락 하는갑다. 그게 모두 야구 귀신 때문일 끼라. 그 착하고 똑똑하고 인정 많던 우리 술이가, 그동안 절에서만 배겨났어도 하마[63] 도사 중이 됐을 낀데. 그때 내가 절에 데려다주고 올락 할 때, 에미 떨어지기 싫다고 그렇게도 울어쌓듸만……. 아무리나 애비 에미 잘 만났으면 큰사람 됐을 낀데…….'

을화는 생각에 잠긴 채 넋 잃은 사람처럼 멍하니 앉아 있었다.

강신

을화는 그때 아직 열여섯 살밖에 나지 않은 어린 처녀의 몸으로 영술을 낳았었다. 그러니까 상대방은, 남편이 아닌 이웃집 더벅머리[64] 총각이었다. 그것도 전부터 눈이 맞은 사이라든가, 연애 관계에 있었다든가 하는 것도 아니었다. 울타리 하나를 사이에 두고 얼마든지 서로 건너다보며, 한집같이 상대방의 형편을 환히 알고 지내는 이웃간이었지만, 그렇다고 더벅머리 쪽에서 그녀에게 눈독을 들였다거나 따로 만나 수작을

---

63) 하마 '벌써'의 방언.
64) 더벅머리 더부룩한 머리털을 가진 사람.

붙였다거나 하는 일이 있었던 것도 물론 아니었다.

그해 마침 더벅머리네 고추장이 달다고 이웃간에 소문이 나서, 을화네도 두 차례나 얻어먹은 일이 있었는데 어기 유독 입맛을 들인 깃이 그녀였다. 그녀의 이름은 옥선(玉仙)이었다. 두 번째 얻어온 더벅머리네 고추장 접시를 이제는 마지막으로 접시째 들고 핥고 있던 옥선이가 그 어미를 보고,

"엄마, 요번엔 출이네 일 가거든 고추장 한 번만 더 얻어 오너라."

했다. 출이란, 더벅머리의 이름 성출(性出)을 줄여서 쉽게 부르는 말이었다.

어미는 일에 찌들어 새빨갛게 익어진 얼굴로 옥선이를 가볍게 흘겨보며,

"가시나가 싸잖게 먹성[65]만 밝힐래?"

하고 나무라 주었다.

옥선의 생각에도 남의 고추장을 세 번이나 얻어먹는다는 것은 염치없는 일이라고 짐작이 되었다.

이튿날 옥선이는 나물을 뜯으러 산에 갔다가, 점심 때나 짐짓해서 나물 바구니를 끼고 돌아오는데, 그쪽 산골짜기 보리밭 둑에 앉아 점심을 먹고 있는 출이와 만났다.

산골짜기에서 마을로 나가려면 그 보리밭 둑을 지나가지 않을 수 없으므로, 출이가 점심 먹는 곁으로 다가오려니까, 그는 반가운 얼굴로,

"선이 아이가? 점심 묵자."

[65] 먹성 음식의 종류에 따라 좋아하거나 싫어하는 성미.

했다.

"시장할 낀데 느나 묵어라."

하며, 옥선은 출이가 펴놓고 있는 도시락 위로 잠깐 시선을 던졌다. 도시락에는 밥이 하나 가득 담겨 있고, 따로 고추장도 한 종지 벌겋게 놓여 있지 않은가. 고추장을 보는 순간 옥선이는 침이 꼴깍 삼켜졌지만, 시선을 돌리며 그 곁을 지나치려는데, 성출이 자리에서 벌떡 일어나 옥선의 나물 바구니를 잡으며,

"이웃간에 뭐 어떠노? 같이 묵자."

하고 기어이 자리에 앉히었다.

옥선은 조금 상기[66]된 얼굴로 수줍은 듯한 웃음을 띠며,

"남이 보면 어짜노?"

했다.

"이 골짜기에서 볼 사람도 없지마는, 보면 또 어떠노? 한 이웃간에 점심 같이 묵는데……"

성출은 자기의 수저를 얼른 물에 씻어서 옥선에게 건네주며 말했다.

"내 때메 그러지 말고 느나 얼른 묵어라."

옥선이 수저를 받아든 채 인사 삼아 하는 말에, 성출은 아랑곳없다는 듯이,

"내 젓가락은 여기 또 있다."

하고는, 곁에 있는 싸리나무를 잘라서 낫으로 대강 다듬더니 이내 젓가락 모양을 만들어낸다.

66) 상기 흥분이나 부끄러움으로 얼굴이 붉어짐.

이왕 이렇게 된 바에는, 새삼 사양을 늘어놓는 것도 쑥스럽고 해서, 옥선은 성출이 권하는 대로 그의 노시락밥을 떠서 입에 넣고, 노 고추상 종지에도 숟가락을 가져갔다.

옥선이 심히 고집을 피우지 않고 그의 도시락밥을 같이 먹어주는 것이, 성출은 아주 흐뭇해서,

"나는 아까 많이 묵었대이."

하며 싸리 젓가락을 먼저 잔디 위에 놓아버렸다.

옥선이 따라 숟가락을 놓으려는 것을, 성출이,

"늬 참말 그러기가?"

성을 낼 듯이 굴어서, 옥선은 하는 수 없이 도시락과 고추장 종지를 깨끗이 비워낼 수밖에 없었다.

성출도 인제는 안심했다는 듯이.

"반찬도 없는데 같이 묵어주어서 고맙대이."

마무리 인사까지 했다.

"늬네는 고추장이 달아서 반찬 걱정은 없을네라."

옥선이 인사말을 받느라고 하는데, 성출은 생각난 듯이,

"우리 고추장 달면 얼매든지 퍼다 줄게 묵어라이."

했다.

"느거 엄마한테 야단맞을라꼬?"

"울 엄마 없을 때, 울타리 구멍으로 내다 줄게."

이렇게 말하는 성출의 얼굴을 쳐다보는 순간, 옥선의 눈빛이 갑자기 달라졌다. 그것은 무어라고 표현할 수도 없는 무서운 힘으로 성출의 가슴을 때렸다.

성출은 자기도 모르게 옥선의 손목을 잡았다. 그러나 다음 순간, 그 고추장 묻은 입술을 내민 것은 옥선 쪽이 먼저였는지 몰랐다. 그리하여 둘은 서로 옷자락을 마주 붙잡은 채, 언덕 아래의, 지금 한창 이삭이 무룩이 오르는 보리밭 고랑[67]으로, 함께 구르기 시작했다.

옥선의 배가 불러 오르자, 그녀네 모녀는 동네를 떴다. 그것은 남이 부끄러워서라기보다 당장 먹고 살 길이 막혀졌기 때문이었다.

본디 옥선이 태어난 마을은 거기서 시오 리가량 떨어져 있는 통칭[68] 역촌(驛村)으로 불리던 삼거리 동네였다.

옥선의 아버지는 이 역촌 마을의 본토박이인 역졸(驛卒)[69]집 아들로, 명색으로는 농사를 짓고 있었지만 농사일보다 노름판을 더 밝히는 놈팡이[70]였는데, 옥선이 세 살 때, 노름을 놀다가 칼을 맞아 죽었다.

옥선 엄마는 남편이 그렇게 끔찍한 죽음을 당하자 그 동네에 정을 붙이고 살 수 없어, 오두막과 다랑이[71]를 헐값으로 팔아치운 뒤, 이 밤나뭇골 동네의 지금 집으로 옮겨 앉고 말았다. 이 동네도 흔히 있는 농촌의 하나에 지나지 않았지만, 개중에는 반촌[72]과 혼인길을 틔운 집도 있어, 스스로 허물없이 양민촌으로 자처하고 있던 터이라, 역촌 사람 하고도 끔찍한 딱지까지 붙었던 사내의 유족을 반가이 맞아들일 리 없었다. 그러나 어린 딸애 하나 끼고 들어온 아낙네요, 사람됨도 수수해 뵈서,

---

67) 고랑 두둑한 땅과 땅 사이에 길고 좁게 들어간 곳.
68) 통칭 일반적으로 널리 이름.
69) 역졸(驛卒) 역에서 심부름하던 사람.
70) 놈팡이 직업도 없이 빌빌대며 노는 사내를 낮게 부르는 말.
71) 다랑이 산골짜기 같은 곳에 층층으로 된 좁고 작은 논배미.
72) 반촌 양반이 많이 사는 마을.

특별히 배척[73]을 하거나 괴롭을 끼치려고도 않았다.

그러는 동안에 동네 사람들의 농정이 이 아낙네에게 쏠렸다. 두고 보니 말수도 없지만 먹을 것도 전혀 없는 이 가엾은 아낙을 돕는 길은 불러다 일을 시키는 수밖에 없어, 이 집 저 집에서 일손이 모자랄 때마다 불러낸 것이, 나중은 온 동네 머슴같이 되고 말았다.

이렇게 십여 년 지내는 동안, 그녀는 끝내 말수 없고, 일솜씨 좋고, 사람 무던한 여인으로 인정을 받게 되었지만, 그렇다고 아무도 그녀를 자기들과 대등하게 생각하는 사람도 없었다. 그러는 판에, 이번에는 옥선이 또 딴전을 벌여놓았으니, 결국은 자기네와 근본이 다른 탓이라고 모두가 외면을 하게끔 되었다.

남들의 외면을 당하더라도, 가진 것만 있으면, 자기 거 자기 끓여 먹고 살겠는데, 본디 전장[74]도 가산[75]도 따로 없던 처지에서 품길까지 막히니 그러다간 어미 딸 고스란히 입 안에 거미줄 칠 판이 되었다. 거기다 관계자인 성출네까지 덮쳐서, 제발 자기네 좀 살려주는 셈 치고 동네를 떠나달라고 애걸복걸에, 하다못해 이사 비용쯤은 걱정 말랬다가, 나중엔 옮겨 앉을 집까지 마련해 주겠다고 나왔다.

그 성출이네가 마련해 준 집이란 것이, 옛날 옥선이네가 살던 역촌 동네의 삼거리 길가 집 한 채였다.

옥선이네가 생각해도, 이 밤나뭇골에 눌러 살기는 글렀고, 이왕 뜰판이면 몸담을 집이라도 마련된 데로 흐를밖에 없어, 성출네가 마련해준

---

73) 배척 따돌리거나 거부하여 밀어 내침.
74) 전장 개인이 가지고 있는 논밭.
75) 가산 집안의 재산.

역촌 동네의 삼거리 집으로 옮겨 왔다. 옥선이 어미한테야 원과 한이 사무친 고장이지만 십여 년 흐르는 동안에 인심도 세상도 다 바뀐 뒤라 옛날 일 되새길 계제[76]도 아니었지만, 그 대신 품길 열 수 없기로는 생판 낯선 도방[77]이나 다를 바 없었다.

이런 판국에 아는 사람이라고 와서 권하는 것이 술장사요, 옥선이 배 되어가는 꼴 하며, 자신이 생각해도 다른 뾰족한 수가 없을 것 같아 술청[78]을 차린 것이, 본디가 삼거리 길가라 이럭저럭 두 모녀 먹고 살 만큼은 손님이 꾀었다.

어미 딸이 이제 먹을 걱정 없겠다고 한시름 놓았을 때, 옥선이 애기를 순산했다. 사내애였다. 보는 사람마다 관옥 같다고들 야단이었다.

처음 그렇게도 슬픔이요 낙담이던 것이, 뜻밖에도 큰 기쁨이요 행복이 되어 옥선 어미에게 돌아왔다. 옥선 어미는 애기를 들여다볼 때마다, 어디서 솟아나며, 무엇 때문인지도 모르는, 사랑과, 기쁨과, 행복으로 가슴이 뛰곤 했다.

어미보다 옥선이는 정작 덤덤한 편이었다. 어미처럼 그렇게 하늘에서 복덩어리가 떨어진 것같이 느껴지지는 않는 듯했다. 그러면서도 전날의 바람기는 가셔진 듯, 열일곱이란 어린 나이에 비해서는 놀란 만큼 의젓한 어미 노릇을 했다.

"애기 이름을 뭐라고 할꼬?"

어미가 옥선이를 보고, 어느 날 불쑥 이렇게 물었다. 옥선이는 생각할

---

76) 계제 어떤 일을 할 수 있게 된 형편이나 기회.
77) 도방 길가.
78) 술청 선술집에서 술을 따라 놓는 곳. 널빤지로 길고 높직하게 상처럼 만들어놓았다.

겨를도 없이, 이내,

　"영술이."

했다. 그녀는 이미 애기의 이름까지 생각해 두었던 모양이었다.

　이때 어미는 혼자 속으로,

　'가시나가 겉으로는 덤덤한 체하면서도, 속으로는 제 새끼라고 어지간히 귀여운가 부다. 그러기에 어느새 이름까지 다 지어놓고 있었제.'
했다.

　그러면서도 왜 하필 영술이란 이름인가 하는 데까지 어미의 생각은 미치지 못했다. 만약 영술이 성출이란 이름과 비슷한 소리라는 데까지 어미의 생각이 미칠 수 있었던들, 그녀가 얼마나 지금도 그 더벅머리를 잊지 못하고 있는가를 헤아릴 수 있었을 것이다.

　어미는 옛날 밤나무 마을에서 자기가 온 동네 머슴처럼 남의 일을 하고 돌아다녀도, 옥선이를 남의 집에 내돌리지 않았던 것처럼, 지금도 결코 딸을 술청에 앉히려고 하지 않았다. 비록 가시나 몸으로 아비 없는 자식을 낳기는 했지만, 한 술청에서 어미 딸이 같은 술단지를 안고 앉을 수는 없다는 것이 그녀의 굳은 결심이었다.

　어미의 결심에 따라, 옥선은 고두밥(술밥)을 쪄내고, 김치를 담고, 빨래를 다니고, 온갖 허드렛일을 다 거들고 해도 술청엔 비치지 않았다.

　이것이 인근 동네에까지 좋은 소문을 퍼뜨려, 옥선이 애비 없는 딸로 자라난 데다 가시나 몸으로 아이까지 낳긴 했지만, 그건 모두 팔자소관[79]이요, 심성만은 어미만큼 무던하다고 했다가, 그 이상이라고 했다가, 나

_____

[79] 팔자소관　타고난 운수로 인하여 어쩔 수 없이 당하는 일.

중은 나무랄 데 없다고까지 되었다.

그러고 보니, 자연히 혼삿말까지 날 수밖에 없어, 처음엔 아기 못 낳는 집 소실[80]로 말이 있다가 나중은 후실[81]로 중매가 들어왔다.

어미는 처음 소실로 중매가 들어왔을 때는 일언지하에 딱지를 놓았지만, 후실 자리에는 다소 관심이 있는 듯,

"지한테 물어보이소, 에미 말 듣고 시집갈 년 따로 있제요."
했다.

중매쟁이에게는 그렇게 말했지만, 본인한테 물어보는 일쯤 어미인들 못 할 거 없었다. 어미가 은근히 권하듯이 묻는 말에, 옥선은, 딱 잘라 싫다는 것이 아니라,

"영술이는 어짜고?"
했다. 영술이 문제만 아니라면 가도 좋다는 뜻이라고 풀이가 되었다.

"벨 소리 다 한다. 영술이사 내가 맡지. 내가 우리 영술이 못 보면 살 꺼 같으나?"

어미가 결연히 나오자 옥선은 더 대꾸가 없었다. 이쯤 되면 어미의 처분대로 따르겠다는 속을 보인 셈이었다.

혼담이 있는 후실 자리란, 나이 쉰두 살이나 된 안마을 중늙은이로, 장성한 아들이 둘이나 있고 미성한 딸도 하나 있지만 가세는 유족한 편이라 하였다. 좀더 펄펄한 중년 남자면 좋으련만, 그렇게 안성맞춤으로 맞는 자리 기다리다간 세월이 없으니까, 마침 들어온 자리나 놓치지 말자고, 어미는 중매쟁이에게 승낙의 뜻을 비치었다.

---

80) 소실(小室) 첩(妾).
81) 후실 아내와 사별(死別) 또는 이혼한 후 맞은 아내 후처의 높임말.

266

이렇게 되어, 비록 후실 자리 중늙은이한테나마 시집이라고 간 것이, 그녀의 나이 열아홉 살 때였다. 가정 형편이 그렇고, 신상 내력이 떳떳하지는 못하지만, 그런 대로 인물 좋고, 심성 무딘하고, 일솜씨 칠칠해서,[82] 남편의 사랑은 물론, 전실 소생 아들딸들(큰딸은 출가)로부터도 미움을 받지 않았다.

그러나 남편의 사랑이란 것이 좀 지나쳤던지, 쉰두 살 된 중늙은이가 쉰세 살 때부터 기침을 쿨룩거리기 시작했다. 그것이 예사롭지 않은 일이라고는 옥선이도 짐작이 갔기 때문에, 몸에 좋다는 장어다 뜸부기[83] 다 자라다 하는 따위를 부지런히 고아 바치고, 잠자리란 것도 모진 마음으로 사양했지만, 그렇게 두 해를 건딘 다음, 끝내 몸져눕게 되었고, 쉰다섯 되던 해, 그녀의 눈물겨운 간호도 아랑곳없이 드디어 숨을 거두고 말았다.

옥선으로는 남편의 사랑이란 것을 처음부터 받아들이지 않을 수 없었지만, 그 뒤의 음식 공대 근신[84] 간호 따위는 어느 조강지처[85] 못지않게 지성껏 하느라고 했었다. 그렇건만 남편의 사인(死因)이 그녀에게 있었다고, 전실의 딸들은 면대해서 말했고, 딸들 아닌 집안 사람들이나 이웃 사람들로부터도 같은 뜻의 눈길이 자기에게 쏠림을 모면할 수 없었다.

82) 칠칠하다 성질이나 일 처리가 반듯하고 야무지다.
83) 뜸부기 여름새의 한 가지. 몸길이 35cm 안팎으로, 암수의 몸빛이 약간 다른데 대체로 부리는 누른빛, 등은 다갈색, 날개는 검은빛이며 넓은 아롱무늬가 있고 다리는 녹색이다. 호수·내·무논 따위에 사는 데 '뜸북뜸북' 하고 우는 소리를 낸다.
84) 근신 몸가짐이나 행동을 삼가고 조심함.
85) 조강지처 구차하고 천할 때 고생을 함께 겪어 온 아내.

다만 큰아들(전실의)만은, 영감이 죽을 때 "느거 훗에미 불쌍타, 돌봐
줘라" 한 유언이 있어 그런지,

"남의 가슴에 못 박을 소릴 함부로 하지 마라."
하고, 누이들을 나무라곤 했다.

옥선은 식구들 보기도 무안하고, 별로 할 일도 없어, 영감이 죽은 뒤
줄곧 방 안에만 들어앉아 있었다. 앞으로 어디 가 무엇을 하며 어떻게
살아간다든가 하는 따위는 생각조차 해보지 않은 채였다.

설상가상[86]이란 말이 있거니와, 그렇게 석 달이 지난 그해 이른 겨
울, 옥선에게는 또 다른 치명적인 불행이 닥쳤다. 삼거리에서 술장사를
하며 그런 대로 먹을 걱정은 없이 살아오던 친정어머니가, 복어국을 먹
고 갑자기 죽어버린 것이다.

옥선은 주막으로 뛰어나가 죽은 어미의 시체를 안고 뒹굴다가 그대로
기절을 해버렸다. 이웃 사람들이 입에 뜨거운 물을 퍼넣고 해서 숨을 돌
려주긴 했지만, 그때부터 그녀는 넋을 잃은 사람처럼 멍청한 얼굴에 눈
물만 죽죽 쏟고 있었다.

어미의 초상을 치르자 옥선은 주막 문을 닫아걸고 방 안에 틀어박힌
채 문밖 출입을 하지 않았다. 죽은 영감네 큰며느리가 가끔 다녀가곤 하
는 것으로 보아, 끓여 먹을 거리는 거기서 대어주는 모양이라고 사람들
은 말했다.

그러는 동안에도, 아는 사람들은 찾아와 주막을 다시 열라고 권했다.
옥선이 주막을 열면 손님은 저보다 더 많이 꾈 거라는 둥, 영감 죽은

---

86) 설상가상 안 좋은 일이 연거푸 일어남.

후실댁이 누가 끝까지 돌봐줄 거라고, 제 살 길 제가 찾아야지 하는 둥, 모두가 주막을 도로 열라고 권고들이었지만 옥선은 그때마다 고개를 흔들었다.

"산 사람 입에 낯거미줄 칠라고."

또는,

"술에미 자식이란 소리 우리 영술이한테 물려주기 싫심더."

하는 것이 거절의 이유였다.

이듬해 봄, 옥선은 아무와도 의논을 하지 않고 이사를 가버렸다. 나중 알아보니, 그 주막을 사려는 사람이 나타났기에 돈도 뭐고 귀찮다고 자기네 모자 몸담을 집이나 한 채 주고 가지라고 했다는 것이었다. 그래서 옮겨 앉게 된 곳이, 거기서 십 리나 더 들어가는 잣실(백곡) 집이었다. 이 소문을 듣고 큰아들(죽은 영감의)이 쫓아와 알아보니, 그것은 시가로 삼거릿집의 반값도 안 된다는 것이다. 이럴 수가 있느냐고 따져든 결과, 잣실 집 바로 앞에 붙은 남새[87]밭을 엎어주겠다고 나왔다.

그렇다면 더욱 좋다고, 자기네 모자가 남새나 심어먹고 살기에 꼭 알맞다고 옥선은 다행이라고 했지만, 큰아들은 시무룩해서, 아무리 그렇기로서니 그럴 수가 있느냐, 죽은 아버지로 보나 동네 사람들로 보나 내 꼴이 뭐가 되느냐, 너무하다, 섭섭하다, 볼멘소리만 했다.

큰아들이 돌아간 뒤, 옥선은 혼자 속으로, 그래도 뼈대 있는 집이 다르다고, 아들을 장하게 생각했다.

큰아들이 돌아간 뒤, 옥선은 영술을 데리고 집 앞의 채마밭(남새)에

[87] 남새 채소.

나가 상추 심을 준비를 하고 들어왔다. 그날 밤이었다. 영술이 갑자기 열을 몹시 내며 앓기 시작했다. 처음엔 체했거나 감기몸살이거니 했는데, 이튿날 이웃 사람이 와서 보더니 그것이 아니라고 했다. 뭐냐고 다 잡으니 손님[88](마마) 같다고 했다. 그 말을 듣는 순간 옥선은 갑자기 얼굴이 벌게졌다. 또 다른 사람을 데려다 보여도 마찬가지 대답이었다. 옥선의 두 눈에는 눈물이 핑그르 돌았다. 이웃집 아주머니는, 이 병은 부정(不淨)을 잘 타니 초상집 제삿집 같은 데 다니지 말고 집 안에서 근신하고 있으라고 일러주었다.

옥선은 가슴이 두근거려 견딜 수 없었다. 손님이다 마마다 하면, 둘에 하나는 죽거나 곰보딱지가 된다고 듣고 있던 터인 만큼, 영술에게 만약의 경우라도 생긴다면 자기 혼자서 세상에 살아남을 수는 없다고 생각되었기 때문이다.

그때부터 사흘 동안 옥선은 꼼짝도 하지 않고 영술이 앓는 곁에 꼭 붙어 앉아 있었다. 그러다가 문득 어느 날 새벽 하나님전에 가 빌어야 하겠다는 생각이 들었다. 그녀는 그길로 가만히 집을 빠져나와 거기서 한 오 리나 되는 을홧골 서낭당을 찾아갔다.

서낭당 앞에 온 옥선은 대고 손을 비비고 절을 하며, 우리 영술이 살려줍소사, 우리 영술이 손님 무사히 치르게 해줍소사, 하고 빌었다. 그렇게 열세 번인가 절을 하고 났을 때, 갑자기 "빡지한테 가거라" 하는 소리가 들리는 듯했다. 빡지라고 하면 그 동네에 사는 유명한 무당의 이름이었다. 얼굴이 빡빡 얽었다고 해서 빡지니 빡지 무당이니 하고 불렀

---

88) 손님 '마마'를 가리키는데, '천연두'를 일상적으로 이르는 말이다.

던 것이다.

'아, 이것은 하나님께서 우리 영술이를 살려주실라고 가르쳐주시는 거다.'

옥선은 이렇게 생각하고 그 길로 빡지 무당을 찾아갔다. 빡지 무당은 옥선의 이야기를 듣자,

"하, 칠성님께서 그 집 아들의 밍(명)줄을 붙잡아주시는 기라."

했다. 칠성님이 영술의 목숨을 살려주시려고, 옥선을 자기(빡지)한테 보낸 것이라는 뜻인 듯했다.

빡지 무당의 이 말을 듣자 옥선은 비로소 숨이 약간 돌려질 것 같았다.

"나는 여기만 믿을란다."

옥선은 빡지를 두고 '여기'라고 불렀다. 이제 겨우 스물한 살밖에 안 되는 옥선이 자기 어머니 나이보다도 더할 그녀를 두고, 남들처럼 너나 자네로 부를 수가 없었기 때문이었다.

"믿어야지. 믿고 말고. 날 안 믿고 누굴 믿을꼬? 얼푼[89] 집에 가서 조촐한 자리 한 장 찾아놓고, 메[90] 한 그릇 지어놓으라이."

무당이 시키는 대로 옥선은 집으로 돌아오자 곧 굿상 차릴 준비를 시작했다. 빡지가 시킨 대로, 돗자리 한 장을, 이웃에 가서 그것도 불쌍한 목숨 하나 살려달라고 빌어서 겨우 빌려오긴 했지만, 그래도 명색이 무당을 청해다 짤막한 굿이라도 한 자리 벌이려면 하다못해 명태 한 마리 실과 한두 접시는 차려야 하겠는데, 죽어가는 아이를 혼자 두고 십리 길이 넘는 장터로 쫓아갈 수는 없다. 그렇다고 여느 병도 아닌 손님마마

---

89) 얼푼 얼른.
90) 메 건물전 제사 때 신위(神位) 앞에 올리는 밥.

라, 서로 왕래하고 참견하는 것도 꺼리는 이웃에 자꾸 매어달린다는 것
도 못 할 노릇이었다. 하지만 죽는 목숨 두고 염치 코치 차리랴 하여, 그
래도 제일 후하게 여겨지는 이웃에 가서 딱한 사정 호소하고, 은혜는 백
골난망[91]이라고 했더니, 그 집에서 하는 말이, 앞동네 오생원이 장날마
다 건물전(乾物廛)[92]을 보러 다니는 사람이니 그 집에 가보라고 가르쳐
주었다.

옥선은 고맙다고 인사를 하고, 그길로 앞동네 오생원을 찾아가, 명태
한 마리, 건문어 한 다리, 밤 대추 건시[93] 각 한 줌씩 사가지고 헐레벌떡
돌아왔다. 그동안에라도 혹시 잘못되지나 않았을까 하여 바로 방문을
열고 들어서니, 영술은, 끓는 물에 데인 것 같은, 그렇게도 따가워 뵈는
눈을 열어 어미를 쳐다봤다.

"술아, 날 알아볼느아? 에미 얼굴 뵈나?"

"……"

영술은 대답 대신 눈을 한 번 깜박여 보였다.

"술아 쪼끔만 참아라이. 곧 늬 일어나게 해주마이."

옥선은 밖으로 나오자, 아까 물에 담가두었던 쌀을 건져서 절구통에
넣고 찧기 시작했다. 한 줌이나 되는 쌀을 가지고 남의 집 방앗간을 찾
아가기가 미안했기 때문이었다.

대강 빻아진 쌀가루를 가지고 흰떡이랍시고 한 뭉치 쪄낸 다음, 이번

---

91) 백골난망 죽어서 백골이 되어도 잊을 수 없다는 뜻으로, 남에게 큰 은덕을 입었을 때 고마움
의 뜻으로 이르는 말.
92) 건물전(乾物廛) 마른 식료품 파는 가게.
93) 건시 '곶감'의 방언.

에는 솥을 깨끗이 부시고 메를 짓기 시작했을 때, 옥선은, 그래도 자기 힘으로 할 수 있는 네까지는 했다는 사위[94]에서 겨우 숨을 돌렸다.

빡지 무당이 온 것은 이른 저녁 때였다.

옥선은 곧 자리를 깔고 미리 차려놓았던 굿상을 내어왔다.

무당은 굿상을 한번 흘깃 바라보더니, 한심한 듯이 혀를 끌끌 찼다. 그러나 영술의 얼굴을 한참 들여다보고 나서, 새삼 집 안을 이리저리 둘러보더니,

"지성이면 감천이라고, 하기사 많이 채린다고 귀신 배부른 건 아니지." 했다.

빡지는 자리에 앉자, 보자기를 끄르더니 방울과 부채를 집어내었다.

먼저 부채를 확 펴더니 굿상 위에다 두어 번 두르고 나서, 이번에는 영술의 얼굴 위에도 먼저 전물상[95]에서와 같이 천천히 그것을 내둘렀다.

영술이 눈을 떠서 무당의 부채를 바라보았다. 그러자 무당은 그 부채로 영술의 시선을 붙잡은 채 천천히 돗자리 위로 물러서더니, 부채 든 팔을 전물상 쪽으로 쭉 뻗치며 입을 열기 시작했다.

"손님은 어디서 오신 손님이싱고

대국 강남 대별상[96] 손님이시고

대국 강남 땅에 오곡백골 다 잘되고

차조 메조 찰기장 메기장 수수 옥수수

다 잘되고 길길이 잘되고,

94) 자위 스스로 자기 마음을 위로함.
95) 전물상 신불에게 올리는 음식이나 재물.
96) 대별상 마마의 신.

물외 참외 수박 호박 표주박

줄줄이 열리고 달리고 다 잘되고,

앵도 자도 포도 땡감 머루 다래 으름 배 능금 복숭아 여자(여주) 유자

석류 모개 밤 감 대추 외추(오얏)

가지가지 열리고 달리고 다 잘되어도, 밥은 귀합니더

우리 조선은 해동 해돋이 금강산 금수강산

쌀은 백옥이라, 씰코 씰어 백옥 고두메[97]

어른도 한 그릇 아이도 한 그릇

여자도 한 그릇 남자도 한 그릇

늙은이도 한 그릇 젊은이도 한 그릇

물 좋고 인심 좋아.

대국 강남 별상손님[98]이

우리 조선으로 건너오실 적에."

여기서 무당은 부채를 놓고 정중[99]을 집어들었다. 사슴 뿔로 놋쇠를
가볍게 쳐서 맑은 쇳소리를 쟁쟁 내며 다시 계속했다.

"손님의 옷은 종이 옷이라

갓도 종이 갓이요, 신도 종이 신이요,

버선도 종이 버선 두루매기도 종이 두루매기로,

한강 남강 낙동안 청천강 건너오실 적에

여봐라 사공아 뱃사공아 배를 대여라, 해도

---

97) 고두메 되게 지어서 고들고들한 밥.
98) 별상손님 별상신은 마마를 다스리는 여신을 의미한다.
99) 정중 무당이 굿할 때 쓰는 도구 중 하나.

사공은 배를 대지 아니하고

내 배는 나무배 아니옵고 흙배요 돌배라 같았아서 못 가오, 하니

손님에 화가 머리끝에 돋히어

종이 두루매기 종이 신발에 물 우로 달려들어 그냥 강을 건넙니더.

종이 두루매기 종이 신발로 강을 건네도

옷에 물 한 방울 묻지 않고 건네온 손님이

팔도강산 금수강산 금강산 백두산 토암산 선도산 명산대처를 두루

다니시며

가문마다 인물 접견 다니시며

옥동자 귀동자 왕자 공자 공주 공녀

남녀노소 모두 표적을 내실 적에

분으로 닦은 듯이 연지로 찍은 듯이

얼굴에 터를 찍어내지마는

정성이 지극한 가문에는

붉은 책을 들고 붉은 점을 주시는데

정성이 지극지 못한 가문에는

검은 책을 들고 검은 점을 주시는데

이 댁에는 뒷물 깨끗이 맑혀 주시라고

손님 공대 정성껏 하는 겁니더

하루 이틀 동에 가고 사흘 나흘

남에 가고 닷새 엿새 서에 가고

이레 여드레 북에 가고

아흐레 열흘에 돌아가실 돌손님

이 댁 정성 만단진수로 응감하시고

무오생[100] 옥동자 영술이

뒷물 깨끗이 맑혀 주시오

강남 대별상 손님

산 좋고 물 존 데로 돌아가실 적에

이 댁 정성 고두메 만반진수[101]로

받아자시고

뒷물 맑혀 주시고

황천 해원신(解寃神)으로 돌아가이소."

무당은 정중을 몇 차례 쟁쟁 울리고 나서, 다시 부채를 집어 영술의 시선을 붙잡은 뒤, 그것을 굿상 위에 둘러서 문밖으로 모시고 나갔다.

굿을 끝낸 뒤 빡지 무당은 부채와 정중을 다시 보자기에 싸면서,

"인제 낼부터 깨끗해질 끼요. 집의 정성 봐서 내 노상 뒤 봐줄 끼니, 급한 일 닥치면 찾아오라이."

했다.

무당은 옥선으로부터 별로 사례를 받은 것도 아닌데 왠지 이렇게 호의를 베풀었다.

무당의 말대로, 영술은 그날 밤부터 당장 숨이 편해졌고, 이튿날은 두 눈에 맑은 기운이 돌기 시작했다.

이렇게 열흘이 지나자 영술은 아주 회복이 되어 일어났다.

그러나 영술이 회복되기 시작했을 무렵부터 이번에는 옥선이 아들 대

---

100) **무오생** 육십갑자의 쉰다섯째.
101) **만반진수** 상 위에 가득 차린 귀하고 맛있는 음식.

신 자리에 눕고 말았다. 머리가 깨어지는 것같이 아프고, 입맛이 떨어지고, 잠자리가 어지럽고, 가슴이 답답해서 견딜 수 없었다. 사람들은, 그녀가 아들의 마마 때문에 너무 놀랐기 때문이라느니, 너무 끼니를 거르고 잠을 못 잤기 때문이라느니 하여, 보신을 하고 푹 쉬면 풀릴 것이라 했다.

이 소문을 듣고, 안마을─옥선이 시집갔던─집에서는, 쌀 한 가마니와, 약값 조로 돈 스물다섯 냥을 가지고 큰아들이 찾아와 위문을 하고 갔다.

그 돈으로 옥선은 몸에 좋다는 음식이고 약이고 이것저것 다 써보았지만 아무런 효험도 없는 채, 얼굴빛은 누렇게 뜨고, 두 눈은 퀭하게 패여 들어가기만 했다. 처음엔 눈만 붙이면 죽은 어머니가 자꾸 나타나 손짓을 했다. 그래서 죽은 에미가 데려가려나 보다고들 했는데, 달포 지나니, 어머니 대신 바짝 마르고 머리가 하얗게 센 노파가 나타나서, 산으로 들로 냇가로 수풀 속으로 줄곧 그녀를 끌고 다닌다고 했다. 그것이 명색 눈을 붙이고 잠을 자는 동안 계속되기 때문에, 눈을 뜨면 골치가 깨어지는 것같이 아프고, 전신이 저리고 쑤시고 피가 바짝바짝 말라드는 것 같기만 했다.

그런 가운데서도 옥선은, 어린 영술이 굶고 누운 꼴을 볼 수 없어, 수건으로 머리를 질끈 동여맨 채 부엌으로 나가면 겨우 밥 한 그릇씩을 지어내곤 했다.

그렇게 서너 달이 계속되었을 때였다. 옥선은, 전날 영술이 마마 앓을 때의 일을 생각해 내고 서낭당으로 찾아가 빌기로 했다.

"서낭마님 서낭마님, 이년은 밤마다 야릇한 꿈을 꾸어서 살 수가 없습니더. 꿈속에 늘 무서운 할머니가 나타나 이년을 못살게 굽니더. 서낭마님 서낭마님, 제발 이 할머니를 저한테서 쫓아주옵소서. 이 불쌍한 년은 그 할머니가 곧장 나타나면 죽십니더. 이년 죽는 건 괜찮지만 우리 불쌍한 영술이를 혼자 두고 이년은 죽을 수가 없습니다. 서낭마님 서낭마님 이 불쌍한 년의 소원을 들어줍소서.”

이렇게 사흘을 빌고 난 그날 밤이었다. 그동안 늘 보이던 그 바짝 마른 노파가 나타나서 여느 때와 같이 산으로 들로 그녀를 끌고 다니더니, 문득 어떤 목적지에나 당도한 것처럼 걸음을 멈추고 서며,

“저기가 장승배기[102]다.”

하고, 손을 들어 가리켰다.

옥선은 무슨 영문이지 몰라 멍하고 있으려니까, 노파는 다시

“장승 밑이다.”

하고는 사라졌다.

노파가 사라지자 옥선은 절로 눈이 뜨였지만, 골은 깨어질 듯이 아프고 전신은 식은땀에 후줄근히 젖은 채였다.

이상한 일도 있다고 생각은 했지만, 어떻게 해야 할지 엄두가 나지 않아 그냥 잠자코 그날을 넘겼는데, 그날 밤 노파는 또 나타나, 어저께와 꼭같이 “저기다 장승배기다” “장승 밑이다” 하는 것이었다. 사흘째도 노파는 또 나타나 같은 말을 했으나, 이번에는 성을 몹시 낸 얼굴이었다.

옥선은 만약 이번에도 그대로 죽치고 드러누워 있다간 반드시 살아나지 못할 것 같은 생각이 들었다.

---

[102] 장승배기 이수(里數)를 나타내려고 길가에 세우거나 마을 어귀에 세우는 목상. 사람의 얼굴을 새겼으며, 보통 남녀로 쌍을 이루어 세운다.

옥선은 하는 수 없이, 세수를 대강 하고 나서, 이웃집을 찾아가 장승배기가 어디냐고 물어보았더니, 경주 읍내 근처에 있는 뜸(작은 동네) 이름이라 하였다. 경주 읍내 근처라면 이십 리 길이나 넘어 되었지만 길을 나서 보니, 누워 앓을 때 그 어지럽고 아프던 푼수[103]하고는 뜻밖으로 걸음이 가벼운 편이라고 스스로 느껴졌다.

장승배기 뜸까지 찾아와 보니, 장승이 서 있는 곳은 인가에서 두어 마장이나 떨어져 있었다. 본디 큰 바위로, 장승 둘을 만들어 양쪽 길가에 세웠던 것인데, 하나는 머리가 떨어져나간 채 반 동강만이 서 있었다.

노파는 그냥 "장승 밑이다"라고만 했고, 어느 장승이라고는 밝히지 않았지만, 옥선은 덮어놓고 서쪽에 선, 머리 없는 장승 밑을 파기로 했다.

옥선은 보자기에 싸 가지고 갔던 조그만 나물 칼을 끄집어내어 장승 밑 가장자리를 조금씩 파 들어갔다. 땅이 너무 여물게 굳어져 있거나 돌멩이들이 엉켜 있으면, 인가에 가서 호미를 빌리리라 생각하고 왔었는데, 의외로 땅은 그다지 굳은 편이 아니었을 뿐 아니라, 서북쪽 가장 자리를 두어 뼘 깊이나 팠을 때, 까만 헝겊 조각이 보였다. 조금 더 파고 보니, 까만 헝겊 조각으로 보인 것은 까만 보자기로 무엇을 싸서 묻어둔 것에 틀림없었다.

그때부터 옥선은 온 팔에 쥐가 난 듯이 저리고 뻣뻣해 왔지만 이왕 이까지 파기 시작한 것을 그대로 일어날 순 없는 일이라, 이를 악물고 끝까지 보자기에 싸인 것을 파내고 말았다.

까만 보자기는 흙 속에서 팍 삭은 채 들어내려고 손을 대자 바삭바

---

103) 푼수 얼마에 상당하는 정도.

삭 부서져 나갔다. 그런 대로 보자기째 들어내긴 했으나, 워낙 삭아서 고[104]를 찾아 끄르거나 할 건덕지도 없이 해지고 미어진 것을 그냥 걷어 내자 사방 한 뼘가량 되는, 네모난, 푸른 돌 함(函)이 나왔다.

석함[105]의 뚜껑은 본디 풀을 묻혀 닫았던 건지 잘 열리지 않았다. 칼 끝으로 몇 번이나 긁어내고 겨우 뚜껑을 열어보니, 그 안에는 다시 흰 종이로 싼 것이 들어 있었다. 옥선은 떨리는 손으로 그 종이를 헤쳐보 니, 그 속에는 동그란 청동 거울 하나와, 옥가락지 한 쌍과 방울 하나가 들어 있었다. 그것을 보는 동안, 옥선은 사뭇 가슴이 두근거리고, 머리 가 어지럽고, 두 팔이 저려들어, 당장 땅이 꺼지거나, 산이 무너지거나, 무슨 괴변[106]이 일어날 것만 같았지만, 이제는 무어든지 닥치는 대로 당 할 수밖에 없다는 체념을 하고, 거울을 집어 올려 자기의 얼굴을 비춰 보았다. 오래 닦지 않아 때가 끼고 녹이 슨 탓이기도 하겠지만, 거울에 비친 얼굴은 그녀 자신이 아니었다. 두 눈이 뼈끔하고, 광대뼈가 푹 솟 고, 머리가 새집같이 헝클어진, 어떤 늙은 아낙이었다.

야릇한 일도 있다고, 옥선은 거울을 뒤집어 보았다. 거울 뒤는, 윗부 분에 선도산 그림과 해 달이 새겨져 있고, 그 아래는 한가운데에 조금 큰 글자로, '일월대명두(日月大明斗)' 라 새겨지고, '대왕마님(大王媽 任)' 이라고 모두 한문 글자로 새겨져 있었다. 물론 이러한 한문 글자들 을 그때 그녀가 해독할 수 없었고, 뿐만 아니라 그것이 무슨 뜻인지도 전혀 알지 못했다. 그 뒤에까지도, 그녀는, 다만 '선도성모' 란 말이, 선

---

104) 고 옷고름이나 끈 따위를 맬 때 한 가닥을 매듭에서 조금 잡아 빼어 고리처럼 만든 것.
105) 석함 돌함.
106) 괴변 예상하지 못한 괴상한 재난이나 사고.

도산(仙桃山)을 상징하는 여성을 가리키는 뜻이란 것을 얻어들었을 뿐, '일월대명두' 니 '대왕마님' 이니 하는 글자들이 무슨 뜻인지, 그때는 전혀 알 수 없었지만, 나중에까지도 똑똑히 가르쳐주는 사람을 만날 수 없었다.

옥선은 그것들을 도로 종이에 싸서 함 속에 넣고 뚜껑을 닫은 뒤, 자기가 가져왔던 보자기에 나물 칼과 함께 쌌다. 그리고는 아까 땅에서 나온 까만 보자기의 미어지고 부스러진 조각들은 본디의 구덩이에 넣고 파내었던 흙으로 덮었다.

옥선이 집에 돌아왔을 때는 땅거미가 진 지도 한 시간 좋이[107] 지난 뒤였다.

영술은 어두운 방구석에 혼자 쓰러져 자고 있었다.

옥선은 돌함을 농 구석에 감춘 뒤 부엌으로 나가 저녁을 지었다. 온종일 굶은 그녀 자신도 시장했지만, 영술을 굶겨 재울 수 없었기 때문이었다.

그날 밤 옥선은 저녁을 마치자 그릇을 치우기도 바쁘게 곧 방바닥에 쓰러져 잠이 들었다. 그러나 잠이 든 지 한 시간쯤 되자, 그녀는 갑자기 헛소리를 크게 지르며 잠결에서 일어났다. 그렇게 헛소리를 지르며 잠결에서 일어나기를 몇 번이나 거듭했는지 몰랐다.

이튿날도 역시 잠결에 헛소리를 지르며 놀라 일어나기를 수없이 되풀이했다.

옥선은 그날 새벽 또 전날의 그 서낭당으로 갔다.

---

107) 좋이 수량·거리·시간 따위에서 그 기준이나 한도에 거의 미칠 만하게.

"서낭마님 서낭마님, 이년은 장승배기에 가서 거울을 가져온 날 밤부터 잠결에 헛소리를 지르고 놀라 일어나기를 수없이 되풀이합니더, 이렇게 잠을 못 자고 밤마다 헛소리를 지르고 일어나서는 살 수 없으니 거울을 갖다 버려도 되겠습니꺼, 그렇지 않으면 이년은 살 수가 없습니더. 이년은 죽어도 섧지[108] 않지만 우리 불쌍한 영술이를 혼자 두고는 죽을 수 없습니더, 서낭마님 이 불쌍한 년을 제발 살려줍소서."

이렇게 외며 무수히 절을 했다. 이번에도 열두 번이가를 그렇게 했을 때, "빡지한테 가거라" 하는 소리가 들렸다.

옥선은 그 길로 빡지 무당을 찾아가서 그동안의 경위를 모조리 이야기했다.

옥선의 이야기를 다 듣고 난 빡지는 고개를 끄덕이며,

"나도 웬일인지 집에 하고 나하고 인연이 있을 꺼 같더라."

했다.

옥선은 전부터 빡지라는 무당이 그 동네 살고 있다는 것은 들었지만 평소에 그녀의 이야기를 자주 듣거나 혼자 속으로나마 그녀에 대하여 생각해 본 적도 없었는데, 이렇게 두 번이나, "빡지한테 가거라" 하는 서낭마님의 분부를 듣고 보니, 아닌 게 아니라 그녀의 말대로 무슨 전생의 연분 같은 거라도 있는 일이 아닌가 생각되었다.

"암만 해도 그런 거 같소, 날 좀 살려주소."

옥선은 빡지 앞에 바짝 다가앉으며 머리를 아래로 푹 떨어뜨렸다.

빡지는 서슴잖고 옥선의 등에 손을 얹으며

108) **섧다** 서럽다. 원통하고 슬프다.

"신딸[109] 얻게 됐다."

했다.

옥선은 신딸이란 말을 처음 듣지만, 딸이란 뜻으로 무당이 쓰는 말이려니 했다. 그와 동시 옥선의 수그린 얼굴에서는 눈물이 흘러내렸다. 죽은 어머니는 그녀를 술어미도 안 시키려고 했는데 이제 와서 무당의 딸이 되는가 하는 서글픈 생각과 아울러, 앞으로는 빡지를 의지하고 살아갈 수 있으리라는 안도감이 같은 것이 순간에 겹쳐 들기 때문이었다.

빡지는 자기의 저고리 소매 끝으로 옥선의 눈물을 씻어주며,

"일어나거라, 가보자."

했다.

말씨도 옥선이 공대말을 쓰는 반면에 빡지는 낮춤말을 태연히 썼다.

그녀들은 자리에서 일어나 옥선의 집으로 갔다.

옥선은 영술이더러 남새밭에 나가 상추를 좀 뜯으라고 시켜 내어보낸 뒤, 농문을 열고 그 석함을 끄집어내었다.

석함 뚜껑을 열고, 그 안에서 거울과 옥가락지와 방울을 구경하고 난 빡지는

"옛 만신[110]이 신딸 찾아왔구나, 큰 무당 되겠다이."

했다.

이렇게 되면 내림굿을 가져야 하는데, 빡지가, 굿날을 받으니 그 달 보름으로 나왔다. 보름날이면 사흘 뒤였다.

109) 신딸 늙은 무당의 대를 받아서 계통을 이어가는 젊은 무당.
110) 만신 무당의 높임말.

옥선은 안마을 큰아들네한테나 죽은 어머니에게 죄송한 생각이 들었지만, 그렇다고 미리 양해를 받아야 할 성질도 아니고 해서 굿 차릴 돈 마련을 할 데가 없었다. 빡지에게 통정을 하고,

"신어무이가 모두 알어서 차려주소. 나중 은공할께요."

했더니, 빡지는 이내

"사정이 그렇다면 하는 수 없지 어짜노. 딸 하나 낳아서 키우는 데는 돈 안 드나?"

쾌히 승낙을 했다.

장소는 비용 관계도 있고 해서 옥선이 살고 있는 집으로 했다. 굿상은 먼젓번 영술이 손님 때와 같이 노구미(노구메[111])로 차렸지만, 몽두리[112] 한 벌은 지어야 했기 때문에 빡지로서는 큰 힘을 쓴 것이다.

돗자리를 깔고, 전물상을 차려놓고, 전물상 곁의 조그만 소반 위에는 앞으로 옥선이 입을 몽두리가 잘 개켜진 채 얹혀 있었다.

빡지는 빈 장구를 안고 전물상 앞에 앉고, 옥선은 아래 위 소복차림으로 몽두리상 앞에 꿇앉은 채 주당살 가림[113]으로 들어갔는데, 미리 남새밭으로 내어쫓아 놓았던 영술이

"엄마."

하고 들어왔다.

다섯 살 먹은 어린애한테 복잡한 사정 이야기해야 소용없고, 주당살

---

111) 노구메 노구솥에 지은 밥. 산천에 치성드릴 때 쓴다.
112) 몽두리 무당옷
113) 주당살 가림 굿을 할 때 굿을 시작하기 전에 굿상 앞에서 무녀가 빈 장고를 3~4분 울리는 의식.

가릴 동안이나 남새밭으로 내쫓아 놓았던 것이, 장구 소리가 덩덩거리는 길 듣자 그냥 집 안으로 뛰어들었던 것이다.

옥선이 고개를 돌려보고 손짓으로 어서 나가라는 시늉을 했으나 소용이 없고, 빡지가 장구채를 들어 또한 밖으로 나가라는 듯이 내저었으나 역시 아랑곳없었다. 그렇다고 굿을 쉬고 아이를 내어쫓을 수도 없는 노릇이라, 영술이 에미 곁에 쪼그리고 앉아 있는 채 주당살 가림을 끝내었다.

주당살 가림이 끝나자 동네 여인들과 아이들이 집 안으로 와 몰려들어 굿자리를 에워쌌다. 옥선은 모든 것을 체념하고 각오한 뒤이지만 동네 여인들이 몰려들자 얼굴이 새빨개졌다.

"아직 귀신이 덜 들렸는가베. 귀신 든 사람은 남부끄런 줄도 모른다던데……"

하는 소리까지 그녀의 귀에 들렸다.

빡지는 습관이 들어서 그런지 동네 사람들이 몰려들자 더 신이 나는 듯, 옥선의 본과 생년월일을 외어 대었다.

옥선은 혼자 속으로

'정말 나는 귀신이 덜 들렸는지도 몰라.'

이런 생각을 하고 있는데 갑자기 빡지의 흥분된 듯한 높은 목소리가,

"선왕마님."

하고, 그녀의 귓전을 때렸다. 놀라 귀를 기울이자, 빡지는 다시 계속하고 있었다.

"예, 예, 선도산 할머니, 선도산 성모 할머니, 선도산 대왕마님 할머니, 모두가 선왕마님이올시더. 예, 예, 선왕마님이 선도산에서 두 번이

나 을홧골 당나무(신수) 아래로 내려오셨십니다, 그래 갖고 우리 옥선이를 이 빡지한테 보내주셨십니다. 예, 예, 선왕마님으로 알아모실랍니다."

빡지는 이렇게 선도산(仙桃山)의 여신령으로 보이는 선도산 할머니, 즉 선왕마님과 더불어 공수(供授)[114]를 나누면서, 일방, 손을 뻗쳐 소반 위의 몽두리를 집어 옥선에게 던지며 곧 입으라는 시늉을 했다.

옥선은 분디 아래위로 흰 치마저고리를 입고 있었기 때문에, 그 위에 그대로 노랑 두루마기를 입고, 두루마기 위에 남색 쾌자를 걸쳤다.

그것을 본 동네 사람들은 일제히 와아 소리를 질렀다. 그렇게도 무당 옷을 입은 옥선의 몸맵시는 아름다웠고 얼굴은 어여뺐다. 여기저기서 선녀 같다느니 기생 같다느니 하고 수군거리는 소리가 들렸다.

몽두리를 입고 난 옥선이 빡지가 시키는 대로 굿상을 향해 두 번 절하고 나자 이번에는 빡지가 그녀의 두루마기 소매를 잡으며

"딸 하나 잘 두었네. 신딸 하나 잘 두었네. 선도산 선왕마님 길이길이 돌봐주고 밀어주고 살펴주고 키워주실락 하네."

구경꾼들도 이제는 모두 흡족한 듯이 입을 벌리고 웃었다. 옥선이 제대로 혼자서 활개를 벌리고 나불거린 것은 아니지만 빡지가 한쪽 팔을 붙잡고 덩실덩실 춤을 추는 바람에 옥선도 이에 맞춰 살랑살랑 몸짓을 했고, 그때마다 쾌자자락이 예쁘게 나부꼈던 것이다.

그날 밤 빡지는 옥선의 집에서 그녀와 더불어 함께 잤다.

114) 공수(供授) 무당이 죽은 사람의 넋이 말하는 것이라고 전하는 말.

달빛 아래

본디 옥선의 집은 방 둘에 부엌이 달린 삼간 초옥[115]이었다. 그러나 식구라야 어린 영술이와 단둘뿐이었으므로, 작은 방은 거처로 쓰지 않고, 쌀독과 잡곡 단지와 허드레 옷가지들을 아무렇게나 던져두고 고방[116]구실을 하고 있었다.

그런데 내림굿을 받고 나면 신당(神堂)을 차려야 한다고 빡지가 말해서, 처음엔 자기들 모자가 거처하는 큰방 안목[117]을 생각했으나, 철없는 영술이 무슨 저지레[118]를 할지 모른다 하여, 끝내 작은 방을 치우기로 했다. 그렇다고 처음부터 격식을 갖출 수는 없어, 그냥 작은 소반에 돌함을 그대로 차려놓고, 무색 천으로 포장을 쳐두었을 뿐이었다. 그러니까 무당으로서의 그녀의 몸주(수호신)는 빡지가 내림굿에서 공수(供授)로 내림 받은 선왕마님, 즉 선도산 할머니로 불린 선도산 여신령(女神靈)이었다.

이렇게 무당이 된 뒤에도 옥선은 얼마동안 빡지의 시중꾼[119]으로 노빡지 곁에 붙어 지내다시피 해야만 했다. 그것은 굿을 배우기 위해서만이 아니었다. 무언지 몸주 선왕마님(선도산 할머니)과 그녀 사이에 빡지가 다리를 놓아주어야 할 것만 같이 느껴졌기 때문이었다.

옥선이 빡지를 신어머니로 모실 뿐 아니라, 노 손발같이 곁에서 시중

---

115) 삼간 초옥 삼간 초가. 세 칸밖에 안 되는 초가라는 뜻으로 아주 작은 집을 이르는 말.
116) 고방 창고 광.
117) 안목 안쪽 자리.
118) 저지레 저지르는 짓.
119) 시중꾼 윗사람의 곁에서 온갖 심부름을 하는 사람.

을 들고 해서인지, 빡지는 옥선에게 자기가 줄 수 있는 것은 아무것도 감추지도 아끼지도 않는 듯했다.

"나는 을화 얻고 나서 얼마나 맘이 편하고 흐뭇한지 모를따."

빡지는 옥선의 앞에서나 그녀가 없는 데서나 늘 이렇게 말했다. 그녀는 옥선을 가리켜 꼭 을화라고만 불렀다. 그것은 선도산 할머니가 옥선을 처음 만난 곳이 을홧골(서낭당)이기 때문이라 하였다.

이렇게 빡지가 을화를 끼고 다니는 동안 빡지의 굿은 열리는 곳마다 영험을 내고 성황을 이루었다. 그럴 때마다 빡지는 그 빡빡한 얽은 새까만 얼굴을 사람들 앞에 내밀며,

"우리 딸 고운 얼굴이 내 이 빡빡골이를 갚아주는기라. 모두 신령님 짓이지."

했다.

본디 을화는 옥선이 적부터 먹고 사는 일엔 그다지 맘을 쓰지 않는 편이었다. "산 사람 입에 낯거미줄 치랴" 했던 것이 그녀의 타고난 성미인 듯했다. 그래서인지 빡지의 굿이 자꾸 더 팔려서 생기는 것도 많아졌지만 을화는 자기의 보수란 것을 전혀 바라지 않고, 빡지가 주는 대로 쌀이면 쌀, 잡곡이면 잡곡을 가지고 와서 두 식구의 끼니를 이어가는 것으로써 만족하고 있었다.

그런 만큼 어쩌다가 빡지 대신 자기 혼자서 작은 굿이나 푸닥거리를 나갔다가 그쪽에서 돈을 쥐어주거나 곡식을 따로 주어도 그것을 고스란히 빡지에게 갖다 바쳤다. 빡지도 본디 돈을 밝히거나 인색한 편은 아니었지만, 을화가 혼자서 벌어들이는 천량을 그녀에게 돌려준다거나 하지 않고 그대로 받아넣기만 하곤 했다.

그러는 동안에 이상하게도, 을화의 굿이 무서운 영험을 낸다는 소문이 나기 시작했다. 그것은 저음 그 동네에 아홉 살 먹은 사내애—독자(獨子)—하나가 웬 까닭인지 자고 나서 갑자기 한쪽 다리를 못 쓰게 되어, 잘 일어나지도 못하고, 일으켜 세워도 걸음을 잘 못 옮기는 채, 아무리 약을 먹고 침을 맞고 해도 효험이 없던 것을 을화가 간단한 굿(푸닥거리)으로 감쪽같이 고쳐내었다는 데서 시작되었다. 다음엔 이웃 마을의 늙은이 하나가 또한 이름 모를 병으로 죽게 된 것을 그렇게 짤막한 푸닥거리로 깨끗이 병을 물리쳐 내었다는 소문이었다.

이 말을 들은 빡지는 담담한 어조로,

"인제 우리 딸이 선왕마님을 제대로 모시게 된 기라."

했다.

이렇게 되니 빡지보다도 을화의 굿을 원하는 사람들이 늘게 되었다. 그러나 을화는 빡지의 허락 없이 굿을 받지 않았다.

그러니 사람들은 을화의 굿을 받고 싶어도 빡지한테 가서 청하지 않을 수 없었다. 한번은 빡지가 을화를 보고,

"야, 늬도 언제까지나 나한테 업혀만 다니겠나? 늬 앞으로 나는 굿은 나한테 미루지 말고 댕겨라. 어차피 선왕마님이 봐주실 꺼 아이아?"

했다.

을화는 자기의 굿이 지금까지 빠짐없이 성과를 올렸다고 하지만, 자기가 알기에도 춤은 아직 많이 서툴렀고, 노래나 사설[120]은 절반밖에 엮

120) 사설 늘어놓는 말이나 이야기

어대지 못했다. 그 대신 선왕마님을 자꾸 부르며 절을 많이 하는 편이어서, 굿과 치성[121]의 반 섞임쯤 되어 있었다.

그런 대로 굿을 자주 맡아 나가려면 금구[122](징 꽹과리 장구 제금 따위)를 담당할 박수(화랑이)가 있어야 하는데 그것이 쉬울 리 없었다. 지금까지는 빡지네 작은박수가 그녀를 도와주어 왔지만, 그것도, 마침 그쪽에 굿이 없거나, 큰박수(빡지의 남편)가 혼자 나가도 되는 작은 굿이 있을 때뿐이었다.

그런데 한번은 안강(安康)에 큰 굿이 있어, 을화도 물론 빡지네 식구들과 함께 길을 떠나게 되었다. 금구와 몽두리[123] 따위는 모두 지게에 얹어서 작은박수 성도령이 지고, 그 뒤에 을화가 따르고, 을화 뒤에 빡지와 큰박수가 태극선을 휘저으며 따라가고 있었다.

"성도령 무거우면 내가 하나 안고 갈까요?"

을화가 물었다.

"괜찮심더. 지고 가는 게 낫지요."

성도령이 대답했다.

지극히 간단하며 사무적인 대화이긴 했지만, 그것으로 그네들은 서로의 호의를 주고받는 것이기도 했다.

그날 밤 조상굿 망재청[亡者請]굿을 마치고 시무[使者]굿을 시작하려다가 갑자기 빡지 몸에 쥐가 나서 일어서지 못하게 되었다.

---

121) 치성 신이나 부처에게 지성으로 빎.
122) 금구 무당들이 굿할 때 쓰는 징이나 꽹과리 따위의 악기.
123) 몽두리 조선시대 궁중에서 정재(呈才)를 출 때 기녀(妓女)가 입는 무의(舞衣)의 일종. 몽두의(蒙頭衣)라고도 한다.

남의 큰 굿을 벌여놓고 절반도 못 가 이꼴이니 피차가 큰 낭패였다. 모두가 낭황해서 수군거리고 웅얼거리고 야단인데 빡지가 을화를 불렀다.

　"이건 필시 선왕마님이 늬를 찾는 거다. 내 대신 나가거라."
했다.

　"어무이 걱정 마이소. 자기 서툴지만 마님이 뒤에 안 기시는기요?"

　을화가 선선히 응낙했다.

　을화도 웬 까닭인지 시무굿[124] 열왕굿은 사설을 잘 외고 있었고, 오구굿(베리데기[125])엔 꽤 자신도 있었지만 지금까지 좀처럼 그 기회가 오지 않았던 것이다.

　을화가 빡지의 부채를 펴들고 전물상 앞에 나타나자 사람들의 얼굴엔 갑자기 희색이 만면해[126]졌다. 우선 굿이 중동이[127] 나지 않게 되었다는 안도감도 있었겠지만, 이제 겨우 스무 살 남짓밖에 되지 않아 뵈는, 날씬한 몸매에 꽃 같은 얼굴의 새 무당이 신명[128]에 찬 거동으로 부채를 펴들고 나서는 것을 보았을 때, 우선 어여쁘고, 귀엽고, 장하다는 생각에, 기쁨을 금할 수 없었던 것이다.

　"저 채새(차사[129]) 거동 보소

　지옥에 들어가 소인은 못 잡아 왔습니다."

　을화의 잠긴 듯한 정겨운 목소리는 삽시에 청중을 삼켜버린 듯했다.

---

124) 시무굿　사자굿과 동의어. 죽은 사람을 극락으로 잘 보내 달라고 저승사자에게 비는 굿.

125) 베리데기　바리데기 혹은 바리공주라고도 한다. 죽은 사람의 혼백을 저승으로 천도시키기 위한 오구(큰 굿)의 핵심이다.

126) 희색만면　기쁜 빛이 얼굴에 가득 함.

127) 중동　어떤 일의 중간이 되는 부분.

128) 신명　흥겨운 신이나 멋.

129) 차사　염라대왕의 명에 따라 죽을 차례가 된 사람을 잡아오는 사자.

그것은 듣는 사람들의 피부에 스며드는 듯한, 야릇한 힘을 가진 목소리
였다.

그리하여 그녀가,

"오른쪽을 돌아보니

부모형제 많다마는

그 누기가 내 대신 갈꼬

왼쪽을 돌아보니

처자권속[130] 많다마는

그 누기가 내 대신 갈꼬

발질맡을 돌아보니

일개친척 많다마는

그 누기가 나를 찾나."

하고, 더없이 빠른 말씨로 외어 젖히자, 구경꾼들은 너무도 신기하고 놀
라운지 일시에 와아 하고 웃음을 터뜨렸다.

이렇게 시무굿과 열왕굿에서 실컷 웃기고 난 을화는 오구굿에 가서
만장[131]을 눈물에 담그었다.

눈물을 닦고 난 구경꾼들은,

"저런 무당은 생전 첨이다."

또는,

"무당인지 선녀지 모를따."

하고들, 찬사를 아끼지 않았다.

130) 처자권속 자기 집에 딸린 식구. 또는 한집안의 겨레붙이.
131) 만장 죽은 이를 슬퍼하여 지은 글. 또는 그 글을 적은 비단이나 피륙.

이날 밤의 을화는 큰무당으로 이름난 빡지에서도 일찍이 보지 못했던 큰 성과를 올렸다.

그 콩을 볶듯한 빠른 말씨에도, 그 한 마디 한 마디를 똑똑히 늘을 수 있는 특이한 발음과, 그 묻어날 듯한 특이한 목소리는 구경꾼들의 감탄을 사고도 남을 만했다.

특히 을화의 굿이 구경꾼들의 감동을 산 또 하나 이유는 빠른 말씨와 느린 말씨를 대목에 따라 효과적으로 섞어 쓰는 데도 있었다. 재미나고 익살스러운 대목엔 빠른 말씨를 쓰고, 슬프고 감격적인 대목엔 느린 말씨를 쓰는 재능을 그녀는 천부적으로 타고난 듯했다.

굿을 마쳤을 때는 첫닭이 울고 난 뒤였는데, 빡지는 상기[132] 몸이 풀리지 않아, 영감(큰박수)과 함께 머물러 쉬기로 하고, 을화는 집에 애기가 혼자라서 성도령(작은박수)을 붙여 돌려보내기로 했다.

둘이 동구를 지나 냇가로 나오자 열이레 달은 한결 더 밝았다.

을화는 본디 달밤이면 공연히 발광이 나서 돌아다니던 성미라, 지금도 달빛에 그만 피로마저 확 가셔지는 듯했다.

얄고 잔잔한 시냇물을 건너, 모래펄을 지나, 숲머리를 돌 때, 을화는 성도령에게 쉬어가자고 했다.

성도령은 잠자코 그녀가 하자는 대로 지게를 숲머리에 세웠다.

을화는 모래 위에 궁둥이를 붙이고 앉은 채,

"나는 처자 때부터 달만 보면 자꾸 미칠 꺼 같데이요."

했다.

---

132) 상기 아직.

을화의 말에 성도령도 달을 쳐다보며, 낮은 목소리로,

"달이사 안 좋닥할 사람 있는기요?"

하고, 맞장구를 쳤다.

"아까도 냇가에 나왔을 때 달이 하도 밝으니 고만 피로가 싹 풀려버리는 기라요."

이렇게 말하며 을화는 쭉 뻗치고 앉은 자기의 다리를 두 주먹으로 가볍게 두드렸다.

"참 오늘 큰 고생했십니더, 생전 첨으로 그 어려운 큰 굿을 다 해냈으니⋯⋯."

하고 그녀 곁으로 다가앉은 성도령은,

"내가 좀 두들겨 줄끼요?"

하며, 넓적한 손으로 그녀의 정강마루를 주무르기 시작했다.

"어떤기요, 좀 풀리는기요?"

"참 시원하네요."

을화의 대답에 성도령은 힘이 났다. 그는 그녀의 정강마루를 만지기 시작했을 때, 그녀의 노염을 사지나 않을까 은근히 켕기는 속이었던 것이다. 그는 정강마루에서 아래로만 만지던 것을, 이번에는 위로도 올라갔다.

넓적다리에서 조금씩 더 위로 올라가자, 을화는 신음하는 소리로

"아이고, 아이고⋯⋯."

했다.

이 소리에 더욱 신이 난 성도령은, 넓적다리에서도 더 위로, 더 깊게 손을 넣었다.

"아이고, 안 되겠십니대이."

전신을 비비 틀며 가볍게 울먹이듯한 소리로 그녀가 이렇게 말하자 성도령은 그녀의 양쪽 겨드랑이 밑으로 손을 옮겼다.

몸을 비비 꼬던 을화는 자기 손으로 옷고름을 풀어 저고리섶을 젖히고 새하얀 젖가슴을 드러 내놓으며 떨리는 소리로

"그마 안 되겠심더."

했다.

그와 동시, 성도령은 그녀의 탐스러운 젖통 위에 양쪽 손을 얹으며,

"아이고, 이래 가 될는기요?"

했고, 뒤이어 그녀는 역시 떨리는 듯한 한숨 섞인 낮은 소리로

"그마 어떤기요?"

했다.

성도령은 두 손으로 젖통을 움켜진 채 뒤를 한 번 돌아다보았다. 아무리 인기척이라고 있을 리 없는 밤중─그것도 새벽녘 가까운─이라고 하지만 달이 낮같이 환해서 아무래도 마음이 덜 놓이는 모양이었다.

그러나 그것을, 을화는 성도령이 공연히 켕기어서 슬그머니 물러나려고 그러는 줄 지레 겁을 먹고, 그의 한쪽 소매를 꽉 움켜잡았다.

성도령은 턱으로 숲 안쪽을 가리키며,

"숲 안에 더 보드란 모래밭이 있는데⋯⋯."

했다. 숲 속의 더 아늑한 데를 원하는 말투였다. 둘은 서로 붙잡은 채 숲 속으로 들어갔다.

을화무

을화의 시무굿 오구굿의 소문은 그날 밤 모여들었던 구경꾼들의 입을 타고 온 고을에 퍼졌다.

이 소문이 경주 읍내, 서문 밖의 정부자네 집에도 전해져 들어왔다. 정부자네, 맏며느리의 친정이 안강이었는데, 그 친정어머니가 이 소문을 딸에게 옮겼던 것이다.

본디 정부자네는 세칭 삼대(三代)째 삼천 석지기라고 일컫는 유서 있는 부자였는데, 이 댁 마누라―정부자의 어머니―가 굿을 좋아하여, 사람이 앓거나 죽거나 했을 때는 물론, 평상시에도 초하루 보름마다 소위 축원굿[133]이라 하여, 단골 무당을 정해놓고 불러들였던 것이다.

그런데 얼마 전부터 큰손자―맏며느리의 아들―가 병이 나서 누웠는데, 단골 무당이 푸닥거리를 해도 시원치 않아, 어디 좀더 영검 있는 새 무당이 없을까 하던 차라, 사돈댁이 전한 을화 이야기를 듣자 곧 좀 불러올 수 없겠냐고 나왔다.

며느리는 시어머니의 분부를 받자 이내 안강으로 달렸다. 친정어머니에게 그 뜻을 전했더니, 친정어머니도 그 마누라의 부탁이라면야 하고, 그 자리에서 딸을 앞세우고, 잣실(백곡)로 향했다.

을화의 집을 찾는 것까지는 어렵지 않았으나, 을화가 얼른 승낙을 하지 않았다. 처음엔 남의 단골을 제치고 들기가 꺼림칙한지,

"거기도 다니던 신자(神子)가 있다는데……"

하고, 어정쩡해하다가, 안강 마누라가,

---

133) **축원굿** 하는 일이 잘 되게 해 달라고 신에게 비는 굿.

"목숨이 소중하지, 단골이야 정하기에 달린 거 아닌가베."

하고, 간곡히 나오자, 이번에는 빡지를 끌어대었다.

"저는 우리 신어무이 끄는 대로 따라갑니더."

"하지만 정부자 댁 마누라가 자네를 꼭 보작 하는데 어쩔끼고."

"암만 해도 저는 우리 신어무이 허락 없이 거기까지는 못 가겠심더."

끝까지 버티었다.

하는 수 없이 안강 마누라와 안강댁(정부자 집 며느리)이 빡지를 찾아가 사정을 했다.

빡지는 혼자 속으로, 정부자 댁 마누라가, 자기를 통해, 을화를 대동하고 오도록 당부하지 않은 것을 섭섭하게 생각했지만, 이것도 선왕마님의 뜻인가 보다고 체념을 하고, 작은박수(성도령)를 부르더니, 징 장구를 지워 을화에게 보냈다.

얼굴빛은 석연치 않았지만, 이왕 딱지를 놓을 처지가 못 된다면, 최소한 굿을 할 수 있도록 작은박수에 곁들여 금구 일부를 보내주지 않을 수 없었던 것이다.

거기서 안강 마누라와 안강댁은 작은박수와 함께 다시 을화를 찾아갔다.

을화도 빡지가 작은박수에 금구까지 보내줬으니 그 위에 다른 말을 더 붙일 여지가 없으므로 곧 옷을 갈아입고 마누라들을 따라나섰다.

안강역에서 마차를 타고 경주에 닿으니 저녁 때였다.

정부자 댁에서는 며느리가 새 무당을 데리고 올 것으로 내다보고, 미리 다 준비를 해두었으므로, 물에 담가두었던 쌀을 빻아서 떡을 찌는 동안, 한 머리 전물상을 차리고 해서, 떡을 쪄내자 이내 굿을 시작할 수 있었던 것이다.

굿이라고 하지만 오구가 아닌 작은 굿이었으므로 열한 시경에 끝이 났다.

작은박수와 함께 금구를 챙기고 있는 을화를 보고,

"어떻더노? 우리 손주 일어나겠나?"

주인 마누라가 물었다.

"방에 들어가 보이소."

을화의 대답이었다.

"뭐, 뭐라꼬? 나더러 들어가라꼬?"

마누라는 을화의 말을 잘못 알아들은 모양이었다.

을화는 약간 웃는 얼굴로,

"예, 방에 들어가 보이소."

또 같은 대답을 했다.

그때에야 을화의 말뜻을 알아들은 듯 마누라는 두말 않고 손자 방으로 쫓아갔다.

손자는 자리에서 일어나 앉아 있었다.

"인석아 어떻노? 좀 어떻노?"

마누라의 묻는 말에 손자는 또렷한 목소리로,

"할매, 나 묵을 꺼 줘요."

했다.

갑자기 희색이 만면해진 마누라는

"오냐, 오냐, 주고 말고 주고 말고, 야야, 에미야, 인석이 멕일 죽 쑤락 해라."

이렇게 한 머리 분부를 내리기도 바쁘게 다시 을화에게로 쫓아나오며,

"나 좀 보자, 이리 좀 들오너라."

했다.

마누라는 을화를 안사랑으로 불러들이더니, 대뜸

"오늘밤 우리 집에서 자거라."

했다.

"안 됩니더, 집에 다섯 살 묵은 애기가 혼자 있심더."

"그래? 그러면 안 되겠구나."

하더니, 조금 있다가, 다시,

"내 자네하고 조용히 의논할 게 있는데 어짤꼬?"

"지금 이 자리에서 하시면 안 되겠십니꺼?"

"오냐, 좋다, 그라자."

하더니, 다시, 말을 돌려,

"참, 우리 손주 일어나 앉았다."

했다.

을화는 별로 놀라거나 신기해하지도 않은 채,

"첨에는 쪼끔씩 멕이이소."

했다.

"그렇다마다."

마누라는 간단히 대답하고 나서, 을화의 손목을 잡아 자기 앞에 다가앉히며,

"내 우리 며느리한테 자네 형편 다 들었다. 내 자네 금구 부채 몽두리 한 벌 다 지어주고, 먹고 살 천량 다 대줄께, 초하루 보름으로 우리 집

축원굿 해주고, 푸닥거리 맡아주고, 그 밖에 큰 굿 때는 내 또 따로 대접 안하리? 어때? 약조하게."

했다.

을화는 난처한 듯이 잠깐 머뭇거리더니,

"지한테는 너무 과합니더마는, 그래도 그런 거 지 맘대로 못합니더."

"자네 신어머이 있다는 말 들었다. 그러면 신어머이만 좋닥 하면 약조하제?"

"예에."

"그라고 이건 우선 오늘 밤 수거한 값이다."

마누라는 퍼런 지폐 한 장을 그녀의 손에 쥐어주었다. 십 원짜리였다. 지금까지 무당 둘, 박수 둘, 네 사람이 매달린 채 밤새워 하는 오구에서도, 십 원 나오면 후한 대접이라고 알아왔던 그녀로서는 너무나 놀라운 큰돈이 아닐 수 없었다.

"웬걸 이렇게 많이 주십니꺼?"

"넣어두게. 앞으로 섭섭잖게 할 꺼이 날 믿고 지내자이."

마누라의 당부였다.

을화와 성도령이 정부자 댁을 떠났을 때는 자정 가까이 되어 있었다. 칠월 초나흘의 칠흑같이 어두운 길을 둘은 묵묵히 걸었다.

낙원당―동네 이름―을 지나 야트막한 언덕길을 돌아갈 때, 성도령이 먼저 쉬어가자고 했다. 그리고는 이내 그녀의 손목을 잡고 끌었다. 을화는 기꺼이 응했을 뿐 아니라 앞장서서 언덕 아래로 내려갔다.

이튿날 을화는 빡지를 찾아가자 마누라에게서 받은 십 원짜리 지폐를 내어놓았다.

빠지는 기꺼이 받으며

"내 딸 장하다."

했다. 그리고는 다시,

"성도령은 늬가 아쉽거든 언제든지 말해라."

했다.

빠지가 '아쉽거든' 이라고 하는 것은, 물론 을화의 굿을 돕는 박수로서의 성도령을 가리키지만, 또 다른 뜻도 곁들이고 하는 말인 듯했다.

"어무이 고맙심더."

을화는 벌겋게 상기된 얼굴로 빠지에게 머리를 숙이고 돌아왔다.

을화가 빠지에게 내놓은 퍼런 지폐 한 장은 이 밖에도 많은 효과를 내었다. 사흘 뒤 안강 마누라가 사돈댁의 부탁을 받고 그녀를 찾아왔을 때도, 심히 까다롭게 나오지 않고 을화를 보내는 일에 응한 것 역시 이 십 원짜리의 공덕[134]이 컸던 것이다.

그해 이른 겨울부터 을화의 배가 눈에 띄게 부르고, 그것이 또한 작은 박수 성도령의 애기라고 마을 사람들은 다 짐작하고 있었지만, 아무도 별로 해괴하게 생각하는 사람이 없었다.

이듬해 사월 그믐께 을화는 딸을 낳았고, 그보다 두어 달 전부터 성도령은 이미 을화의 집으로 옮겨 와 살고 있었다.

빠지는 성도령을 을화의 집으로 보낼 때,

"자네는 내가 아들 삼아, 머슴 삼아, 평생 동안이라도 데리고 있을라꼬 했는데 내 신딸이 자네한테는 다시없는 각시깜이라, 아무도 이 일을

---

134) 공덕 착한 일을 하여 쌓은 업적과 어진 덕.

막을 수 없다고 생각했다. 이미 그까지 나갔으니 가서 한테서 지내도록 해라마는, 여기 있을 때나 꼭같이 생각하고, 자네가 할 일은 찾기 전에 와서 해야 된다."

이렇게 말하고 새 옷 한 벌과 돈 십오 원을 내주었다.

빡지가 그에게 '자네 할 일'이라고 한 것은 주로 종이꽃 따위로 보신개[135]를 만드는 일과 그림을 그리고 징을 다루는 일 따위였다. 그는 처음 빡지네 머슴으로 들어왔지만, 머슴 일보다는 박수를 돕는 일에 능했고, 특히 손으로 무엇을 만들고 그리는 일에 뛰어났던 것이다.

그의 이름은 방돌(方乭)이요, 그의 아버지는 환쟁이[136]로, 한 달 잡고 스무이레는 객지로 떠돌아다니며 남의 그림을 그려주고 밥이나 얻어먹고 지내다가 겨우 노자라도 낫게 생기면 집에 돌아와 며칠씩 머물다간 또 휘딱 사라지곤 했던 것이다. 그러던 것이 방돌의 나이 열일곱 살 때 행방불명이 된 채 아주 돌아오지 않고 말았다.

방돌이도 처음엔 제 아버지를 따라 그림을 그렸는데, 혼자 된 그의 어머니가 아버지 팔자 닮는다고 기 쓰고 말려서, 그림을 집어치운 뒤, 어머니와 함께 농사를 짓고 지내다가, 그의 나이 스무 살 때 어머니마저 세상을 뜨자 남의 집 머슴살이로 들어가 이태째 되던 어느 날, 빡지 굿 구경을 하던 중 문득, 징 치고 종이꽃 만들고 그림 그리고 하는 화랑이[137]가 부러워져서 빡지네 머슴으로 자리를 옮겼었다는 것이다.

135) 보신개 무당들의 은어로, '초롱(燭籠)'을 이르는 말.
136) 환쟁이 막치 그림을 그리는 것으로 업을 삼는 사람.
137) 화랑이 박수. 광대와 비슷한 놀이꾼의 패. 옷을 잘 꾸며 입고 가무와 행락을 주로 하던 무리로 대개 무당의 남편이었다.

그는 본디 마음씨가 고운 편이어서 자기의 친딸애를 귀여워한 것은 불론, 영술이를 돌봐주는 일에노 소홀하지 않았다. 영술이 아홉 살 배는, 글을 배우겠다고 떼를 쓰자, 보다 못한 방돌이 그의 손목을 잡고 서당으로 찾아가 얼마나 애걸을 했는지 모른다. 그러나 무당의 아들이라 하여 끝내 받아들여지지 않게 되자, 방돌이 천자책을 빌어다 자기 손으로 절반가량 베껴서 그것을 영술에게 가르쳤다.

그러나 영술의 글재주는 비범했고, 방돌의 실력은 본디 천자문 한 권도 채 떼지 못했던 터이라, 이내 바닥이 나고 말았다. 방돌은 이것을 보다 못해,

"절에서는 반상 차별이 없으니까 술이를 절에 데려다 가르치면 어떨까?"

하고, 을화에게 의논했다.

을화도 몹시 기뻐하며, 영술의 손목을 잡고 기림사(祇林寺)로 떠났다. 그 절에 그녀의 아는 스님이 계시다는 것이었다.

영술을 절에 보내고 난 뒤의 이삼 년 동안이 을화의 일생에 있어 가장 행복했던 시기였는지 몰랐다. 남편의 사랑은 살림에서, 굿에서, 잠자리에서 빈틈없이 극진했고, 굿은 날마다 인기와 상찬이 치솟았고, 월희는 옥으로 깎은 듯, 달의 혼을 빚은 듯 맑고 어여쁘게 자라났고, 보고 만나는 것이 모두가 기쁘고 즐거운 일들뿐인 듯했다.

이렇게 기쁘고 즐거운 나날 가운데서도, 을화는 무언지 불안과 두려움으로 부들부들 떨 때가 가끔 있었다. 그것은 주로 잠자리를 진탕으로 즐기고 났을 때 빚어지는 일이었는데, 그렇게 잠자리에 너무 심히 젖어드는 것을 선왕마님께서 처음엔 외면을 하시다가 요즘 와서는 차츰 노여

위하시는 것 같다고, 그녀는 부들부들 떨며 남편에게 호소하곤 하였다.

그러던 어느 날, 월희가 까닭없이 음식을 못 먹고 그 대신 냉수만으로 요를 때우기 시작하더니, 한 보름 뒤에는 혀가 목구멍 쪽으로 좀 당겨 들어가는 듯하면서 말을 잘 못 하게 되어버렸다.

이것을 을화는, 선왕마님께서 드디어 벌을 내리신 거라고 했다. 그리고는 굿이 없는 날 밤은 을핫골 서낭당이나, 때로는 그보다 더 깊은 산 속으로 들어가 치성을 드리곤 하였다.

이 무렵부터 을화의 말씨나 거동에 차츰 변화가 일기 시작했다. 전에는 굿을 시작하여, 주당살[138]이 끝나고 정중이나 방울 소리가 나야 신이 내리던 것이, 이 무렵부터는 언제 어디서고 신이 들린 채 굿을 할 때나 거의 같은 상태가 계속되었다.

어느 달이 밝은 밤이었다. 밤새도록 산골짜기에서 냇무가로 쏘다니다 돌아온 을화는, 남편에게 월희를 가리키며 공수를 전하듯

"우리 달희(월희)는 달나라 월궁 속에 사시는 옥황상제님의 일곱째 공주님이올시더. 상제님께서는 일곱 공주님을 두셨는데 우리 달희가 맨 막내 공주님이랍니다. 상제님의 일곱 공주님은 제석대왕(帝釋大王)[139] 님의 일곱 왕자님과 배혼[140]을 하시는데, 첫째 왕자님은 첫째 공주님과 배혼하시고, 둘째 왕자님은 둘째 공주님과 배혼하시고, 셋째 왕자님은 셋째 공주님과 배혼하시고, 이렇게 가서, 우리 일곱째 공주님은 일곱째 왕자님과 배혼하실 차렌데, 일곱째 왕자님은 본디 바람기가 있어 자기

138) **주당살** 주당을 덧들여 받는 액운.
139) **제석대왕**(帝釋大王) 무당이 모시는 신의 하나. 집안 사람들의 수명, 곡물, 의류 및 화복에 관한 일을 맡아본다고 한다.
140) **배혼** 아이나 새끼를 뱀.

남의 큰 굿을 벌여놓고 절반도 못 가 이꼴이니 피차가 큰 낭패였다. 모두가 당황해서 수군거리고 웅얼거리고 야단인데 빡지가 을화를 불렀다.

"이건 필시 선왕마님이 늬를 찾는 거다. 내 대신 나가거라."

했다.

"어무이 걱정 마이소. 자기 서툴지만 마님이 뒤에 안 기시는기요?"

을화가 선선히 응낙했다.

을화도 웬 까닭인지 시무굿[124] 열왕굿은 사설을 잘 외고 있었고, 오구굿(베리데기[125])엔 꽤 자신도 있었지만 지금까지 좀처럼 그 기회가 오지 않았던 것이다.

을화가 빡지의 부채를 펴들고 전물상 앞에 나타나자 사람들의 얼굴엔 갑자기 희색이 만면해[126]졌다. 우선 굿이 중동이[127] 나지 않게 되었다는 안도감도 있었겠지만, 이제 겨우 스무 살 남짓밖에 되지 않아 뵈는, 날씬한 몸매에 꽃 같은 얼굴의 새 무당이 신명[128]에 찬 거동으로 부채를 펴들고 나서는 것을 보았을 때, 우선 어여쁘고, 귀엽고, 장하다는 생각에, 기쁨을 금할 수 없었던 것이다.

"저 채새(차사[129]) 거동 보소

지옥에 들어가 소인은 못 잡아 왔습니다."

을화의 잠긴 듯한 정겨운 목소리는 삽시에 청중을 삼켜버린 듯했다.

---

124) 시무굿 사자굿과 동의어. 죽은 사람을 극락으로 잘 보내 달라고 저승사자에게 비는 굿.
125) 베리데기 바리데기 혹은 바리공주라고도 한다. 죽은 사람의 혼백을 저승으로 천도시키기 위한 오구(큰 굿)의 핵심이다.
126) 희색만면 기쁜 빛이 얼굴에 가득 함.
127) 중동 어떤 일의 중간이 되는 부분.
128) 신명 흥겨운 신이나 멋.
129) 차사 염라대왕의 명에 따라 죽을 차례가 된 사람을 잡아오는 사자.

그것은 듣는 사람들의 피부에 스며드는 듯한, 야릇한 힘을 가진 목소리였다.

그리하여 그녀가,

"오른쪽을 돌아보니

부모형제 많다마는

그 누기가 내 대신 갈꼬

왼쪽을 돌아보니

처자권속[130] 많다마는

그 누기가 내 대신 갈꼬

발질맡을 돌아보니

일개친척 많다마는

그 누기가 나를 찾나."

하고, 더없이 빠른 말씨로 외어 젖히자, 구경꾼들은 너무도 신기하고 놀라운지 일시에 와아 하고 웃음을 터뜨렸다.

이렇게 시무굿과 열왕굿에서 실컷 웃기고 난 을화는 오구굿에 가서 만장[131]을 눈물에 담그었다.

눈물을 닦고 난 구경꾼들은,

"저런 무당은 생전 첨이다."

또는,

"무당인지 선년지 모를따."

하고들, 찬사를 아끼지 않았다.

---

130) 처자권속 자기 집에 딸린 식구. 또는 한집안의 겨레붙이.
131) 만장 죽은 이를 슬퍼하여 지은 글. 또는 그 글을 적은 비단이나 피륙.

그러는 동안에 이상하게도, 을화의 굿이 무서운 영험을 낸다는 소문이 니기 시작했다. 그것은 처음 그 동네에 아홉 살 먹은 사내애—독자(獨子)—하나가 웬 까닭인지 자고 나서 갑자기 한쪽 다리를 못 쓰게 되어, 잘 일어나지도 못하고, 일으켜 세워도 걸음을 잘 못 옮기는 채, 아무리 약을 먹고 침을 맞고 해도 효험이 없던 것을 을화가 간단한 굿(푸닥거리)으로 감쪽같이 고쳐내었다는 데서 시작되었다. 다음엔 이웃 마을의 늙은이 하나가 또한 이름 모를 병으로 죽게 된 것을 그렇게 짤막한 푸닥거리로 깨끗이 병을 물리쳐 내었다는 소문이었다.

이 말을 들은 빡지는 담담한 어조로,

"인제 우리 딸이 선왕마님을 제대로 모시게 된 기라."

했다.

이렇게 되니 빡지보다도 을화의 굿을 원하는 사람들이 늘게 되었다. 그러나 을화는 빡지의 허락 없이 굿을 받지 않았다.

그러니 사람들은 을화의 굿을 받고 싶어도 빡지한테 가서 청하지 않을 수 없었다. 한번은 빡지가 을화를 보고,

"야, 늬도 언제까지나 나한테 업혀만 다니겠나? 늬 앞으로 나는 굿은 나한테 미루지 말고 댕겨라. 어차피 선왕마님이 봐주실 꺼 아이아?"

했다.

을화는 자기의 굿이 지금까지 빠짐없이 성과를 올렸다고 하지만, 자기가 알기에도 춤은 아직 많이 서툴렀고, 노래나 사설[120]은 절반밖에 엮

120) 사설 늘어놓는 말이나 이야기

어대지 못했다. 그 대신 선왕마님을 자꾸 부르며 절을 많이 하는 편이어서, 굿과 치성[121]의 반 섞임쯤 되어 있었다.

그런 대로 굿을 자주 맡아 나가려면 금구[122](징 꽹과리 장구 제금 따위)를 담당할 박수(화랑이)가 있어야 하는데 그것이 쉬울 리 없었다. 지금까지는 빡지네 작은박수가 그녀를 도와주어 왔지만, 그것도, 마침 그쪽에 굿이 없거나, 큰박수(빡지의 남편)가 혼자 나가도 되는 작은 굿이 있을 때뿐이었다.

그런데 한번은 안강(安康)에 큰 굿이 있어, 을화도 물론 빡지네 식구들과 함께 길을 떠나게 되었다. 금구와 몽두리[123] 따위는 모두 지게에 얹어서 작은박수 성도령이 지고, 그 뒤에 을화가 따르고, 을화 뒤에 빡지와 큰박수가 태극선을 휘저으며 따라가고 있었다.

"성도령 무거우먼 내가 하나 안고 갈까요?"

을화가 물었다.

"괜찮심더. 지고 가는 게 낫지요."

성도령이 대답했다.

지극히 간단하며 사무적인 대화이긴 했지만, 그것으로 그네들은 서로의 호의를 주고받는 것이기도 했다.

그날 밤 조상굿 망재청[亡者請]굿을 마치고 시무[使者]굿을 시작하려다가 갑자기 빡지 몸에 쥐가 나서 일어서지 못하게 되었다.

---

121) 치성 신이나 부처에게 지성으로 빎.
122) 금구 무당들이 굿할 때 쓰는 징이나 꽹과리 따위의 악기.
123) 몽두리 조선시대 궁중에서 정재(呈才)를 출 때 기녀(妓女)가 입는 무의(舞衣)의 일종. 몽두의(蒙頭衣)라고도 한다.

"아이고, 안 되겠십니대이."

전신을 비비 틀며 가볍게 울먹이듯한 소리로 그녀가 이렇게 말하자 성도령은 그녀의 양쪽 겨드랑이 밑으로 손을 옮겼다.

몸을 비비 꼬던 을화는 자기 손으로 옷고름을 풀어 저고리섶을 젖히고 새하얀 젖가슴을 드러 내놓으며 떨리는 소리로

"그마 안 되겠심더."

했다.

그와 동시, 성도령은 그녀의 탐스러운 젖통 위에 양쪽 손을 얹으며,

"아이고, 이래 가 될는기요?"

했고, 뒤이어 그녀는 역시 떨리는 듯한 한숨 섞인 낮은 소리로

"그마 어떤기요?"

했다.

성도령은 두 손으로 젖통을 움켜진 채 뒤를 한 번 돌아다보았다. 아무리 인기척이라고 있을 리 없는 밤중—그것도 새벽녘 가까운—이라고 하지만 달이 낮같이 환해서 아무래도 마음이 덜 놓이는 모양이었다.

그러나 그것을, 을화는 성도령이 공연히 켕기어서 슬그머니 물러나려고 그러는 줄 지레 겁을 먹고, 그의 한쪽 소매를 꼭 움켜잡았다.

성도령은 턱으로 숲 안쪽을 가리키며,

"숲 안에 더 보드란 모래밭이 있는데……"

했다. 숲 속의 더 아늑한 데를 원하는 말투였다. 둘은 서로 붙잡은 채 숲 속으로 들어갔다.

을화무

을화의 시무굿 오구굿의 소문은 그날 밤 모여들었던 구경꾼들의 입을 타고 온 고을에 퍼졌다.

이 소문이 경주 읍내, 서문 밖의 정부자네 집에도 전해져 들어왔다. 정부자네, 맏며느리의 친정이 안강이었는데, 그 친정어머니가 이 소문을 딸에게 옮겼던 것이다.

본디 정부자네는 세칭 삼대(三代)째 삼천 석지기라고 일컫는 유서 있는 부자였는데, 이 댁 마누라—정부자의 어머니—가 굿을 좋아하여, 사람이 앓거나 죽거나 했을 때는 물론, 평상시에도 초하루 보름마다 소위 축원굿[133]이라 하여, 단골 무당을 정해놓고 불러들였던 것이다.

그런데 얼마 전부터 큰손자—맏며느리의 아들—가 병이 나서 누웠는데, 단골 무당이 푸닥거리를 해도 시원치 않아, 어디 좀더 영검 있는 새 무당이 없을까 하던 차이라, 사돈댁이 전한 을화 이야기를 듣자 곧 좀 불러올 수 없겠냐고 나왔다.

며느리는 시어머니의 분부를 받자 이내 안강으로 달렸다. 친정어머니에게 그 뜻을 전했더니, 친정어머니도 그 마누라의 부탁이라면야 하고, 그 자리에서 딸을 앞세우고, 잣실(백곡)로 향했다.

을화의 집을 찾는 것까지는 어렵지 않았으나, 을화가 얼른 승낙을 하지 않았다. 처음엔 남의 단골을 제치고 들기가 꺼림칙한지,

"거기도 다니던 신자(神子)가 있다는데……."

하고, 어정쩡해하다가, 안강 마누라가,

---

133) **축원굿** 하는 일이 잘 되게 해 달라고 신에게 비는 굿.

이날 밤의 을화는 큰무낭으로 이름난 빡지에서도 일찍이 보지 못했던 큰 성과를 올렸다.

그 콩을 볶듯한 빠른 말씨에도, 그 한 마디 한 마디를 똑똑히 들을 수 있는 특이한 발음과, 그 묻어날 듯한 특이한 목소리는 구경꾼들의 감탄을 사고도 남을 만했다.

특히 을화의 굿이 구경꾼들의 감동을 산 또 하나 이유는 빠른 말씨와 느린 말씨를 대목에 따라 효과적으로 섞어 쓰는 데도 있었다. 재미나고 익살스러운 대목엔 빠른 말씨를 쓰고, 슬프고 감격적인 대목엔 느린 말씨를 쓰는 재능을 그녀는 천부적으로 타고난 듯했다.

굿을 마쳤을 때는 첫닭이 울고 난 뒤였는데, 빡지는 상기[132] 몸이 풀리지 않아, 영감(큰박수)과 함께 머물러 쉬기로 하고, 을화는 집에 애기가 혼자라서 성도령(작은박수)을 붙여 돌려보내기로 했다.

둘이 동구를 지나 냇가로 나오자 열이레 달은 한결 더 밝았다.

을화는 본디 달밤이면 공연히 발광이 나서 돌아다니던 성미라, 지금도 달빛에 그만 피로마저 확 가셔지는 듯했다.

얕고 잔잔한 시냇물을 건너, 모래펄을 지나, 숲머리를 돌 때, 을화는 성도령에게 쉬어가자고 했다.

성도령은 잠자코 그녀가 하자는 대로 지게를 숲머리에 세웠다.

을화는 모래 위에 궁둥이를 붙이고 앉은 채,

"나는 처자 때부터 달만 보먼 자꾸 미칠 꺼 같데이요."

했다.

---

132) 상기 아직.

을화의 말에 성도령도 달을 쳐다보며, 낮은 목소리로,

"달이사 안 좋닥할 사람 있는기요?"

하고, 맞장구를 쳤다.

"아까도 냇가에 나왔을 때 달이 하도 밝으니 고만 피로가 싹 풀려버리는 기라요."

이렇게 말하며 을화는 쭉 뻗치고 앉은 자기의 다리를 두 주먹으로 가볍게 두드렸다.

"참 오늘 큰 고생했십니더, 생전 첨으로 그 어려운 큰 굿을 다 해냈으니⋯⋯."

하고 그녀 곁으로 다가앉은 성도령은,

"내가 좀 두들겨 줄끼요?"

하며, 넓적한 손으로 그녀의 정강마루를 주무르기 시작했다.

"어떤기요, 좀 풀리는기요?"

"참 시원하네요."

을화의 대답에 성도령은 힘이 났다. 그는 그녀의 정강마루를 만지기 시작했을 때, 그녀의 노염을 사지나 않을까 은근히 켕기는 속이었던 것이다. 그는 정강마루에서 아래로만 만지던 것을, 이번에는 위로도 올라갔다.

넓적다리에서 조금씩 더 위로 올라가자, 을화는 신음하는 소리로

"아이고, 아이고⋯⋯."

했다.

이 소리에 더욱 신이 난 성도령은, 넓적다리에서도 더 위로, 더 깊게 손을 넣었다.

이렇게 한 머리 분부를 내리기도 바쁘게 다시 을화에게로 쫓아나오며,

"나 좀 보자, 이리 좀 들오너라."

했다.

마누라는 을화를 안사랑으로 불러들이더니, 대뜸

"오늘밤 우리 집에서 자거라."

했다.

"안 됩니더, 집에 다섯 살 묵은 애기가 혼자 있심더."

"그래? 그러면 안 되겠구나."

하더니, 조금 있다가, 다시,

"내 자네하고 조용히 의논할 게 있는데 어짤꼬?"

"지금 이 자리에서 하시면 안 되겠십니꺼?"

"오냐, 좋다, 그라자."

하더니, 다시, 말을 돌려,

"참, 우리 손주 일어나 앉았다."

했다.

을화는 별로 놀라거나 신기해하지도 않은 채,

"첨에는 쪼끔씩 멕이이소."

했다.

"그렇다마다."

마누라는 간단히 대답하고 나서, 을화의 손목을 잡아 자기 앞에 다가 앉히며,

"내 우리 며느리한테 자네 형편 다 들었다. 내 자네 금구 부채 몽두리 한 벌 다 지어주고, 먹고 살 천량 다 대줄께, 초하루 보름으로 우리 집

축원굿 해주고, 푸닥거리 맡아주고, 그 밖에 큰 굿 때는 내 또 따로 대접 안하리? 어때? 약조하게."

했다.

을화는 난처한 듯이 잠깐 머뭇거리더니,

"지한테는 너무 과합니더마는, 그래도 그런 거 지 맘대로 못합니더."

"자네 신어머이 있다는 말 들었다. 그러면 신어머이만 좋닥 하면 약조하제?"

"예에."

"그라고 이건 우선 오늘 밤 수거한 값이다."

마누라는 퍼런 지폐 한 장을 그녀의 손에 쥐어주었다. 십 원짜리였다. 지금까지 무당 둘, 박수 둘, 네 사람이 매달린 채 밤새워 하는 오구에서도, 십 원 나오면 후한 대접이라고 알아왔던 그녀로서는 너무나 놀라운 큰돈이 아닐 수 없었다.

"웬걸 이렇게 많이 주십니꺼?"

"넣어두게. 앞으로 섭섭잖게 할 꺼이 날 믿고 지내자이."

마누라의 당부였다.

을화와 성도령이 정부자 댁을 떠났을 때는 자정 가까이 되어 있었다. 칠월 초나흘의 칠흑같이 어두운 길을 둘은 묵묵히 걸었다.

낙원당—동네 이름—을 지나 야트막한 언덕길을 돌아갈 때, 성도령이 먼저 쉬어가자고 했다. 그리고는 이내 그녀의 손목을 잡고 끌었다. 을화는 기꺼이 응했을 뿐 아니라 앞장서서 언덕 아래로 내려갔다.

이튿날 을화는 빡지를 찾아가자 마누라에게서 받은 십 원짜리 지폐를 내어놓았다.

"목숨이 소중하지, 단골이야 정하기에 달린 거 아닌가베."

하고, 간곡히 나오자, 이번에는 빡지를 끌어대었다.

"저는 우리 신어무이 끄는 대로 따라갑니더."

"하지만 정부자 댁 마누라가 자네를 꼭 보작 하는데 어쩔끼고."

"암만 해도 저는 우리 신어무이 허락 없이 거기까지는 못 가겠심더."

끝까지 버티었다.

하는 수 없이 안강 마누라와 안강댁(정부자 집 며느리)이 빡지를 찾아가 사정을 했다.

빡지는 혼자 속으로, 정부자 댁 마누라가, 자기를 통해, 을화를 대동하고 오도록 당부하지 않은 것을 섭섭하게 생각했지만, 이것도 선왕마님의 뜻인가 보다고 체념을 하고, 작은박수(성도령)를 부르더니, 징 장구를 지워 을화에게 보냈다.

얼굴빛은 석연치 않았지만, 이왕 딱지를 놓을 처지가 못 된다면, 최소한 굿을 할 수 있도록 작은박수에 곁들여 금구 일부를 보내주지 않을 수 없었던 것이다.

거기서 안강 마누라와 안강댁은 작은박수와 함께 다시 을화를 찾아갔다.

을화도 빡지가 작은박수에 금구까지 보내줬으니 그 위에 다른 말을 더 붙일 여지가 없으므로 곧 옷을 갈아입고 마누라들을 따라나섰다.

안강역에서 마차를 타고 경주에 닿으니 저녁 때였다.

정부자 댁에서는 며느리가 새 무당을 데리고 올 것으로 내다보고, 미리 다 준비를 해두었으므로, 물에 담가두었던 쌀을 빻아서 떡을 찌는 동안, 한 머리 전물상을 차리고 해서, 떡을 쪄내자 이내 굿을 시작할 수 있었던 것이다.

굿이라고 하지만 오구가 아닌 작은 굿이었으므로 열한 시경에 끝이
났다.

작은박수와 함께 금구를 챙기고 있는 을화를 보고,

"어떻더노? 우리 손주 일어나겠나?"

주인 마누라가 물었다.

"방에 들어가 보이소."

을화의 대답이었다.

"뭐, 뭐라꼬? 나더러 들어가라꼬?"

마누라는 을화의 말을 잘못 알아들은 모양이었다.

을화는 약간 웃는 얼굴로,

"예, 방에 들어가 보이소."

또 같은 대답을 했다.

그때에야 을화의 말뜻을 알아들은 듯 마누라는 두말 않고 손자 방으
로 쫓아갔다.

손자는 자리에서 일어나 앉아 있었다.

"인석아 어떻노? 좀 어떻노?"

마누라의 묻는 말에 손자는 또렷한 목소리로,

"할매, 나 묵을 꺼 줘요."

했다.

갑자기 희색이 만면해진 마누라는

"오냐, 오냐, 주고 말고 주고 말고, 야야, 에미야, 인석이 멕일 죽 쑤락
해라."

그는 본디 마음씨가 고운 편이어서 자기의 친딸애를 귀여워한 것은 물론, 영술이를 돌봐주는 일에도 소홀히 하지 않았다. 영술이 아홉 살 때는, 글을 배우겠다고 떼를 쓰자, 보다 못한 방돌이 그의 손목을 잡고 서당으로 찾아가 얼마나 애걸을 했는지 모른다. 그러나 무당의 아들이라 하여 끝내 받아들여지지 않게 되자, 방돌이 천자책을 빌어다 자기 손으로 절반가량 베껴서 그것을 영술에게 가르쳤다.

그러나 영술의 글재주는 비범했고, 방돌의 실력은 본디 천자문 한 권도 채 떼지 못했던 터이라, 이내 바닥이 나고 말았다. 방돌은 이것을 보다 못해,

"절에서는 반상 차별이 없으니까 술이를 절에 데려다 가르치면 어떨까?"

하고, 을화에게 의논했다.

을화도 몹시 기뻐하며, 영술의 손목을 잡고 기림사(祇林寺)로 떠났다. 그 절에 그녀의 아는 스님이 계시다는 것이었다.

영술을 절에 보내고 난 뒤의 이삼 년 동안이 을화의 일생에 있어 가장 행복했던 시기였는지 몰랐다. 남편의 사랑은 살림에서, 굿에서, 잠자리에서 빈틈없이 극진했고, 굿은 날마다 인기와 상찬이 치솟았고, 월희는 옥으로 깎은 듯, 달의 혼을 빚은 듯 맑고 어여쁘게 자라났고, 보고 만나는 것이 모두가 기쁘고 즐거운 일들뿐인 듯했다.

이렇게 기쁘고 즐거운 나날 가운데서도, 을화는 무언지 불안과 두려움으로 부들부들 떨 때가 가끔 있었다. 그것은 주로 잠자리를 진탕으로 즐기고 났을 때 빚어지는 일이었는데, 그렇게 잠자리에 너무 심히 젖어드는 것을 선왕마님께서 처음엔 외면을 하시다가 요즘 와서는 차츰 노여

위하시는 것 같다고, 그녀는 부들부들 떨며 남편에게 호소하곤 하였다.

그러던 어느 날, 월희가 까닭없이 음식을 못 먹고 그 대신 냉수만으로 요를 때우기 시작하더니, 한 보름 뒤에는 혀가 목구멍 쪽으로 좀 당겨 들어가는 듯하면서 말을 잘 못 하게 되어버렸다.

이것을 을화는, 선왕마님께서 드디어 벌을 내리신 거라고 했다. 그리고는 굿이 없는 날 밤은 을홧골 서낭당이나, 때로는 그보다 더 깊은 산속으로 들어가 치성을 드리곤 하였다.

이 무렵부터 을화의 말씨나 거동에 차츰 변화가 일기 시작했다. 전에는 굿을 시작하여, 주당살[138)이 끝나고 정중이나 방울 소리가 나야 신이 내리던 것이, 이 무렵부터는 언제 어디서고 신이 들린 채 굿을 할 때나 거의 같은 상태가 계속되었다.

어느 달이 밝은 밤이었다. 밤새도록 산골짜기에서 냇무가로 쏘다니다 돌아온 을화는, 남편에게 월희를 가리키며 공수를 전하듯

"우리 달희(월희)는 달나라 월궁 속에 사시는 옥황상제님의 일곱째 공주님이올시더. 상제님께서는 일곱 공주님을 두셨는데 우리 달희가 맨 막내 공주님이랍니다. 상제님의 일곱 공주님은 제석대왕(帝釋大王)[139)님의 일곱 왕자님과 배혼[140)을 하시는데, 첫째 왕자님은 첫째 공주님과 배혼하시고, 둘째 왕자님은 둘째 공주님과 배혼하시고, 셋째 왕자님은 셋째 공주님과 배혼하시고, 이렇게 가서, 우리 일곱째 공주님은 일곱째 왕자님과 배혼하실 차렌데, 일곱째 왕자님은 본디 바람기가 있어 자기

138) 주당살 주당을 덧들여 받는 액운.
139) 제석대왕(帝釋大王) 무당이 모시는 신의 하나. 집안 사람들의 수명, 곡물, 의류 및 화복에 관한 일을 맡아본다고 한다.
140) 배혼 아이나 새끼를 뱀.

빡지는 기꺼이 받으며

"내 딸 장하다."

했다. 그리고는 다시,

"성도령은 늬가 아쉽거든 언제든지 말해라."

했다.

빡지가 '아쉽거든'이라고 하는 것은, 물론 을화의 굿을 돕는 박수로서의 성도령을 가리키지만, 또 다른 뜻도 곁들이고 하는 말인 듯했다.

"어무이 고맙심더."

을화는 벌겋게 상기된 얼굴로 빡지에게 머리를 숙이고 돌아왔다.

을화가 빡지에게 내놓은 퍼런 지폐 한 장은 이 밖에도 많은 효과를 내었다. 사흘 뒤 안강 마누라가 사돈댁의 부탁을 받고 그녀를 찾아왔을 때도, 심히 까다롭게 나오지 않고 을화를 보내는 일에 응한 것 역시 이 십원짜리의 공덕[134]이 컸던 것이다.

그해 이른 겨울부터 을화의 배가 눈에 띄게 부르고, 그것이 또한 작은 박수 성도령의 애기라고 마을 사람들은 다 짐작하고 있었지만, 아무도 별로 해괴하게 생각하는 사람이 없었다.

이듬해 사월 그믐께 을화는 딸을 낳았고, 그보다 두어 달 전부터 성도령은 이미 을화의 집으로 옮겨 와 살고 있었다.

빡지는 성도령을 을화의 집으로 보낼 때,

"자네는 내가 아들 삼아, 머슴 삼아, 평생 동안이라도 데리고 있을라꼬 했는데 내 신딸이 자네한테는 다시없는 각시깜이라, 아무도 이 일을

---

134) 공덕 착한 일을 하여 쌓은 업적과 어진 덕.

막을 수 없다고 생각했다. 이미 그까지 나갔으니 가서 한테서 지내도록 해라마는, 여기 있을 때나 꼭같이 생각하고, 자네가 할 일은 찾기 전에 와서 해야 된다."

이렇게 말하고 새 옷 한 벌과 돈 십오 원을 내주었다.

빡지가 그에게 '자네 할 일'이라고 한 것은 주로 종이꽃 따위로 보신개[135]를 만드는 일과 그림을 그리고 징을 다루는 일 따위였다. 그는 처음 빡지네 머슴으로 들어왔지만, 머슴 일보다는 박수를 돕는 일에 능했고, 특히 손으로 무엇을 만들고 그리는 일에 뛰어났던 것이다.

그의 이름은 방돌(方乭)이요, 그의 아버지는 환쟁이[136]로, 한 달 잡고 스무이레는 객지로 떠돌아다니며 남의 그림을 그려주고 밥이나 얻어먹고 지내다가 겨우 노자라도 낫게 생기면 집에 돌아와 며칠씩 머물다간 또 휘딱 사라지곤 했던 것이다. 그러던 것이 방돌의 나이 열일곱 살 때 행방불명이 된 채 아주 돌아오지 않고 말았다.

방돌이도 처음엔 제 아버지를 따라 그림을 그렸는데, 혼자 된 그의 어머니가 아버지 팔자 닮는다고 기 쓰고 말려서, 그림을 집어치운 뒤, 어머니와 함께 농사를 짓고 지내다가, 그의 나이 스무 살 때 어머니마저 세상을 뜨자 남의 집 머슴살이로 들어가 이태째 되던 어느 날, 빡지 굿 구경을 하던 중 문득, 징 치고 종이꽃 만들고 그림 그리고 하는 화랑이[137]가 부러워져서 빡지네 머슴으로 자리를 옮겼었다는 것이다.

---

135) 보신개 무당들의 은어로, '초롱(燭籠)'을 이르는 말.
136) 환쟁이 막치 그림을 그리는 것으로 업을 삼는 사람.
137) 화랑이 박수. 광대와 비슷한 놀이꾼의 패. 옷을 잘 꾸며 입고 가무와 행락을 주로 하던 무리로 대개 무당의 남편이었다.

"저, 장로님께 여쭐 말씀이 있는데 언제쯤 틈이 있겠습니까."
물었다.

"그런가, 언제든지 좋지. 지금이라도 괜찮으면 같이 가세. 저녁이나
같이 들면서 천천히 얘기라도 나누게……."

박장로는 이렇게 선선히 승낙을 했다.

박장로 댁은 성밖 동네의 동쪽 들머리에 있었다. 문패에는 박건식(朴
健植)이라 붙어 있었다.

사랑방으로 인도되어 들어간 영술은 박장로가 아무리 편히 앉으라고
권해도 듣지 않고 그냥 꿇어앉아 있었다.

주인이 자리를 잡고 앉는 것을 보자, 영술은 일어나 큰절을 한 번 하
고 나서 다시 먼저와 같이 꿇어앉은 채,

"장로님께 먼저 용서를 빌어야 할 일이 있습니다."
했다.

"무슨 일인고, 얘기해 보게."

박장로의 승낙을 얻고도 그는 한동안 머뭇거리고 나서, 겨우

"저, 저는, 사실은, 저, 저의 어머니가 무당이올시다."

이렇게 입을 열었다.

"무어……. 무당이라고?"

"예. 그리고 저는 아직 저의 아버지가 누군지, 어떻게 생겼는지, 본
적도 없습니다."

"엄마가 무당이다, 그렇다면 바로 이 동네 사는 저……?"

"예."

"그러면, 저, 바로 그 집이로구나."

박장로는 몹시 놀라는 얼굴이 되며, 혼잣말같이 중얼거렸다. 그는 얼굴을 들어 영술을 한참 바라보고 있더니, 무슨 말을 하려다가 마는 눈치였다.

"제가 그 집에 온 것은 나흘 전입니다."

"그렇다면 자넨 그 집 내력을 잘 모르겠군. 어서 얘기나 마저 해보게."

박장로는 그 집의 내력에 대하여 무슨 특이한 것을 알고 있는 듯한 말투였으나, 영술은 당장 그것을 물을 수도 없었다. 그는 박장로가 시키는 대로, 자기의 과거를 자기가 아는 한도 안에서 솔직히 이야기했다. 그러나 그가 집을 떠난 것이 열한 살 때였고, 또 그때까지 그는 친구를 별로 사귈 수도 없었기 때문에, 자기의 출생이나 열 살 이전의 일에 대해서는 잘 모르고 있는 것이 사실이었다.

"제가 저의 가정 형편을 감추려고 하는 것은 누구를 속이려는 것보다, 사실대로 털어놓으면 아무도 저를 상대해 주지 않을 것 같아서 그것이 두려워 그렇습니다."

영술은 이야기가 끝난 뒤 이렇게 덧붙였다.

"염려말게. 그런 점으로 보아서도 예수교는 참으로 훌륭한 종교라네. 자네도 알겠지만, 예수는 주로 자네 같은 사람들을 상대했거든."

박장로는 이렇게 그를 위로하고 나서, 다시

"나는 자네같이 젊고 현명한 청년을 좋아한다네. 네가 지금까지 맘속으로 기다리고 있던 청년인지도 모르겠어, 자네는……"

하고 말을 맺었다.

이에 용기를 얻은 영술은,

"제가 처음 교회에 갔을 때, 교회 일 보시는 김집사님이 장로님 이야기를 들려주시면서, 장로님께서 교회에 나오시게 된 연고가 미신 타파라 하시기에 특히 감동을 받고, 장로님께 나와 가르침을 받겠다고 혼자 맘속으로 다짐했댔습니다."

"……."

박장로는 잠자코 고개를 크게 끄덕거리고 나서,

"그럴 걸세. 그 연고[154]란 것이 바로 자네가 살고 있는 그 집 이야기라네."

하며, 먼저보다 광채가 어린 두 눈으로 영술을 건너다 보았다.

"저, 저의 집이라고요?"

"그렇다네."

박장로는 부드러운 목소리로 이렇게 대답하고 나서, 자기가 예수교를 믿게 된 동기를 천천히 이야기해 주었다.

박장로

박장로 박건식은, 김집사가 이야기한 대로, 밤들 박씨〔栗原 朴氏〕가문에서는 첫째로 손꼽히는 인물이었다. 밤들 박씨라고 하면, 삼대 진사(三代 進士)에 오대(五代) 천석꾼으로 일컬어지는 향반(鄉班)[155]이요, 토호[156]였다. 그러니까 진사는 건식의 할아버지 대까지 삼대째 내

---

154) 연고 혈통, 정분, 법률 따위로 맺어진 관계.
155) 향반(鄉班) 시골에 내려가 살면서 여러 대 동안 벼슬을 못 하던 양반.
156) 토호 어느 한 지방에서 오랫동안 살면서 양반을 떠세할 만큼 세력이 있는 사람.

려왔었고, 재산은 그의 당대까지 다섯 대를 천석꾼으로 내려왔더라는 것이다.

그가 이렇게 유서 깊은 고기(古基)[157]를 버리고 지금의 서부리로 나온 것은, 나라를 잃던 이듬해니까 그의 나이 서른다섯 살 때의 일이다. 그러니까 그의 나이 서른네 살 나던 해, 그는 엄청난 비보(悲報)[158]를 듣자,

"나라 잃은 백성이 양반은 어디 있으며, 상투는 무슨 소용이야?"
하며, 손수 자기의 상투를 잘라 사당(祠堂)[159]에 바치고 사흘 동안 통곡을 끊지 않았다.

사흘 뒤, 그는 사당에서 나오자 다시 그의 아버지 앞에 엎드린 채,

"이 불효자식을 아버님 곁에서 멀리 떠나게 허락해 줍소서."
하고, 일어나지 않았다.

그의 아버지는 건식이 부모의 허락 없이 스스로 상투를 잘랐다고 듣자, 처음엔 분을 참지 못하고 펄펄 뛰었으나, 사흘 동안이나 사당에서 통곡한 뒤 다시 자기 앞에 나와 엎드린 채, 멀리 떠나게 해달라고 사정을 하니, 너무나 기가 막히는지 아무런 말도 없이 담뱃대만 계속 빨고 있었다. 이렇게 아들은 엎드린 채 일어나지 않고, 아비는 말없이 담뱃대만 뻑뻑 빨고 하기를 나절이 다 하도록 끝나지 않으나, 어미가 보다 못해 자식 죽는 꼴 봐야겠느냐고 영감께 호소하여 간신히 얻어낸 허락이란 것이, "썩 일어나 물러가라"였다.

---

157) 고기(古基) 오랜 세월이 지난 옛터.
158) 비보(悲報) 슬픈 기별이나 소식.
159) 사당(祠堂) 조상의 신주(神主)를 모셔 놓은 집.

'물러' 간 아들은 자기 방에 가 쓰러진 채 열흘 뒤에야 겨우 자리에서 일어났다. 그것도 그의 어미의 "네 죽으면 우리 집에 살아남을 사람 하나도 없다"는 목멘 호소가 주효한 덕이었다고 한다.

자리에서 일어난 아들을 불러놓고 영감은,

"그래, 네가 내 곁을 떠난닥 하면, 어디로 갈 작정이고?"

따지기 시작했다.

"아버님, 용서해 주시이소. 소자가 차마 눈을 뜨고 하늘의 해 달을 쳐다볼 수도 없십니더."

"나라 잃은 백성이 늬 하나뿐인가? 늬 하나 없어진다꼬 나라를 되찾나? 어째서 늬는 늬 목숨이 늬 혼자 꺼라고 생각하노? 늬가 어디로 가뿌리면 우리는 다 어떻게 살란 말고?"

이렇게 말하는 영감으로서도, 아들이 어디로 간다는 것이 무엇을 뜻하는지 잘 모르고 있었다.

"……"

아들은 고개를 깊이 떨어뜨린 채 대답이 없었다.

"속 시원히 말이나 해봐라, 어디로 갈락 하노?"

"아버님 용서해 주시이소. 소자는 머리를 깎고 산으로 들어갈까 하옵니더."

"뭐? 중이 된다꼬?"

"……"

"중이 되는 거는 세상에서 없어지는 거나 같은 기라. 사내자식이 어짜면 고렇게도 매몰스러우냐? 이 늙은 애비 에미, 불쌍한 처자식 다 내버리고 늬 혼자 중질이나 갈란다 이거가? 에이 천하에 호종[160] 같으니라고."

영감은 소리를 벽력같이 지르자, 자리에 눕고 말았다. 그리하여 그날부터 이번에는 영감이 식음을 끊었다.

마누라가 미음을 차려다 놓고 아무리 빌어도 일어나지 않았다.

"그놈의 중질 가는 꼴 보기 전에 내가 먼저 죽어야지."

이 말을 들은 어미는 아들을 붙잡고 울었다.

"늬가 기어이 아바이 죽는 꼴을 봐야겠느냐? 제발 중질 간단 말만 안 한다꼬 해라."

어미가 밤낮으로 매달려 눈물을 흘리니, 아들도 견디지 못하는 듯, 아비 앞에 나아가, 중질 갈 생각을 돌리겠으니 제발 자리에서 일어나 식음을 취하시라고 빌었다.

이듬해 봄이 되자, 아들은 다시 아비 앞에 나와 엎드렸다.

"무슨 일고?"

"아버님, 소자 읍내로 옮겨가 나라를 되찾는 일을 벌여야 하겠습니더. 제발 허락해 줍소서."

"나라를 되찾겠다꼬?"

"예."

아들의 목소리에는 결연한 의지가 비치고 있었다.

영감은 오래 생각하고 나더니,

"늬가 집을 떠난닥 하는 거는 나로서 참으로 죽기만치 싫다마는 중질 가는 가카마사 안 낫겠나? 부디 나가 있더라도 집에 자주 오고, 관혼상

---

160) 호종 만주의 인종이나 물건.

제[161]야 더 말할 나위도 없지마는, 집안 대소사(大小事)가 있을 때는 빠지지 말고 다녀가도록 해라."

이렇게 조건부의 허락을 했다.

건식은 집안일을 아우에게 맡기고 읍내(서부리)에다 새 집을 마련하여 자기에게 딸린 권속[162]만 데리고 나오려 하였다. 그러나 그의 아버지는,

"너의 권솔은 여기 두고 너 혼자 나가든지, 불편하면 소실을 두더라도, 권솔까지 옮겨가지는 못한다."

하고 나왔다.

"아버님, 소자가 무슨 호강을 할라고 부모님을 버리고 나가능기요? 밤들 누구네라고 하면 아는 사람은 다 아는데, 이 판국에 소실이나 들이고 거들렁거린닥 하면 남이 뭐락 하겠십니꺼?"

"늬 손으로 밥을 지어먹고 사는 한이 있닥 해도, 에미는 안 된다, 내가 눈감기 전에는 못 내놓는다."

아버지는 끝까지 강경했다.

박건식은 하는 수 없이, 옛날부터 자기 집의 일을 보아오던 김서방 내외만 데리고 나왔다.

달포 뒤, 그의 어머니가 읍내로 아들을 찾아와서,

"내가 그동안 늬 어른하고 아모리 궁리를 해봐도 별수가 없더라. 하루이틀도 아니고, 어중간한 나이에 남자가 어떻게 혼자 사노? 늬 안사람과 자식들은 늬 대신 밤들을 지켜야 한다. 늬 어른도 그렇고 늬가 주

---

161) 관혼상제 관례, 혼례, 상례, 제례를 아울러 이르는 말.
162) 권속 한 집 안에 거느리고 사는 식구.

인인데 늬가 이렇게 나와 있으니, 늬 안사람과 자식들은 하늘이 두 쪼각 나도 밤들에서 살아야지 떠나서는 안 된다. 그래서…….”

잠깐 말을 그치고 아들의 얼굴을 건너다 보았다.

아들도 어머니가 무슨 말을 하려고 한다는 것을 대강 짐작하고 있었다.

“어머니, 밤들은 동생이 지킬 겁니더.”

“동생한테 맡길 일이 따로 있다. 종가는 종손이 맡아야 된다. 늬가 박씨 가문의 주인이다. 늬 어른이 늬를 읍내로 내보낸 거만 해도 응어리가 져 있는데, 늬 안사람하고 자식들은 하늘이 두 쪼각 나도 안 된닥 하더라. 그러니 잔말 말고, 얌전한 사람을 하나 딀여라……. 마침 뒷실 동네에 참한 사람이 있다고, 늬 처삼촌이 와서 귀띔을 해주길래 가보았더니, 혼기 놓친 규수락 해도 나이가 스무 살밖에 안 됐고, 사람은 그럴 수가 없더라. 여북 해서 늬 처삼촌이 쫓아와서 귀띔을 했겠나?”

“어머니, 지 속을 그렇게 몰라주십니꺼?”

“오냐, 몰라서 그런 게 아니다. 나라 뺏긴 한을 누가 모르겠나. 하지만 나라 일을 늬 혼자 못 하는 거고, 박씨 가문 일은 늬한테 달린 거 아니가? 부모한테 불효가 되고 조상 앞에 죄인이 된닥 해도, 늬 혼자 돌릴 수 있는 일이락 하면 부모라고 굳이 말리겠나?”

어머니의 이 말에는 건식도 무어라고 대꾸할 길이 없었다.

“…….”

“늬가 뒷실까지 가기 싫닥 하면 내가 고마 알아서 하마. 나중에는 천하를 잡더라도 우선은 제 발등의 불을 끄고 봐야 될 게 앙이가?”

그런 지 보름쯤 지나, 어머니는 그 스무 살 난 노처녀란 사람을 데리고 읍내로 왔다.

건식은 그 일이 도무지 마땅치 않고 떳떳하지 못하다고 생각은 하면서도, 부모님과 날카롭게 부딪칠 수가 없고, 또 은연중에 느껴지는 생리적인 욕구도 있고 해서, 못 이기는 듯이 손님을 맞아들였다.

건식이 새사람을 들인 거라고 인정하자, 아버지는 그를 불러 오백 원을 내어주며,

"내가 그동안 땅을 사려고 모아두었던 돈에서 먼젓번에 늬가 집을 마련할 때 오백 원을 가져갔고, 이것이 남은 돈이다. 이걸 가지고 늬사 장사를 하든지 나라 일을 하든지 맘대로 하되, 이 이상 전장을 처분해서 쓸 생각은 하지 마라."

한결 누그러진 목소리로 이렇게 말했다

"아버님, 소자는 결코 유흥이나 방탕을 탐해서 돈을 쓰려는 게 아임니더. 나라 일을 하는데 어떻게 오백 원으로 되겠십니꺼."

"늬 말을 몰라서가 아니다. 늬는 박씨 가문을 지켜야 된다. 집이 있어야 나라도 있다."

건식은 아버지와 맞서 싸울 수가 없었으므로, 그날은 그냥 오백 원을 받아넣고 읍내로 돌아왔다.

그가 읍내로 돌아오자, 그동안에 앞마을 최씨 댁에서 사람이 다녀갔다고 했다. 앞마을 최씨라고 하면 읍내에서 제일가는 명문으로, 종가 주인인 최감(崔瑊)씨는 일찍부터 그가 우러러 모셔오던 어른이었다. 곧 앞마을로 달려갔더니, 최감씨가 서울서 내려왔다는 안혁(安爀)이란 사람을 소개해 주었다. 안혁은 독립군을 모으기 위한 군자금[165]을 마련하러 이승만의 밀명을 띠고 내려왔다고 했다. 최감씨가 먼저 오백 원을 내

어 놓으며, 박건식에게도 힘 자라는 대로 돕자고 했다. 건식은 최진사(최감)의 제의를 즉석에서 쾌락하고, 삼백 원을 내어놓았다.

박건식은 그 뒤, 수중에 남은 돈 백 원 미만을 노자로 하여 서울까지 올라가 세상 되어가는 꼴을 대강 살펴보고 내려오자 바로 최감씨를 찾아갔다. 서울에서는 박건식의 친척 되는 사람도 살고 있었지만, 본디 상경할 때, 최감이 찾아보라고 당부한 인물도 몇몇 있었던 만큼, 귀향 즉시 그에게 보고를 드려야 할 형편이었던 것이다. 대강 보고를 듣고 난 최감은,

"그래 독립군 관계는 알아보았는가?"

수염을 쓰다듬으며 이렇게 물었다. 그는 박건식보다 열다섯 살이나 연상인데다 박건식이 젊을 때부터 알아 모시던 어른이요, 또 동향 선배이기도 하여, 박건식에게 반말을 썼다.

"먼저 다녀간 안혁이란 사람이 독립군 일에 가담하고 있는 것은 사실입니다. 허지만, 지금 우리가 있는 재산 털어서 군자금을 댄다고 당장 나라를 되찾을 수는 없답니다."

"그걸 누가 모른다나? 그냥 죽치고 있을 수가 없어서 그렇지."

최감이 나무라듯이 한마디 불쑥 했다.

"그렇습니다. 그러니까, 그 돈을 가지고 학교를 세운다든지, 외국으로 유학생을 보낸다든지 해서, 좀더 멀리 내다보고 일을 시작하는 것이 낫지 않나, 그럽디다."

"……"

165) 군자금 군사상 필요한 모든 자금.

최감은 대답을 하지 않고 한참 동안 머리를 수그린 채 생각하고 나더니, 찬찬히 얼굴을 들어, 낮은 목소리로,

"옳은 말일세."

했다.

그러나 그때는 아직 무단정치(武斷政治)[166]가 강행되고 있었으므로, 교육기관이라 해도 마음대로 손을 댈 수가 없었고, 거기다 그만한 기금을 마련하는 것도 결코 쉬운 일이 아니었다. 여기서 왜군 당국과 접촉하는 일과 부지(敷地)[167]를 마련하는 일은 최감이 맡기로 하고, 교사와 시설을 갖추는 일은 박건식이 책임지기로 했다.

박건식은 밤들로 돌아가 아버지를 찾아뵙고 이 뜻을 밝힌 뒤 자기 몫으로 전답 오백 석지기만 처분해 주십사고, 다시 사정을 했다.

"그 돈을 가지고 뭘 할락 하노?"

영감은 새삼스레 이렇게 물었다.

"교육사업을 시작할랍니더."

"늬 생각은 짐작하겠다마는, 그건 안 된다. 꼭 할락 하거든, 내 죽은 뒤에 시작해라. 나도 조상으로부터 물려받은 재산인데 어째 내 맘대로 처분하노?"

"아버님, 나라가 없어졌는데 재산을 가지면 뭐하는 기요?"

"나라가 없어졌다꼬 조상도 없어진 거는 아니제? 암만 나라가 망했닥 해도 조상은 남아 있제? 나는 죽었으면 죽었지 조상 앞에 죄인이 될 수는 없다."

---

166) 무단정치(武斷政治) 군대나 경찰 따위의 무력으로 행하는 정치.
167) 부지(敷地) 건물을 세우거나 도로를 만들기 위해 마련한 땅.

아버지는 이렇게 잘라 말하고 나서, 건식의 어떠한 말에도 귀를 기울이지 않겠다는 듯이 돌아앉고 말았다. 그러한 아버지와 맞서 다툴 수가 없어, 건식은 일단 읍내로 돌아왔다.

그러나 그가 읍내로 나온 지 닷새 만에 밤들로부터, 아버지가 병환이라는 기별이 왔다. 건식은 곧 밤들로 달려가 보았더니, 아버지는, 그날 건식이 아버지와 다투다가 읍내로 떠난 뒤부터 자리에 누웠는데, 밤잠도 식사도 잘 취하지 못하는 채, 거동을 못 한다는 것이다. 의원도 여러 군데 불러다 보였으나, 뚜렷한 병명도 알아내지 못한 채 무슨 약을 써도 효험이 없으니, 이것을 필시 건식과 말다툼으로 심한 충격을 받았기 때문이라 하였다.

"아버님 소자가 먼저 말씀드린 교육 건은 없었던 걸로 보시고 마음 놓아주시이소. 그 일은 읍내 최진사님이 맡아주시기로 하고, 지는 그저 진사님의 심부름이나 해드리기로 의논이 됐십니더."

이렇게 얼버무려 두었다. 우선 아버지의 걱정을 덜어드리기 위해서였다.

그의 아버지는 처음 대답이 없었다. 한참 뒤, 낮은 목소리로,

"늬가 남의 심부름꾼이나 된단 말가?"

나무라듯 물었다. 그의 두 눈에는 광채가 어려 있었다.

"심부름꾼이 되는 게 아입니더. 최진사님 같은 좋은 어른을 모시고 일을 거들어드리는 거지요."

"……"

아버지는 말없이 고개를 약간 저어보이더니 옆으로 돌아누워 버렸다.

그런 지 다시 보름쯤 지난 뒤, 그의 아버지의 병환이 위중하다는 기별

을 받고 건식이 다시 밤들로 달려갔을 때, 영감은 아들을 보자, 두 눈에 광채를 띠며,

"내가 본디 늬 앞으로 제쳐두었던 칠백 석지기에서 오백 석은 우리 종중[168]까지 늬 혼자 께 아니다. 그러니 내가 죽더라도, 그 오백 석지기에는 벼 한톨도 손대선 안 된다. 내가 살아서 조상 앞에 죄인이 되기키마 얼른 죽어서 죄인이나 면할란다. 내가 없더라도 부디 내 뜻을 짓밟지 마라."

이렇게 마지막 당부를 남기자, 사흘 만에 아주 숨을 거두고 말았다.

이렇게 아버지가 돌아가신 뒤, 건식은 석 달 동안 완전히 두문불출을 했다. 아버지를 돌아가시게 만든 것이 순전히 자기의 죄라고 헤아려졌기 때문이었다.

소상(小祥)[169]을 지낸 뒤, 건식은 읍내로 들어가 최진사를 만나보았다. 건식의 이야기를 다 듣고 난 최진사는,

"자네 어른 말씀도 옳으네. 옛날부터 효(孝)를 떠나 충(忠)이 없다고 했지. 그렇지만 자네가 나라를 찾겠다는 생각이 틀렸다는 건 아닐세. 자네가 나라를 찾겠다는 생각은 충효보다 더한 거라고 나는 믿네. 충효도 나라가 있은 뒤의 일이 아닌가. 그렇다고 내가 자네더러 자네 어른의 유언을 거역하라는 건 아닐세. 내 생각을 털어놓고 말하면 그렇다는 것뿐일세. 그 뒤의 일은 자네가 복(服)을 벗고 나서 나와 다시 상의하세."

이렇게 자기의 흉중을 털어놓았다.

최진사의 충고대로, 탈상까지는 모든 공사(公事)[170]에서 일단 손을

---

168) 종중 성(姓)이 같고 본(本)이 같은 한 겨레붙이의 문중.
169) 소상(小祥) 사람이 죽은 지 1년 만에 지내는 제사.

떼고, 초하루 보름마다 밤들로 들어가 아버지의 빈소나 충실히 지키려 했다.

이제 탈상도 앞으로 반 년밖에 남지 않았다고 했을 때, 그해 열두 살 난 그의 큰아들이 이름 모를 병으로 자리에 눕게 되었다. 어미(박건식의 처)가 몸이 달아 점을 쳐보니 무슨 집안의 잘못된 귀신이 붙었다고 하더라면서, 읍내로 쫓아와 이 일을 어쨌으면 좋겠냐고 했다.

"병에 의원이 필요하지 점이 무슨 상관이가?"

"의원을 보여도 안 되니까 그렇지요?"

마누라는 이렇게 반문하고 나서,

"바로 이 동네에 용한 태주 할미가 있다니까 속 시원히 한번 알아보고나 올께요."

했다.

건식은 맘속으로 밑져야 본전이란 생각으로 심히 말리지 않고 내버려 두었다. 그랬는데 그날 밤 집으로 돌아온 마누라의 이야기가,

"그 태주 할미 없어졌대요."

했다.

"어딜 갔는데?"

"모른답니다. 큰일을 저지르고 달아났답니다. 집에는 잡초만 우묵하데요."

"무슨 일을 저질렀는데?"

"끔찍해서⋯⋯"

---

170) 공사(公事) 여러 사람과 관련된 일.

마누라는 이렇게 말하며 남편의 얼굴을 말끄러미 쳐다보았다.

태주 할미

당집 뱃집 신당집 귀신집 따위로 불리는, 이 돌담의 묵은 기와집에 그 태주 할미가 살아온 지 수십 년 전부터의 일이었다.

본디 이 집에는, 언제부터인지 정체 모를 도사(道士) 한 사람이 살고 있었는데, 이 할미가 그 동재 빨래를 맡고 있다가 도사가 어디론지 떠나 버리자 할미가 혼자 남아 살게 되었다. 그 뒤 한 반 년쯤 지나서, 그 할미가 본디 살던 도사로부터 도술을 이어받았노라 하고 점을 치기 시작했다. 그러나 도술이 변변치 못한지, 점이 별로 신통치 못하다는 소문이었다. 그런 지 얼마 뒤, 이번에는 난데없이 명도(明圖─明斗)가 들렸다면서, 도술점(道術占─六爻占) 대신 명도점을 치는 태주 할미로 탈바꿈을 해버렸다. 그와 동시, 그녀의 명도점은 영검이 대단하여 원근에 알려질 정도였다. 이렇게 한 네댓 달 지나서, '성밖 동네 귀신집 명도점'이라고 하면 부근뿐 아니라 온 고을의 명물이 되어갈 무렵, 태주 할미가 갑자기 자취를 감추고 말았다.

이보다 약 반 년 전에, 황남리(皇南里)에서 어린이의 실종사건이 있었다. 그때는 마침 봉황대 거리에서 황남리에 걸쳐 줄다리기가 벌어졌을 무렵이라, 온 고을 사람들이 그 일대에 모여 들끓고 있었는데 네 살잡이 어린이가 집 앞 거리에서 놀다가 행방불명이 되었다는 것이다. 부모 친척들이 동네를 나눠 맡고 집집마다 들어가 샅샅이 살폈으나 헛일이었다.

그렇게 한 서너 달쯤 지나자 부모들은 거의 단념을 하다시피 하였다. 그런데 그 어린이네 집이 성밖 동네 정부자네와 외가로 척의(戚誼)¹⁷¹⁾가 있어, 마침 굿 온 을화에게 정부자 집 마누라가 그 일을 물어보았던 것이다.

을화는 대뜸

"그런 거는 무당카마 멩도한테 물어보는 게 낫십니더."

했다.

"와 아이라, 그래서 우리 동네 멩도한테 진작 안 물어봤나. 그랬더니 선도산 호랑이가 업어갔을 꺼라고 안 카나."

"……."

을화는 왠지 고개를 좌우로 저었다.

"와 그카노?"

"선도산 호랑이는 큰줄다리기할 때 안 내려옵니더."

을화는 '선도산 호랑이'와 이웃이나 되는 것같이 딱 잘라 말했다.

그러나 마누라는 그 점에 대해서 묻지 않았다. 오히려 당연하다는 듯이,

"그렇닥 하면 그 멩도 할미가 거짓말한 거제?"

이렇게 물었다. 마누라는 태주 할미를 꼭 멩도 할미라 불렀다.

을화는 이에 대한 대답을 하지 않고,

"그 할메네 멩도 몇 살잽인데요?"

'할매네 멩도'라는 것은 할미에게 들린 명도가 몇 살이냐는 뜻이었

---

171) 척의(戚誼) 성이 다르면서 일가가 되는 관계.

다. 그러니까 죽어서 명도가 된 아이의 나이를 가리키는 말이다.

이렇게 물었나.

"너댓 살 된닥 하지, 아마."

"찾는 애긴 몇 살인데요?"

"기호(아이 이름)도 네 살이고."

"그래요? 그러면 목소리가 어떻던기요?"

"목소리라께?"

"목소리가 닮았던기요?"

"누구하고?"

"멩도 목소리하고, 그 기호락 하는 애기 목소리 하고 말임더."

"그건 모를따. 그건 와?"

사실 마누라는 태주 할미가 내는 명도 소리를 똑똑히 귀담아듣지 못했을 뿐더러, 기호의 목소리는 전혀 기억조차 없었기 때문에, 두 소리가 닮았던 건지 아닌지 대중할 수가 없었다. 그보다 을화가 왜 그것을 캐어 묻는지 그것이 수상쩍기만 했다.

을화는 이번에도 대답은 없이,

"애기 엄마가 잘 들어보면 알 낀데요."

했다.

"접때 나하고 같이 갔는데, 별로 즈거 애 목소리 같다고 안 하더라. 그렇지만 그건 와 물어쌓노?"

"……."

을화는 거북한 듯이, 마누라를 잠깐 쳐다보다가 눈을 내리깔아 버렸다.

"뱃집 할미네 맹도가 기호 혼백일까 봐서 그러나?"

"……"

을화는 대답을 하지 않았으나, 어쩌면 그럴지도 모른다는 듯한 표정이었다.

"그건 아닐 꺼다. 와 그런고 하면, 아적까지는 그 애기가 죽었는지 살았는지도 모르잖나? 또 설사 죽었닥 해도 맹도 되는 혼백은 손님(마마)이나 홍진(홍역)에 죽은 애들 꺼라고 안 하더나?"

"……"

을화는 무슨 말을 하려다가 그냥 입을 다물어버리고 말았다. 무언가 짚이는 것이 있지만 내어놓고 말하기를 꺼리는 눈치였다.

그런 지 사흘 뒤, 황남리의 기호 어미가 왔기에 마누라가 이 이야기를 했다. 그녀는 대뜸

"어쩌면 그럴 낌더."

했다. 그녀는 다시 말했다.

"우리 기호는 죽었을 낌더."

"죽었닥 해도, 손님이나 홍진에 죽은 혼이 맹도 된다 안 카더나."

"꼭 그렇지도 않답니더. 고 나이 또래는 다 될 수 있답니더. 제 명에 죽은 거 아니면……"

"자네가 꼭 그렇게 생각하면 한 번 더 가보자, 그 맹도 할미한테……"

여기서 두 마누라는 다시 그 뱃집의 태주 할미를 찾았다.

이날 그 태주 할미는 정부자 집 마누라를 보자 처음 반색을 했으나, 뒤따라 기호 어미가 들어오는 것을 보자 조금 찔끔하는 얼굴로,

"저 댁이 누구더라?"

했다.

"와 저기 황남리, ㄱ 애기 잃어버린 집 댁내 앙이가?"

"접때 내가 안 카던기요? 선도산 호랭이가 업어 갔다꼬."

태주 할미는 대뜸 무언가 못마땅한 얼굴로 퉁명스럽게 말했다.

황남리댁이 면구스러운지 얼른 무어라고 입을 떼지 못하고 있는 것을 보고, 정부자 집 마누라가,

"앙이다. 저 댁내 오늘 자네 찾아온 건, 그새 또 은가락지를 잃어뿌맀지, 그래 은가락지가 어딨는지 그것도 알아볼 겸, 호랭이한테 업혀간 애기 굿이나 해줄까 해서 자네하고 의논하러 왔다 안 카나?"

이렇게 그 자리에서 적당히 얼버무려 맞추었다.

평소로 정부자 댁 마누라한테는 많은 신세를 입어오고, 또 이 마누라를 자기의 보호자라고 믿고 있는 터이라 두말하지 않고,

"그래요? 그러면 거기 앉이이소. 은가락지는 어느 날 어디서 잃어뿌맀는기요?"

곧 명도 부를 차비를 했다.

태주 할미가 신단을 향해 큰절을 두 번 하고 나더니, 신단 밑에 보자기로 덮어두었던 점상을 끌어내었다. 상 위의 접시에는 방울이 하나 얹혀 있었다.

태주 할미는 방울을 들어 짤랑짤랑 소리를 한 차례 내고는 도로 접시에 놓더니, 이번에는 눈을 감고 상을 향해 얼굴을 약간 수그린 채, 입속말로 주문을 몇 마디 왼다. 애기 엄마는 온 신경을 귀에 기울이다시피 했으나, 황남리, 이씨, 은가락지 하는 몇 마디 말이 띄엄띄엄 들릴 뿐이었다.

주문을 끝낸 할미는 고개를 들며 휘파람 같은 소리를 휙 내었다. 그러자 신단 위에 걸쳐두었던 검은 수건 끝이 가는 바람에 나부끼듯 잘게 하늘거리며, 들릴 듯 말 듯한, 먼 수풀의 작은 새소리 같은 것이 아련히 지지거려졌다.

태주 할미가 고개를 들어 그 잘게 하늘거리는 검은 수건을 쳐다보았을 때, 지지거림 속에서는 외바리[172], 나비함[173], 하는 소리가 섞여 나는 듯했다.

그 지지거림 소리에만 온 신경을 곤두세우고 있던 황남리댁이 갑자기,

"아이고 기호야."

하고, 목이 터지도록 소리를 지르며 방바닥에 엎으러져 버렸다.

먼 수풀의, 병든 작은 새의 지지거림 같은 들릴 듯 말 듯하던 아련한 소리도, 신단 위의 검은 수건의 잔잔한 하늘거림도 함께 그쳐버렸다.

분노에 찬 듯한 태주 할미의 험악한 광채를 띤 두 눈의 방바닥에 엎으러진 황남리댁을 향해 쏟아졌다.

"기호네, 기호네."

정부자 집 마누라가 황남리 집 마누라의 어깨를 흔들었다. 여인은 아직도 정신을 돌이키지 못하고 있었다.

"얼른 나가서 냉수라도 한 그릇 가져오게."

정부자 집 마누라가 태주 할미를 꾸짖듯이 말했다.

"그 마누라 살[174]을 맞은 기라요."

태주 할미가 분노에 찬 목소리로 악담을 뱉었다.

---

172) 외바리 마소(牛馬) 한 필에 실은 짐. 여기는 단짝 장롱을 가리킴.
173) 나비함 나비가 장식으로 새겨진 노리개함.

"자네 집에서 살을 맞았음 물 한 그릇 못 내올능아? 맹도 보다가 살 맞았음 맹도네 탓이지 누구 탓인고?"

마누라가 호통을 쳤다.

태주 할미는 상을 신단 밑으로 밀쳐놓고, 쓰러진 여인을 흘겨보며 자리에서 일어났다.

"기호네 정신 차려라."

마누라가 다시 한 번 황남리댁의 어깨를 흔들었다.

황남리댁은 아직도 눈을 열지 못하고 있었으나 먼저보다는 약간 숨기가 트인 듯했다.

태주 할미가 냉수 한 사발을 방 안에 디미는 것과 동시에, 입에 머금고 있던 냉수를 쓰러진 여인의 얼굴에 확 뿜었다.

여인이 가물가물 눈을 열기 시작했다.

"기호네, 기호네, 정신 차려라."

"아, 아 주 머 이."

여인은 낮은 목소리로 겨우 이렇게 불렀다.

태주 할미는 성이 잔뜩 난 듯 얼굴이 뿌루퉁한 채 증오에 찬 눈길로 여인을 흘겨본 뒤, 문을 닫고 돌아섰다.

방 안에는 마누라와 여인만이 남았다.

이 방의 주인인 태주 할미는 밖에서 무엇을 하는지, 어디로 갔는지, 기다려도 들어오지 않았다.

"얄궂어라, 이 예펜네 어딜 가고 안 오제?"

174) 살 사람을 해치거나 물건을 깨뜨리는 모질고 독한 귀신의 기운.

마누라가 혼잣말같이 중얼거리다가, 황남리댁 쪽으로 돌아다보며,

"기호네 좀 어떠노? 일어나 걸을 만하나?"

물었다.

"아지머이요, 나는 못 가겠십니데이."

"와? 아직 정신이 덜 드나?"

"아입니더, 이 방에 우리 기호 있심더. 우리 기호 이 방에 있는데 내가 어째 가는기요?"

"이 사람아. 맹도락 하는 게 본래 그런 게 앙이가? 소리만 지지거리고, 그게 그거 같지. 맹도 되는 애들의 나이가 모두 같은 또래니까, 그게 그거 같을밖에……."

"아입니더, 아지머이요. 우리 기호가 틀림없십니데이. 나는 우리 기호 소리를 들었십니더."

"그렇닥 하면, 먼젓번에 왔일 때는 와 몰랐노? 기호가 틀림없닥 하면 그때도 기호 목소리가 났을 꺼 앙이가?"

"그때는 맹도 할미가 맹도를 안 부르고 지 맘대로 씨부린 기라요. 그때는 벽에 걸린 까만 수건도 치워뿌리고 안 보이데요."

황남리댁 말을 듣고 보니, 정부자 집 마누라도 그때는 그 할미가 명도를 부르지 않은 채 선도산 호랑이를 둘러대었던 것 같은 생각이 들었다.

'그렇지만 지(태주 할미)가 날 속일 처지도 아닌데 맹도도 안 부르고 고렇게 지 맘대로 씨부렸일꼬. 어디 이년의 예펜네 나타나만 봐라, 내 실토[175]를 받고 말 끼다.'

이렇게 잔뜩 벼르고 있었지만 웬일인지 태주 할미는 돌아오지 않았다.

두 마누라는, 네 벽의 검검츠레한 채색 그림에 어스름이 끼일 때까지 기다리다가 그 방에서 나왔다. 이미 날도 저물었고 또 명도한테서 받은 충격 때문에 아직도 몸이 후들거려 제대로 걸을 수도 없고 하여, 황남리댁은 그날 밤 정부자 집 마누라를 따라가 함께 자고 이튿날 다시 태주할미를 찾기로 했다.

저녁상을 물린 뒤, 마누라는 생각난 듯이,

"하기는 지금 생각하니, 그 예펜네 멩도 들린 게, 기호 없어진 지 한 보름 뒤니까, 어짜면, 기호 혼백이 멩도가 돼서 그 예펜네한테 들렀는지 모르겠다이."

했다.

"틀림없십니더. 우리 기호가 아이면 그걸 모릅니데이."

황남리댁이 이내 이렇게 받았다.

"그거사 와 그럴라꼬? 멩도락 하는 게 본디 애들 죽은 귀신이 돼서 다른 쇠견은 없어도, 물건 있는 데 가서 보고 조잘대는 건 다 감쪽같은 긴데……"

"아지머이요, 그게 아입니데이."

"그게 아니라께……?"

"멩도가 가서 보고 있는 대로 조잘대는 건 다 같닥 해도, 우리 기호가 아이면 못 할 소리를 합디데이."

"그게 뭔데?"

"은가락지가 외바리 나비함에 있다꼬 안 하던기요? 다른 애 죽은 귀

175) 실토 거짓 없이 사실대로 다 말함.

신 같으면 노랑장롱 노리개함에 있다꼬 할 낍니더."

황남리 댁은 이렇게 말하며 마누라의 얼굴을 빤히 쳐다보았다. 마누라가 그래도 잘 알아듣지 못하자 황남리댁은 다시,

"노랑장롱을 우리 집에서만 외바리락 하고, 또 노리개함을 우리 집에서만 나비함이락 하기 때문에 우리 집 식구들밖에는 그렇게 말할 줄 모릅니더. 나도 전에 맹도 더러 들어봤지마는, 맹도된 애기가 살았을 때 하던 말밖에 못 하는 기라요."

이렇게 설명을 덧붙였다.

그러자 마누라도 대강 이해가 되는지 고개를 끄덕이고 나서,

"그래, 은가락지가 그, 뭐락 했노? 외바리, 나비함이락 했나, 거기 들어 있는 거는 사실이가?"

이렇게 물었다. 처음 태주 할미가, 애기 찾는 점 같으면 먼젓번에 했다는 이유로 안 해주려고 했기 때문에, 생각나는 대로 아무렇게나 말을 돌려대었던 만큼 그것부터 확인을 해두려는 것이다.

"그럼요, 시집올 때 가지고 온 대로 나비함에 그대로 안 있는 기요?"

"그렇닥 하면 기호가 어디 가서 잘못될 때, 그 혼백이 그 예펜네한테 와서 들렸는가베."

"……."

황남리댁은 말없이 고개를 약간 옆으로 돌렸다.

"와?"

"아까 우리 기호가 날 부르는 소리 들었십니더. 분명히 엄마락 하는 소리를 들은 거 같은데 그게 하도 불쌍한 소리로 들렸기 때문에 내가 그만 기절을 해뿌린 기라요."

"불쌍한 소리로 들리다께?"

"그걸 말로 뭐라고 할 수가 없네요. 전신에 소름이 쪽 끼치고 가슴이 오그라드는 거 같데요."

"그렇게 없어진 애니까 잘못 죽은 거지. 그러기에 멩도가 된 거 앙이 가?"

"……"

황남리댁은 대답을 하지 않았다. 한참 뒤 황남리댁은 다시,

"그런데 그 멩도 할미는 와 갑자기 달아나 뿌리는기요?"

이렇게 물었다.

"귀신 들린 예펜네들 어디 보통 사람하고 같은가? 행동거지가 본디 미친것들 같잖던가베?"

여기서 두 마누라의 이야기는 대강 그쳤다.

이튿날 황남리댁은 아침을 대강 들자 이내 태주 할미를 찾아갔다. 그러나 할미는 아직도 돌아와 있지 않았다. 혼자 기다리기에는 무서운 집이라 정부자 집으로 달려와 그 이야기를 했다.

"세상에 얄궂은 일도 있구나."

마누라는 이렇게 말하며 나들이 치마를 걸치고, 황남리댁과 함께 다시 그 뱃집으로 달려갔다. 빈집이기는 마찬가지였다.

마누라는 방문을 열고 방으로 들어가 이리저리 살펴보더니,

"이 예펜네가 도망친 거 앙이가?"

했다.

"도망쳐요?"

황남리댁이 깜짝 놀라며 물었다.

"글쎄, 농 속에 있던 비단 보재기가 없어진 걸 보니, 이거저거 소중한 거만 한 보따리 싸 이고 달아난 거 같구만. 설마 그렇지는 않을 낀데! 내 돈도 쉰 냥이나 꿔 쓰고 있는 거로……."

"아이고 아지머이요, 나는 그 할미 못 만나면 죽겠십니데이."

황남리댁은 이렇게 말하며 방 앞의 신돌 아래 펄썩 주저앉더니 엉엉 울음보를 터뜨렸다.

"내가 이년의 예펜네, 대국¹⁷⁶⁾까지 가서라도 잡아올 끼니 안심하고 일 어나게."

마누라는 황남리댁의 소매를 잡고 끌었다.

마누라는 사방으로 사람을 보내어 태주 할미의 행방을 찾았으나 아무도 아는 이가 없었다.

황남리댁은 또 그녀대로, 마누라가 찾아내 주기만 기다릴 수 없어, 명도와 무당이 있다는 데는 다 찾아가 보았다.

잣실 을화 무당의 이야기는 정부자 집 마누라를 통해 더러 듣고 있었지만, 이 기회에 직접 가서 물어보리라 하고, 안강까지 갔다오는 길에 들렀다.

을화는 황남리댁의 이야기를 대강 듣고 나더니, 고개를 끄덕이며

"그럴 낌더. 그럴 낌더."

했다.

"자네는 어짜면 첨부터 그렇게 믿었노?"

황남리댁이 물었다.

---

176) 대국 우리나라에서 중국을 이르던 말.

"선도산 호랭이가 물어갔닥 하길래 이내 거짓말이라꼬 알았지요. 선도산 호랭이가 큰줄다리기할 때 내려오는 일이 없거든요. 그렇닥 하면, 그 할미가 와 그런 거짓말을 꾸며댔노 할 때, 잃어버린 애기하고 그 할미하고 반드시 무슨 연유가 있다, 이렇게 생각이 들데요. 그래서 지가 정부자 댁 마님한테, 애기 엄마가 멩도 소리를 한번 잘 들어보면 알끼라고 그랬지요."

"아이고, 내가 와 진작 자네를 찾아오지 못했던고? 우리 정부자 댁 마누라한테라도 그 얘기를 좀더 자세히 해줬으면 됐을 꺼로?"

"지는 첨에 호랭이 말을 들었을 때 확 짚이데요. 그 할미가 수상하다꼬…… 그렇지만 정부자 댁 마님이 그 할미를 믿고 지내는 눈치고, 또 나도 확실한 꼬타리를 붙잡은 거는 없고, 그래서 대강 말해 드리고 말았지요."

"그래, 자네는 어떻게 보는고? 내 자네 은혜 갚을께 아는 대로 일러주게. 나는 그 할미 방에서 우리 기호 목소리 듣던 거 생각하면 지금도 미치겠네. 우리 기호가 어쩌다가 그 할미한테 씌었을꼬?"

황남리댁의 두 눈에는 눈물까지 글썽해 있었다. 이렇게 말하는 황남리댁도 물론 홍진이나 마마에 죽은 어린애들의 혼백이 명도로 들린다는 이야기는 듣고 있었지만, 기호의 혼백이 하필 어쩌다 그 할미한테 들렸다는 겐지 생각만 해도 골이 핑 돌 것 같았다.

"멩도 들리고 싶어 발광하는 예펜네들이 죽은 애기의 새끼손가락 끝을 짤라서 몸에 지니거나 집 안에 모시면 그 애기의 혼백이 멩도로 자기한테 들린다는 이얘기 안 있는기요?"

"글쎄 그런 일도 있다고 하데마는, 우리 기호는 말짱하게 살아 있었고, 그 할미하고는 알지도 못했다 말일세."

"그러니 끔찍하지요."

을화는 혼잣말같이 낮게 중얼거렸다.

황남리댁은 을화가 무슨 뜻으로 하는 말인지 잘 모르는 채 그녀의 얼굴만 한참 바라보다가,

"날 좀 살려주게. 그 할미가 밤에는 몰래 지 집에 올 끼지만 나 혼자서는 무서워 기다릴 수가 없네. 나하고 같이 그 방에서 하룻밤만 할미를 기다려봐 주게."

손목을 잡고 사정을 했다.

"그렇다면 가입시더."

을화는 황남리댁을 따라 나섰다.

두 여인은 처음 정부자 댁에 들러 함께 저녁을 먹은 뒤, 이 댁 마누라를 모시고, 셋이 뱃집으로 갔다. 세 여인은 할미 방에서 기름불을 켜고, 밤이 꽤 깊도록 이야기를 하며 시간을 보냈다. 정부자 댁 마누라가 돌아가자 남은 두 여인은 불을 끄고, 말소리도 끊은 채 무엇인가를 기다리며 누워 있었다. 밤중이면 혹시 할미가 살짝 들어올지 모른다는 막연한 기대에서였다.

자정이 지나도록 아무런 인기척도 들리지 않았다. 그러자 온종일 끼니도 제대로 못 한 채 허둥지둥 돌아다니고 난 황남리댁이 먼저 숨소리를 색색거리며 잠이 들어버렸다. 그 색색거리는 숨소리를 듣고 있던 을화도 덩달아 눈이 슬슬 감기었다. 그때였다. 어디선지 아이 우는 소리 같은 것이 훌쩍훌쩍 들렸다. 을화는 문득 절에 보낸 영술이 생각을 했다. 영술이는 아니겠지.

"늬가 누고?"

을화가 물었다.

울음소리가 그쳐버렸다. 그와 동시 그녀는 또 눈이 스스르 감겨버렸다. 잠결인지 아닌지 또다시 아까의 그 훌쩍거리는 울음소리가 어렴풋이 들렸다.

"늬가 누고?"

을화는 또다시 물었다.

훌쩍거리던 울음소리는 이불 속에서 색색거리는 아기 소리 같은 것이 되었다.

"늬가 누고?"

세 번째 물었다.

색색거리는 소리는 엄메야 엄메야 하는 것같이 들렸다. 옳지, 늬가 기호로구나. 늬가 기호가? 엄메야 엄메야 날 데려가라, 색색거리는 소리의 대답이었다. 늬가 어디 있노? 엄메야 나 여기 있다. 정지(부엌) 뒤에, 뒤란[177]에······.

여기서 훌쩍거리는 소리, 색색거리는 소리 모두가 끊어졌다.

······ 을화가 눈을 떴다. 그러나 지금 금방 들은 그 훌쩍거리는 울음소리를 꿈결에 들은 건지 그냥 눈을 감고 누운 채 들은 건지 스스로 분간할 수가 없었다.

이날 아침 일찍이 을화와 황남리댁은 부엌 뒷문을 열고 뒤꼍으로 나갔다.

---

177) 뒤란 집 뒤 울타리 안.

뒤꼍에는 잡풀이 가득 엉켜 있었는데 한 군데가 마른풀로 덮여 있었다. 마른풀을 걷어내고 호미로 흙을 조금 파헤치자, 거기 붉은 헝겊 조각과 아이의 머리칼이 나타나기 시작했다.

"아, 기호야."

황남리댁이 이렇게 외치더니 그 자리에서 또 기절을 하고 쓰러져 버렸다.

그런 지 보름쯤 지난 뒤였다. 전날의 그 태주 할미 같은 여인을 분황사에서 보았다는 말이 들렸다. 황남리댁은 이내 분황사로 달려갔다. 스님 한 분의 이야기가, 한 달포 전부터 그런 보살 할미 한 분이 나타났다는 것이다. 황남리댁은 사흘 동안 절 근방을 맴돌다가, 마침 보살 차림의 그 할미를 절문 앞에서 붙잡았다.

그러나 황남리댁은 그 할미를 붙잡는 순간,

"늬 우리 기호 어쨌노?"

이렇게 한 마디 겨우 묻고는 또 실신을 해버렸다.

할미가 황남리댁을 뿌리치고 달아나려고 할 때, 마침 길 가던 농부 한 사람이 할미를 붙잡았다.

"어째 된 일인기요?"

"아무 상관도 없는 여펜네요."

"아무 상관도 없는 사람이 와 아짐마를 붙잡고 넘어지요?"

옥신각신하는 사이에 사람들이 모여들어, 결국은 황남리댁과 할미를 정부자 집까지 데려다 주는 데 이르렀다.

정신을 돌이킨 황남리댁은

"아지머이요, 이 할미 항복 받기 전에 놓치면 나는 죽십니데이."

했다.

"염려 말게. 어련할까봐."

마누라는 할미를 빈 고방에 가두었다. 그리고는 날마다 한 번씩 고방 문을 열어보며,

"그래도 항복 못 할느아?"

물었다.

"마님요, 제발 목숨만 살려 주이소."

그녀들의 문답은 언제나 이 한 마디씩으로 끝났다. 마누라는 할미에게 일절 먹을 것을 들여 주지 않았다.

나흘째였다. 할미는 지칠 대로 지쳐 있었다.

"그래도 항복 못 할느아?"

"목숨만 살려 주이소."

"자백하면 살려 준다. 그래도 못 할느아?"

"……"

"네가 이대로 늬를 내놓으면 늬는 기호네 식구들한테 찢겨 죽을끼다. 당장 자백하면 내가 늬 더러운 목숨만은 그래도 구해 주마."

"마님요."

"어서 자백해."

"이년 죽어쌉니더."

"어서 얘기해 봐라."

"애기는 지가 데려왔십니더."

"그래서?"

"독 속에 가, 가두어 주, 죽였십니더."

"아이고, 요, 악귀야."

마누라는 분을 이기지 못하고 할미의 머리채를 확 잡아 나꾸었다.

할미는 죽은 듯이 쓰러져 있었다.

"얼른 마저 얘기해라, 목숨이라도 붙어서 나갈락 하거든."

마누라의 호통에 할미는 다시 상체를 일으켰다. 그러나 이야기를 계속하지는 못했다.

"얼른 이야기 못 할느아?"

마누라의 호통에 할미는 다시 고개를 들었다

"그래 네 살이나 먹은 게 독 속에 고이 들어가더나?"

"첨에 사지를 묶으고, 입에 헝겊을 틀어막아 소리를 못 내게 하고, 방구석에 눕혀 두었심더. 그랬다가 힘이 다 빠지고 늘어진 뒤에 독 속에 집어넣었십니더."

"아이고 요 악물아."

마누라는 이를 뽀드득 갈았다.

할미는 이제 이까지 털어놓은 이상 어차피 마찬가지란 생각인지 그때부터는 순순히 이야기를 털어놓았다.

애기는 독 속에서도 나흘 동안이나 살아 있었다. 할미는 처음 빨강 물한 종지를 독 속에 들여보내 주었다. 아기는 굶주린 끝이라, 그것이 무엇인지도 분간하지 못하는 채 무턱대로 받아 마시었다.

이틀째는 파랑 물을 한 종지 들여주었다. 아기는 역시 그것을 받아 마시었다.

사흘째는 노랑 물 한 종지를, 나흘째는 깜장 물 한 종지를 각각 들여주었는데, 깜장 물은 반 종지도 채 못 마신 채 손에서 그것을 떨어뜨려

버렸다. 그러자 할미가 독 뚜껑을 열었을 때 아기는 완전히 숨이 끊어져 있었다.

할미는

"아가, 아가, 날 따라가자."

하는 주문을 외며 가위로 아기의 새끼손가락 끝을 잘랐다. 그것을 깜장 비단에 싸서 고의 속에 찼다. 그리고 시체를 뒤꼍에 묻었다.

─이야기를 듣고 난 마누라는 너무나 끔찍하여 몸이 와들와들 떨렸다. 왜 빨강 물 파랑 물 노랑물, 그리고 깜장 물을 죽어가는 아이에게 먹였느냐든가, 또 왜 하필 새끼손가락 끝을 잘라 가져야 했느냐가, 하는 따위를 물을 염[178]도 내지 못했다.

"늬 죄는 천벌을 받을 끼다. 내 늬를 끌고 당장 관가로 가야 하겠다마는 전부터 알던 얼굴이고, 또 늬를 살려 보내마꼬 언약했기 땜에 차마 그렇게는 못할따, 한시바삐 여기서 떠나거라. 늬 같은 악물을 잠시도 내 집에 두기 싫구나. 먼 동네로 당장 떠나거라. 나한테 빚진 돈도 있겄다. 늬 살던 귀신집 아무도 들어가 살 사람도 없지마는 내가 맡는다. 늬는 두 번 다시 이 동네에 비칠 염도 내지 마라."

마누라의 명령이 떨어지자, 지금까지 늘어져 누웠던 할미가 부스스 일어나 앉았다.

"귀신집이라꼬요? 그렇심더. 그 집에서 귀신밖에 아무도 못 살낌더."

이렇게 한마디 남기고는 어둠 속으로 비실비실 사라져버렸다.

---

178) 염 무엇을 하려고 하는 생각이나 마음.

굿과 예배

마누라로부터 태주 할미의 이야기를 듣고 난 박건식은 땅이 꺼져라고 긴 한숨을 내쉬며

"내가 와 진작 중이 되지 못했던고?"

하더니, 술상이라도 들여오라고 했다.

평소에 술을 그다지 좋아하지 않는 편이었지만, 그날은 웬일인지 밤이 늦도록 혼자서 술을 마셨다.

술이 갑신 취한 채 잠이 든 박건식은, 닷새 동안이나 자리에서 일어나지 못했다.

이레 만에 겨우 나들이옷을 챙겨 입은 박건식은 바로 최진사를 찾아갔다. 그리하여 아내로부터 들은 태주 할미의 이야기를 대강 털어놓은 뒤,

"우리의 원수는 왜놈들뿐 아니라고 생각하자 나는 그만 너무도 정신이 어지러워 자리에 눕고 말았십니더."

이렇게 말하고 나서, 그는 앞으로 모든 일을 다 집어치우고 산으로나 들어갈 생각이라고 하였다.

"뭐라꼬, 중질을 가겠다꼬?"

최감이 못마땅한 어조로 물었다.

"예, 저는 그만 모든 일에 맥이 빠져버렸십니더. 세상에, 사람이 사람을 죽여도 유만부동[179]이지, 그 어린걸 꼬셔다가 그렇게 죽이다니, 이렇

---

179) 유만부동 정도에 넘침. 또는 분수에 맞지 아니함.

354

게 악독한 인간들과 피를 나눈 동족이라꼬 생각할 때, 사람의 얼굴을 쳐다보는 것도 무섭고 징그러워서, 외딴 섬이나 깊은 산중으로 들어가 숨고 싶은 생각뿐입니다."

"자네 심경이야 난들 왜 모르겠나? 그렇다고 자네마저 세상을 피해버리면, 이 세상엔 그런 사람들만 남지 않나? 그럴수록 자네 같은 사람이 세상에 있어야 그런 것들을 일깨워 나갈 꺼 아닌가? 요컨대 무지몽매[180]에서 나온 짓이니까, 그런 사람이 없도록 가르치고 일깨워야지. 자네가 서울 갔다 와서 독립운동은 우선 계몽[181]운동부터 시작해야 한다고 했을 때, 내가 즉석에서 찬성을 하고 나도 힘 자라는 대로 도울 터이니 그렇게 하자꼬 한 것도 그게 아닌가? 제발 약자 같은 소릴 말고, 마음을 강철같이 굳게 먹게나."

"……"

"자네가 중이 된다꼬 세상에서 그런 사람이 없어지나 말일세. 자네가 만약 중이 되어 절로 들어간다면, 절에서 그 할미를 다시 만날 껠세. 왜 그런고 하면 그런 할미들이 최후에 의지하는 곳도 절이거든. 우선 그 태주 할미만 해도, 자기의 죄악이 탄로날 듯하니 절로 도망쳤다고 하잖아? 분황사에서 붙잡아 냈다고 했지? 그런 걸세. 제발 중될 생각은 말게. 아무리 화가 나더라도 세상에서 버티게나. 정 못 견디겠거든 날 찾아와 같이 술이라도 나누세."

최감의 간곡한 권고를 반건식은 차마 뿌리칠 수 없었다.

그런 지 달포 지난 뒤, 대구에 사는 당숙(堂叔)[182]의 환갑잔치에 다녀

---

180) 무지몽매 아는 것이 없고 사리에 어두움.
181) 계몽 지식 수준이 낮거나 인습에 젖은 사람을 가르쳐서 깨우침.

온 박건식은 다시 최감을 찾아가

"대구에 계시는 당숙 회갑연에 갔다가 예수교 이야기를 들었십니다. 종래의 미신을 타파할라면 예수교가 제일 빠르닥 해서 예수교로 나갈까 합니더."

했다.

최감은 이번에도 역시 떠름한 얼굴로,

"자네와 나는 본래부터 공자님교가 아닌가? 조상 때부터 내려오는 가풍도 그렇고, 또 그것이 원도(原道)란 말일세. 그런데 불교나 예수교로 개종[183]을 한다는 건 좋지 않네. 허나 자네가 미신 타파를 목적으로 한다면 불교보다는 예수교가 나을 껠세. 왜 그런고 하면, 불교는 잡신을 배제하지 않는 반면에 예수교는 잡신을 절대로 배제한다고 듣고 있으니까."

"진사님께서 그만큼 양해를 해주시니 감사합니다. 저는 예수교로 들어가 미신 타파부터 해볼까 합니더."

박건식은 이렇게 말하고 최감의 집에서 물러나왔다. 그리고 이것이 최감과의 작별인사도 되고 말았다. 최감은 그의 개종을 내심 몹시 유감스럽게 생각하는 터였기 때문이었다.

─박건식으로부터 들은 태주 할미의 이야기는 영술에게, 박건식의 내력과 지금 그의 어머니인 을화가 살고 있는 귀신집의 내력을 한꺼번에 들려주는 셈이 되었다. 그 뒤부터 영술은 매일같이 그를 찾았다. 아침 일찍이 집에서 나오면 먼저 박건식을 찾아가, 자기가 도울 일이 없느냐고

182) 당숙(堂叔) 아버지의 사촌형제로 오촌이 되는 관계.
183) 개종 믿던 종교를 바꾸어 다른 종교를 믿음.

물어본 뒤, 교회에 나가 기도를 드렸고, 돌아올 때도 대개는 그렇게 했다. 따라서 그는 박건식의 사랑에서 집사 노릇을 하는 시간이 많았다.

박건식이라고 해서 영술에게 당장 그의 어머니를 미신에서 건져낼 만한 지혜나 묘안을 제시해 주는 것도 아니었지만, 그런 사람이 있다는 것만 해도 여간 마음 든든한 일이 아니었다. 우선 서서히 어머니에 접근하며, 어머니를 올바른 길로 이끌어내기 위한 기회를 엿볼 수 있는 마음의 여유를 가질 수 있었던 것이다.

이러한 영술에게 또 하나 고무[184]적인 사실이 있다면, 그것은, 그의 이복 누이동생인 월희가 차츰 혀를 제대로 놀릴 수 있게 되어가는 점이었다. 영술은 본디, 월희의 혀가 굳어져 말을 잘 못 하게 된 것도 오직 잡귀가 들린 것이라고 믿고 있었던 만큼 지금 차츰 혀가 제대로 돌아가게 된다면 이것은 그녀에게서 잡귀가 물러가기 시작한 증좌[185]라고 확신했다. 그리고 그것은 물론, 그동안 매일 드려온 자기의 기도에 하나님의 감응이 나타나게 된 결과라고 풀이했다. 따라서 이러한 월희가 하나님의 사랑을 이해하지 못할 리 없으리라고 내다보는 편이기도 했다.

영술은 월희를 가르치고, 그녀로 하여금 회개하게 할 때는 지금이라 생각하고 집으로 돌아갔다. 마침 혼자서 그림을 그리고 있던 월희는 영술이 들어오는 것을 보자 반가운 얼굴로

"오라바이."

하며 붓을 놓았다.

"월희야, 내 말이 들리나?"

---

184) 고무 힘을 내도록 격려하여 용기를 북돋움.
185) 증좌 참고가 될 만한 증거.

"……."

월희는 미소를 지으며 고개를 끄덕였다.

영술도 따뜻하게 미소를 지어보이며

"하나님께서 너를 사랑하시고, 늬 속에 들어 있던 나쁜 귀신을 쫓아내신 거다."

했다.

월희는 어리둥절한 얼굴로,

"하나임이?"

하고 물었다. 그녀가 알아들은 것은 하나님이란 말 한 마디뿐인 듯했다.

"저 하늘에 계시는 하나님이시다."

영술은 손가락으로 하늘을 가리켜보이며 천천히 말했으나 월희는 전혀 알아듣지 못하는 듯 멍청한 얼굴로 영술을 쳐다보고 있을 뿐이었다.

영술은 품에서 성경책을 끄집어내었다.

"하나님이 우리에게 일러주시고, 보여주신 일이 이 책에 들어 있다."

영술은 이렇게 말하며 성경책을 펼쳐 들고 읽기 시작했다.

"마태복음 제구장 삼십이절이다……. 저희가 나갈 때에 귀신 들려 벙어리 된 자를 예수께 데려오니 귀신이 쫓겨나고 벙어리가 말하거늘 무리가 기이히 여겨 말하기를 이스라엘 가운데서 이런 일을 본 적이 없다고 했다. 무리들 속에 바리새인[186]들도 있었는데 그들은 말하기를 저가 귀신의 왕을 빙자하여 귀신을 쫓아낸다 하더라……."

186) 바리새인 3대 유대 분파의 하나로 모세의 율법과 부활, 천사, 영의 존재를 믿었던 바리새교의 교인.

영술은 여기까지 읽자 고개를 들어 월희의 얼굴을 바라보았다.

월희는 그때 마침 방바닥에 기어가는 파리를 바라보고 있었다.

영술은 월희가 잘 이해하지 못하고 있음을 깨닫고 안타까운 듯한 얼굴로 설명을 덧붙였다.

"달희야 잘 들어라. 너같이 귀신 들려 벙어리 된 사람을 예수님이 고쳐주셨다. 그것은 곧 너의 이야기다. 나쁜 귀신아 물러가거라, 예수님이 꾸짖으시니 귀신이 물러가고 그 사람은 너처럼 말을 하게 됐다. 알지?"

"······."

월희는 무언지 켕기는 듯한 얼굴로 고개를 좌우로 저었다.

영술은 왠지 히죽 웃어보이며,

"곧 알게 될 꺼다."

하고 나서, 다시 성경을 펼쳐 들었다.

"달희야 들어라. 이것은 마태복음 십이장에 있는 말씀이다. 이것도 역시 귀신 들려 벙어리 된 사람의 이야기다. 너처럼······. 그때에 귀신 들려 눈 멀고 벙어리 된 자를 데리고 왔거늘 예수께서 고쳐주시매 그 벙어리가 말하며 보게 된지라 무리가 다 놀라 말하기를 이는 다윗의 자손이 아니냐 하니······."

영술은 신나게 읽어 내려갔으나, 월희는 멍청한 눈으로 영술의 얼굴만 바라보고 있었다.

영술은 성경에서 눈을 떼자 다시 월희를 바라보며,

"어떠냐?"

자랑스러운 얼굴로 물었다.

"······."

월희는 무슨 영문인지 전혀 알 수 없는 듯 잠자코 역시 고개를 옆으로 저었을 뿐이다.

영술은 몸을 젖혀 네 벽에 꽉 붙어 있는 여러 가지 무신도(巫神圖)[187] 들을 손가락으로 가리켜보이며

"어머니가 온 집 안에 귀신 그림을 꽉 붙여두었기 때문에 너한테도 귀신이 들어가 그렇게 혀가 굳어졌던 거다. 그렇지만 옛날 예수님께서는 그런 귀신들을 모주리[188] 쫓아내 주셨기 때문에 그 사람들이 병을 고치고 말을 할 수 있었던 거다. 나도 예수님께 기도드려서 너한테 들린 귀신을 쫓아내 줍시사 했으니, 너도 나와 함께 예수님을 믿어야 한다. 그러면 너도 귀신들의 괴롭힘을 받지 않고, 말도 잘할 수 있게 되고, 하나님도 알게 된다."

영술은 정열과 신념을 가지고 열심히 설명했으나, 월희는 먼 나라 꿈이나 꾸는 듯한 눈으로 그를 바라보고 있다가,

"예수임이?"

하고 물었다. 그녀는 예수란 말이 무엇인지도 전혀 모르고 있었던 것이다. '하나님'이란 말은 어머니로부터 가끔 들은 적이 있었지만, 예수란 이름은 일찍이 들은 일도 없었고, 또 영술이 왜 하나님과 예수님이란 말을 가끔 쓰고 있는지도 알지 못한 채였다.

"그렇다. 예수님을 믿는 거다. 하나님은 하늘에 계시기 때문에, 예수님이 하나님을 대신해서 세상에 오신 거다."

영술이 이렇게 말하고 있을 때, 밖에서

---

187) 무신도(巫神圖) 무속 신앙에서 믿고 받드는 신을 그린 그림.
188) 모주리 모조리.

"따님 따님 우리 따님."

하는 소리가 들렸다.

영술은 성경책을 얼른 가슴속에 감춘 뒤, 방문을 열었다.

을화는 이날도 얼근히 취해 있었다.

"따님 따님 내 따님,

술이 술이 내 아들."

을화는 영술과 월희를 보자 이렇게 당장 노래조로 말을 엮으며 춤을 덩실덩실 추었다.

영술은 그러한 어머니가 몹시도 부끄럽게 생각되었지만 그러한 내색을 보이지 않고 먼저 방으로 들어와 버렸다.

뒤따라 방으로 돌아온 을화는 기쁜 소식이나 전하려는 듯이, 정다운 목소리로

"술아."

하고 불렀다. 그녀는 말을 이었다.

"우리 달희하고 얘기해 봤지? 어떻더노? 그전보다 말을 곧잘 한다고 생각 들지 않더냐?"

"저도 그렇게 알고 있습니더, 어머니."

"그럴 꺼다. 그게 모두 늬 덕택이다. 늬가 오던 날부터 우리 달희가 좋아하고, 힘을 내는 눈치다. 늬를 몹시 좋아하는 눈치다. 말도 곧 지대로 하게 될 끼다."

을화는 이렇게 영술을 치켜세우려 했다.

영술은 이렇게 말하는 어머니의 저의[189]가 무엇인지를 알아내려고 조심스럽게 그녀의 거동을 살피고 있었다.

을화는 말을 계속했다.

"그것도 그럴밖에 없지. 내가 만날 밖에 나가고 집을 비우니 그 어린 게 혼자서 집을 지키고 안 있나? 다른 가시나들 같으면 벌써 어디로 달아나거나 했지 요렇게 붙어 있기나 했을라꼬. 그러던 참에 오래비가 왔으니 오죽이나 반갑겠나? 눈이 번쩍 띄고 귀가 번쩍 틔고, 정신이 번쩍 들어, 입이 절로 열릴밖에 없을 께 앙이가?"

을화는 가족과 더불어 이야기하다가도 말이 조금만 길어지면 자기도 모르게 굿거리 사설조가 엮어져 나오곤 했다.

영술은 이러한 어머니가 부끄럽기만 할 뿐 아니라 자신도 모르게 반발심이 일곤 했다. 그는 지금도 어머니가, '눈이 번쩍 띄고 귀가 번쩍 틔고……' 했을 때, 그냥 들어줄 수 없어, 자기도 모르게 눈을 내리감으며 기도를 드리기 시작했던 것이다.

"술아."

어머니의 목소리에 영술은 놀라 고개를 들며 눈을 떴다. 어머니가 여느 때처럼 또 자기의 마음속을 꿰뚫어 보지나 않았을까 하는 겁먹은 듯한 눈으로 그녀를 가만히 바라보았다.

어머니는 정다운 미소를 띠어보이며,

"이번에 큰 재(齋)[190] 할 때, 늬, 우리 달희 데리고 절 구경 갔다 오너라. 어짜면 나도 같이 갈따마는……"

했다.

월희는 어머니의 말을 알아듣는지 어쩐지, 여느 때보다 광채 어린 두

---

189) 저의 겉으로 드러나지 아니한, 속에 품은 생각.
190) 재(齋) 성대한 불공이나 죽은 이를 천도(薦度)하는 법회.

눈으로 영술을 쳐다보고 있었다.

영술은 지금 비리 이를 거절해 두지 않으면 안 될 것 같은 생각이 들어,

"어머니 저는……."

하고 잠깐 머뭇거리다가, 용기를 내어,

"절에 가기가 싫습니더."

했다. 그는 어머니의 비위를 건드리지 않기 위하여 사투리를 썼다.

"와 그카노? 늬 동생 반벙어리 고쳐주는 게 싫어서 그러나?"

"아입니더. 절에는, 스님들이 뵈기 싫어서 그럽니더."

영술은, 자기가 예수를 믿기 때문에 절에 갈 수 없다고 바로 말했다가 또 어머니의 노여움을 살까 두려워, 이렇게 말을 돌려 대었던 것이다.

"술아."

을화의 정다운 목소리에 영술은 겨우 마음을 놓고 그녀의 얼굴을 쳐다보았다.

"달덩이 같은 내 아들아, 늬가 야순가 예순가 그거만 안 하면 우리는 참 재미나게 살 수 있다이. 늬 동생 한번 봐라, 얼마나 예쁘노? 하늘에서 선녀가 내려오면 저보다 더 곱겠나, 옥속으로 깎아노면 저보다 더 맑을능아? 저기다 말만 풀리면, 늬들 둘보다 더 잘난 사람은 세상에 없을끼다."

"어머니 걱정 마이소. 달희 곧 말하게 될 낍니더."

"그렇지 않아도 늬가 온 뒤부터 말이 쪼금씩 풀리더라. 늬한테 맽길께 늬가 잘해 봐라."

을화는 무슨 뜻인지 이렇게 말했다. 예수를 믿는다고 그렇게도 못마땅해하며 경계하는 아들에게 월희를 맡기겠다 하니, 월희의 반벙어리만

고칠 수 있다면 그녀로 하여금 예수를 믿게 해도 좋다는 뜻일까. 영술은 이것이 기회라고 생각하며,

"어머니, 달희를 저한테 맡기시면 지가 책임지고 고쳐오겠십니더."
했다.

을화는 무엇을 잠깐 생각하는 듯하더니,

"어디로 데리고 갈래?"
하고, 물었다.

영술은 어차피 일어날 문제라고 속으로 헤아리며, 딱 잘라

"교회에 데리고 나가겠십니더."

이렇게 대답했다.

"교회가 어디고? 야수하는 데가?"

"그렇십니더, 어머니. 그동안 지가 교회에서 매일 기도드려 왔십니더. 우리 월희 혀도 풀리고 귀도 밝아지고, 말도 잘할 수 있도록 해줍시사, 하고…… 하나님께 빌어왔십니더."

영술은 이렇게 말하며 그의 어머니의 반응을 살폈다. 그동안 월희의 혀가 전보다 훨씬 잘 돌아가게 되었다는 것은 어머니도 인정했으니까, 그것이 영술의 기도 덕택이라고 알게 된다면, 그녀의 예수교에 대한 반감도 완화될 수 있는 일이라고, 영술은 자기 나름대로 풀이를 했던 것이다.

그러나 을화는 생각할 사이도 없이,

"앙이다."

우선 부정을 해놓고, 다시 말을 잇기 시작했다.

"그거는 늬가 야수교에 치성을 드렸기 때문이 앙이다. 우리 달희는

만날 방구석에 혼자 살다가 사람이라꼬는 늬를 첨으로 만난 거다. 늬가 야수를 하지 않고, 그동안에 절에나 데리고 댕겼으면 지금보다 훨씬 더 많이 풀렸을 끼다."

을화는 아들의 어리석음을 비웃듯이 이렇게 말했다.

영술은 맘속으로, 월희의 혀가 잘 돌아가지 않게 된 것은, 그녀가 혼자 방구석에 박혀 앉아 있게 된 뒤의 일이 아니고, 영술이 자신과 그녀의 아버지가 모두 함께 있었을 때라고 신랄하게 반박을 하고 싶었지만, 어머니의 비위를 건드리지 않기 위하여,

"어머니, 그건 월희가 옛날 저하고 같이 있을 때 생긴 일입니다."

부드럽게 항의를 했다.

"그건 늬 말이 맞다."

을화도 순순히 인정을 했다. 그러나 그녀는 계속하여,

"그렇지만 그때와 지금은 다르다. 지금은 같이 놀아줄 사람만 있으면 나을 때다."

이렇게 자신의 견해가 틀리지 않았음을 밝혔다.

"그렇다먼 어머니가 꼭 끼고 다니시면 되겠십니더."

영술의 말에, 을화는 한참 동안 대답이 없다가, 낮은 목소리로,

"술집에 같이 갈 수는 없제?"

이렇게 묻고 나서 다시,

"굿마당에 같으면 같이 가도 좋지만, 내가 굿을 하느라꼬 돌보지 못할 끼고, 그러다가, 누가 훔쳐가 버리면 어짜노? 우리 달희 같은 인물은 세상에 둘도 없다이."

했다. 그것이 흡사, 영술이더러 월희를 데리고 굿마당에 와주었으면 좋

겠다는 듯한 말투였다.

"어머니 이렇게 하면 어떻겠십니껴? 한 번은 굿구경을 데리고 가고, 한 번은 교회에 데리고 가고, 그래서 어디가 더 맘에 들었나 하고 물어 보기로 하면……."

"굿하는 구경하고, 야수하는 구경하고, 어느 게 맘에 들더나, 물어보 자꼬?"

을화는 아들의 말에 어떤 도전 같은 것을 느끼며 이렇게 물었다.

"……."

영술은 교회를 굿과 대등한 위치에 두고 말하기가 싫어서 대답을 하지 않았다.

그러자 을화는 아들이 자신을 잃고 물러서는 것이라고 착각을 하는 듯,

"와 대답이 없노? 막상 대어볼락 하니 겁이 나제?"

"아입니더, 어머니."

"아니라꼬? 그러면 좋다. 그렇게 해봐라. 이달 스무하룻날 정부자 댁에서 큰 굿을 한다. 그날 밤에 늬가 우리 달희 데리고 가자. 그라고 나서 그 담에 또 늬 야수하는 데 우리 달희 데리고 가보라. 알겠제?"

"……."

"와 대답이 없노? 벌벌 떨리나?"

"아입니더."

"그렇다면?"

"하룻밤만 더 생각해 보겠십니더."

"하룻밤만 더 생각해 볼란다꼬? 오냐, 늬 맘대로 해라. 그렇지마는, 늬, 남자가 너무 밍기적거리면 좋지 않다이. 할 꺼는 그 자리에서 탁 짤

라서 하고, 못 할 꺼는 못 한다꼬 해야지, 낼 보자 모레 보자 하고 우물
쭈물 밍기적거리면 나중 가서 큰일 못 하는 거다."

"……."

영술은 대꾸를 하지 않았다. 그는 그의 어머니가 뭐라고 하든지 그런
것에는 아랑곳없이, 이 일은 일단 박장로와 상의한 뒤에 결정 지으리라
고 맘속으로 결심했던 것이다.

이튿날 영술의 이야기를 다 듣고 난 박건식은,

"자네는 자네 누이동생이 말을 잘 못 하게 된 것을, 성경에 나오는,
그 귀신 들려 벙어리 된 자들과 같은 거라고 확신하는가?"
하고 물었다.

"그렇게 확신합니다. 그 애는 어릴 적에 아무런 지장 없이 말할 수 있
었기 때문에, 목구멍이나 혀가 잘못 생겼다고 볼 수는 없습니다. 거기다
가 그 애는 철이 들면서부터 무당 귀신 속에 짓눌려 있게 되었습니다.
그러던 것이, 제가 돌아와 기도를 드리기 시작한 뒤부터 뚜렷하게 혀가
돌아가기 시작했으니 이는 틀림없이 귀신 들려 벙어리 된 자 중의 하나
라고 믿습니다."

"그렇다면 자네는, 그 애를 교회에 이끌어내면 틀림없이 말을 하게
될 것이라고 믿는가?"

"예."

"그렇다면 그렇게 해도 좋을 걸세. 웬고하면, 자네는 첨부터 굿과 교
회를 대등한 것이라고 생각해 본 일도 없지 않은가? 자네가 본의 아니
게 굿구경을 간다고 해도 그것은 어디까지나 누이동생의 병을 고치기
위해서지 다른 목적은 없지 않은가?"

"예, 그렇습니다. 누이동생의 병을 고치는 것이 물론 첫째 목적이지만 거기서 그치는 것은 아닙니다."

"그 밖에 또 무슨 목적이 있는고?"

박건식은 머쓱해서 물었다.

"저의 근본 목적은, 전날 장로님께 말씀드린 대로, 저의 누이동생뿐 아니라, 저의 어머니로 하여금 무당 귀신에서 벗어나 예수님을 믿도록 하는 데 있습니다. 그러기 위해서는, 누이동생부터 교회로 이끌어내어 귀신을 몰아내고 말문을 열어주면, 그것으로 인하여 어머니에게도 회개[191]할 기회가 마련될 수 있으리라고 믿기 때문입니다."

"그렇다면 더구나 좋은 생각일세. 주저할 것 조금도 없네."

박건식의 흡족한 얼굴이었다.

바리데기

정부자 댁 오구굿은 그 집 앞마당에서 열리었다.

삼 년 전에 떠난 정만수(鄭萬守—지금의 정부자 대식의 아버지)의 혼이 저승으로 건너가지 못하고 이 집 근방에 맴을 돌고 있다는, 여러 점쟁이들의 한결같은 주장이 있었기 때문이었다. 그것은 영감이 죽은 뒤부터 이 집 식구들이 자주 병석에 눕게 될 뿐 아니라, 특히 작은 손자 병현(秉炫—대식의 둘째아들)의 증상으로 미루어 보아 틀림없는 일이라 하였다. 병현은 그해 열두 살이었는데, 까닭 모를 병으로 다리를 절었다가,

191) 회개 신앙생활로 들어가는 데 필요한 요건의 하나. 살아온 삶이 잘못되었음을 자각하여 죄인임을 반성하고 그로부터 벗어나려는 뜻을 세워 새로운 생활로 들어가는 일을 이른다.

눈이 멀었다가, 열이 심히 났다가 하는데 백약이 무효라 하였다.

대개는 을화가 굿을 하면 일단 불려갔다가 얼마 지나면 도로 노지고 한다는 것이다. 그래 마누라가 진작부터 을화에게, 혹시나 영감의 혼이 잘못된 것이 아니겠느냐고 물어본 적도 있었지만, 을화는 웬일인지

"글쎄요, 그럴 꺼 같기도 합니더마는……."

하고 번번이 흐리멍덩한 대답이었다.

마누라가 다른 점쟁이다 명두다 하고 쫓아가 물어보았더니 하나같이 모두가 같은 대답이었다―영감의 혼이 범접해 있기 때문이라는 것이다.

마누라가 이 일을 을화에게 전하자, 을화는 그냥

"지도 그렇게 생각을 했습니더마는……."

라고만 했다.

마누라도 그 이상 더 따지지는 않았다. 을화는 평소부터 자기는 점치는 무당이 아니라고 자처했을 뿐 아니라, 누구에게도 크고 작고 간의 굿을 권하는 일이 일찍이 없었기 때문이었다. 그런데 을화는 그동안 이 집 마누라의 단골 무당으로, 초하루 보름마다, 성주굿과 칠성굿을 도맡아 왔던 만큼, 죽은 영감의 혼이 옛 집을 맴돌고 있다면, 그 혼을 저승으로 천도(薦度)[192]시켜 줄 오구굿은 두말할 여지도 없이 그녀 자신의 차지였던 것이다. 그렇다고 한들, 돈벌이 목적으로 일찍이 굿을 맡은 적이 없다고 자타가 인정하는 처지여서, 더구나 단골 관계의 마누라에게 진작 그 말 못 일러줄 게 뭐냐고 황남리댁이 나무라듯 묻자, 을화는

"그럭하면 몸주마님의 노염을 살 꺼 같애서……."

192) 천도(薦度) 죽은 사람의 넋이 정토나 천상에 가도록 기원하는 일. 불보살에게 재(齋)를 올리고 독경, 시식(施食) 따위를 한다.

라고 했다. 전례에 없던 짓을 하면 그녀의 몸주인도 선도산(仙挑山) 여신령(女神靈)인 선왕마님이 노여워할지 모른다는 것이다.

본디 을화의 오구라면 온 고을이 들썩하는데다 주인이 이름난 정부자요, 게다가 이 집 마누라가 점과 굿이라면 평생사업으로 알다시피 하는 위인인 만큼 이 굿이야말로 못 보면 한이라고, 소문이 퍼질 대로 퍼져 나갔다.

이날 밤 구경꾼들은 초저녁부터 몰려들어 넓은 마당을 꽉 메우고, 나중은 글방 골목까지 밀어닥친데다 술 떡 엿 따위 음식 장수들까지 끼어들어, 여간해서는 헤집고 다니기조차 힘이 들 판이었다.

영술은, 사람이 이렇게 들끓고 마침 달 뜰 시간도 멀어서, 자기 얼굴이 남의 눈에 잘 띄지 않게 된 것을 맘속으로 여간 다행히 생각하지 않았다.

그러나 월희의 귀가 그리 밝지 않은데다, 어머니와의 언약도 있고 해서, 그녀를 전물상 곁에까지 데리고 가야만 했는데, 전물상이 차려진 차일 아래는 오색 사초롱이 색실을 드리운 듯 무수히 매달려 그는 사뭇 얼굴을 수그린 채 있었다.

그런 대로 영술은 어머니와의 언약[193]을 지켜야 할 의무도 있었지만, 월희의 얼굴에 나타나는 반응을 살필 생각도 있었기 때문에 그 자리를 박치고 달아나 버릴 수도 없는 노릇이었다. 그 밖에 또 다른 이유가 있었다면, 이 기회에 굿이니 무당이니 하는 미신의 세계를 좀더 자세히 보아두는 것이 이를 타파[194]하는 데 참고가 되리라 하는 생각이기도 했다.

193) 언약 말로 약속하는 것.

그러나 영술의 이러한 부정적이며 비판적인 심정과는 반대로, 월희는, 그 호화롭게 차려진 전불상과 그 위에 드리워진 휘황한 오색 사조롱들을 흥미와 호기심에 찬 눈으로 살피고 있었을 뿐 아니라, 을화가 방울을 울리며 망자(亡者)[195]를 부르기 시작했을 때부터 어깨까지 조금씩 꿈틀거리는 듯해 보였다.

　을화도 처음엔 영술과 월희 쪽으로 가끔 시선을 보내곤 했으나 방울소리를 내기 시작했을 때부터는 그네들의 존재도 잊은 듯, 그녀 특유의 청승 가락에 잠겨들고 말았다.

"돌아오소 돌아오소

금일 망재, 돌아오소

아바님하 뱃줄로 돌아오소

어마님하 젖줄로 돌아오소

백 년째거나 십 년째거나

이 궁정으로 돌아오소

동솥에 자진 밥이

움 돋거든 오마던가

살강[196] 밑에 씻긴 밥이

싹 돋거든 오마던가

유월장마 궂은 날에

옷이 젖어 못 오던가

---

194) 타파　부정적인 규정, 관습, 제도 따위를 깨뜨려 버림.

195) 망자(亡者)　죽은 사람.

196) 살강　그릇 따위를 얹어놓기 위하여 부엌의 벽 중턱에 들인 선반.

와병에 인사절이라

병이 들어 못 오던가

춘삼월 다시 오면

꽃도 피고 잎도 피네

부유 같은 우리 인생

한번 가면 못 오는가

애닯다 금일 망재

어서어서 돌아오소.”

을화의 잠긴 듯한 정겨운 목소리는 아내 와글거리던 군중들의 소음을 일시에 삼켜 버린 듯했다. 그녀의 후리후리한 허리에, 늘씬한 두 팔이 쳐들어졌다 내려뜨려질 때마다 박수 세 사람이 차고 앉은 장구 꽹과리 제팔이¹⁹⁷⁾(제금)들이 이에 장단을 맞추었고, 구경꾼들의 숨결도 저절로 들이쉬어졌다 내어쉬어지곤 했다.

을화가 망자 부르는 굿을 그쳤을 때, 영술의 곁에 앉아 있던 한 여인이 허리를 반쯤 일으켰다 도로 앉으며,

“저기, 정부자 댁 마누라가 영감님 만날락고 새 옷 갈아입고 나와 앉았네.”

전물상 저쪽 편을 가리켜보였다.

“그러고 말고, 인저 마지막 아인가배.”

곁의 여인도 맞장구를 쳤다.

“영감님도 고만 저승으로 훨훨 갈 일이지 뭐할라꼬 자꾸 곰돌아들

---

¹⁹⁷⁾ 제팔이 놋쇠로 만든 타악기의 하나. 둥글넓적하고 배가 불룩하며, 불교 의식에서 많이 쓴다.

꼬?"

"아이고, 그 많은 논밭전지에 그 귀한 아들딸 손주에, 와 이승 생각
안 날라꼬?"

아까 여인들이 서로 묻는 말이었다.

그러자 이번에는 이와 반대쪽에 앉은 아주머니가 그 곁에 할머니를
보고,

"아이고 말도 마소. 이승에 유감 있다꼬 다 떠돌이 혼백 된다면 죽어
서 바로 저승 갈 사람 있을는기요?"

했고, 할머니는 아주 낮은 목소리로

"그러니까 무당 화랭이들이 다 묵고 살지."

이렇게 응수를 했다.

그러자 영술의 바로 뒤에서는, 늙은 남자의 목소리로,

"죽은 정부자는 마누라가 워낙 귀신을 섬기니까, 한 번 더 받아묵고
갈라꼬 돌아왔겠지. 인저 을화한테 오구 받으면 저승길이 환히 열릴 거
니까 시원하게 떠나갈 끼다."

누구에겐지 이렇게 말하고 있었다.

이러한, 구경꾼들의 중얼거리는 소리나 무당이 늘어놓는 사연을 듣고
있자니까, 영술은 기묘한 생각이 들었다. 그것은 사람의 죽음에 대한 새
로운 의문이었다. 지금까지의 그는, 사람이 죽으면 그냥 소멸로 돌아가
는 거라고 막연히 믿어왔던 것이다. 가운데서 예수를 믿는 자만이, 그
혼의 구원을 받아 하늘나라로 갈 수 있고, 그 이외의 생명들은 육신과
함께 사라지고 마는 것이라고 생각해 왔다. 나쁜 죄를 지으면 지옥으로
간다는 것까지도 사실 그는 꼭 믿지 않았다. 그는 거룩하신 하나님으로

서 당신을 믿고 원하는 자만을 당신의 나라로 구제해 주는 것은 당연하지만, 그렇지 않은 자라고 벌을 주어서 지옥으로 보낸다는 것은 왠지 믿어지지 않았던 것이다. 따라서, 하늘나라로 구원되는 자와, 아주 소멸되는 자와 두 가지가 있을 뿐이라고 막연히 믿고 있었던 것이다.

그러나 지금 여기 모여든 군중들의 생각은 전혀 다른 것이다. 그들은, 사람이 죽으면 그 혼이 저승으로 곧장 건너갈 수도 있고 그렇지 못한 경우도 있다고 믿는다. 그들은 하늘나라로 간다거나 극락세계로 간다는 것을 잘 모르기 때문에, 그런 것을 통틀어 저승으로 간다고 생각하는 것이다―곧장 저승으로 건너가면 그것이 제대로 되는 일이요, 그렇지 못한 것은 잘못된 것이라고 믿는다. 그런데 그 잘못된 경우라도, 아주 소멸되는 것이 아니고 그 혼이 그냥 남아서 이승과 저승 사이, 그 중간에 맴돌며 가다가는 자기의 유가족, 혹은 남에게 범접[198]해 온다고 믿는다. 이렇게 죽은 사람의 혼이 산 사람에 범접하는 것을 가리켜, '귀신이 붙는다', 혹은 '귀신이 들린다'고 말한다. 이렇게 귀신이 붙으면, 그 사람은 병을 앓게 되고, 그 병은 약으로 고쳐지지 않는다. 여기서, 무당이 굿을 해서 죽은 사람의 혼(귀신)을 산 사람에게서 쫓아낸다. 오다가다 우연히 잠깐 걸린 귀신은 객귀 혹은 잡귀라 하여 간단한 푸닥거리로 몰아내면 그만이지만, 살았을 때의 연고로써 붙는 귀신은 푸닥거리로만 다스려지지 않고, 오구로 그 혼백(귀신)을 저승으로 보내 주어야 한다―.

영술은 여기 모인 사람들의 이러한 굳은 신념이, 어쩌면 지금까지 자기가 미신이라 하여 일고의 가치도 없다고 믿어왔던 것보다는 일리가

---

198) 범접 함부로 가까이 범하여 접촉함.

있을지 모른다는 생각이 들었다.

'우선 성경에도 귀신 들린 사람의 기록은 얼마는지 나오지 않는가. 그 귀신이란 무엇인가. 그것은 지금 여기서 말하는 귀신과 다를 것이 없지 않은가. 그렇다면 그러한 귀신은, 옛날이나 지금이나, 유태 나라에서나 우리 나라에서나, 언제 어디서고 있다는 이야기가 아닌가. 그렇다면 그러한 귀신을 사람에게서 쫓아내는 일은 필요한 것이다. 무당이 만약 굿을 해서 귀신을 쫓아내거나 저승으로 보내줄 수 있다면, 그 일은 필요하며, 그것만으로는 무당을 비방[199]할 수 없지 않을까.'

여기까지 생각해 오던 영술은 문득 가슴이 흠칫했다. 자기같이 굳은 신앙을 가진 사람도 수많은 군중 속에 싸여 있으면 이렇게 그들의 입김과 장단에 휩쓸리게 되는 것일까, 하는 생각이 들었던 것이다.

바로 그때였다. 웅숭거리던 군중들의 잡음이 일시에 그치며, 전물상 쪽으로 시선들이 쏠리었다. 전물상 앞에는 회색 활옷에 남색 쾌자로 갈아입은 을화가 부채를 들고 서 있었다.

을화는 부채를 확 펴며, 빠른 말씨로,

"굶주린 사람에게

배불리 밥 멕여주고,

헐벗은 사람에게

다사롭게 입혀주고,

집 없는 나그네께

잠 재워 노자 주고,

---

199) 비방 남을 비웃고 헐뜯어서 말함.

부모님께 공경하고

형제간에 우애하고

일가친척간에 화목하고

마음씨는 부처님 가운데 토막인

우리 정만수 정부자님

저승으로 들어간다

에라 길 열어라 길 닦아라."

단숨에 엮어대었다. 장구와 꽹과리와 제금이 함께 요란을 떨다가, 사설이 멎자 금구 소리도 멎었다.

온 마당을 가득 메운 군중들의 숨소리마저 멎은 듯 고요해졌다. 그 고요를 깨뜨리고 장구 소리가 두어 번 뚱땅거리자, 이번에는 을화의 잠긴 듯한 정겨운 목소리가 차분히 울려퍼지기 시작했다.

"베리데기 나와주자."

이 한마디에, 당장 '아' 하고 감탄을 터뜨리는 소리까지 들렸다.

을화는 검은 보석같이 짙게 번쩍이는 두 눈으로 군중들을 한번 휘 돌아다본 뒤, 바른손이 쳐들어지는 것과 동시에, 그 피부에 묻어날 듯한 끈적끈적한 목소리가 다시 울리기 시작했다.

"베리데기 아바니는 오구대왕님이시고

베리데기 어마니는 오구부인이신데

혼인한 지 이태 삼 년이 지나도록 태기가 없임니다.

공이나 드려보자 영주²⁰⁰⁾ 방장²⁰¹⁾ 찾아간다.

200) 영주 삼신산(三神山)의 하나.
201) 방장 삼신산의 하나. 동해에 있다고도 하며 지리산이라고도 한다.

석 달 열흘 백일 불공 드리시니

그날부터 태기 있어

석 달 만에 입을 궂혀

유자야 석류야 하늘 천도복성 목구지라

열 달 순산에 시왕[202]문을 가라놓니

딸애기올시더

홍비단에 쌌다고 이름도 홍단이올시더.

그 애기 시 살을 멕여놓고

명산 찾아 백일 불공 또 드리시니

그달부터 태기 있어

열 달 순산에 시왕문을 갈라놓니

또 딸애기올시더.

백비단에 쌌다고 이름도 백단이요,

그 애기 시 살을 멕여놓고

백일 불공 또 드리니

그달부터 태기 있어

석 달 만에 입을 궂혀

아홉 달에 굽을 돌려

열 달 순산에 시왕문을 갈라놓니

원수야 대수야 또 딸이올시더."

군중들은 와아 하고 웃음을 터뜨렸다.

---

202) 시왕 저승에서 죽은 사람을 재판하는 열 명의 대왕.

오구대왕의 딸애기는 셋째가 삼예요, 넷째가 사예요, 이렇게 하여 팔예까지 낳았다. 오구대왕이 딸애기 하나를 낳을 때마다 을화는 꼭같은 사설과 몸짓을 되풀이했지만, 그때마다 청중들은 신기하기만 한 듯이, 한숨을 짓거나 와아 하고 웃음을 터뜨리거나 했다.

"오구대왕님 말씀 들소,

영주 방장에 불공 여덟 번 드려서 딸 여덟을 낳았으니 인저 더 정이 없다.

요번에 한 번만 더 치성드려 보고 치우자

하탕에 목욕하고 중탕에 세수하고

상탕물 여다가 구중도 정한 쌀로

메 지어놓고 손 비비고 절하니

그달부터 태기 있어

석 달 만에 입을 궂히는데

머루야 다래야 살구야 석류야

하늘 천도복성을 마구 딜여 오너라

요번에는 노는 양도 다르고

굵기도 별로 더 굵다

아홉 달에 굽을 돌려

열 달 순산에 시왕문을 갈라놓니

원수야 대수야 또 딸이올시더

오구부인 돌아눕고

대왕님 말씀 들소,

요번에도 딸이거든 비딤²⁰³⁾(비름)밭에 내베리라

대왕님의 영이시니 그 누가 거역할꼬

싯²⁰⁴⁾만 붙은 서고리에

말²⁰⁵⁾만 붙은 초마²⁰⁶⁾ 입혀

명주 두더기²⁰⁷⁾에 싸다가

비딤밭에 내베리니

하늘에 학이 한 쌍 너울너울 내려온다

한 마리는 한쪽 날개 깔고 한쪽 날개 덮어 애기를 품고

한 마리는 아기 요식²⁰⁸⁾ 물어다 나른다

비딤밭에 베리디기 이리저리 자라난데

오구대왕께서는 큰병이 났십니더

대왕님 병은 황달에 흑달²⁰⁹⁾이요,

오구마님 병은 한 끼에 소 한 마리 다 먹어도 배 안 차는 아귀병²¹⁰⁾

화태²¹¹⁾ 편작²¹²⁾을 다 불러도 백약이 무효라

---

203) 비딤(비름) 비름과의 한해살이풀. 줄기는 높이가 1미터 정도이고 곧게 서며, 드문드문 가지
가 갈라진다. 잎은 어긋나고 마름모처럼 생긴 달걀 모양이고 잎자루가 길며 표면에 자주색의 무
늬가 있는 것도 있다.

204) 싯 '깃'의 방언.

205) 말 '마루폭'의 방언. 바지나 고의 따위의 허리에 달아 사폭을 대는 긴 헝겊.

206) 초마 '치마'의 방언.

207) 두더기 '누더기'의 방언.

208) 요식 몫몫으로 나눈 밥에서 한 몫이 되는 분량의 밥.

209) 흑달 황달의 하나. 황달이 오랫동안 낫지 않아 얼굴빛이 검게 되는 것을 이른다. 여로달, 주
달(酒疸)의 치료가 잘못되었을 때도 올 수 있다.

210) 아귀병 걸신들린 사람처럼 많이 먹으면서도 항상 배고파하고 몸이 마르는 병적인 증세.

211) 화태 화타. 중국 후한(後漢) 말기에서 위나라 초기의 명의(名醫)(?~208). 약제의 조제나 침
질, 뜸질에 능하고 외과 수술에 뛰어났으며, 일종의 체조에 의한 양생 요법인 '오금희(五禽戲)'를
창안하였다.

일관.213) 월관 불러들여 신수 운수 빼어본다

처음 빼니 천살(天煞)214)이요

두 번 빼니 지살(地煞)215)이요

세 번 빼니 수양산 바윗골 약수 갔다 먹어야 낫는다 그럽니더

수양산 바윗골 약수 가질러 그 누구를 보낼꼬

딸 여덟을 불러와서,

큰딸 보고 하는 말이

홍단아 늬가 갈래

홍단이 대뜸 내사 못 갈시더

우째 못 갈노

아들 장개 날 받아놔서 못 갈시더

둘째 딸보고

백단아 늬가 갈래

나도 못 갈시더

우째 못 갈노

딸 시집 보낼 혼목 받아놔서 못 갈시더

삼예야 늬가 갈래

나도 못 갈시더

우째 못 갈노

---

212) 편작 중국 전국 시대의 의사(?~?). 성은 진(秦). 이름은 월인(越人). 임상 경험을 바탕으로 치료하
였다. 장상군(長桑君)으로부터 의술을 배워 환자의 오장을 투시하는 경지에까지 이르렀다고 전한다.
213) 일관 지는 해를 보고 극락정토를 생각하는 관법.
214) 천살(天煞) 불길한 별의 이름.
215) 지살(地煞) 풍수지리에서 터가 좋지 못한 데서 생기는 살.

눈 어둔 시부모 조석 지어 바칠락 하이 못 갈시더

사예야 늬가 갈래

나도 못 갈시더

우째 못 갈노

시어른 제삿날 닥쳐와서 못 갈시더

오예야 늬가 갈래

나도 못 갈시더

우째 느도 못 갈노

순산들이 낼모레라 그래서 못 갈시더."

이렇게 여덟째까지가 모두 저희 형편을 내세워 약물 구하러 가기를 회피했다.

그 하나하나가 못 가겠다고 대답할 때마다 군중들은, 아아 하고 탄식을 짓거나 혀를 끌끌 차거나 하여, 딸들의 불효를 분개하는 얼굴들이었다.

군중들의 탄식과 혀 차는 소리가 가라앉자 다시 을화의 청승스러운 목소리가 조용히 울려퍼지기 시작했다.

"딸 여덟이 지 집으로 돌아가자

대왕님 힘없는 목소리로,

앞집에 유모야

비듬밭에 베리데기 좀 불러다오

내 병이 짙어가니 보고나 죽을란다

앞집에 유모가 비듬밭을 찾아가

베리데기 베리데기 베리데기 세 번 부르니

온달[216] 같은 새악시가 반달같이 내다보며

거 누가 나를 찾소

하늘에 핵(학)이나 한 쌍 나를 찾지 날 찾을 이 또 있는가

유모가 앞에 나가

야야 늬는, 아부지가 오구대왕

어무니가 오구마님

딸만 아홉 두었는데

늬가 바로 아홉째라

대왕마님 영으로 비듬밭에 보냈더니

대왕마님 병이 깊어

늬나 보고 죽을락 한다

베리데기 거동 보소

아이고 설워 내 신세야

비듬밭에 베리데기

하늘에서 떨어졌나

땅에서 솟아났나

날 낳은 우리 부모

베려서 베리데기

우리 부모 날 찾으니

산이라고 못 갈능아

물이라고 못 갈능아

216) 온달 음력 보름날의 가장 둥근 달.

반달 같은 새아시가

온달같이 뛰나온다

돌아온 베리데기

뜰 아래 멍석 깔고

삼배 삼삼 구배를 드린다

천하불효 베리데기

부모님을 첨 뵈오니

눈물이 목을 막아

삷[217]을 말씀 없나이다

오구대왕 떨리는 목소리로

야야 이리 오너라

비듬밭에 베린 아기

이렇게도 장성했나

늬를 베린 우리 양주[218]

늬 볼 얼굴 없다마는

모진 병에 죽게 되어

수양산 바윗골에

약물 먹음 산닥 하기

늬 성 여덟을 다 불렀더니

여덟이 여덟 가지 별 탈 대고

지 집으로 다 돌아갔다

---

217) 삷다 '사뢰다'의 방언.
218) 양주 바깥주인과 안주인이라는 뜻으로, '부부(夫婦)'를 이르는 말.

인저는 우리 양주

죽을 날 받아놓고

늬 얼굴 한 번 보고

눈 감을라 늬 불렀다

베리데기 거동 보소

온달 같은 그 얼굴을

눈물비로 다 씻으며

아부지 어무니요 내가 갈람더

아이고 설워 내 신세야

아부지 어무니 못 볼 뻔했구나

흰 얼굴에 먹칠하고

행주치마를 들쳐 업고

자라병²¹⁹⁾ 옆에 끼고

수양산 찾아간다

동세남북 모르는 새악시가

발 가는 대로 찾아간다

냇물 건너 바위 밑에

빨래하는 저 아낙네

어디루 가면 수양산 바윗골 갑니꺼

검은 빨래 희도록 씻어주면

수양산 가는 길 가르쳐주지

---

219) **자라병** 자라 모양으로 만든 병. 납작하고 둥근 몸통에 짧은 목이 달려 있다.

전통(箭筒)[220] 같은 팔을 걷고

검은 빨래 희도록 다 씻어주니

저게 가다 다리 놓는 사람한테 물어봐라

다리 놓는 저 양반님

어디로 가면 수양산 갑니꺼

무쇠다리 아흔아홉 칸

다 놔 주면 가르쳐 주지

무쇠다리 아흔아홉 칸 다 놔 주니

저게 가다 탑 쌓는 양반한테 물어봐라

탑 쌓는 양반님요

어디로 가면 수양산 갑니꺼

이 탑 열두 칭 다 쌓아주면 가르쳐주지

탑 열두 칭 다 쌓아주니, 저게 가다

수껑[221] 씻는 사람한테 물어봐라

수껑 씻는 양반님요

어디루 가면 수양산 갑니꺼

검은 수껑 희도록 씻어주면 가르쳐주지

검은 수껑 희도록 다 씻어주니

저게 가다 대사님한테 물어봐라

대사님요 대사님요

수양산 바윗골이 어딥니꺼

220) 전통(箭筒) 전동. 화살을 넣어 두는 통.
221) 수껑 숯.

저게 가다 미럭님한테 물어봐라

미럭님요 미럭님요

수양산 바윗골이 어딥니꺼

나한테 아들 구 형제 낳아주면 가르쳐준다

한 해 가고 두 해 가고 아홉 해 가서

아들 구 형제 다 낳아주고

미럭님 미럭님요

인절랑 갈체(가르쳐) 주소

미럭님 하는 말이

저 건너가 수양산이다마는

소강 대강 만경창파[222)]

어째 다 건네갈꼬

베리데기 강물 앞에

두 다리 뻗고 통곡하니

하늘에서 핵(학)이 한 쌍

너울너울 내려와 베리데기 업어 건네준다

수양산 바윗골에

무산선녀 셋이 내려와 먹을 감는데

중의[223)] 하나 안고 덤불 밑에 숨었다

첫째 선녀 물에서 나오더니

인내도 나고 땀내도 난다

---

222) **만경창파** 한없이 넓고 넓은 바다.

223) **중의** 고의와 같은 말. 궁중에서, 여자가 입는 저고리를 이르던 말.

큰선녀 둘은 옷을 입고

하늘로 올라가고

셋째 선녀 옷을 찾아 이리저리 냉긴다

베리데기 앞에 나와

중의를 내어주며

이 몸도 이 몸도 여자올시더

베리데기 말을 듣고

셋째 선녀 반겨주며 하는 말이

비듬밭에 베리데기

선녀가 분명쿠나

병 세 개를 가져와

피 살릴 물, 살 생길 물, 숨 터질 물

따로따로 세 병을 넣어준다

선녀에게 하직하고

오던 길 돌아서니

만경창파 거기 있네

두 다리 뻗고 엉엉 우니

용궁에서 거북이 한 마리 내보낸다

거북이 등을 타고

만경창파 건너가서

미럭님요 미럭님요

집으로 갈랍니더

미럭님 말씀 들소

이왕 늦은 김에 만경창파 보고 가라

만경창파 돌아보니

배가 수천 채 저승에서 돌아온다

저 앞에 짚 덮어쓴 배는 무슨 밴가

그 배는 이승에 부자가

악하게 타작하는데

가난한 사람이 짚이나 달락 하니

짚 한 단 집어 내던졌다

그 부자 저승 가서

짚 덮어쓰고 지옥 들어가는 배다

그 뒤에 저 배는 무슨 밴고

그 배는 부모 앞에

눈 희뜩뻐뜩, 셔²²⁴⁾ 툭툭 차고

저승 가 눈 빼이고, 혀 빼물고

지옥 들어가는 배다

저기 저 배는 또 무슨 밴고

그 배는 이승의 술장수가

술 묽게 걸러 팔다가

억만지옥 가는 배다

저 배는 또 무슨 밴고

그 배는 이승의 짚신쟁이가

---

224) 셔 혀.

돈 받고 신 팔아도

남에 공덕 많이 했다고

하늘 올라가는 배다

저기 저 배는 또 무슨 밴고

그 배는 이승에 살 적에

배고픈 사람에게 밥 많이 주고

옷 없는 사람에게 옷 많이 주고

신 벗은 사람에 신 신겨준 공덕으로

저승에 들어와 노적가리[225] 쌓아놓고

옷고름에 돈 걸어놓고

꽃밭에서 서방세계로

인도환생[226]하는 배다

인저는 귀경 다 했으니

집으로 갈랍니더

미럭님 말씀 들소

아들 구 형제, 다 데리고 가거라

미럭님께 하직하고

아들 구 형제 업고 안고

어서 가자 바삐 가자

울 아배 울 어메 황천 갈 길 다 되었다

허둥지둥 돌아오니

225) 노적가리 한데에 수북이 쌓아 둔 곡식 더미.
226) 인도환생 사람이 죽어 저승에 갔다가 다시 사람으로 태어나는 일.

오구대왕 오구마님

베리데기 바래다가

한날 한시에 죽어서

행상²²⁷⁾ 두 채 떠나온다

베리데기 말씀 듣소

상둣군아 상둣군아

길 아래 내리거라

길 위로 올리거라

울 아배 울 어메 얼굴이나 다시 보자

이때 베리데기 성²²⁸⁾ 여덟이 몰려와

귀때기 이리 치고 저리 치며

너는 어딜 갔다 인저 오나

우리 여덟은 다 종신²²⁹⁾했건마는

거머리 논 열닷 마지기를 줄락 하더라

개똥밭 열닷 마지기 줄락 하더라

베리데기 대꾸 없이

눈물만 이리 닦고 저리 닦고

관을 짚고 통곡한 뒤

천판²³⁰⁾을 떼고 보니

---

227) 행상 상여.
228) 섬 '형' 을 이르는 옛말.
229) 종신 일생을 바침.
230) 천판 관의 뚜껑이 되는 널.

영감 할마니 황천[231]길로 잠들었네

피 살릴 물 치뿜고 내리뿜고

피 살릴 꽃 치쓸고 내리쓰니

얼굴 화색 돌아오네

살 생길 물 치뿜고 내리뿜고

살 생길 꽃 치쓸고 내리쓰니

살이 불그름히 살아난다

숨 터질 물 치뿜고 내리뿜고

숨 터질 꽃 치쓸고 내리쓰니

영감 할머니 한날 한시에

눈 뜨고 일어나며

잠이 너무 깊었던가

꿈일런가, 생실런가

황천 가는 우리 양주

누가 와서 살렸는고

베리데기 아니면 긔 누가 살릴는고

베리데기 양친을 집으로 모셔간다

영감 할머니 거동 보소

베리데기 아들 구 형제를

앞에도 앉히고 옆에도 앉히고

양쪽 무릎에도 다 앉히고 나서

231) 황천 저승.

얼씨구 절씨구 지화자 좋을씨구

요런 경체 세상에 또 어디 있을꼬

베리데기 베리데기 내 베리데기

천하를 다 줄까, 지하를 다 줄까

베리데기 말씀 듣소

천하도 싫고 지하도 소용없소

베리데기 한 가지 소원이 있다면

배고픈 사람에게 밥 많이 주고

옷 없는 사람에게 옷 많이 주고

길 가다 노자 떨어진 사람에게 노자 주고

이승에 한 많은 괴로운 혼백들

저승으로 건너가게 길 닦아주고

저승길 훤하게 닦아주고

서방세계 길 열어주고

부디 저승 훨훨 가소

오늘 여기 망제[232]님은

원통히 생각 말고 절통히 생각 말고

해원[233]축수 받고 노자 덤뿍 받아서

저승 훨훨 건너가소."

이때 박수 세 사람이 한꺼번에 북과 징과 제팔이를 요란스럽게 울리며 "저승 훨훨 건너가소"를 복창했다.

---

232) 망제 무당이, 죽은 사람을 이르는 말.
233) 해원 원통한 마음을 품.

넓은 마당에 자욱이 앉고 선 사람들은 베리데기가 부모 앞에 나타났을 때부터 눈물을 흘리기 시작하여, 나중 약물로 구해 오고 부모를 살리고 다시 대면하는 대목에 와서는, 수건으로 소매로 눈물을 닦지 않는 사람이 없었다.

영술이 놀란 것은, 그 많은 구경꾼들이 하나도 빠짐없이 감동에 젖어 있는 일보다도, 월희가 이 모든 것을 잘 알아듣는 듯한 몹시 흥미로운 얼굴로 지켜보고 있는 일이었다.

"너 저런 거 다 들었나?"

영술이 묻자, 월희는 이내 고개를 끄덕이고 나서,

"베리데기 그릴란다."

했다.

그녀가 이렇게 분명한 발음으로 말한 적은 일찍이 없었던 것이다.

"베리데기를 어떻게 그릴라고?"

"눈에 뵈는 것 같은데."

월희는 이번에도 분명한 소리로 대답했다.

이때 정부자 집 마누라와 그 아들인 정부자가 전물상 앞에 나타났다.

"을화네 수고했대이."

정부자 집 마누라가 을화의 어깨를 두드리며 이렇게 인사말을 건넬 때, 그 아들 정대식(鄭大植)이 품에서 시퍼런 십 원짜리 지폐 석 장을 끄집어내더니, 두 장을 전물상 위에 놓고 한 장을 박수네 앞에 놓았다. 전물상 위에 놓은 것은 무당에게 주는 사례요, 박수네 앞에 놓은 것은 물론 박수들에 대한 사례였다. 무당에 대한 사례금 백 냥도 좀체 보기 어려운 큰돈이었지만, 더구나 박수들에게 따로 사례를 한다는 것은 여

간 푸짐한 대접이 아니었다. 이것을 본 사람들은

"을화네 부자될따."

고도 했고, 또 어떤 이는,

"백 냥이 아니라 이백 냥을 줘도 아깝잖을따."

고도 했다.

정대식은 나이 서른일곱이라 하였다. 그는 구경꾼들에게 인사를 하는 듯 차일 끝까지 나와 이리저리 살펴보곤 했다. 그러다가 그의 눈길이 문득 월희에게 이르자 한참 동안 움직이지 않고 있었다.

나들이가 불러온 것

정부자 큰 굿이 있은 다음다음 날이 일요일이었다.

을화는 언약대로, 월희를 영술에게 맡겨서 교회로 보냈다. 그것은 한갓 언약을 지키려는 것뿐이었고, 그것으로 월희에게 어떠한 변화가 있으리라고는 털끝만큼도 믿지 않았다.

영술 자신도, 월희의 훈련되지 못한 청각과 지능 정도로서는 교회의 여러 가지 예배의식(禮拜儀式)이 좀체 이해되기 어려우리라고 내다보았다. 다만 믿는 것은, 월희의 영술에 대한 신뢰와 자기의 그녀에 대한 기도뿐이었다. 그리고 그 결과는 을화가 예상했던 대로, 또 자기가 내다보았던 대로였다.

그날 저녁 때 영술이 월희를 데리고 집으로 돌아오자, 을화는 대뜸,

"우리 달희 야수교 좋닥 하더나?"

이렇게 물었다.

"……"

영술은 얼른 입이 열리지 않았다.

"야수교카마는 굿이 낫닥 하세?"

"어머니."

영술은 을화의 말을 막듯이 어머니를 불렀다.

"착한 내 아들아, 늬가 본 대로 말해라."

"월희가 교회에 간 건 처음이 아입니까?"

"굿도 첨 갔다."

"그렇지만 굿은 집에서도 늘 보는 거나 다름없지 않는기요?"

"그건 늬 말도 옳다. 집에서 구경한 게 도움이 됐을끼다. 그렇지만……"

"그리고 또 있습니다. 교회는 남방 여방이 따로 있어서, 나하고 같이 못 앉고 월희만 여방으로 보냈기 때문에 아무것도 가르쳐 주지 못했습니더."

"우리 달희가 지 혼자 그 낯선 데 있을락 하더나?"

"김집사 부인이라고 제가 아는 아주머니께 부탁을 드렸지요."

"잘했다. 그렇지만 돌아오멘서도 얘기 못 해봤나?"

"……"

영술은 또 왠지 얼른 대답을 못 했다.

"싫닥 하세?"

"아입니다."

"그러면?"

"저를 따라 교회에 다니겠다고 약속했습니다."

"뭐라꼬? 우리 달회가 늬를 따라 야수를 믿는닥 했다꼬?"

"……."

"그거는 거짓말이제? 내가 늬한테 우리 달회를 야수 믿게 꼬시라고는 약조하지 않았제?"

"미리 어머니의 허락을 받지 않은 것은 사실입니다."

"그렇닥 하면 우리 착한 아들이 야수 때문에 거짓말쟁이가 됐부맀나?"

"어머니."

영술은 애걸하는 듯한, 호령하는 듯한 야릇한 목소리로 다시 그의 어머니를 불렀다.

"와, 내 말이 틀렸나?"

"어머니, 저도 월희를 어머니 다음으로 사랑합니더. 월희가 하루바삐 말을 제대로 하고, 훌륭한 처녀가 돼 주었으면 하고 비는 마음 간절합니더."

"오냐, 늬 맘은 알따마는, 우리 달회를 늬 맘대로 야수교로 끌어들이라꼬는 안 한다이."

"어머니 그만해 둡시다."

"그만해 두자꼬?"

을화는 불만스러운 얼굴로 영술을 한참 지켜보고 있었다. 그러나 영술이 끝내 대답이 없자 그녀도 시선을 돌리고 말았다.

이쯤 되니, 월희를 두고 굿과 교회 구경을 따라 한 번씩 시켜서 그녀의 마음의 향방을 가늠해 보자고 했던 일은, 일단 을화 쪽이 우세했던 것으로 일단락지어졌다.

그러나 월희의 이를 위한 두 차례 나들이는 두 군데서 다 각각 다른 사태를 빚어내게 하였다. 그 하나는, 그날 밤 굿을 마치고 인사차 군중 앞에 나왔던 정대식의 눈에 월희가 몹시 어여쁘게 비쳤던 일이다. 정대식은 그 이야기를 그의 어머니(정부자 집 마누라)에게 비쳤는데, 마누라는 즉석에서,

"그러잖아도 가아(그애)가 참 아까와서 어디 존 데 있으면 앉혀줄락고 하고 있었다. 늬가 그렇게 맘에 들었다면 집에 데레다 잔심부름이나 시키두룩 해볼래?"

은근히 권하는 투로 나왔다.

"어무이 그렇게 해주이소."

아들의 부탁을 받은 마누라는 그 길로 곧 을화를 찾아보고 그 뜻을 비쳤다.

을화는 당장에 기쁨이 넘치는 얼굴로,

"정주사 양반이 우리 달희를 곱게 봐준닥 하면사 그카마 더 존 일이 또 어딨겠십니꺼?"

하고 나왔다.

사실 무당의 딸이라면 다른 무당의 아들과 결혼하는 길이 고작이요, 그렇게 짝을 얻지 못하면 임자 없는 작은 무당으로 나가는 것이 보통이었다. 무배(무당 박수 따위)의 딸로서 기생으로 나가거나 양반 또는 부자의 소실이 된다는 것은 하늘의 별따기에 견주어지는 큰 출세이기도 했다.

정부자 집 마누라도 흐뭇한 얼굴로,

"내 을화네니까 깨놓고 말하지만, 가아(그애) 인물이사 귀한 집에 태

났으면 왕비 간택[234]에라도 내보낼락 할 끼다이."

했고, 을화도 덩달아

"가아 뱄을 때, 내 꿈에 달나라 옥황상제님의 공주를 봤다 안 캅니꺼?"

자랑질을 못 참았다.

을화는 마누라가 돌아가자 이내 월희를 보고도

"따님 따님 내 따님

단지 단지 내 단지

귀염단지 보물단지, 늬는 얼마 안 있어, 부자집 새악시로 들어앉는다. 야수당이고 어디고 나댕기지 말고 집 안에 가만 들앉아 몸조심 얼굴치장 게을리 마라."

이렇게 일러주었다.

교회에서 빚어지기 시작한 사건이란, 정작 그녀보다 영술이 쪽으로, 그의 일신상에 관한 중대사로 번졌다.

그날 월희가 교회에 갔을 때, 김집사 부인은 영술의 부탁을 받고 그녀를 데리고 여방 맨 앞자리 한구석에 가 앉았는데, 교인들의 시선이 한결같이 그녀에게 쏠리곤 했다. 아직 교회가 설립된 지 오래지 않을 때라 새로운 교인이 하나 나타나면 모두가 고맙기도 하고 반가운 눈길을 그 사람에게 돌리게 마련이었지만, 이날 월희에 대한 그것은 특히 두드러졌다. 처음 보는 교인일 뿐 아니라, 그녀의 옷차림 몸맵시 얼굴 생김새가 어느 누구보다도 너무나 아리따웠기 때문이었다. 그 무렵 여방 교인

234) 간택 조선 시대에 임금·왕자·왕녀의 배우자를 고르던 행사. 여러 후보자들을 대궐 안에 모아 놓고, 임금 이하 왕족 및 궁인들이 나아가 직접 보고 적격자를 뽑았다.

의 옷차림이라고 하면 대개가 흰 치마저고리였지만, 젊은 부인이나 처녀들이라고 해도 으레 흰 저고리에 검정 치마가 아니면 연옥색 치마 정도였었는데, 이 낯선 처녀는 아래위로 초록색 치마저고리를 입었으니 놀랄 만한 일이었다. 게다가 몸맵시는 그대로 수양버들가지요, 얼굴은 옥을 깎아놓은 듯했으니 신기할밖에 없었다. 나중 김집사 부인이 영술에게 전한 말에 의하면, 여방 교인들은 그녀를 가리켜, "화식[235] 묵고 땅 우는 사는 사람 겉지 않다" "무산선녀[236] 무안해서 달아날레라" "귀신인지 사람인지 모를네라" "꿈인지 생신지 모르겠더라"고들 수군거리고 소동을 피웠다는 것이다.

이러한 소동은 이내 영술을 그녀들의 화제 속에 부상시키게 되었고, 끝내는 그네 남매의 어머니가 을화라는 사실까지 밝혀지는 데 이르렀다.

영술이 비록 기독교 신자요 구습에서 벗어난 청년이라 하지만 무당의 아들로서 남의 이야깃거리에 오르기를 스스로 원할 리 없으므로, 그가 사부(師父)같이 믿고 따르는 박건식 장로 이외에는 그 누구에게도 자기의 신상을 밝히지 않은 채 지내왔건만, 월희의 한 번 출동은 그에 대한 모든 내력과 근본까지 들춰내는 결과를 빚고 말았다.

영술은 그것이 비록 바라는 바가 아니고 자랑스러운 일은 아니라 할지라도 사실이 사실인 만큼 언젠가는 한번 겪어야 할 아픔이라고 체념을 할 수밖에 없었다. 그러나 사태는 거기서 머물지 않고 또다시 발전하여, 이번에는 그의 출생과 부계(父系)로의 입적(入籍)[237]에 관련되는 거

235) 화식 불에 익힌 음식.
236) 무산선녀 중국의 전설에서 얼굴이 몹시 곱고 아름답다는 선녀.
237) 입적(入籍) 호적에 올림.

취 문제에까지 이르게 되었다.

월희가 교회에 다녀온 열이틀 만이니까 바로 그 다음 주간 금요일 저녁 때였다. 영술이 박장로의 연락을 받고 들렀더니, 박장로는 여느 때보다도 정중한 목소리로,

"갑자기 보자고 한 것은 다름이 아니라."

하고 허두를 떼었다.

"좀 뜻밖의 일이고 어떤 의미에서는 자네 일신상에 자못 중대한 문제라 볼 수도 있겠는데……."

하고, 박장로는 연방 엄숙하고 정중한 어조로 말머리를 엮었다.

영술은 맘속으로, 자기의 신분이 밝혀진 만큼 교회 안에 일고 있을지 모르는 자기에 대한 좋지 않은 분위기 따위를 이야기하는 거라고 혼자 짐작하며,

"장로님, 저는 주님의 진노하심 이외에는 아무것도 두렵지 않습니다. 어서 말씀해 주십시오."

했다.

"그런 것보다도, 자네 저 밤나뭇골에 대해 듣고 있는가?"

"밤나뭇골이라니요? 처음 듣는 말씀이올시다."

영술의 대답에 박장로는 의아한 얼굴로 한참 그를 바라보다가

"자네 출생지가 밤나뭇골이란 것도 모르는가?"

"역촌 마을에서 잣실 마을로 옮겨갔다고만 듣고 있습니다."

"그렇지. 정작 출생지는 역촌 마을이지만 그보다 조금 전에는 밤나무 마을에 살았거든. 그러니까 자네 생부(生父)는 밤나무 마을 사람이라는 이야길세."

"장로님, 저는 처음 듣는 말씀이올시다."

영술은 얼굴이 벌겋게 상기된 채 울먹이듯한 떨리는 목소리로 대답했다.

"그래?"

박장로는 어이없다는 듯한 얼굴로 영술을 한참 바라보고 있다가 다시 말을 이었다.

"자네 생부는 밤나무 마을 사람이라네. 성함을 이성출이라고 한다네."

"장로님!"

"가만히 들어보게."

박장로는 영술의 흥분이 갈앉기를 기다리듯 잠깐 침묵을 지키고 있다가 다시 입을 열기 시작했다.

"그런데 그 댁 고부간이라니까, 그 자네 생부 되는 사람의 모친과 부인이지. 그 고부가 전부터 우리 교회의 신자로 나왔었다네. 나도 요번에 첨 들었지만, 그분들도 자네가 누군지 전혀 모르고 있었겠지. 그런데 지지난 주일날 자네 여동생이 교회에 다녀갔지? 그 일로 인해 자네 내력과 과거지사가 모두 드러나게 되었다네."

"장로님 죄송합니다."

영술은 시뻘겋게 된 얼굴을 아래로 푹 수그리며 울먹이듯이 겨우 이렇게 말했다.

"아까 자네 말대로 하나님의 진노 살 일이 아닌 이상 염려할 것 없네. 안심하고 내 얘길 마저 들어주게. 헌데 그 자네 생부와 그 부인 사이에 딸 하나가 있을 뿐, 그것도 출가를 시키고 나니 혈육이라곤 한 점도 없다네. 이번에 마침 자네의 내력을 알게 되자, 두 고부가 집에 가서 이야기를 했던 모양일세. 그랬더니 자네 생부 되는 사람이 우리 교회에 나오는 박집사라고 내 사촌 동생일세마는, 이 사람과 평소에 친분이 있었던 모양이라, 이 박집사와 함께 나를 찾아오지 않았겠나?"

박장로는 이야기를 잠깐 쉬고 영술의 얼굴을 한참 지켜보았다.

영술은 홍당무같이 붉어진 얼굴을 아래로 푹 수그린 채 움직이지도 않고 있었다.

박장로가 다시 이야기를 계속했다.

"그래 하는 말이, 자기 당대에 자식이 끊어지면 자기 집은 문을 닫게 되고 자기는 조상 앞에 큰 죄인이 될 판이라, 자네를 기어이 찾아봐야 되겠다네."

영술은 박장로가 또 말을 그치고 영술의 의중[238]을 살피려는 듯 자기를 지켜보고 있다고 알았지만, 그냥 고개를 수그린 채 아무런 대답도 없었다.

박장로는 먼저보다 더 부드러워진 목소리로 다시 입을 열었다.

"그 자네 생부 가문에서는 양자를 세울 만한 사람도 적당치 않은 모양이야. 하기야 자기의 혈육이 분명하다고 확신하고 있는 마당에 자네를 두고 따로 양자 세울 생각이야 할 수는 없겠지만……. 그래서 내가 자네와 가까이 지낸다는 것을 내 사촌한테서 전해 듣고, 자네에게 이야기를 잘 해 달라는 걸세. 자네 생부 생각으로는 우선 자네를 만나보고 자네 의향도 들어봐야 하겠지만, 자네 생부의 희망 같아서는, 자네를 기어이 자기 호적에 사자 (嗣子)[239]로 입적시켜서 자기네 가문을 이어가도

---

238) 의중 마음속.

록 하고 싶은 거라네."

박상로는 여기서 대상 서쪽 뜻을 선했나고 보는지 말을 마치자 또 아까와 같이 영술을 지그시 지켜보고 있었다. 이쯤 되면 영술도 뭐라고 대답이 있으리라고 믿는 모양이었다.

그러나 영술은 새빨갛게 된 얼굴로 그냥 아래로 푹 떨어뜨린 채 역시 움직이지도 않았다.

"자네가 그만하니 오죽 알아서 하겠냐마는, 내 생각으로는, 이 기회에 용단을 내는 것이 좋을 듯하네. 그렇게 되면 자네 생부도 자네를 따라 교회에 나오게 될 거고……. 그렇잖은가?"

"……."

영술은 잠자코 얼굴을 왼쪽으로 돌렸다. 박장로에게 눈물을 보이지 않으려는 거동이었으나, 이 조그만 움직임은 지금까지 이를 악물고 참아오던 울음을 터뜨리고야 말게 하는 계기가 되었다. 옆으로 돌린 그의 양쪽 어깨가 눈에 띄게 들먹거려지며, 그는 몇 차례인지도 모르게 소매로 눈물을 받아내곤 하였다.

박장로도 그때에야, 그가 지금까지 고개를 수그린 채 말이 없었던 것은 복받쳐 오르는 울음을 참기 위해서였다는 것을 짐작했다.

흐느낌이 대강 멎자, 영술은 아직도 목구멍에 울음이 꽉 찬 듯한 소리로,

"장로님 죄송합니다."

겨우 이렇게 입을 열었다.

"죄송할 거야 있나? 자네 처지가 되고 보면 당연한 일이지."

---

239) 사자(嗣子) 대를 이을 아들.

박장로는 무언가 좀더 그를 격려해주고 싶었지만 이 밖에 다른 말을 찾지 못했다.

영술은 영술대로 박장로가 자기의 대답을 기다리고 있다는 것도 잊은 사람처럼 눈물로 시뻘겋게 된 두 눈으로 그냥 방바닥만 가만히 내려다 보고 있을 뿐이었다.

박장로는 또 자기가 먼저 입을 열 수밖에 없다고 생각했다.

"자네와 나는 같은 교인으로서뿐만 아니라 같은 인간으로서, 나는 자네를 내 자제같이 보고 있네. 그러니까 내 말을 조금도 달리 듣지는 말게. 내 지금까지 자네의 성을 모르고 있었던 것도 사실이야. 그런데 인제 자네 성을 알게 됐네. 자네 성은 당연히 이씨라네. 성을 찾게. 자네같이 하나님의 진리 속에 살려는 사람이 세상의 부귀공명[240]을 목적하지는 않겠지만, 그러나 사람이 세상에 나서 자기 성도 못 찾는다는 것은 있을 수 없는 일일세. 자네는 이씨야. 성을 찾게."

박장로는 영술의 결의를 재촉하는 뜻으로 이렇게 말했다.

"제가 평양서 선교사님께 의지하고 지냈듯이 고장에 와서는 장로님을 의지하고 있는 처지에 잠시인들 장로님의 말씀을 가벼이 여기겠습니까마는 저에게는 어머니가 있습니다. 비록 부끄럽고 천한 무당이라 하지만 저에게는 어머니임에 틀림없습니다. 밤나뭇골 일이 사실이라 하더라도 어머니의 뜻을 들은 연후에 저의 생각을 장로님께 말씀드리고자 합니다."

"하기야 그렇지, 그게 순서지."

---

240) 부귀공명 재산이 많고 지위가 높으며 공을 세워 이름을 떨침.

박장로는 낮은 목소리로 이렇게 응수하며 천천히 고개를 끄덕어 보였다.

성을 찾다

영술이 이 일을 을화에게 이야기했더니, 을화는 입술을 비쭉 내민 채 가만히 듣고 있다가, 대뜸

"밤나뭇골이먼 맞다."

간단히 시인을 했다. 그리고는 뒤이어

"그래서 내가 밤나무 마을에는 굿도 안 댕긴 거다."

이렇게 덧붙였다.

영술이 그것뿐이겠느냐는 듯이 그의 어머니를 바라보자, 그녀는 다시,

"그때 늬를 배고 그 동네서 쫓겨났던 거 앙이가."

했다.

"쫓겨났다고요?"

"……."

을화는 또 입술을 비쭉 내민 채 고개를 두어 번 끄덕이고 나서, 천천히 입을 열었다.

"그때 울 엄마는—늬 외할무이 말이다. 그 동네서 남의 일을 해주고 겨우 살아갔는데 내가 늬를 배니, 가시나가 애 뱄다고 온 동네가 외면을 하는 기라, 거기다 그 집에서는 나 때문에 장가 길 맥힌다고 제발 떠나가 달라고 사정을 하고, 그래서 할 수 없이 본디 살던 역촌 마을로 나오게 됐닥 하더라."

"장가 길 맥힌다는 게 뭡니까?"

"총각이 이웃집 가시나한테 애까지 뱃닥 하면 누가 딸 줄락 하겠나?"

그러니까 애기 밴 처녀는 결혼 대상으로 생각도 해보지 않고 하던 그네들의 말이었다.

"그 뒤엔 말이 없었습니까?"

"그러잖아도 그 뒤에 장가를 들락 하니 자꾸 말썽이 생게서 두 차례나 혼담이 깨지고는 했단다. 그러자니 얼매나 혼침을 묵었는지, 그 뒤 우리가 역촌 마을에서 잣실로, 잣실에서 읍내로, 이렇게 옮게 댕기며 살아도, 살았나 죽었나 알아보는 일도 없더라. 그 집에서는 늬가 살았는지 죽었는지 알락고도 안 했고, 이날 입때까지 까맣게 없었던 거로 덮어놓고 지내왔다."

을화는 자못 분개한 목소리였다.

"그래, 어무이 생각은 어떠십니까?"

영술의 묻는 말에 을화는 대답을 하지 않은 채,

"그 집 마누라쟁이가 야수를 믿으러 나왔다가 늬를 봤닥 하제? 그 예펜네들 야수 아이면 늬 꼴 구경도 못 했을 끼고, 찾을 생념도 못 냈을 꺼 아이가?"

"……"

영술은 별로 대답할 건덕지도 못 된다고 생각되어서 잠자코 있었다. 그러자 을화는 분연히,

"나는 늬가 야수 귀신에 빠진 거만 해도 신령님께 얼굴을 못 들겠는데, 더군다나 그 예편네들하고 같이 야수 구덩이에 빠질 꺼 생각하니 몸에 소름이 끼친다. 거기다가 우리 달희는 얼매 안 있어 정부자 집으로

갈 꺼다. 그렇게 되면 나 혼자 어째 산단 말고?"

"달희가 정부자 집으로 간다고요?"

"음, 정부자 집 정주사가 우리 달희를 한 번 보고 맘에 홀딱 들어뿌린 기라, 그 집 마누라가 와서 그러더라. 달희를 들어앉힐란다꼬."

"그래 어무이는 좋다고 했입니꺼?"

"그라면 그카마 더 존 자리가 있을 꺼 같으나?"

"……"

"우리 달희가 원체 무산선녀로 태어났으니 그렇지, 우리 처지에 그만한 자리 바라볼락 하면, 보통 사람이 왕비 뽑히는 거만 할 끼다."

"그렇지만 어무이, 우리 월희가 그 집 뭐로 간단 말입니꺼?"

"정주사 새악시로 가지 뭘로 갈노?"

"정주사한테는 새악시도 있고 자식도 다 있는데 어떻게 또 새악시로 갑니꺼?"

"늬가 야수를 하느라꼬 세상물정을 하나도 모르는구나, 본디 양반이나 부자는 나이 서른 살 남짓 되면 작은집을 둬야 체면이 서는 거락 한다. 정주사가 원체 얌전하고 또 우리 달희하고 천생연분을 맞출라꼬 지금까지 늦었지."

"어무이, 그렇지만 월희가 불쌍하지 않습니꺼?"

"와? 잘돼 가는 게 와 불쌍하노?"

"남의 노리갯감이 되는 게 왜 불쌍하지 않십니꺼?"

"벨 소리를 다 하는구나. 그 집 새악시가 되는데 와 노리갯감이락 하노?"

"처자가 버젓이 있는 정주사의 작은새악시로 월희를 준닥 하면 월희

는 덤이 되는 거 아입니꺼? 잘나든지 못 나든지 제 짝을 찾아서 보내줘
야 할 게 아입니꺼?"

"늬가 야수를 한닥 하되만 참 엉뚱한 소리도 많이 한다. 무산센녀가
천생연분을 찾아가는데, 노리갯감이니 덤이니 하고 남에 부아 긁는 소
리만 찾아가머 하는구나. 늬가 아무리 똑똑하닥 해도 사람 사는 이치는
나만치 모를 끼다. 사람이 다 각각 지 분수와 처지가 있는기라. 비겨²⁴¹⁾
나 같은 거 누가 둘째 아닌 셋째라도 데려갈 꺼 같으나? 우리 달희 아무
리 무산센녀락 해도, 농사꾼이 데려다 농사를 같이 짓고 살능아? 장사
꾼이 데려다 장사를 시킬능아? 임금님이 데려다 왕비를 삼을능아? 그렇
게 철없는 소리 자꾸 할락 하거든 앞으로 야수 하는 데도 나가지 마라.
늬같이 똑똑한 내 아들이 그렇게 엉뚱한 소릴 자꾸 씨부리쌓는 거는 아
무래도 그 야수 귀신이 들려 그런 거다."

이쯤 나오면 영술도 무어라고 말을 붙일 수가 없었다. 무슨 말을 해봤
자 소용이 없을 뿐 아니라, 도리어 그녀의 노염만 더 살 뿐이라고 헤아
려졌기 때문이었다.

그러나 영술은 월희를 정대식(정주사)의 소실로 보내는 일은 끝까지
막아야 하리라고 결심했다.

그는 박장로를 찾아가 을화의 이러한 태도를 하나도 숨김없이 보고한
뒤, 끝까지 월희를 지킬 결심이란 것도 밝혔다.

"이군."

박장로는 이렇게 불렀다. 그는 월희에 대해서는 전혀 언급도 없이,

---

241) 비기다 서로 견주어 보다.

"자네 어무이도 인정을 했다니까, 밤나무 마을 이성출이라는 사람이 자네 생부임에는 틀림없는 사실로 밝혀졌네. 나는 지금까지 자네 성을 몰라서 얼마나 맘속으로 답답하게 생각했는지 모른다네. 자네가 그 집으로 들어가든지 안 들어가든지 그 문제는 차지하고라도 나는 앞으로 자네를 이군이라고 부를 걸세. 그리고 한 가지 더 자네 거취 문제에 대해서 내 생각을 말한다면, 나는 자네가 자네 어무이나 여동생에 대해서 너무 괘념하지 말고 자네 생부한테 들어가기를 권하는 걸세. 음, 알겠는가?"

"지가 어떻게 감히 장로님의 말씀을 잠시라도 소홀히 생각하겠습니까. 그렇지만 장로님, 제가 고향으로 돌아올 때는 한 가지 목적이 있었습니다. 그것은 저의 불쌍한 어머니와 누이동생에게 주님의 복음을 전하고 저와 함께 주님 앞에 나아가는 사람들이 되도록 하는 일이었습니다. 저는 그때 선교사님 밑에서 많은 사랑과 가르침을 받으면서 더없이 행복된 나날을 보내고 있었습니다만 저의 어머니와 누이동생이 어두운 죄악의 골짜기에서 더러운 귀신의 노예가 되어 있을 것을 생각할 때 잠시도 견딜 수 없었으므로 돌아오고 말았습니다. 저의 어머니와 누이동생을 구제하기 위해서 저는 어떠한 고생이나 어려움이라도 다 참고 견디며 승리의 찬미를 주님께 올릴 때까지 물러서지 않으려고 했습니다. 그리고 이것이 저에게 끝없는 사랑과 은혜를 베풀어주신 선교사님의 뜻에도 부합되는 길이라고 믿었기 때문에, 그렇게 간청하여 간신히 허락을 받고 돌아왔습니다. 그런데 제가 어떻게 어머니와 누이동생을 저대로 내버려 두고 다른 곳으로 떠날 수 있겠습니까?"

"자네 뜻은 장하고 고맙네마는 자네가 생부한테로 간다고 자네가 어무이와 여동생을 버리는 게 아닐세. 밤나무 마을로 옮겨 가서도 얼마든지 이쪽으로 들를 수 있는 거고, 필요하다면 여기 있으면서 생부집에 이따금씩 들러도 되지 않는가? 그 점은 얼마든지 내가 저쪽 생부한테 양해를 받아놓겠네. 그러니 모처럼 저쪽에서 간절하게 원하고 있을 때 일단 응낙을 하고 들어가서 대강 인사나 치른 뒤에 자네 형편대로 여기 와 있든지 거기서 다니든지 하면 되지 않는가? 내 생각으로는 자네가 맨날 같이 있으면서 맞서 싸우는 것보다 이따금 와서 슬슬 구슬리는 편이 훨씬 효과적일 것 같으네. 어떤가?"

"……."

영술은 역시 얼른 대답을 하지 못했다. 어차피 어머니의 허락을 받을 수 없기로는 마찬가지라고 생각되었기 때문이었다.

"그것도 어려운가?"

"어머니의 반대를 무릅쓰고 단행해야 되기는 마찬가지기 때문입니다."

"할 수 없지 않는가? 자네가 하나님을 믿게 된 것도 자네 어무이의 허락을 받은 것은 아니잖는가? 일에 따라서는 얼마든지 그럴 수도 있는 걸세. 결심하게."

"장로님 뜻대로 좇겠습니다."

영술은 드디어 마음을 굳혔다.

"고맙네. 그래야지."

박장로도 흐뭇한 얼굴이 되었다.

그러나 영술은 박장로의 그러한 인사말을 기다릴 사이도 없이 곧 자리에서 일어났다. 박장로는 좀 당황한 얼굴로 그의 거동을 지켜보았다.

영술은 방구석을 향해 몸을 돌린 채 꿇어앉았더니 이내 눈을 감으며 머리를 수그렸다. 기도를 드리는 모양이었다. 그가 왜 이렇게 충격적인 거동으로 기도를 드리는 건지, 박장로로서는 이해하기조차 어려운 일이었다. 기도를 드리고 난 영술은 다시 박장로를 향해 꿇어앉은 채,

"장로님 제가 앞으로 변함없는 굳은 결심으로 저의 목적 달성을 위해 나아가도록 계속 돌봐 주시고 주님께 늘 기도드려 주시기 바랍니다."

했다. 그의 목소리는 평소보다 높았으며 얼굴에도 야릇한 흥분의 빛이 감돌고 있었다.

다음 일요일 저녁 때, 영술이 오후 예배를 보고 나서 뜰로 내려서는데 김집사 부인이 문 앞에 기다리고 있었던 듯 이내 다가서며 웃는 얼굴로 그의 소매를 가볍게 잡아당겼다. 영술이 그쪽으로 고개를 돌리자 김집사 부인은 고개를 돌리더니, 거기 서 있는 키가 나지막하고 얼굴에 주름살이 많이 잡힌 할머니를 손가락으로 가리키며,

"밤나무 마을……."

했다. 밤나무 마을의 할머니라는 뜻인 듯했다. 할머니 곁에는 나이 한마흔 살가량의 얼굴이 가무잡잡한 아주머니도 한 사람 서 있었다.

영술이 어떻게 대해야 좋을지 몰라서 떠름한 얼굴로 약간 미소를 짓고 있는데, 그 할머니는 서슴지 않고 그의 소매를 덥석 잡고 쓰다듬으며,

"아이고 참 잘났대이. 내 핏줄이 돼 그런지 첨 봐도 고마 다르대이."

하고, 곁에 서 있는 아주머니 쪽을 돌아다보았다.

아주머니는 그 가무잡잡한 얼굴에 웃음을 지으며,

"어마님이사 그렇고 말고요. 다 우리 주님의 은혜 아잉기요?"

이렇게 맞장구를 쳤다. 그러니까 이 할머니가 이성출의 어머니요, 아

주머니가 그의 마누라인 듯했다.

할머니는 영술의 가슴 앞에 바짝 다가서더니 그의 얼굴을 빤히 쳐다보며,

"암만 봐도 내 핏줄이 어디 갈노? 고마 가재이, 밤나뭇골로 나하고 같이 가자이."

연방 소매를 잡고 끌었다.

영술은 씁쓸한 미소를 지으며 할머니에게 소매를 잡힌 채 엉거주춤 서 있다가,

"저도 박장로님한테서 밤나무 마을 이야기를 들어서 알고 있십니다. 일간에 찾아가 뵐 생각입니다."

했다.

그러자 아주머니가 기쁜 얼굴로 할머니 곁으로 바짝 다가서며, 할머니 손 위에 자기 손을 포개어 얹으며,

"아이고 고마와라, 그라먼사 얼매나 좋을노? 모도가 주님 은혜지."

하고 나서 다시 할머니를 쳐다보며,

"어마님요, 오늘은 고마 섭섭하지마는 그냥 갑시더, 암만 핏줄이락 해도 첨 보는데 준비를 좀 해야 안 될는기요? 낼 음식 좀 장만해놓고 모레 청합시더."

했다.

할머니는 연방 영술의 얼굴에서 눈을 떼지 않은 채,

"아무람, 아무람, 그렇고 말고, 그렇고 말고, 잔체[242]를 하야지, 잔체

---

242) 잔체 '잔치'의 평안도 방언.

라도 큰 잔체를 해야지, 주님의 은혜고 말고, 주님의 은혜가 아니고사 이런 달덩이 같은 내 손주가 어녀서 생겨날노?"

이렇게 곧장 늘어놓다가 나중엔 웬지 혀를 끌끌 차더니 소매로 눈물까지 훔쳤다.

영술도 좀 언짢은 생각이 들어 할머니의 등을 가볍게 쓸어드리며,

"할머니요, 인저 그만하고 돌아가시이소. 지가 낼이고 모레고 곧 찾아갈 낍니더."

이렇게 이 고장 말씨로 위로해 드렸다.

생부 집에서

밤나무 마을은 읍내에서 동남으로 십 리 남짓 되는 거리에 있었다. 뒤는 산이요, 앞은 들판, 들판 한가운데로 좁다란 개울이 흐르고 있었다.

영술이 박장로와 함께 그의 생부의 집을 찾았을 때, 그 집에는 이미 박장로의 사촌동생 되는 박집사와 그의 생부의 당숙(堂叔)뻘 된다는 노인과, 그리고 일가 아주머니들이 여럿 모여 있었다.

집은 몸채와 아래채로 나눠져 있었는데, 몸채에는 큰방, 건넌방, 그 사이의 마루, 그리고 맨 서쪽에 부엌이 달려 있었다. 그의 생부와 그 당숙과 그리고 다른 남자 손님들은 큰방에 모여 있었고, 건넌방과 마루에는 아주머니들이 앉아 있었다. 아래채에는 고방과 머슴방과 헛간 겸 마구간이 달려 있었고, 그 맨 끝에는 뒷간이 두엄터243)를 향해 돌아앉아

243) 두엄터 풀, 짚, 또는 가축의 배설물 따위를 썩힌 거름인 두엄을 쌓아놓는 자리.

있었다.

영술은 박장로를 따라 그 집 뜰에 들어섰다. 그러자 이내 박장로의 사촌동생인 박집사가 기다리고 있다가 뛰어나오며 그들을 큰방으로 인도해 주었다.

박장로와 생부와는 이미 인사가 있었던 만큼, 두 사람이 마루에 올라섰을 때 생부가 방문 밖까지 나와 그들을 맞아주었다. 그때 그의 생부의 눈길이 박장로에서 영술에게로 옮겨지는 순간, 영술은 생부의 눈 가장자리와 입 언저리에 기쁨의 미소가 번지는 것을 놓치지 않고 보았다.

방에 들어온 그들은 주인의 맞은편에 좌정²⁴⁴⁾하고 앉았다. 박장로는 좌중을 한 번 돌아다보고 인사를 치르자,

"이 어른이 자네 아버님이시다. 절하고 뵈어라."

생부를 가리키며 영술에게 말했다.

영술이 일어나 정중히 절하고 도로 자리에 꿇어앉자 이번에는 생부 곁에 앉은 노인을 가리키며,

"이번에는 이 어른께……."

했다.

영술이 먼저와 같이 역시 일어나 절을 하고 도로 앉자, 박장로는

"자네한테는 재종조부²⁴⁵⁾뻘이 되시는 어른이다."

했다. 영술은 '재종조부'가 뭔지 잘 모르는 채 그냥 고개만 수굿하고 있었다.

영술이 대강 인사를 끝내고 났을 때, 지금까지 방문 밖에서 이 광경을

244) 좌정 자리를 잡고 앉아 일을 봄.
245) 재종조부 할아버지의 사촌형제.

구경하고 있던, 그날 교회에서 보았던 할머니가 방 안으로 들어오며,

"나도 우리 손주한테 설 한번 받을란다."

하고 문지방 앞에 털썩 앉았다.

방 안에 있던 사람들과 마루에 있던 사람들이 한꺼번에 와아 웃었다.

그러자 주인인 이성출이 일어서며

"이왕이면 엄마 여기 앉아 받으이소."

하고 할머니의 팔을 잡아서 자기 자리에 모셨다.

절을 받고 난 할머니는

"시상에 핏줄이 뭔지, 그날 나는 회당에서 우리 손주를 처음 봤더니 고마 눈물이 나더라이."

하며, 소매로 다시 눈시울을 닦고 나서,

"며느라 늬도 들오너라."

하고 마루를 향해 며느리를 불렀다.

그러자 마루에 있는 어느 아주머니의 목소리로,

"그렇고 말고, 엄마한테 절해야 되고 말고, 한실댁이 어디 갔노?"

하는 소리가 들렸다.

뜰 아래 있던 한실댁이 마루 위로 올라서며,

"내사 그날 회당에서 안 봤는기요? 절 안 받으면 어떤기요?"

사양을 했다.

그래도 그런 법이 있나, 그래서 되나, 하는 여러 사람의 권에 못 이기는 듯, 얼굴이 가무잡잡한 한실댁이 들어와 할머니 곁에 앉아서 절을 받았다. 한실댁은 송구스러운 듯이 당숙 노인을 두어 번이나 돌아다보고 나서,

"주님의 은혜가 한량 없심대이."

하더니 이내 자리에서 일어나며,

"곧 상을 올리겠심더."

하고 밖으로 나갔다.

영술이 네 차례 절을 하는 동안 마루에서 이 광경을 들여다보고 있던 아주머니들은, 모두가 감격 어린 얼굴로, 웃음을 짓거나 혀를 울리거나 고개를 끄덕이거나 하다가, 한실댁이 마루로 나오자, 모두가

"한실댁이 한 풀었다."

하며 그녀의 소매나 손을 만져주곤 하였다.

음식상이 들어오자, 박집사가 주인과 그의 당숙 노인을 돌아다보며,

"오늘겉이 경사스러운 날, 하나님께 먼저 감사를 드리고 음식을 듭시더."

하고 그들의 양해를 구했다.

당숙 노인들은 별로 참견하지 않겠다는 듯이 잠자코 있었고, 주인이 박집사를 건너다보며

"자네가 알아서 해달라고 맡기잖던가?"

했다.

박집사가 박장로를 돌아다보며,

"형님 기도 인도해 주이소."

했다.

박장로는 기다리고 있었다는 듯이 이내 눈을 감으며 기도를 시작했다.

"하늘에 계시는 우리 주님 아버지, 오늘 이 댁에 은혜로, 인간으로서의 더없는 큰 경사가 베풀어졌나이다. 이 댁의 이성출씨는 지금까지 소

416

식조차 모르고 있던 자기의 하나뿐인 귀중한 혈육을 상면했사오며 또한 길이 친자로서 가문을 잇게 되었으니, 인간으로서 이보다 더한 기쁨과 경사가 또 어디 있겠사오며, 이것은 오로지 주님의 크신 은혜 덕분으로 아나이다. 또한 이영술군으로 말씀하오면, 주님의 사랑하는 양으로 우리 경주교회에서도 없어서는 아니될 청년이오며, 이 가정에 있어서는 마른 나무에 꽃이 핀 거나 같은 귀중한 아들로서 이 댁 가문을 영원히 이어나갈 중책을 지니고 있나이다. 우리 주님 아부지시여, 이 댁에 더욱 많은 축복을 내리어 주시고, 이영술군이 이 댁 친자로서 부모님께 효도하고 일가친척 친지 이웃과도 내내 화목하게 지내도록 성신[246]의 힘으로 돌봐 주시오며, 온 가족이 함께 손을 잡고 주님 앞에 나아가 찬송가를 부르도록 성신이 역사[247]해 주시기를 간절히 간절히 비나이다. 우리 주 예수 그리스도의 이름으로 비나이다. 아멘.”

박장로가 기도를 드리는 동안 이성출은 음식상 위에 시선을 멈춘 채 가만히 앉아 있었으나, 그의 당숙 노인은 처음 당질(堂姪―이성출)[248] 쪽으로 두어 번 흘낏흘낏 바라보다가 더 참지 못하겠다는 듯이 담배쌈지를 걷어쥐고 자리에서 두 번이나 엉덩이를 일으켰다. 그때마다 그 곁의 박집사가 노인의 옷자락을 잡아당겨 일어나진 못하고 말았으나, 그 대신 박집사는 감은 눈을 몇 번이나 지그시 내리뜨며 그쪽으로 시선을 돌려야만 했다.

기도가 끝나자 한실댁이 이내 감주 그릇을 쟁반에 받쳐 들고 들어와

246) 성신 성삼위 중의 하나인 하나님의 영을 이르는 말.
247) 역사 하나님이 이룬 일.
248) 당질 사촌형제의 아들로, 오촌이 되는 관계.

당숙 노인에게 드리며

"당숙 어른요, 오늘은 고마 막걸리 대신 감주를 쓸랍니더."

하고 양해를 구했으나, 노인은 무언지 잔뜩 틀어진 듯한 얼굴로 감주 그릇을 자기 앞에 놓았을 뿐, 당질부(堂姪婦) 쪽으로는 거들떠보지도 않았다.

그런 대로 상 위에는 떡과 나물과 과일에다 돼지고기 닭고기들이 큰 접시에 수북수북이 담겨져 있었고, 생선도 굽고 부치고 한 것이 각각 여러 접시 얹혀 있었다. 일동은 각기 식성에 따라 음식에 손을 대기 시작하자 아무도 별로 남을 위하여 신경을 쓸 필요는 없어졌다.

그러나 한실댁은 아무래도 당숙 노인이 마음에 걸리는지, 닭내장 볶은 것을 조그만 접시에 담아 들고 와서,

"당숙 어른요, 이걸 들어 보이시소."

하고 디밀었다.

노인도 그 사이에 비위가 돌아왔는지 당질며느리를 한참 빠히 쳐다보다 말고 그것을 받아 상 귀퉁이에 놓은 뒤 젓가락을 가져갔다.

한실댁도 이제는 마음이 놓이는지,

"당숙 어른요, 많이 드시이소이."

하고 상긋 웃으며 돌아섰다.

마루에서는 할머니가 한쪽 손엔 떡을 들고 한쪽 손엔 닭고기를 집은 채,

"할렐루야, 할렐루야……."

하고, 어깨를 들썩거리며 찬송가를 불렀다. 그러나 건넌방과 마루에 가득 찬 아주머니들 가운데는 할머니의 찬송가를 거들 만한 교인이 아무

도 없었다. 이것을 본 한실댁은, 쟁반에 감주 그릇을 받쳐 든 채 마루로 올라서다 말고,

"……그의 흘리신 피로 내 죄 씻었네."

하고 시어머니의 찬송가에 가세를 했다.

그러자 아주머니들이 한꺼번에 와아 하고 웃었다. 평소에 그렇게 얌전하기만 하던 한실댁이 한쪽 손에 감주 그릇을 든 채 찬송가를 부르는 것이 우습기도 하려니와, 시어머니의 독창을 거들려는 속셈이 더욱 갸륵하게 보였기 때문인 듯했다.

아주머니들의 흐뭇해하는 웃음에 더욱 힘을 얻은 두 고부는 찬송가를 계속 불렀다.

"할렐루야 할렐루야

내가 예수를 믿어

그의 흘리신 피로

내 죄 씻었네."

이렇게 두 고부의 병창이 끝나자 한 아주머니가 감격에 찬 목소리로

"이렇게 존 귀경[249]이 세상에 또 있을능아?"

했다.

그러나 이에 대한 다른 아주머니들의 호응은, 한실댁의 목소리에 의하여 제지되었다.

한실댁은, 그저도 한쪽 손에 떡을 든 채 어깨를 으쓱거리고 있는 시어머니를 내려다보며(그녀는 아직도 감주 그릇을 든 채 그 앞에 서 있

249) 귀경 '구경'의 방언.

었다),

　"할렐루야 할렐루야

　내 죄 씻었네

　내 죄 씻었네."

하고, 아까의 찬송가를 끝만 따서 되풀이해 부르고 있었다.

　그러자 앞집 과수댁이 그 곁의 대추밭 할머니를 돌아다보며

　"아주머이요, 지금 한실댁이 노래 부르는 거 들었지요? 예수 믿은 덕으로 아들 찾아 바치고 인저 아들 못 논(낳은) 죄 씻었다고 하지요? 내 죄 씻었네 안하덩기요?"

하고 물었다.

　대추밭 할머니는 고개를 끄덕이며

　"그게 참 듣고 보니 그런 뜻인가베."

　맞장구를 쳤다.

　이 두 아주머니의 대화는 이내 다른 아주머니들에게도 그대로 옮겨져 나갔다.

　"한실댁이 아들 못 낳은 죄를 인제 다 씻었다 하제?"

　그녀들은 모두 이렇게 중얼거리며 서로 고개를 끄덕였다.

　방에서는 이성출이 영술을 보고,

　"와 음식이 덜 맞나? 좀 많이 들잖고……?"

　이렇게 말을 건넸고, 영술은 조금 당황한 얼굴로,

　"아입니더, 많이 듭니다."

하며 복숭아를 집어들었다. 그는 처음부터 왠지 어머니와 누이동생이 곧장 눈앞에 어른거려 음식을 거의 들 수도 없었던 것이다. 생각 같아서

는 음식이 끝나는 대로 박장로와 함께 돌아가고 싶었으나, 첫날만은 어떤 일이 있어도 생부 십에서 자야 한다는 박상보의 지시가 사전에 있었기 때문에 영술은 굳은 마음으로 참아야만 했다.

영술의 방은 건넌방으로 정해져 있었다. 그날 밤 할머니는 영술을 보고,

"늬가 좋다 하면 나는 늬하고 이 방에서 같이 잘란다. 어떠노? 좋을능아? 늬가 싫닥 하면 나는 청에서 혼자 자도 되고, 큰방에 가서 늬 아바이하고 같이 자도 된다. 늬는 어떠노?"

"할무이 좋 대로 하이소. 지는 아무래도 좋심더."

"아이고 고마워라. 늬가 싫닥 하먼 어짤꼬 싶으더라이."

할머니는 영술의 볼을 쓰다듬으며 이렇게 말했다.

그날 밤 자리에 누웠을 때, 할머니는 영술의 한쪽 손을 꼭 잡은 채,

"본데 느거(너희) 친엄마네 집은 우리 집과 딱 붙은 동쪽 집이다. 요새는 담을 쳤지마는 그때는 울타리다. 그러니 서로 환히 들여다보고 살았지."

이렇게 이야기를 시작했다.

영술도 이번 일이 터진 뒤에야 그의 어머니로부터 대강 들은 이야기가 되었지만, 그런 대로 잠자코 듣고 있었다.

할머니는 이야기를 계속했다.

"그때 느거 엄마는 열여섯 살이고, 느거 할매가 서른댓 살밖에 안 된 젊은 과부 몸으로 온 동네에 품을 팔고 살았다. 그런 판에 느거 엄마가 늬를 뱄으니 동네를 떠날 수밖에 없었다. 이렇게 될 줄 알았으먼야 내가 어쩌든지 느거 엄마를 붙잡아 들여서 혼인을 시켜줬을 낀데 나중 일

을 누가 알아야제. 늬가 들으면 오죽 언짢을나마는 그때 헹편이 할 수 없더라."

"할머니, 지나간 일을 지금 후회하면 뭐합니꺼?"

"그렇지마는 늬를 보기 미안해서 그런다. 그 뒤에도 나는 늬 생각을 가끔 했다마는 느거 엄마가 무당이 됐닥 해서 고만 찾을 생념도 못 했다가 이번에 주님 은혜로 우리가 핏줄을 서로 찾은 거다."

할머니는 이야기를 마치고 한참 있다가 다시 입을 열었다.

"이 집 엄마도 맘이 한정 없이 올바르고 착하다. 자식 못 논(낳은) 게 흠이지 나무랄 데 없는 사람이다. 부디 늬 생모나 다름없이 알아라이."

"할머니, 저희는 다 하나님 아버지를 받드는 가족들 아입니꺼? 낮에 할머니와 어머니가 마루에서 할렐루야를 자꾸 부르실 때, 저는 속으로 눈물이 납디다. 지금까지 저를 낳아서 키우느라고 온갖 고생과 천대를 받아온 저의 생모 어머니보다 여기 어머니와 할머니가 정말 어머니와 할머니 같은 생각까지 들었십니더. 아마 같이 하나님 아버지를 받드는 가족이기 때문이 아닐까 생각합니더. 그렇지만 저는 저의 낳은 어머니를 잠시도 잊을 수 없십니더. 그 어머니가 무당 귀신에서 벗어나 우리 주 예수 그리스도를 믿게 된다면, 저의 힘으로 그렇게 해드릴 수 있다면 저는 저의 목숨하고라도 바꾸겠습니더, 할머니."

영술은 이렇게 말하며, 자기 쪽에서 할머니의 바싹 마른 손을 잡았다. 그는 어느덧 그렇게도 흥분되어 있었던 것이다.

"오냐, 오냐, 고만 자거라이."

할머니는 그 사이에 잠이 들었다 깨는 듯, 목구멍 속에서 이렇게 대답하고 있었다.

이튿날 영술은 아침을 마치자 곧 읍내로 들어와 박장로를 먼저 찾아보고 인사를 느린 뒤, 자기 집으로 돌아왔다.

어머니는 이미 외출을 한 뒤였고, 월희가 혼자서 시뻘긴 마귀 형상의 그림을 그리고 있었다. 그것이 그녀의 유록색250) 치마저고리와 묘한 대조를 이루고 있다고 느끼며 잠깐 동안 화면을 들여다보다가,

"그게 무슨 그림이고?"

하고 물었다.

"엄마가 굿한다꼬……."

월희는 붓을 놓고 영술을 쳐다보며 이렇게 대답했다. 어머니의 굿에 쓸 그림이라는 뜻이었다.

그러한 월희를 바라보는 순간, 영술은 갑자기 그녀가 한없이 가엾고 불쌍하게 느껴졌다. 그는 목구멍으로 확 치밀어 오르는 울음을 참느라고 벽을 향해 돌아선 채 눈을 감고 입술을 깨물었다. 이것은 전혀 예기하지 못했던, 까닭 모를 울분과 설움과 연민이 한데 뭉친 듯한 발작과도 같은 충격적인 감정이었다. 그는 소매로 눈물을 닦은 뒤 품에서 성경책을 끄집어내었다. 마음을 진정시키기 위해서였다.

그 사이에 붓과 물감 따위를 방구석으로 치우고 난 월화는 영술의 한쪽 팔을 가볍게 건드리며,

"오라바이 울지 마."

했다.

영술은 자기의 거동이 어느덧 그녀에게 울음으로 전달된 데 또 한 번

---

250) 유록색 봄날의 버들잎의 빛깔과 같이 노란색을 띤 연한 녹색.

놀라며,

"월희야, 거기 앉거라."

그녀를 붙잡고 자리에 앉았다.

그는 그녀의 손목을 잡은 채,

"월희야, 너 이 오빠 믿어 주겠지?"

하고 물었다.

월희는 그 별덩이 같은 두 눈으로 영술의 얼굴을 바라보며 고개를 끄덕였다.

"너는 이 오빠하고 같이 하나님을 믿어야 한다."

영술의 목소리는 왠지 떨리기까지 하고 있었다. 그는 계속했다.

"나는 늬를 나와 같이 하나님 믿는 청년하고 혼인시킬 생각이다."

영술은 월희가 긴 말을 알아듣지 못할 것으로 보고 이렇게 이야기를 짧게 잘라야만 했다.

"홍인?"

"그렇다, 혼인이다, 너도 오빠가 맞춰주는 신랑하고 혼인해야 한다."

"……."

월희가 왠지 고개를 옆으로 저었다.

그러나 영술이 그녀에게 진정으로 일러주는 것은 따로 있었으므로, 이 일에 대하여는 더 말을 붙이지 않기로 했다.

"월희야, 늬는 정부자 집에 가면 안 된다."

"정부자 지베?"

"그렇다, 정부자한테는 마누라도 있고 아들딸도 있다. 늬가 또 거기 가면 남의 미움을 사고 하나님의 꾸지람을 받는다. 알지?"

"……."

월희는 그의 말뜻을 잘 알아듣지 못하는 듯, 멍청한 얼굴로 그를 말끄러미 쳐다보고만 있었다.

"엄마가 너를 정부자한테 보낼락 해도 늬는 가지 마라. 못 간다고 해라. 오빠가 너를 지켜주마. 알겠지?"

"……."

월희는 고개를 끄덕였다. 그것은 영술의 말뜻을 알기 때문이 아니라 그의 간곡한 부탁 그 자체를 그냥 받아들이는 데 지나지 않았다.

영술도 그녀가 자기의 말뜻을 충분히 이해하고 있다고는 보지 않았다. 그러나 정부자한테 가지 말라는 것만은 잘 알고 있으리라고 믿었다. 그는 그녀의 손목을 잡은 채 기도를 드리기 시작했다.

"불쌍한 자를 구해 주시고 연약한 자를 도와 주시는 하나님 아버지시여, 이 불쌍하고 가련한 저의 누이동생을 구해 주옵소서. 이 불쌍한 여식은 마귀에 들려, 아직도 말을 제대로 하지 못하는 채, 무서운 귀신에 들린 저의 어머니에 의하여 죄악의 자리로 끌려갈 운명에 놓여 있나이다. 하나님 아버지시여, 저의 어머니와 저의 누이동생이 이 무서운 마귀의 손아귀에서 벗어날 수 있도록 도와 주옵소서. 성신의 불로 마귀를 쫓아 주옵시고 저희가 함께 주님 앞에 나아가 찬송가를 부르도록 성신이 역사하여 주옵소서……."

이때 을화가 방문을 열고 들어왔다. 영술은 조금 전부터 인기척이 나는 것을 한쪽으로 들었지만, 기도를 갑자기 중단할 수가 없어서 곧 끝을 맺으려는 가운데 그녀는 어느덧 들이닥친 것이다.

영술은 얼른 기도를 마치고 얼굴을 들어 어머니를 쳐다보는 일방 손으로는 앞에 놓여졌던 성경책을 얼른 집어 품 안에 넣고 있었다. 영술의 이러한 거동을 분노의 불길이 이글이글 타오르는 검은 두 눈으로 지그시 지켜보며 문지방 앞에 가만히 서 있던 을화는, 방 안을 한 바퀴 돌아보다가 방구석에 치워져 있는 월희의 화구들이 눈에 띄자,

"우리 달희 그림을 못 그리게 해살논 것은 야수 귀신의 짓인가?"

꼬투리를 잡고 물었다. 그녀의 얼굴과 목소리에는 적의와 노기가 가득 차 있었다.

"어머니, 제가 우리 월희하고 얘기가 하고 싶어서 그림을 쉬라고 했십니다."

영술은 얼굴에 미소를 지으며 부드럽고도 공손한 목소리로 대답했다.

"무슨 이야기를? 그 그림이 늬 비위에 몹시 거슬린다고 했나?"

"아닙니더, 저는 그것이 무슨 그림이냐고 물어봤을 뿐입니더."

"그러니까 우리 달희가 뭐락 하더노?"

"엄마 굿에 쓸 거라고만 합디더."

영술의 숨김 없는 대답에 을화도 약간 분이 풀리는지,

"그건 맞다. 내가 우리 달희한테 부탁한 거다, 야수 귀신을 그려 달라고, 야수 귀신은 붉으니까 뻘겋게 그려 달라고……. 그래서 늬가 보면 비위가 뒤집어졌을 꺼다."

"어머니, 저는 그 그림을 좀 흉하다고 보았지만 별로 비위가 뒤집히는 일은 없었십니다."

"착한 내 아들아, 늬도 차츰 야수 귀신을 내베려라."

"어머니, 우리 주 예수님은 귀신이 아니고 하나님의 아들입니다. 하나님의 아들로 세상에 오셨다가 우리 인간들의 죄를 짊어지고 십자가에

426

못 박혀 돌아가신 성인이올시더. 하나님은 예수님이 흘리신 피로 인해 우리 인간들의 죄를 용서해 주시고, 영혼을 구해 주시고, 하늘나라에서 영원히 살 수 있게 헤주십니다."

영술은 을화의 분이 좀 누그러진다고 보자 또 한 번 이렇게 예수교의 요지를 몇 마디로 알기 쉽게 풀이해 보았다.

을화는 신기한 듯이 귀를 기울이고 있다가 얼굴에 미소까지 지으며,

"그거 참 재미나구나. 그래서 어리석은 것들이 야수를 한다고 몰려댕기는구나."

"어머니, 어리석어서 그런 것이 아니고 진리이기 때문에 믿는 겁니더."

"진리라께? 늬 들어봐라. 늬 말대로 야수가 귀신이 아니고 사람이라고 하자. 하나님의 아들이든지 신령님의 아들이든지 세상에 태어났으니 사람 아이가? 사람이니 죽을 꺼 아니가? 죽어서 귀신이 된 거다. 그러니 야수 귀신이라 말이다. 느거가 나팔을 불고 댕기는 기 바로 그 야수 귀신이 들린 거라 말이다."

"어머니."

"오냐, 내 말을 더 들어봐라. 늬는 그 야수 귀신을 믿으면 영혼을 구해 주고, 하늘나라로 가고 그런다고 했제? 그렇게 됐으면 좋겠제? 그렇지만 그걸 누가 봤나. 댕겨온 사람이 있나? 그러니까 똑똑히 모르는 거 아이가? 그런데 들어봐라. 여기 그걸 똑똑히 알아보는 수가 있다. 사람들이 나를 무당이라고 하제? 늬도 에미가 무당이라꼬 설움도 많이 받고 수모도 많이 당했다이. 그렇지만 나는 그걸 똑똑히 안다이. 이거 들어봐라. 사람이 죽으면 귀신이 되는 기라. 절에 스님들은 곧장 저승으로 가지마는, 보통 인간들은 이승과 저승 중간에 있는 귀신 세계로 흔히 가는

기라. 더군다나 물에 빠져 죽거나 칼에 맞아 죽거나, 목을 매어 죽거나 홍진 마마를 하다가 죽거나 하는 사람들은 귀신 세계에서도 이승 바로 변두리에서 빙빙 돌고 있는 기라. 병을 앓다가 죽어도 이승에 너무 한이 많고 유감이 많으면 또 그렇게 되는 기라. 그런 귀신들은 살았을 때 인연을 따라 그 사람한테 붙기도 하고, 그냥 아무나 골이 비고 몸이 허한 사람한테 붙기도 하는데, 그렇게 되면 그 사람은 병이 나서 몸져눕기도 하고 정신이 오락가락하기도 하고, 사업을 꽝 메박기도[251] 하고 집에 불을 내기도 하고 그러다가 죽는 기라. 그 병은 약으로 못 고치고 신자(神子)가 고치는데, 사람들은 그 신자를 무당이락 해서 온갖 천대를 다 하지마는 그건 모두 어리석은 것들이 신자가 뭔지 몰라서 그런 거고, 신자는 곧 신령님의 아들이자 딸이라. 늬는 야수를 하나님의 아들이락 했지만, 보통 무당이락 하는 우리 신자가 신령님의 아들이락 하는 거와 같은 이치다이."

"어머니."

영술은 을화의 말을 가로막고 이렇게 입을 열었다.

"우리 주 예수님과 무당을 혼동하지 마십시오."

그리 몹시 흥분하여 자기도 모르게 서울 말씨로 엄중히 항의한 뒤 분연히 자리에서 일어나려 하였다.

을화는 오히려 조용히 가라앉은 목소리로 응수했다.

"늬조차 에미를 무시하는구나."

"아입니다. 어머니를 무시하는 게 아니고 어머니에게 들어 있는 귀신

251) 메박다 힘껏 내리 박다.

428

을 미위합니다."

"뭐라꼬? 그거는 늬가 느거 야수 귀신이나 하나님 귀신을 무시하는 거나 같은 기라. 들어봐라. 늬도 말했제? 귀신 들린 사람을 고쳤다꼬. 바로 그거다. 귀신 들린 사람을 고치는 거 말이다. 나는 이날 이때까지 귀신 붙어 죽게 된 사람, 살림을 망치게 된 사람을 고쳐왔다. 오구나 푸닥거리를 해서 귀신을 그 사람한테서 떨어지게 해주고, 저승으로 천도시켜 주는 기라. 늬도 생각해봐라. 제 명에 못 죽은 불쌍한 귀신들이 얼마나 억울하고 원통하면 이승 변두리에 빙빙 돌다가 산 사람한테 달라붙을노? 내가 오구나 푸닥거리를 해서 그런 귀신을 사람한테 떼내어 저승으로 보내주면, 사람도 살아나게 되고 귀신도 제대로 풀려가는 기라. 죽어가는 사람을 살리는 거도 좋지마는, 길을 잃고 헤매는 귀신에게 길을 열어주어서 저승으로 훨훨 건너가게 해주는 게 얼마나 신기하고 고마운 일일노? 나는 이때까지 얼매나 많은 사람을 살리고 귀신을 저승으로 보내줬는지 다 꼽을 수가 없다. 나는 그럴 때마다 내 눈으로 똑똑히 본다. 귀신이 사람한테서 나와 저승으로 가는 걸 똑똑히 본다이. 다른 사람들한테도 물어봐라. 내 푸닥거리에서 귀신이 안 떨어진 사람이 있는가. 또 내 오구에서 저승으로 천도 못 시킨 귀신이 있는가꼬. 그런데 이 에미가 무슨 몹쓸 짓을 했단 말고? 어째서 늬는 이 에미가 그렇게도 비위에 거슬리노? 나는 느거 야수락 하는 사람을 암만 좋게 봐줘도, 우리 겉은 신자(神子―무당을 가리킴)밖에 아이다. 그렇다면 어째서 먼 타국에서 온 옛날 신자만 제일이고 살아 있는 우리 나라 신자는 외면해야 되노 말이다."

"어머니, 우리 주 예수 그리스도님을 더 이상 모독하면 저는 이 집에서 나가겠습니다."

영술은 분연히 자리를 박차고 있어났다.

을화는 깜짝 놀라 영술의 옷자락을 잡으며,

"술아, 내 아들아, 늬조차 나를 괄시할래? 어째서 내 말을 그렇게도 알아들어 주지 못하노?"

눈물까지 글썽해 있었다.

"어머니."

영술도 어느덧 목이 콱 메어 있었다.

"염려 마세요. 저는 결코 어머니와 월희를 배반하지 않을 겁니더."

"오냐 고맙다 내 아들아. 그렇다 하먼 한 가지만 더 물어보자. 늬 어젯밤에 어디 가 잤노?"

을화는 자리에 앉은 채, 서 있는 영술의 얼굴을 빤히 쳐다보며 물었다.

영술은 이미 작정하고 있었던 듯, 낮고 공손스러운 서울 말씨로

"밤나무 마을 아버지 집에 가 잤습니다."

"천금 같은 내 아들아, 에미가 말렸는데 와 기어쿠 갔노?"

"어머니, 조금도 서운해하지 마이소. 아버지를 아버지락 하는 게 도리가 아니겠십니꺼? 그 대신 영술은 영원히 어머니의 아들이올시더."

영술은 부드러운 고장 말씨로 이렇게 말하고는 천천히 방문을 열고 나가버렸다.

을화는 자리에 앉은 채 영술이 사라진 방문 쪽을 한참 동안이나 맥없이 바라보고 있다가

'아이고, 저놈의 야수 귀신 땜에 아까운 내 아들을, 천금 같은 내 아들을……."

혼자 이를 으득득 갈았다.

성경과 칼

영술이 그날 생부 집으로 돌아갈 때는, 적어도 한 일주일가량은 어머니 앞에 나타나지 않으리라 마음먹었다. 어머니의 하나님에 대한 격렬하고도 모독적인 언사가 못내 노엽기도 했으려니와, 그보다도 어머니로 하여금 그러한 언행을 반성하도록 기회를 드리고 싶어서였다.

그러나 그렇게 여러 날을 생부 집에서 뚜렷이 하는 일도 없이 지낼 수는 없었다. 거기서 그는 그동안 벼르기만 해오던 감포[252]의 의부(義父 — 월희의 생부)를 찾기로 했다.

방돌은 어인 까닭인지 대번에 그를 알아보고,

"이거 영술이 앙이가? 웬일고? 많이도 컸구나."

반가이 맞아주었다.

그날 밤, 둘은 생선회와 시루떡을 상 위에 차려놓고 마주 앉은 채 각기 지나간 이야기들을 털어놓았다.

영술이 최근에 생부의 집으로 들어가게 되었다는 이야기를 펼쳐놓자, 방돌은 이내

"그거 참 잘됐구나. 느거 엄마(을화)는 월희 하나밖에는 누구하고도 같이 못 살 끼대이."

하더니, 조금 있다가 다시 말을 이어,

252) 감포 동해.

을화 431

"사람이사 느거 엄마도 인정 많고 남의 일 잘 봐주고, 속없이 좋지마는, 귀신이 들려 있기 때문에 보통 사람하고 다른 기라. 아무리 서로 이해할락 해도 같이 살기는 어려울 끼다."

했다.

이튿날 영술이 떠나올 때, 그는 재 밑까지 바래다 주며 그의 손을 잡고 말했다.

"나도 일간에 한번 갈께. 우리 월희도 볼 겸……."

감포에서 돌아온 이튿날이 일요일이라 예배를 보러 들어왔다가, 교회에서 박장로를 만나자 이 일을 대강 보고드리지 않을 수 없었다. 박장로는 그의 이야기를 듣고 나서 이내 고개를 옆으로 저으며,

"그건 자네답지 못한 처사일세. 자네가 나한테 말한 대로 어떤 일이 있더라도 좌절하지 않고 끝까지 주님의 복음을 전해 볼 결심이라면 상대방이 뭐라고 나오든지 불문에 부치고 자네가 할 일만 밀고 나가야지, 상대방의 비방에 자극을 받고 감정적인 처사를 한다면 그것은 도리어 상대방의 분개와 도발[253]을 살 뿐이 아닌가?"

나무라듯 말했다.

"장로님의 말씀대로 역시 저의 생각이 부족했던 것 같습니다. 오늘 저녁 예배가 끝나는 대로 어머니께 돌아가 사 말씀을 드리겠습니다."

영술은 솔직히 자기의 잘못을 인정했다.

그날 밤 예배가 끝난 뒤에도 영술은 오랫동안 빈 교회에 혼자 남아 기도를 드렸다. 주님의 끝없는 사랑으로 제발 어머니의 죄를 용서해 주시

---

253) 도발 남을 집적거려 일이 일어나게 함.

고, 그녀로 하여금 하나님을 공경할 줄 아는 여인이 되게 해줍시사고 빌었을 때, 그의 두 눈에서는 뜨거운 눈물이 쏟아져 내렸다.

기도를 마친 그는 오래도록 눈물을 닦은 뒤 교회에서 나왔다.

교회 앞 골목은 캄캄 어두웠고, 머리 위에는 무수한 별들이 반짝이고 있었다.

'저 별들이 모두가 주님의 눈이라면 내 맘속을 환히 비쳐 보실 텐데.'

영술은 이런 생각을 하며 그 어두운 골목을 천천히 걷고 있었다.

골목에서 한길로 접어들려 할 때 그는 또 한 번 고개를 젖혔다. 그러자 그 별들은 모두가 월희의 눈이 되어 그를 내려다보는 듯했다.

"오라바이, 어쩌면 나흘 동안이나 집에 안 들어왔어?"

월희의 눈들은 원망스럽게 그를 내려다보며 속삭였다.

'오냐, 달희야 용서해 다오. 박장로님 말씀대로 역시 오빠의 생각이 좁았던 게다. 앞으로 오빠는 끝까지 너와 어머니를 저버리지 않을 게다.'

영술은 마음속의 월희에게 이렇게 다짐하며 개천을 끼고 돌아 나갔다.

그의 집이 있는 골목으로 접어들자 길은 한결 더 어둡고, 별들은 돌담이 무너지듯 그의 이마 위로 와그르르 내려와 앉는 듯했다.

그가 고개를 들었을 때 그의 발길은 어느덧 돌담 앞에 와 있었고, 뜰에 하나 가득한 잡풀 위로 흐미한 불빛이 비치고 있다고 느껴지는 순간, 처마 끝에 달려 있는 뿌연 종이등이 눈에 비쳤다.

'또 무슨 치성을 드리나?'

영술은 혼자 속으로 생각했다. 을화는 굿을 나갈 때나 또는 집에서 무슨 치성을 드리거나 고사를 지낼 때마다 언제나 저렇게 희부연 종이등을 처마 끝에 달곤 했던 것이다.

그가 잡풀을 헤치고 섬돌[254] 쪽으로 다가갔을 때, 부엌 쪽에서 무언가 중얼중얼 주문 외는 듯한 소리가 들려왔다. 섬돌 앞까지 왔을 때는, 그 중얼대는 소리가 어머니의 목소리로 밝혀졌을 뿐 아니라 그것이, 또 다른 불빛과 함께 부엌에서 새어나오고 있다고 깨달아졌다.

그는 호기심에 이끌린 채 부엌 앞으로 다가가 그 안을 들여다보았다. 순간, 그는 무어라고 형언할 수도 없는 놀람과 역겨움으로 가슴이 울컥 치밀어 오름을 깨달았다. 부엌 안이 온통 무색 종이와 헝겊 따위로 어지럽게 뒤덮여 흡사 서낭당을 옮겨 놓은 듯했다. 양쪽 부뚜막에는 정결한 채유(采油)[255]로 접시불이 켜져 있었고, 큰 솥이 걸려 있는 윗벽에는 푸르고 누른 옷의 '신장(神將)[256]님'이 긴 창을 꼬나잡은 채, 뺄건 옷 뺄건 얼굴의 도깨비(마귀라고 그린 듯)를 큰 발로 꾹 밟고 있는 그림이 커다랗게 붙어 있었다. 그 위에는 그녀의 몸주(수호신)로 되어 있는 선도성모대신령(仙桃聖母大神靈)이라 쓰인 조그만 그림이 좌정했고, 그 아래로 신장 그림 좌우 벽에도, 귀신인지 도깨비인지도 모를 수많은 원색 그림들이 어지럽게 붙어 있었다. 오른쪽 부뚜막 윗벽에는 조그만 바라지문[257]이 나 있었는데, 그 바라지 위에는 전날 월희가 그리던 그 시 뺄건 도깨비 형상의 그림이 그대로 붙어 있었다. 벽면뿐 아니라 들보에서도 수실(繡絲) 같은 수많은 줄을 드리운 채 줄마다에 온갖 그림과 무

254) 섬돌 집채의 앞뒤에 오르내릴 수 있게 해놓은 돌층계.
255) 채유(采油) 기름.
256) 신장(神將) 귀신 가운데 무력을 맡은 장수신. 사방의 잡귀나 악신을 몰아낸다.
257) 바라지문 방에 햇빛을 들게 하려고 벽의 위쪽에 낸 작은 창.

색 종이와 헝겊 따위들을 주렁주렁 달아놓은 것이, 따은 천상으로 올라가는 꼴인지 지하로 내려진다는 늦인지 송잡을 수도 없었다.

접시불이 켜져 있는 양쪽 부뚜막에는 소반 두 개가 놓여져 있는데, 오른쪽 소반 위에는 멧밥 한 주발, 냉수 한 사발, 소금 한 접시, 그리고 콩나물 숙주나물 도라지 고사리 호박나물 따위가 각각 조그만 접시로 담아져 놓였고, 왼쪽 소반 위에는 정중 방울 꽹과리 들이 가지런히 놓여 있고, 그 곁에는 식칼이 놓여져 있었다.

그 하나하나가 각각 무엇을 뜻하고자 하는 것인지는 똑똑히 알 수 없었으나, 며칠 전 그의 어머니가 월회의 붉은 도깨비 형상의 그림을 가리켜 예수 귀신이라고 하던 말과, 지금 그 어지럽게 차려진 분위기 따위로 보아 영술 자신이 신봉하는 예수교를 핍박하고 제거하려는 의도라는 것은 쉽사리 짐작할 수 있었다.

영술은 가슴이 두근거리며 머릿속이 핑그르르 도는 듯했다. 노여운 생각 같아서는 당장 문을 열고 뛰어들어가 그 어지러운 그림과 헝겊과 전물(奠物) 따위를 다 뒤엎어놓고 싶었지만, 그렇게 했다가는 어머니의 얼굴을 다시 볼 수 없게 될 것 같았을 뿐 아니라 어머니로 하여금 회개의 기회를 마련해 드릴 수도 없게 될 것을 생각하고 참아야만 했다.

그렇다고 훌쩍 집에서 뛰쳐나와 버릴 수도 없었다. 박장로의 "…… 자네답지 못한 처사일세……. 끝까지 주님의 복음을 전해 볼 결심이라면 상대방이 뭐라고 나오든지 불문에 부치고 자네가 할 일만 밀고 나가야지" 하던 말이 그의 앞을 가로막았던 것이다.

그가 후들거리는 발길을 막 돌려놓으려 할 때였다. 지금까지 전물상 앞에 꿇어앉아 두 손을 싹싹 비비며 무슨 주문 같은 것을 외고 있던 어

머니가 갑자기 허리를 일으키며 왼쪽 부뚜막에서 방울을 집어들자 이내
높은 목소리로 외치기 시작했다.

"천상이라 천상대신,

지하에는 지하대신,

산에는 산신, 물에는 용신,

이리 가도 신령님네

저리 가도 신령님네

머리 검한 우리 인생

나고 죽고 살아가고

모두가 신령님네 그늘이올시더

올해 스물한 살 우리 영술이

금은 같은 이내 자석

관옥258) 같은 이내 아들

삼신님이 명 주시고

칠성님이 수 주시고

성주님이 복 주시고

조왕님이 요 주시고

우리 영술이

하늘에는 별, 바다에는 진주

세상 사람이 모두

애끼고 기리고 우러러봅니더

---

258) 관옥 관의 앞을 꾸미는 옥으로, 남자의 아름다운 얼굴을 비유적으로 이르는 말.

436

우리 영술이

삼신님이 돌보시고

칠성님이 도우시고

조상님이 지키시니

예수 귀신 몰아낸다."

사뭇 외치는 목소리로 왼쪽 부뚜막으로 다가가 소반 위에서 식칼을 집어 든 그녀는 정면 벽의 뻘건 도깨비 형상을 몇 차례나 겨누며, 방울을 흔들어대었다.

"한쪽 손에 칼을 들고

또 한 손에 불을 들고

붉은 귀신 몰아낸다

멀리멀리 쫓아뿌린다

엇쇠 불귀신아 물러가라

서역²⁵⁹⁾만리 굶주리던 불귀신아

남의 앞길 가로막고

귀한 자석 베려주는

천하 벼락 맞을 몽두리 불귀신아

늬 얼푼 물러가지 못할러냐

늬 아니 물러가고 봐하면,

엄나무²⁶⁰⁾ 발〔廉〕에 백말〔白馬〕 가죽에

---

259) 서역 중국의 서쪽에 있던 여러 나라를 통틀어 이르는 말.
260) 엄나무 두릅나뭇과의 낙엽 교목. 잎이 어긋나고 5~9개로 갈라진다. 재목은 가구재, 나뭇껍질은 한약재로 쓴다.

꼼짝달싹 못하게 싸고 가두어

무간지옥[261]으로 보낼란다

탄다 훨훨 예수 귀신

불귀신이 불에 탄다

타고 나니 이내 자석

신선같이 앉았다가

삼신 찾아오는구나

에미 찾아오는구나."

을화는 칼과 방울을 휘두르며 춤을 추기 시작했다. 그녀의 눈이 맞은
편 벽을 흘길 때마다 평소에 잘 드러나지 않던 흰자위가 뒤집어지며 살
기가 쏟아지는 듯했다.

영술은 그녀가 분명히 제정신이 아닌 딴 사람이 된 것이라고 생각되
었다. 두 눈이 허옇게 뒤집힌 것만으로 미루어 보아도 의심할 여지가 없
었다.

그는 분한 마음과 두려운 생각으로 이가 덜덜 갈리었다. 섬돌 앞까지
발길을 옮기자 툇마루에 털썩 주저앉았다. 넋 잃은 사람처럼 하늘의 별
을 멍하니 바라보고 있다가, 숨결이 조금 진정되자 잡풀 곁으로 걸어갔
다. 무턱 잡풀을 헤치고 들어가고 싶은 충동을 간신히 누르고 그 앞에
꿇어앉자 오랫동안 기도를 드렸다. 그는 몇 차례나 "하늘에 계신 아버지
하나님이시여"를 되풀이해 불렀다. 그러자 차츰 마음이 가라앉기 시작
했다.

---

261) 무간지옥 팔열지옥(八熱地獄)의 하나. 한 겁(劫) 동안 끊임없이 고통을 받는다는 지옥이다.

그는 기도가 끝난 뒤에도, 오랫동안 그 거렁게 엉켜 있는 잡풀 앞에서 있다가 방으로 들어갔다.

그때까지 부엌으로 난 바라지문 곁에 바짝 붙어 앉아 어머니의 푸념에 귀를 기울이고 있던 월희는, 영술을 보자 반색을 하며 자리에서 발딱 일어섰다. 그리하여 영술의 가슴에 바짝 다가선 그녀는 그의 두 어깨에 매어달리듯 두 팔을 얹으며

"오라바이, 와 안 왔노? 나을이나……"

자기의 가늘고 새하얀 손가락 넷을 들어보였다.

"월희야 미안하다."

영술은 이렇게 대답하며 그녀의 두 손을 잡은 채 윗목에 와 앉았다.

월희는 영술의 얼굴을 한참 동안 빤히 쳐다보고 나서,

"오라바이 말해, 와 안 와? 어디서 자노?"

딴은 따지어 묻는 셈이었다.

영술은 적당히 말을 돌려대기가 싫었지만 복잡한 사연을 털어놓을 수도 없었으므로, 그냥

"아버지 집에 있었다."

했다.

"어디? 저게?"

월희는 동쪽을 가리키며 물었다. 그녀가 아버지라고 알고 있는 사람은 감포에 가 있는 성방돌뿐이었던 것이다. 그리고 영술도 그가 기림사로 떠날 때까지는 그를 아버지로만 알았던 것이다.

영술은 당황했다. 거기도 한 번 다녀오긴 했지만, 그가 말한 아버지는 밤나무 마을 이성출이었기 때문이었다.

"그 아버지한테도 다녀왔지마는……."

영술은 말을 잇지 않고 말았다.

월희는 영술의 말뜻을 잘 알아듣지 못한 채,

"엄마 후아(화) 냈어."

했다.

"언제부터?"

"……."

월희는 손가락 셋을 들어보였다.

"사흘 전부터?"

"……."

월희는 고개를 끄덕였다. 뒤이어,

"엄마, 밥도 안 먹어, 세 밤이나 저기 굿만 해."

하며, 또다시 손가락 셋을 들어보였다.

그러니까 영술이 두 번째 밤나뭇골로 떠나던 그 다음다음 날부터 사흘 동안이나 거의 밥도 굶은 채, 부엌에서 저짓을 계속하고 있는 거라고, 영술은 짐작했다.

"월희야, 너 동해(감포) 아버지 보고 싶지?"

"음, 이만큼."

월희는 두 팔을 벌려보였다.

"그 아버지도 너를 보고 싶다고 하더라."

"나도."

"너 그 아버지한테 가거라. 좋지?"

영술은 우선 월희를 어머니에게서 떼내야 한다고 생각했기 때문에 이렇게 물었다.

그러나 월희는 이내 고개부터 옆으로 저어보이고 나서, 손으로 부엌 쪽을 가리키며

"엄마 후아 내."

했다.

"엄마한테는 오라버이가 있잖아?"

"오라버이 나을 안 와, 엄마 후아 내."

월희는 어머니를 떠나서는 안 된다고 믿고 있는 모양이었다. 그렇다고 몇 마디 말로써 그녀의 마음을 돌려놓을 수도 없는 일이었다.

영술은 자리를 고쳐 꿇어앉으며, 월희에게도 그렇게 가르쳐준 뒤, 품에서 성경을 끄집어내었다. 그리하여 저녁 기도 때의 언제나 하는 관례대로, 아무 데나 펼쳐진 데를 읽기 시작했다.

"예수께서 나가사 습관을 좇아 감람산262)에 가시매 제자들도 좇았더니 그곳에 이르러 저희에게 이르시되, 시험에 들지 않도록 기도하라 하시고 저희를 떠나 돌 던질 만큼 가서 무릎을 꿇고 기도하여 가라사대 아버지여 만일 아버지의 뜻이어든 이 잔을 내게서 옮기시옵소서. 그러나 내 원대로 마시옵고 아버지의 원대로 되기를 원하나이다 하시니 사자가 하늘로부터 예수께 나타나 힘을 돕더라. 예수께서 힘쓰고 애써 더욱 간절히 기도하시니 땀이 땅에 떨어지는 핏방울같이 되더라……."

여기까지 읽고 난 영술은 성경책을 덮으며,

"하나님께 기도드리자."

---

262) 감람산 이스라엘 예루살렘 동쪽에 있는 산. 예수가 자주 와서 기도드렸으며 그의 승천도 이 산에서 이루어졌다고 한다.

했다.

월희는 영술을 따라 이내 고개를 수그리고 눈을 감았다.

"하나님 아버지시여, 이 불쌍한 저희 가족을 구해 주옵소서. 저희 어머니는 무당 귀신에 들린 채, 자기의 행하고 있는 일이 얼마나 어리석고 죄 되는 짓인지 모르고 하나이다. 이 불쌍한 저의 어머니와 누이동생을 죄 구덩이에서 구해 주옵소서. 아버지께서 이 어리고 약한 양을 이 죄 구덩이에 보내실 때는 반드시 저들을 구원하라 하심인 줄 믿나이다. 이 어린 양에게 아버지의 뜻을 거행할 수 있는 힘과 지혜를 베풀어 주옵소서. 저의 어머니와 누이동생을 이 죄 구덩이에서 구하는 길이라면 물속이나 불속이나 어디라도 서슴지 않겠나이다. 불쌍히 여겨주옵시고……"

여기까지 기도를 드리고 있을 때 방문 여닫는 소리가 들렸다.

을화가 들어오는 것이라고 짐작되었다. 그는 기도의 끄트머리를 마음속으로 올리고 천천히 눈을 뜨자, 허리를 반쯤 일으키며,

"어머니 지가 돌아왔심니더."

인사를 했다.

을화는 몹시 피곤한 듯, 두 팔을 아래로 축 늘어뜨린 채 영술과 월희를 멍하니 내려다보고 섰다가 펄썩 주저앉더니, 영술의 손목을 덥석 잡으며 한숨을 푹 내쉬었다.

"어머니 저를 용서해 주이소. 그동안 나무 걱정을 끼쳐 드려서 죄송합니더."

"내 아들아 늬가 와 나를 피할락 하노?"

그녀의 목소리는 여러 날 울고 난 사람의 그것같이 꺽 쉬어 있었다.

"어머니 저는 어디 있든지, 마음은 언제나 어머니한테 있습니더. 저는 영원히 어머니의 아들입니더."

"그랬으면 오죽이나 좋꼬? …… 자다가 봐도 밤마다 늬가 없더라. 서럽고 분해서 살 수가 없더구나."

"어머니 염려 마이소. 어머니의 영술은 아무 데도 가지 않습니더."

"고맙다 내 아들아."

을화는 눈물을 닦고 일어나자, 윗목에다 그의 잠자리를 보아주었다.

여느 때와 같이, 가운데 그녀가 눕고, 아랫목이 월희의 자리였다. 셋은 같은 자리에 눕자, 또 거의 같은 시간에 잠이 들었다.

영술은 그날 아침 일찍이 밤나뭇골에서 나와 온종일 교회에서 예배를 보고, 또 집에 와서도 꽤 오랜 시간을 보냈기 때문에, 그가 자리에 누웠을 때는 몹시 피곤해 있었다. 그래 한 네댓 시간을 아주 깊은 잠에 빠져 있었다.

새벽녘이 되어 방 안에 찬바람이 돌 무렵, 영술은 잠결이면서 어딘지 허전한 느낌이 들었다. 그러한 느낌과 함께 저절로 눈이 떠지면서, 그 허전함이 가슴께라고 직감적으로 깨달아졌다. 그와 동시, 손이 절로 가슴께로 갔다. 가슴속에 품었던 성경책이 없어졌다. 그는 벌떡 자리에서 일어났다.

가운데 누워 있던 어머니가 보이지 않았다. 아랫목의 월희는 벽을 향해 돌아누운 채 곤히 잠들어 있었다.

방 안의 광경이 눈에 비치는 것과 동시에, 부엌 쪽에서, 어저께 밤에 듣던 그러한 주문 외는 소리가 귀로 들어왔다. 직감적으로 성경책이 없어진 것은 어머니의 소행이라고 헤아려졌다. 순간, 그는 어찌할 바를 모르는 채 두 주먹이 불끈 쥐어지며, 전신이 부르르 떨리었다. 그와 동시, 부엌에서는, 지금까지 중얼중얼하던 주문이, 외치는 소리의 푸념으로 바뀌기 시작했다.

영술은 자기도 모르게 방문을 박차고 뛰어나갔다. 그리하여 신발도 벗은 채 섬돌에서 부엌 앞으로 달려들었다. 그러나 부엌문은 두 짝이 다 안에서 장작개비로 받쳐 열리지 않도록 괴어져 있었다.

받쳐진 두 짝 문 사이의 꽤 넓은 틈으로는 부엌 안이 환히 들여다보였다. 을화는 어저께 밤에와 같이 왼쪽 손엔 방울, 바른손엔 식칼을 각각 들고 있었다. 그녀는 그가 부엌문을 밀치기 시작했을 때부터 갑자기 더 높은 목소리로 외쳐대었다.

"예수 귀신 물러간다

당산에 가 신발 신고

관묘[263]에 가 감발[264] 감고

두 귀에 방울 달고

방울 소리 발 맞춰라

딸랑 딸랑 딸랑 딸랑

재 넘고 개[265] 건너 잘도 간다

인저 가면 언제 볼꼬

발이 아파 못 오겠다

춘삼월에 다시 올나

---

263) 관묘 관우(關羽)의 묘. 민간신앙의 대상.
264) 감발 버선이나 양말 대신 발에 감는 좁고 긴 무명천. 주로 먼 길을 걷거나 막일을 할 때 쓴다.
265) 개 '개울'의 방언.

배가 고파 못 오겄다."

을화는 방울을 쌀랑쌀랑 울리며, 식칼로 부엌문 쪽을 수없이 치는 시
늉을 내었다. 희뜩희뜩 돌아가는 그녀의 두 눈은 어저께 밤보다도 더
허옇게 까뒤집혀 있었다. 그것을 보는 영술의 온몸에서는 소름이 쪽쪽
끼쳐졌으나, 성경책을 그녀에게 맡겨 두고는 잠시도 견딜 수 없었다.
그는 틈으로 손을 넣어 힘껏 흔들다가 끝내는 발길로 냅다 질렀다. 돌
쪽 하나가 빠지며 받침대(장작개비)가 쓰러지자 문 한 짝이 옆으로 삐
긋이 열렸다.

그는 부엌 안으로 왈칵 뛰어 들어가며

"어머니, 성경책 어쨌어요?"

하고, 목청껏 소리를 질렀다.

을화도 덩달아 목청껏 높은 소리로,

"엇쇠, 귀신아 물러가라

서역만리 빌어먹던 불귀신아

늬 아니 물러가고 봐하면

엄나무 발에 백말 가죽에 싸고 가두어

무쇠가마로 고을란다."

외쳐 대었다.

그러나 영술의 귀에는 이미 아무것도 들리지 않았다. 그의 성경책이
오른쪽 부뚜막에서 파란 불꽃을 올리고 있었기 때문이었다. 책에 불을
붙인 지는 이미 오래인 모양으로, 모서리는 까맣게 타버렸고, 빨간 불은
가운데서 등으로 옮겨 가며 파란 연기를 올리고 있었다.

영술은 우선 성경책의 불을 끄려고 했다. 물그릇은 왼쪽 부뚜막의 소

반 위에 놓여져 있었지만, 두 눈이 허옇게 뒤집힌 을화가 그 앞을 가로 막은 채

"엇쇠, 물러가라 불귀신,

엇쇠 물러가라 예수 귀신."

목청껏 외치며 식칼을 휘휘 내두르고 있었다.

그러나 영술의 눈에는 아무것도 보이지 않았고, 아무것도 두려울 수 없었다. 그는 오른쪽 부뚜막으로 뛰어들어 성경책을 집어 들려는 순간 가슴이 뜨끔했다. 그러나 기어이 그것을 집어 든 그는, 그것을 솥뚜껑 위에 철꺼덕 놓아버리고 말았다. 그의 손에 잡힌 것은 이미 성경책이 아닌 불덩어리였으나, 뜨거운 것은 손인지 가슴인지 알 수가 없었다. 그의 왼쪽 가슴에는 식칼이 꽂힌 채, 옷 위로 시뻘건 피가 번지기 시작했고, 을화는 부뚜막 아래서 그의 상체를 얼싸안았다.

종이등불

그날 저녁 때였다.

동해의 성방돌이 미역귀와 다시마와 간조기[266] 따위를 보자기에 싸 들고 영술과 월희를 보러 을화의 집으로 왔을 때, 영술은 윗목에서 그저 도 피를 흘리며 죽은 듯이 누워 있었다. 앞가슴 전체가 온통 시뻘건 핏덩어리였으나 상처가 왼쪽이란 것은 옷 위로 뚫린 칼자국으로 인하여 이내 알아볼 수 있었다.

266) 간조기 자반조기.

446

"영술아 이게 웬일이고? 영술아!"

방돌이 영술의 늘어뜨린 손목을 잡으며 이렇게 불렀을 때, 영술이 천천히 눈을 떴다.

"영술아, 나다, 나. 날 알아볼능아?"

"아부지."

영술의 들릴 듯 말 듯한 낮은 목소리였다.

"그래, 영술아, 늬가 이게 웬일꼬?"

방돌의 묻는 말엔 대답도 없이, 한참만에 다시 눈을 연 영술은,

"박장로, 박장로 데려다 주이소."

했다.

성방돌은 영술의 숨이 앞으로 길지 못할 것을 깨닫고, 곧 밖으로 뛰쳐나와 박장로 댁을 찾았다.

방돌로부터 영술의 위급함을 들은 박장로는,

"아니, 어마이가 그짓을?"

기가 막힌 듯한 얼굴로 물었다.

"어마이가 실성²⁶⁷⁾을 한 것 같십니더."

"그렇다먼 거기 둘 수도 없군, 자 갑시다."

박장로와 성방돌은 인부들까지 데리고 달려왔다. 부엌에서 상기도²⁶⁸⁾ 손을 비비고 있던 을화는 영술이 들것에 얹히어 나가는 것을 보자,

"누고? 웬 사람들이 우리 아들을 훔쳐가노?"

소리를 지르며 부엌에서 뛰어나왔다.

267) 실성 정신에 이상이 생겨 본정신을 잃음.
268) 상기도 아직도.

방돌이 활개를 벌려서 그녀를 막으려 하자, 을화는 방돌을 밀치며

"이게 어인 일이고? 당신들도 야수 귀신들이가? 나한테 무슨 원수가 져서 우리 아들을 뺏아가노?"

박장로 쪽을 향해 이렇게 호통으로 쳤다.

박장로는 발을 구르며,

"에잇, 못된 것. 자식을 아주 잡아먹어야 속이 시원할나?"

마구 소리를 지르자, 을화는 선웃음을 허허 치며,

"아이고 얄궂어라, 야수 귀신들은 지 자석을 지가 잡아묵나?"

도리어 예수교 쪽에다 돌려 붙였다.

"에잇, 천하 요망[269] 한 것."

박장로는 또 한 번 호통을 치고 돌아섰다.

들것은 이미 돌담 밖으로 사라지고 있었다.

을화는 목청이 터지도록 높은 소리로

"야수 귀신들이 내 아들 잡아간다."

하고, 외치다가 숨이 막힌 듯 잡풀 위에 픽 쓰러졌다.

이튿날 이른 아침에, 영술이 마지막으로 그녀네 모녀를 찾는다 하여, 방돌이 박장로 집에서 뛰어왔다.

을화와 월희는 방돌을 따라 박장로 집으로 달려갔다. 을화는 영술이 누워 있는 방으로 들어서며 외쳤다.

"내 아들아, 영술아 늬가 이게 웬일고?"

을화의 울먹이듯한 목소리에 영술은 천천히 눈을 떴다. 어머니를 알

269) 요망 요사스럽고 망령됨.

448

아보는 눈빛이었다. 조금 뒤, 그 눈빛은 월희 쪽으로 켜졌다.

"어머이, 용서하이소."

영술의 목 속에서 간신히 들려 나오는 소리였다.

"저느 먼저 하느나라로 감다. 어머이, 워리, 하느나라에서 만나시더."

간신히 이렇게 말하고는 눈을 감아버렸다.

"술아 내 아들아, 늬가 내 먼저 죽는다 말가? 아이다, 늬는 앤 죽는다. 늬가 무진 죄로 죽을노? 늬는 아무 죄 없대이. 늬한테 들어 있는 불귀신만 쫓아내면 늬는 세상에도 젤가는 사람이 될끼다이. 불귀신만 떨어지면 네 활개 치고, 에미 찾아올 끼다이. 에미가 당장이라도 늬 속에 있는 불귀신을 쫓아내 줄 꺼이 잠깐만 참아라이."

을화는 여기까지 말하다가, 갑자기 한쪽 팔을 영술의 얼굴 위로 쭉 내뻗치는 것과 동시에 두 눈이 허옇게 뒤집어지며,

"알제이 술아."

하고, 목이 찢어지도록 고함을 질렀다.

곁에 있던 방돌과 이웃 사람들이 을화를 밖으로 끌어내었다.

을화는 그들에 의하여 뜰 밖으로 밀려 나가면서도,

"느거는 웬 사람들고? 나하고 무신 원수가 져서 우리 아들 훔쳐내다가 죽일락 하노?"

있는 힘을 다하여 뻗대며 소리를 질렀다.

을화와 월희가 물러나가자 곁의 방에서 그의 생부 성출과 할머니(밤나뭇골)가 장지문270)을 열고 들어왔다.

---

270) 장지문 방과 방 사이, 또는 방과 마루 사이에 칸을 막아 끼우는 문.

영술은 눈을 감은 채 거의 죽은 사람처럼 누워 있었다.

성출은 영술의 핏기 없는 한쪽 손목을 잡으며,

"이것아, 이것아, 내가 무슨 죄고? 이럴 줄 알았으면 차라리 내가 늬를 찾지 말걸."

흑흑 느껴 울었다.

할머니는 시뻘겋게 뭉개지다시피 된 두 눈 위로 또다시 소매를 가져가며

"하나님도 야속지, 하나님도 야속지, 이 늙은 나를 두고 어쩨 늬를 먼저 부르실꼬? 늬 어마이는 어젯밤부터 아무꺼도 안 묵고 엎으러져 기도만 드리고 있대이."

혼잣말같이 하소연을 늘어놓고 있을 때 박장로가 들어왔다. 그는 이성출 곁에 조용히 앉더니, 눈을 내리감으며 혼자 속으로 한참 동안 기도를 드리고 나서 손으로 콧구멍의 숨기를 가늠해 본 뒤 낮은 목소리로,

"이군."

불렀다.

"……."

대답이 없으니까, 다시

"이군."

"……."

"영술이."

이렇게 세 번을 불렀다.

부르는 소리를 들어서인지, 그때에야 마침 의식이 살아나서인지, 영술이 천천히, 가늘게 눈을 뜨기 시작했다.

"이군."

박상로가 다시 한 번 그를 불렀다.

영술은 좀더 눈을 크게 열더니, 목구멍 속에서 겨우 새어나오는 듯 한 낮은 소리로,

"박장노님."

하고 불렀다.

박장로가 그의 손을 잡으며

"이군, 날 보게. 여기 자네 아부지 할무이 모두 계시네."

했다.

그러나 영술은 박장로의 말이 들리는지 어쩐지 도로 눈을 닫아버렸다.

한참 뒤 다시 눈을 반쯤 뜬 영술은

"하느레 계신 주니미시여, 이 부쌍한 영호 거두소서, 부쌍한 어무이 구해 주소서."

겨우 이렇게 중얼거리자 이내 숨을 거두고 말았다. 그의 감겨진 두 눈 위에는 눈물이 괴어 있었다.

사흘 뒤, 영술의 시체는 조촐한 교회장으로 공동묘지에 묻히었다.

방돌이 장례를 마치고 돌아올 때는 술이 얼근해 있었다. 평소에 술을 잘 마시지 않는 그였지만 초상이 초상인 만큼 술이라도 몇 잔 걸치지 않고는 배길 수 없었던 것이다. 그는 신발째 툇마루에 올라서며 방문을 힘 껏 잡아 젖혔다. 그러나 을화는 마침 방 안에 없었고, 월희가 혼자 앉아 울고 있었다.

"엄마 어디 있노?"

그의 목소리는 전례 없이 거칠었다.

"빠찌 함매."

월희는 앉은 채 눈물을 닦으며 대답했다.

"빠지 할매가 왔더나?"

"……."

월희는 고개를 끄덕였다.

"빠지 할매하고 같이 나갔나?"

"……."

월희는 고개를 흔들지도, 끄덕이지도 않았다.

빠지가 온 것을 보았을 뿐, 같이 나가는 것을 보지는 못한 모양이었다.

'그렇지만 빠지가 와 왔을꼬? 많이 늙었을 낀데 어려운 걸음을 했군. 칼부림 난 거 듣고 왔을까? 을화를 데리고 나갔을까?'

그러나 방돌은 을화가 어디로 갔든지, 또 누구하고 같이 나갔든지 그런 것은 아랑곳도 없었다. 있었으면 한바탕 욕이라도 해주려고 했지만, 없는 것이 차라리 잘된 건지도 몰랐다.

"월희야, 이리 나와."

"아버이, 와?"

"얼른 나오너라."

월희는 더 묻지 않고 일어나 툇마루로 나왔다.

방돌은 월희의 손목을 잡고 집을 빠져나갔다. 돌담 바로 밖에는 나귀 한 마리가 서 있었다.

방돌은 월희를 안아서 나귀 위에 앉히었다. 그러자 담 밑에 쭈그리고 있던 마부가 부스스 일어나 나귀 고삐를 잡았다.

"가자."

"아버이, 어디?"

"여기 있다가는 늬도 늬 오라비 꼴 될따, 나한테 가자."

"엄마는?"

월희가 묻는 말에 방돌은 처음 대답을 하지 않았다. 한참 있다 그녀를 쳐다보며 대답했다.

"엄마도 알 끼다."

그날 밤에도, 을화의 집 처마 끝에 달린 종이등에는 전날과 같은 희뿌연 불이 켜져 있었다.

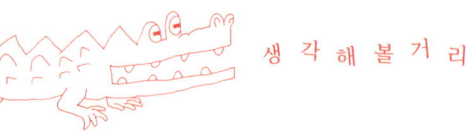

1 무당이 되기 전 을화의 이름은 옥선입니다. 옥선이 을화라는 이름을 가지게 된 연유는 무엇인가요?

을화는 옥선이 무당이 된 후 가지게 된 이름입니다. 옥선은 아들 영술의 병을 고쳐준 빡지 무당의 신딸이 되고 선왕마님을 몸주로 모시며 무녀의 길로 들어섭니다.

을화라는 이름은 선도산 할머니가 옥선을 처음 만난 곳이 을홧골(서낭당)이기 때문에 그렇게 지었습니다. 을화라는 이름을 가지면서 옥선은 평범한 삶을 살지 못하고 무녀로서 신과 인간의 중개자 역할을 하게 됩니다.

2 을화와 박수 성방돌 사이의 딸인 월희의 이름이 지어진 연유는 무엇
인가요?

　을화는 무녀가 된 후 그를 돕던 박수 성방돌과의 사이에서 월희를 낳
습니다. 빡지 무당이 굿을 하다 다리에 쥐가 나자 신딸인 을화가 마무
리를 짓고 돌아오던 날, 달밤 모래밭 숲 속에서 성방돌과 인연을 맺어
낳은 딸이 월희입니다. 월희는 달의 정기를 받아 태어났으며 그녀 이름
의 '월'은 달을 의미합니다.

3 을화가 어린 영술을 보냈던 기림사는 을화에게 어떤 의미가 있는지
써 보세요.

    을화는 영특한 아들 영술을 공부시키기 위해 기림사라는 절로 보냅니다. 영술을 처음 만났을 때도 을화는 영술이란 이름보다 기림사라는 절 이름이 더 실감나게 다가옵니다. 그녀에게 기림사는 세상에서 가장 거룩하고 아름다운 선경으로 기억됩니다. 기림사는 그녀에겐 언젠가 돌아가야 할 공간이며 그리움의 공간입니다.

    기림사는 김동리가 태어난 경주의 함월산에 있습니다. 불국사가 있는 토함산이 달을 토해내면 함월산은 달을 머금는다고 합니다. 기림은 석가모니가 20년이 넘게 머무르던 곳으로 '기원정사의 숲'이란 뜻입니다. 그렇다면 기림사는 신라의 기원정사가 될 것입니다.

    나고 자란 곳이 작가에게는 문학적 토양이 된다는 점을 생각해 보면 기림사는 작품 속 을화에게만 그리움의 공간이 아니라 작가 김동리에게도 의미 있는 곳이 될 것입니다.

4 영술은 교회에서 아버지를 찾고 자신의 성을 되찾습니다. 그런 행동이 의미하는 것에 대해 써 보세요.

영술은 사생아로 아버지를 모르고 성장합니다. 그의 아버지 성출은 영술이 청년으로 성장할 때까지 영술을 찾지 않았으며 영술 역시 을화에게 생부에 대한 이야기를 전혀 듣지 못합니다. 그러던 중 교회의 박 장로가 영술의 아버지에 대한 이야기를 꺼냅니다. 성출은 아들이 없어 대가 끊길 사정이라 영술을 통해 자신의 가문을 이어 나가려 합니다. 어머니 을화의 반대에도 영술은 아버지를 찾고 생부의 집을 방문하며 크게 환대 받습니다. 그리고 자신의 성씨를 찾게 됩니다. 하지만 을화와 영술의 갈등은 극대화되어 을화는 성경을 불태우고 결국 아들 영술의 가슴에 식칼을 꽂게 됩니다.

영술은 죽기 전 생부를 찾아 혈통을 확인하고 가문의 대를 이을 것을 예고합니다. 또한 할머니와의 대화에서는 을화를 무당 귀신에서 벗어나 예수 그리스도를 믿도록 만들겠다고 다짐합니다. 영술에게는 가문을 이어야 하는 의무와 을화의 개종에 대한 소망이 있습니다. 하지만 영술의 이러한 소망은 곧이어 맞게 되는 죽음으로 수포로 돌아가며 박 장로와 성출 역시 소망을 이루지 못하게 됩니다. 이는 영술을 버린 생부 성출에 대한 징벌이며, 기독교가 토착 신앙인 샤머니즘을 억누르는 것을 바라지 않는 작가의 생각이 엿보이는 전개입니다.

5 을화가 월희에게 몽달귀의 출현에 대해 경계하도록 당부합니다. 몽달귀의 출현은 어떤 의미가 있을까요?

어느 날부터인가 을화의 꿈에 몽달귀의 모습이 나타나기 시작합니다. 을화는 딸 월희에게 몽달귀를 조심하도록 당부합니다. 그리고 얼마 후 아버지가 다른 오빠 영술이 나타납니다. 월희는 처음에 어머니와 얼싸안고 있는 오빠를 몽달귀가 아닌가 하는 놀람과 무서움이 뒤엉킨 얼굴로 쳐다봅니다.

이렇듯 소설의 발단 부분에 등장하는 몽달귀의 이야기는 영술의 출현과 연결됩니다. 을화가 몽달귀의 출현을 경계하며 선왕마님에게 비는 모습이나 월희에게 몽달귀를 조심할 것을 당부하고 얼마 지나지 않아 영술이 등장하는 것은 그의 출현이 예사롭지 않은 불길한 사건을 몰고 올 것을 암시하는 것입니다.

6 영술은 어떤 모습으로 을화의 집에 등장하나요?

도깨비 굴 같은 을화의 집에 영술은 낡은 검정 가방을 들고 회색의 캡을 쓰고 등장합니다. 을화의 집은 지리고 퀴퀴한 냄새가 코를 찌르는 곳이며 온갖 냄새가 섞여 나는 곳에 있습니다. 그곳에 무당집이라고 불리는 을화의 집은 사람 사는 집같이 느껴지지 않았고, 허물어지고 낡은 집은 사람이 손을 전혀 대지 않은 그런 집이었습니다. 이렇게 격리되고 소외된 집에 낯선 존재인 영술은 외부인으로 보이며 을화의 집 분위기와는 어울리지 않는 모습입니다. 영술은 어머니를 오마니라고 부르며 낯선 평안도 사투리를 구사합니다. 어머니의 뜻대로 어무이라고 다시 고쳐 부르지만 앞으로 영술과 을화는 필연적인 갈등을 일으킬 수밖에 없음을 예고합니다. 을화와 영술의 의사불통은 단순히 사투리가 다르기 때문에 일어나는 것은 아닙니다. 따라서 둘 사이에 주고받는 말은 계속 부딪치게 됩니다.

7 「무녀도」와 달리 이 작품의 주인공 을화는 죽지 않습니다. 이것을 통해 작가가 보여주고자 했던 의도는 무엇일지 생각해 보세요.

「을화」의 전신이라고 할 수 있는 「무녀도」에서 주인공 모화는 아들 욱이가 죽은 후 마지막 굿을 벌이고 스스로 예기소 물속으로 걸어 들어갑니다. 그에 비해 소설 「을화」에서는 아들 영술이 죽은 후에도 을화는 죽지 않고 오히려 빡지를 만나러 갑니다. 즉 「무녀도」를 통해 작가는 전통과 외래 문화의 충돌과 갈등을 보여주고자 했으며 혈육이 빚어낸 비극적 국면은 욱이의 죽음에 이은 모화의 죽음으로 비장하게 승화됩니다. 하지만 「을화」를 통해 작가는 샤머니즘이 현대 문명의 불안과 혼돈의 해결책임을 제시했으며 새로운 인간형인 샤먼 을화는 그러한 작가의 생각을 상징하는 인물입니다. 이러한 샤먼의 문화가 현대 사회의 병리적 문제를 해결할 수 있는 긍정적 가치로서의 가능성을 보여주기 위해 을화는 죽지 않고 현세에 남아 있어야 했습니다.

8 소설 「을화」에서 기독교는 어떤 역할을 하나요?

이 소설의 배경이 될 당시 기독교는 우리 나라에 문화적, 종교적, 사회적으로 큰 파장을 일으키며 들어왔습니다. 기독교의 유입으로 인한 물리적 마찰이 일어나기도 했으며 완성된 종교의 모습을 갖춘 기독교는 우리 전통 신앙인 무속 신앙을 미신으로 규정하고 배척해야 할 대상으로 격하시켰습니다. 따라서 무당은 귀신 들린 사람이 되었고 영술에게 을화는 무당귀신 들린 사람으로 구원을 해야 하는 대상으로 보입니다.

하지만 김동리에게 있어 새로운 신은 기독교의 절대적이고 완성된 신의 모습이 아닌 자연적인 신의 모습입니다. 또한 새로운 인간형은 인성과 신성을 모두 갖춘 신을 내포한 인간입니다. 소설 「을화」에서 기독교의 신본주의는 김동리가 말하는 새로운 신과 새로운 인간형을 강조하기 위해 의도적으로 장치된 대상이며 종교의 대상은 아닙니다.

이 작품의 주인공은 기독교를 대표하는 영술이 아닌 샤먼 을화이며 기독교에 대한 무속의 승리가 작품의 의도입니다. 기독교는 무속의 가치를 보여주기 위한 내용 전개에 있어 갈등과 긴장을 주는 요소가 됩니다.

9 소설 「을화」에서 샤머니즘은 어떤 의미를 가지나요?

샤머니즘은 원시 종교의 한 형태로 초자연적인 존재와 접신함으로써 종교적 주술적 기능을 행사하는 샤먼을 중심으로 하는 종교 현상입니다. 샤머니즘은 주로 북아시아에 많이 발달되어 있으나 그 외 여러 지역에도 폭넓게 분포되어 있습니다. 우리 나라의 샤머니즘은 기원이 분명하지는 않지만 아주 오래 전부터 중요한 신앙 형태로 전해 내려 왔습니다. 가장 오래된 형태의 종교인 샤머니즘을 통해 김동리는 민족의 정체성을 회복하려 했으며 신과 인간의 문제를 해결하려고 했습니다.

이러한 그의 노력은 초기에는 「무녀도」를 통해 시도되었으며 「을화」를 통해 완성되었습니다. 「을화」에서는 「무녀도」보다 무속에 대한 묘사나 설명이 훨씬 구체적입니다. 발단 부분에서 신당집이나 당우물에 대해 상당히 상세히 묘사를 한 점이나 신단이나 선왕성모의 상, 명도, 신물, 무구 등에 대해 자세히 소개한 점에서 「무녀도」보다 무속의 소개에 더 많은 분량을 할애했습니다. 또한 을화가 입무하는 과정, 바리데기 오구굿을 하는 장면, 무당의 주사 등도 상세히 묘사되어 을화의 영험함을 강조합니다.

「을화」에 있어 샤머니즘은 작품을 통해 작가가 보여주고자 하는 세계관이며 신과 인간의 문제를 해결하고 인간이 신이 될 수 있는 가능성을 열어주는 통로입니다. 샤머니즘을 통해 새로운 인간 종교를 찾았으며 이를 통해 그가 말했던 제3휴머니즘을 보여주려 했습니다.

10 영술이 죽고 모화가 굿을 하던 중 월희의 아버지 방돌은 월희를 데리고 떠납니다. 그러한 결말에서 작가가 의도한 것은 무엇일까요?

을화와 박수무당 방돌의 딸이자 영술과는 아버지가 다른 누이 월희는 무속에도 기독교에도 속하지 않는 인물입니다. 마지막 장면에 월희는 을화도 아니고 영술도 아닌 다른 방향으로 운명의 길을 갑니다. 신의 세계에서 대결하던 영술과 을화의 틈에서 그 둘의 배타적이고 적대적인 길이 아닌 제3의 길을 가는 월희는 세 인물을 묶고 있는 혈연과 핏줄의 화해와 융합의 상징입니다.

11 소설 「무녀도」와 「을화」의 차이점을 비교해 보세요.

김동리는 「무녀도」를 통해 보여주려고 했던 문학을 통한 새로운 성격의 신과 인간형에 대한 주제를 7천 단어의 짧은 글로 다 표현할 수 없어, 40년간의 산고 끝에 5만여 단어의 「을화」를 탄생시켰다고 밝혔습니다. 「을화」는 「무녀도」의 확대 개작된 형태로 「무녀도」의 무속 세계가 더욱 강조되었습니다. 내용의 차이도 있고 따라서 성격에도 약간의 변화가 생겼습니다. 그 차이를 살펴보면 다음과 같습니다.

우선 형식상 변화가 생겼습니다. 액자 소설의 묘미를 효과적으로 살린 「무녀도」에 비해 「을화」는 과감하게 액자의 틀을 없애고 인물의 이야기로 직접 들어갑니다. 낭이가 그린 〈무녀도〉라는 그림에 대한 이야기로 시작하는 「무녀도」의 도입 부분이 사라짐으로써 모화의 비장한 마지막 모습이 예술적으로 승화되는 결말이 주는 여운이 사라지고, 무속에 관련된 종교적인 내용을 주로 다루는 소설로 바뀌었습니다.

둘째, 등장 인물이 더욱 다양해졌고 이름 등도 바뀌었습니다. 모화와 욱이의 갈등과 그 틈에서 관조자 역할을 하는 낭이를 축으로 했던 「무녀도」에 비해 「을화」의 인물은 더욱 다양해지고 주변 인물과의 관계도 복잡해졌습니다. 우선 을화와 영술이 중심이 되고 월희가 낭이의 자리를 채웁니다. 그 외에 영술의 아버지 성출, 월희의 아버지 방돌이 등장하고 빡지 무당과 박장로 등 다양한 인물이 등장하여 이야기를 이끌어 나갑니다.

셋째, 「을화」는 「무녀도」에 비해 무속적인 내용이 더욱 강조되고 샤머니즘의 세계는 치밀하게 형상화됩니다. 을화가 무녀가 되는 과정이나 빡지 무당과 관련된 이야기, 을화가 바리데기굿이나 오구굿하는 장면, 신당이나 당우물에 대한 묘사 등 「무녀도」에 비해 부속의 세계에 대해 더 자세하게 표현했습니다.

넷째, 인물의 운명이 달라집니다. 주인공 을화는 모화처럼 죽지 않고 현세에 남아 있습니다. 이는 무속적인 세계를 신과 인간의 문제를 해결하는 통로로 생각한 작가의 의식이 반영된 결말이며 무속 신앙의 승리라고도 볼 수 있습니다. 또한 영술은 생부 성출을 찾아 자기 정체성을 회복하나 어머니 을화를 개종시키고 대를 잇고자 했던 소망을 못다 이룬 채 죽음을 맞이합니다. 결국 기독교는 무속 신앙을 물리치지 못하고 토착 신앙과의 대결에서 패배하게 됩니다.

이처럼 「을화」는 「무녀도」에 비해 무속 신앙을 강조함으로써 종교 소설로서의 모습을 좀더 갖추었으며 김동리 문학관이 확립된 모습을 보여줍니다.

운명적 신비주의와 휴머니즘, 전통을 통한 민족의 정체성 확립

인간의 영원한 과제인 생과 사에 대한 문제와
삶을 지배하는 운명과 극복에 대한 해답을 찾으려 했던 김동리.
독창적인 세계를 구축하며 한국 현대문학사의 새로운 출발을 보여주었다.

삶이란 무엇인가? 생과 사의 경계를 넘어선 세계는 어떤 모습일까? 인간과 신이 만나는 접점에는 무엇이 있을까?

김동리는 인간의 영원한 과제인 생과 사에 대한 문제 그리고 삶을 지배하는 운명과 극복에 대한 해답을 문학을 통해 얻고자 했습니다. 문학사적으로는 카프 계열의 작가에 맞서 순수문학을 주창한 이론가이자 조직가였으며 해방 이후에는 전통적 보수주의 계열을 대표하는 작가로 자리매김했습니다. 그의 대표작 「을화」는 노벨문학상 후보로 올려지기도 했습니다. 자신만의 독창적인 문학 세계를 형성하며 한국의 현대문학사에 큰 획을 그었던 작가 김동리의 생애와 문학 세계에 대해 알아보도록 합시다.

1. 김동리의 생애와 작품 활동

김동리는 1913년 음력 11월 24일 아버지 김임수와 어머니 허임순의 오남매 중 막내로 태어났습니다. 본명은 시종으로, 동리는 그의 큰형이자 정신적 지주였던 범부 김기봉이 지어준 호입니다. 그가 태어난 곳은 경상북도 경주에서 조금 떨어진 성건리라는 곳으로 일명 무당촌입니다. 어린 시절을 보냈던 성건리에 대한 기억은 후에 그의 대표작 「무녀도」와 「을화」의 배경으로 그려지며, 무속적 내용을 다룬 문학 작품 속에 자주 등장합니다.

그의 유년기는 술에 빠져 지냈던 부친에 대한 분노와 거부감 그리고 이웃집 소녀 선이의 죽음에 대한 충격으로 인해 암울하게 지나갑니다. 이에 김동리는 '가장 일찍 나를 만들기 시작한 것은 술이요, 죽음이요'라고 말할 정도로 술에 취한 아버지의 모습과 가장 가까운 사람의 죽음은 유년 시절 그의 자의식에 큰 영향을 미쳤습니다. 하지만 그런 가정사 속에 큰형 범부 김기봉은 그에게 정신적 빛이며 지주가 되어 주었습니다. 김기봉이 끼쳤던 정신적 사상적 영향은 그의 작품 세계에 여러 모습으로 나타나며 그는 형을 스승이라고 주저없이 부를 정도로 존경하고 의지했습니다.

김동리의 아버지 김임수는 명망 있는 집안의 자손이라는 자긍심과 더불어 한낱 건어물 장사로 전락해 버린 자신의 처지에 대한 회한으로 늘 주독에 빠져 지냈습니다.

아버지는 이미 너무 술에 젖어 있었고 집은 낡고 어둡고 지저분했으

며, 집 뒤의 연당물은 썩은 듯 흐려 있었고, 그 곁의 늙은 회나무에서
우는 까마귀 소리는 언제나 음울하게 들렸었다.

— 『명상의 늪가에서』 중에서

강하고 절대적인 자리를 차지하지 못했던 아버지에 대한 증오와 거부
감, 하지만 동시에 느끼게 되는 연민의 애틋한 감정은 이후 그의 작품
세계에 주요한 영향을 미쳤습니다. 즉 아버지의 가문의식에 대한 집착
은 보수적이고 전통적인 사상으로, 술에 의지해 매일을 보냈던 아버지
의 모습은 당시 식민 치하의 암울했던 현실과 맞물려 자학적 의식으로
나타났습니다.

가정에 소홀했던 아버지를 대신해서 김동리의 어머니는 늘 가정 일과
양육에서 벗어날 수 없었으며 자식에게도 일일이 신경을 써 주지 못하
는 고난한 삶을 살았습니다. 그의 어머니는 유교적이고 보수적인 아버
지에 반발하여 기독교로 개종을 하게 되고 김동리는 어머니를 따라 교
회에 나가기도 합니다. 이때 맺었던 기독교에 대한 인연은 이후 민족주
의자이자 한학자였던 그의 큰형 범부 김기봉에게 받은 정신적 영향과
더불어 그의 문학에 중요한 소재로 등장합니다.

그는 다섯 살 때 친구 선이의 충격적인 죽음, 곧이어 2년 뒤 고모 딸
이었던 남순 누나의 죽음을 경험하고 늘 죽음의 충동과 공포를 겪으며
일생을 보냈으며 이런 경험이 그의 문학에 주요한 모티브를 제공했습니
다. 이때의 경험으로 그는 죽음이란 무엇인가에 대한 의문을 가지기 시
작했으며 사후의 세계에 대한 문제에 깊이 빠져 들었습니다.

나는 어려서부터 나 자신의 죽음에 대하여 이루 형언할 수 없는 공포와 전율을 느껴왔어. 이 공포와 전율은 나 자신의 그림자와 같이 집요하게 지금도 내 뒤를 쫓고 있다네. 이 사실은 나로 하여금 진작부터 사람의 사는 일과 죽는 일에 대하여 많이 생각하게 만들었어.

— 윤인숙, 「김동리 단편소설 연구」 국민대학교 석사논문 중에서

하여간 이 죽음에 대한 공포와 전율은 사람의 생명이 오는 곳과 가는 곳, 천지의 근원 따위, 형이상학적 관심을 갖게 만들었거든. 이러한 형이상학적 관심으로써 나는 문학 속으로 뛰어들게 되었다네.

— 위의 책 중에서

이렇듯 어린 시절 두 번의 충격적인 죽음에 대한 경험은 생과 사의 경계에 대한 끊임없는 탐구, 운명과 극복 그리고 그후에 오는 허무함을 문학적으로 형상할 수 있는 영감을 주었습니다. 어둡고 암울한 그의 유년기에 그는 열여섯이나 위인 큰형 범부 김기봉에게 많은 부분 의존하고 해결하기 힘든 어려운 부분에 대한 답을 구했습니다. 범부 김기봉은 당대 유명한 한학자이자 민족주의자로, 만해 한용운과 벗으로 지낼 정도로 사상적으로 깊이가 있었습니다. 김동리는 큰형에게 민족 개념을 배웠으며 그때 받았던 영향으로 후에 문학의 암흑기라 할 수 있는 일제 치하에서도 주체적 민족의식을 주창하고 친일적인 작품을 쓰지 않았던 몇 명 되지 않는 문인 중 한 사람입니다.

김동리는 기독교로 개종한 어머니의 영향을 받아 여덟 살 되던 해 기독교계 학교인 경주 제일교회 소속의 계남소학교에 진학하고 열네 살에

역시 기독교계 학교인 대구의 계성중학교에 진학합니다. 그의 학창 시절은 열일곱 살 1929년 경신중학교를 중퇴하면서 끝이 납니다. 1926년 부친이 사망하고 생계를 책임지던 둘째 형의 사업이 기울면서 더 이상 학업을 계속 할 수 없었던 김동리는 학업을 중단하고 큰 좌절감을 맛봅니다.

그후 심기일전하여 큰형의 장서를 탐독하고 오히려 독서에 매진함으로써 철학과 사색에 몰입하고 문학적 세계로 한 발 들어서게 됩니다. 그는 5년여에 걸쳐 동서양의 문학을 두루 섭렵하고 스스로 평론과 소설, 시 등을 쓰기 시작합니다.

생계를 위해 각 신문사에서 주최하는 현상문예에 글을 투고하는데 1934년 시「백로」가 입선하면서 드디어 문단에 등단하게 됩니다. 이후 1935년에는「백로」를 소설화한 소설「화랑의 후예」가 〈조선중앙일보〉 신춘현상문예에 당선되고 이듬해인 1936년에는 〈동아일보〉 신춘문예에 「산화」가 당선되는 등 3년에 걸쳐 3대 신문사에 한 번씩 작품이 당선되는 영광을 누리게 됩니다. 이후「무녀도」「바위」등의 작품을 잇달아 발표하면서 문단의 관심을 받습니다.

그의 작품 활동은 이후 계속되어 광복이 되기 전까지「황토기」「잉여설」등의 작품과 더불어 일제의 검열에 걸려 발표되지 못했던「두꺼비」「소녀」등의 작품도 탄생시켰습니다. 그러나 일제 말기에 접어들어 일본의 어용단체에 가입하라는 압력을 일언지하에 거절한 김동리는 광복이 되는 날까지 작품 활동을 전면 중지합니다.

광복 후 김동리는 문단의 논쟁가로 자리하고 우익을 대표하여 가장 왕성한 활동을 펼친 소설가이자 이론가로 인정받으며 순수문학과 반공

문학의 필두에 서서 '구경적 생의 형식'이라는 그만의 독특한 문학관을 구축해 나갑니다.

서라벌 예술대학에서 강의를 하며 창작 활동을 계속하던 그는 1955년 「흥남철수」 「밀다원 시대」 등의 주요 작품을 발표하고 1957년 장편 소설 「사반의 십자가」로 예술원 문학 부문 작품상을 수상합니다. 이후 한국문학가협회의 주요 인물로 활동하며 한국 문단을 이끌었으며 동시에 대학에서 수많은 문인 제자를 배출했습니다. 또한 초기 작품인 「무녀도」를 확대 개작하여 1978년 장편 소설 「을화」를 탄생시키는 등 왕성한 작품 활동을 계속합니다.

1979년 정년퇴임한 이후 문단 활동 및 후진 양성에 힘쓰며 글쓰기에도 열심이었던 그는 1990년 7월 뇌졸중으로 쓰러지고 맙니다. 가상의 죽음을 동경하며 그 너머 사후 세계에 대해 끊임없이 문학적 해답을 찾고자 했던 그는 의식과 무의식을 넘나드는 긴 투병 끝에 1995년 83세의 나이로 작고합니다.

2. 김동리의 문학 세계

김동리는 문단 데뷔 초기에는 전통적인 한국인의 정서를 주로 다루었으며 식민지 상황에 저항하고 민족의 순수성을 지키고자 했습니다. 우리 말과 글을 말살하려는 일제의 탄압에 강력하게 저항하고 문학을 통해 우리 민족의 얼과 넋을 지키고자 했으며 그의 이런 의지는 시 「백로」나 소설 「화랑의 후예」 등에 나타납니다. 이후 전통사회의 붕괴와 외래 문화의 유입이라는 과도기적 상황 속에서 우리 민족의 가장 근원적인 모습을 샤머니즘을 통해 찾고자 했으며「무녀도」나「황토기」「산화」등을 통해 자신만의 독자적인 문학 세계를 구축해 나갑니다.

그가 문학사에 있어 의미를 가지는 것은 1939년 유진오와 벌인 논쟁에서 비롯합니다. 그는 동반작가이자 평론가였던 유진오와 벌인 순수이의(純粹異議)를 통해 20대와 30대 작가의 세대간 의사소통 문제와 순수문학에 대해 날카로운 논쟁을 벌였습니다. 당시 이 논쟁을 통해 그는 단순한 세대 논의가 아닌 보다 차원 높은 문학적 이론을 피력하였습니다. 그가 말하는 순수문학이란 인간성 옹호에 바탕을 두며 그 본질은 휴머니즘이 기초가 됩니다. 휴머니즘을 바탕으로 할 때 문학은 순수해지며 최고 경지에 다다르게 됩니다. 순수문학이나 제3휴머니즘 이론을 통해 그는 문학에 있어 구경적인 생의 형식을 강조했습니다.

구경적 생의 형식이란 문학이 갖추어야 하는 모습이며 작가 역시 단순한 소설의 제조자가 아니라 구경적 생의 형식을 추구해야 합니다. 김동리는 구경적 삶에 대해 인간과 천지 사이의 유기적 관련성과 공통적 운명을 발견하는 것이라 말합니다. 구경적 생이란 최상에 있는 삶의 모습이며 생과 사의 경계에 대한 추구입니다. 인간은 유한한 존재이며 언젠가는 죽음을 맞이할 수밖에 없습니다. 우리는 인간의 한계를 깨닫고 주어진 운명적 삶의 모습을 발견하고 이에 최선을 다하며 살아야 합니다.

김동리는 사후에 신이 관장하는 구경 너머의 삶을 소설로 형상화하고자 노력했습니다. 무속적 세계에 대한 깊이 있는 통찰을 보여주었던「무녀도」와 확대 개작된「을화」, 자기희생을 통한 해탈의 경지에 이른 인간의 모습을 보여주었던 「등신불」, 사반과 예수를 통해 인간과 신의 세계를 보여주었던 「사반의 십자가」 등의 작품을 통해 생과 사의 경계와 그에 놓인 인간의 모습을 그려내고자 했습니다.

그의 이론에 의하면 민족문학의 수립과 세계문학으로의 발돋움 역시 휴머니즘을 바탕으로 하여야 가능하며 이로써 민족문학과 순수문학은 같은 테두리에서 인식할 수 있게 됩니다. 이와 같은 휴머니즘의 제창은 광복 이후 신과 인간의 조화를 통한 생의 구경적 탐구라는 제3휴머니즘으로 발전하며, 현실과 역사의식에서 동떨어진 관념적인 이론이라는 비판에도 불구하고 실제 소설 창작에 적용함으로써 문학적 완결을 이루게 됩니다.

신과 인간의 조화란 무엇을 의미할까요? 그는 문학을 통해 새로운 인간형을 창조해내려고 했으며 인간이 신이 될 수 있는 가능성에 대해서도 깊이 탐구했습니다. 그가 창조해낸 신을 내포한 인간은 인성과 불성을 모두 갖춘 만적의 등신불이나 샤먼 을화로 형상화되었습니다.

> 나는 종교에 대한 관심은 많다. 샤머니즘까지를 종교라 한다면, 나의 작품에서는 샤머니즘을 비롯하여 기독교, 불교, 유교 등 여러 가지 종교의 그림자들이 뚜렷이 비춰져 있다. 이렇게 여러 가지 종교의 그림자가 비춰져 있는 것은 그 어느 것에도 완전히 귀의하여 신앙을 얻지 못하고 있다는 증거도 된다.
>
> — 『밥과 사랑과 그리고 영원』 「이승에의 집착」 중에서

토속적이고 신비주의적인 샤머니즘에 대한 깊은 이해와 애정은 그의

작품 속에 다양한 모습으로 반영됩니다. 그는 민족의 근원적인 얼과 넋을 찾을 수 있는 대상으로 샤머니즘을 생각했으며 20세기의 혼돈과 불안이라는 세기말적 증상을 해결할 수 있는 열쇠로 생각했습니다. 그에 의하면 신과 인간, 이승과 저승은 넘나들 수 있는 것이며 그것은 샤머니즘을 통해 가능한 것입니다. 그에게 기독교나 불교 혹은 샤머니즘은 종교의 대상이 아니며, 각각의 교리는 별개의 것이 아닌 모두 하나로 통합니다.

그의 이러한 구경적 생의 세상이나 제3휴머니즘론은 시기별로 약간의 정도의 차이는 있지만 문학 작품의 바탕을 이루며 문학적 생애에 있어 지속적으로 추구했던 인간과 자연, 그리고 인간과 신의 만남이라는 문제에 대한 해답을 제시합니다.

3. 김동리 문학에 대한 평가

김동리가 문단에 본격적으로 등단한 1930년대는 문학사적으로 많은 혼란과 변화가 있던 시기입니다. 그러한 변화와 혼란 속에서 김동리는 세대론, 순수문학론, 제3휴머니즘론 등의 문학론을 통해 그만의 독특한 문학 세계를 보여주었습니다.

그에 대해 전통적 보수주의자 내지는 반공주의적 소설가, 현실의식과 역사의식이 결핍된 몽환주의자라는 여러 평가가 있음에도 불구하고 그가 구축한 독특한 문학 세계에 대해서는 높이 평가되고 있습니다. 그는 순수문학을 바탕으로 한 운명적 신비주의와 휴머니즘, 토속적이고 신비로운 무속 세계를 통한 우리 민족의 정체성 확립 등을 다양한 문학 작품으로 형상화하였으며, 자기만의 독창석 작품 세계를 통해 우리 문학의 수준을 한 단계 끌어올린 우리 현대문학사의 거목이라 할 수 있을 것입니다.

그의 묘비에 미당 서정주는 다음과 같이 김동리찬(讚)을 적었습니다.

무슨 일에서건 지고는 못 견디던 한국 문인 중의 가장 큰 욕심꾸러기. 어여쁜 것 앞에서는 매양 몸살을 앓던 탐미파. 신라 망한 뒤에도 폐도(廢都)에 떠오른 아름다운 무지개여.

종교를 통한 인간 문제 해결의
가능성과 방향

1. 주제파악

　인간은 유한한 존재입니다. 의지와 상관없이 겪게 되는 좌절, 그로 인
한 상실감, 불가피한 여러 사건과 사고, 예고 없이 다가오는 질병과 죽
음 등에 직면하면 인간은 다양한 모습으로 한계 상황에 대처합니다. 자
연과 우주의 질서 속에 유한하고 나약한 인간이 의존할 수 있는 것은 무
엇일까요?

　과학적인 지식과 연구의 결과물이 한계를 보완해 주고, 사유의 결정
인 철학적 지혜가 한계를 극복할 열쇠를 제공하기도 합니다. 또한 전지
전능한 절대자에 대한 믿음을 기반으로 하는 종교를 통해 그 해방구를
찾기도 합니다.

　욕망으로 가득찬 삶이 운명 앞에 좌절하고 그로 인해 느끼게 되는 공

포와 두려움이 우리 앞에 닥칠 때 눈에 보이지 않는 가상의 초월자를 통해 구원받고 그것에 더욱 몰입하는 인간의 행태는 동서고금을 막론하고 계속되어 왔습니다. 원시 신앙의 형태부터 오늘날의 보다 복잡하고 차원 높은 모습까지 인간은 살아가면서 겪게 되는 여러 문제를 종교를 통해 극복하고자 했습니다. 종교는 우리 삶에 사회적·문화적으로 많은 영향을 끼치며 보편적 사회현상으로 확고히 자리매김했습니다.

이에 다양한 삶의 공동체 속에서 종교의 기능과 역할에 대해 살펴보고 종교를 통한 인간 문제 해결의 가능성과 종교인들이 지향할 삶의 모습에 대해 논의하고자 합니다.

2. 논술문제

다음 제시문을 읽고 (가)와 (나)의 인물에 나타난 종교 경험의 양상 및 기능을 (다)와 관련지어 설명하고, 현대사회에서 종교의 역할과 종교인들의 삶의 지향점에 대한 자신의 견해를 논술하시오.

(가) 스님의 이름은 잘 모른다. 당(唐)나라 때다. 일천 수백 년 전이라고 한다. 소신공양(燒身供養)으로 성불을 했다. 공양을 드리고 있을 때 여러 가지 신이(神異)가 일어났다. 이것을 보고 들은 수많은 사람들이 구름같이 모여 들어서 아낌없이 새전과 불공을 드렸는데 그들 가운데 영검을 보지 못한 사람은 하나도 없다. 그 뒤에도 계속해서 영검이 있었다. 지금까지 여기 금불각(등신금불)에 빌어서 아이를 낳고 병

을 고치고 한 사람의 수효는 수천 수만을 헤아린다. 그 밖에도 소원을 성취한 사람은 이루 다 헤아릴 수가 없다.

나도 청운에게서 소신공양이란 말을 들었을 때 몸이 부르르 떨렸다.

"그러면 그럴 테지……."

나는 무슨 뜻인지 이렇게 중얼거렸다. 그리고 잇달아 눈을 감고 합장을 올렸다. 나무아미타불, 나무아미타불! 나의 입에서는 나도 모르게 염불이 흘러 나왔다.

아아, 그 고뇌! 그 비원(悲願)! 나의 감은 두 눈에서는 눈물이 번져 나왔다. 나무아미타불, 나무아미타불! 나는 발작과도 같이 곧장 염불을 외었다.

"나도 처음 봤을 때는 가슴이 뭉클했다오. 그 뒤에 여러 번 보고 나니까 차츰 심상해지더군."

청운은 빙긋이 웃으며 나를 위로하듯이 말했다.

그것은 그렇다 하더라도 나에게는 아무래도 석연치 못한 것이 있다.

소신공양으로 성불을 했다면 부처님이 되었어야 하지 않는가. 부처님이 되었다면 지금까지 모든 불상에서 보아 온 바와 같은 거룩하고 원만하고 평화스러운 상호는 아니라 할지라도 그에 가까운 부처님다움은 있어야 하지 않을까. 거룩하고 부드럽고 평화스러운 맛은 지녔어야 하지 않겠는가. 그러나 금불각의 가부좌상은 어디까지나 인간을 벗어나지 못한 고뇌와 비원이 서린 듯한 얼굴이 아니던가. 그럼에도 불구하고 과거의 어떠한 대각(大覺)보다도 그렇게 영검이 많다는 것은 무슨 까닭인가.

나의 머리 속에서는 잠시도 이러한 의문들이 가셔지지 않았다. 더구

나 청운에게서 소신공양으로 성불했다는 이야기를 들은 뒤부터는 금
불이 아닌 새까만 숯덩이가 끝살 눈에 삼삼서려 배길 수 없었다.

—「등신불」중에서

(나) 그러나 예수귀신들은 결코 물러가지 않을 뿐 아니라 점점 더
늘어만 갔다. 게다가 옛날 모화에게 굿과 푸닥거리를 빌러 다니던 사
람들까지도 예수귀신이 들기 시작하였다. 이러는 중에 또 서울서 부흥
목사가 내려왔다. 그는 기도를 드려서 병을 고치는 능력이 있다 하여
온 고을 사람들이 모여들기 시작하였다. 그가 병자의 머리 위에 손을
얹고,

"이 죄인은 저희 죄로 말미암아 심히 괴로워하고 있사옵니다" 하고
기도를 올리며, 여자들의 월숫병 대하증쯤은 대개 죄씻음을 받을 수
있다고 했고, 그 밖에도 소경이 눈을 뜨고, 앉은뱅이가 걷고 귀머거리
가 듣고, 벙어리가 말하고, 반신불수와 지랄병까지 저희 믿음 여하에
따라 모두 죄씻음을 받을 수 있다는 것이었다.

여자들의 은가락지 금반지가 나날이 수를 다투어 강단 위에 내걸리
게 된다. 기부금이 쏟아진다. 이리되면 모화의 굿구경에 견줄 나위가
아니라고 하였다.

"양국놈들이 요술단을 꾸며왔어."

모화는 픽 웃고 이렇게 말했다. 굿과 푸념으로 사람 속에 든 사귀 잡
귀신을 쫓는 것은 지금까지 신령님께서 자기에게만 허락하신 자기의
특수한 권능이었다. 그리고 그의 신령님은 오늘날 예수꾼들이 그렇게
도 미워하고 시기하는 고목이기도 했고, 돌이기도 했고, 산이기도 했

고, 물이기도 했다.

—「무녀도」 중에서

(다) 종교의 본질이 무엇인지, 어떤 것이 올바른 수행인지를 가릴 줄 모르는 사람들이 간혹 이런 일에 빠져드는 수가 있다. 남의 마음을 꿰뚫어 본다는 것은 남의 사생활이 담긴 일기장이나 편지를 엿본다는 소리나 마찬가지다. 이런 일이 젊음을 불사를 만한 가치가 있단 말인가. 한마디로 웃기는 짓이다. 남의 마음을 읽으려고 할 게 아니라 먼저 자기 자신의 마음을 살필 줄 알아야 한다. 자신에게 가장 가까운 그 마음을 놓아둔 채 어떻게 남의 마음을 엿보겠다는 것인가. 재작년이던가 휴거소동으로 세상에 구경거리가 한판 벌어지는가 싶더니 불발로 끝나고 말았다. 그러나 일부 종교계에서는 그 휴거의 미련을 버리지 못한 채 예수 부활절에, 혹은 그 얼마 후에 진짜 휴거가 있을 거라고 공공연히 '선교'를 하고 있단다. 타종교에 대해서 잘 알지도 못하면서 왈가왈부하기는 주저되지만, 무엇이 진정한 종교이고 어떤 것이 올바른 신앙인의 자세인지 이 자리를 빌려 함께 생각해 보고자 한다. 다른 저의는 조금도 없다. 종말론은 일찍부터 심심치 않게 거론되어 온 주장이다. 거두절미하고 적어도 우리 시대에 지구의 종말은 없을 것이다. 지구가 종말하여 굴러가도록 방치할 만큼 오늘의 지구인들이 그렇게 우매하지는 않다. 오늘 사과나무를 심는 스피노자의 후예들이 이 구석 저 구석에 건재하고 있기 때문이다. 천국은 어디이고 지옥은 어디인가. 이웃과 함께 기쁨과 슬픔을 나누면서 만족할 줄 알고 오순도순 인간답게 살고 있다면 그 자리가 바로 천국일 것이고, 아무리 가진

것이 많더라도 마음 편할 날 없이 갈등과 고통 속에서 괴로운 나날을 보낸다면 그곳이 바로 지옥 아니겠는가.

휴거를 믿고 재산을 바쳐가면서 신을 찬양하고 기도를 드리는 사람들만 선별적으로 구원을 받을 수 있다면, 신의 존재가 너무 편벽되고 옹졸해진다. 그런 신이 어떻게 이 세상 만물을 주재할 수 있겠는가. 신은 하늘 높은 곳 어딘가에 앉아 있는 어떤 인격체가 아니다. 만약 어떤 종교가 그를 믿지 않는 계층에 대해서 배타적이라면 그것은 신의 종교일 수 없다. 왜냐하면 신은 우주만물 속에 두루 존재하기 때문이다. 온전한 신은 그 어떤 종교와도 독점계약을 맺은 적이 없다.

이런 가르침이 있다. "'나'를 위해서 하려고 하는 온갖 종교적인 태도는 마치 돌을 안고 물 위에 뜨기를 바라는 것과 같다. 그러니 '나'라고 하는 무거운 돌을 내던져라. 그러면 진리의 드넓은 바다에 떠올라 진실한 자기를 살리게 될 것이다."

신앙생활은 어떤 이익이나 영험을 얻기 위해서가 아니다. 오로지 순수한 믿음 그 자체를 위해 닦는다. 종교는 하나의 교육과정이다. 이해와 깨달음으로 나아가는 자기 교육이며, 이를 통해 우리 삶이 보다 풍요로워지고 온갖 두려움으로부터 벗어나게 된다. 종교는 진실을 스스로 탐구하고 찾아내는 행위다. 세상에 많은 자유가 있지만 궁극적인 자유는 자기로부터의 자유다. 그는 어디에도 예속되지 않으며, 한 사람의 개인으로 그 자신의 삶을 살며 순간마다 새롭게 태어난다.

—법정, 「휴거를 기다리는 사람들」 중에서

3. 논술의 길잡이

(1) 주제 설명

현대인은 다양하고 복잡한 여러 병리적 현상들로 가득찬 삶을 살고 있으며 자신의 의지와는 무관한 많은 문제 상황들에 처하곤 합니다. 인간이 불가항력적인 상황을 만나거나 생명의 위협을 받을 때 스스로의 한계를 인식하고 자신의 인간적 경험을 바탕으로 초월적 존재를 만들어내기도 합니다. 그리고 그것에 자신의 욕망을 투사하고 절대적으로 의존합니다. 이런 연유로 인간은 전 인류 역사를 통해 종교를 필요로 했으며 그로 인해 다양한 사회적·문화적 현상을 발생시켰습니다. 그리고 현재 종교는 사회의 보편적 현상으로 자리 잡고 있습니다.

종교는 경험을 바탕으로 만들어지지만 경험을 초월하는 어떤 것에 대한 초월적 관계를 바탕으로도 형성됩니다. 사회에서 실재하는 여러 의례와 제도, 조직을 통해 우리 개인의 삶에 영향을 끼치고, 실제적인 사회적 삶의 현상과 밀접한 연관을 맺고 있음에도 불구하고 종교가 대상으로 하는 것은 그 실체를 드러낸 적이 없는 초월적이고 절대적인 것입니다. 비록 그 모습을 드러낸 적은 없지만 한계를 넘어선 세계에 대한 절대적인 신념과 경외감, 한계점에 대한 몰입을 통해 신성과 접촉을 하는 것입니다. 이와 같은 초월에 대한 체험은 우리의 믿음을 발생시키고 그 신념을 더욱 견고하게 합니다.

이에 인간은 왜 종교를 필요로 하는가 하는 문제를 살펴보고 김동리의 대표작 두 편을 통해 종교의 역할과 기능, 바람직한 종교인의 삶의 모습에 대해 생각해 보도록 합시다.

인간은 왜 종교를 필요로 하는가

인간의 삶은 불확실하고 예측 불가능한 수많은 상황들로 가득차 있습니다. 인간의 힘이 미치지 않는 경험과 지식 너머에 있는 세계에 대해 인간은 많은 의문점을 제기합니다. 우리는 어디에서 태어나며 왜 죽어야 하는가? 운명이란 과연 존재할까? 인생의 성공이나 실패가 우리의 의지와 상관없이 닥쳐올 때 아무 저항 없이 그것을 받아들일 수 있을까? 질병의 고통과 죽음의 공포에서 벗어날 수는 없을까? 사후에는 어떤 세계가 존재할까? 이와 같은 근원적인 문제에 대해 인간은 종교를 통해 해답을 구합니다.

인간에게 종교가 필요한 이유에 대해 다음과 같이 생각해 볼 수 있습니다. 우리의 삶 자체가 불확실의 연속입니다. 기대와 예상에 어긋나는 계획하지 않았던 수많은 상황들은 우리에게 실망을 주고 상처를 줍니다. 인간이 창조해 낸 제도나 규범, 과학이나 기술로도 해결이 불가능한 여러 난관에 봉착하게 될 때 인간은 종교에 도움을 청합니다. 한계점에서 느끼게 되는 불안과 공포는 초월적인 것에 의지하게 하고 그로부터 얻게 되는 해답은 우리를 더욱 종교 속으로 몰입하도록 합니다.

인간이 살아가야 하는 사회적 삶은 불평등으로 인한 상실과 결핍으로 가득차 있습니다. 가진 자와 못 가진 자, 지배하는 자와 지배받는 자가 있으며, 권위와 복종의 종속적 관계로 가득차 있습니다. 정의와 공정함이 불의 앞에 무릎을 꿇기도 하는 이런 현실에 대해 우리는 많은 의문을 갖게 됩니다. 종교는 이러한 문제에 대해 초월자의 자비로 현실에 순응하도록 만들며 초월자에 대한 의존적 관계는 붕괴의 위기에 처한 사회가 유지될 수 있도록 돕습니다.

초월적인 것에 대한 무한한 의존은 좌절과 상실투성이인 현실의 삶에 대한 보상심리에 의해 발생하며, 이러한 욕망은 내세에 대한 욕망과 영속적인 삶에 대한 기대로 채워집니다. 무념무사의 해탈의 경지에 이르게 되는 불교의 깨달음이나 도교의 무위자연의 가르침이 있기는 하지만 일반적인 종교 체험은 보상을 바라는 심리의 발현이라고 볼 수도 있습니다. 나약하기만 한 인간이 스스로의 한계를 극복하기 위한 방어기제가 종교라면 종교는 우리 인간이 존재할 수 있는 최소한의 바탕일 것입니다.

종교의 순기능과 역기능

종교도 사회적 양상을 보이며 사회 구조 변화와 밀접한 연관을 맺고 다른 사회 현상처럼 순기능과 역기능이 있습니다. 역기능을 간과하지 않고 긍정적 측면의 순기능을 고양하는 자세는 종교를 우리 삶의 바람직한 방향으로 이끌 수 있을 것입니다.

종교의 긍정적인 측면인 순기능은 다음과 같습니다.

첫째, 종교는 인간 개인에게 불안과 혼란의 현실에 대해 위로와 안정감을 주며 사회의 안정과 질서를 유지하도록 도와 줍니다. 불확실한 현실에 대해 좌절하고 실망한 인간에게 운명과 삶의 유지에 대한 지지를 해주며 소외된 자를 사회와 화해할 수 있도록 주선합니다.

둘째, 개인보다는 집단의 목표나 유지를 우선시함으로써 사회의 분배나 보상의 합법성을 강화시킵니다. 또한 개인이 저지르는 과오나 비행을 용서받을 수 있는 제도 외적인 장치가 되어 주며, 이를 통해 사회의 질서유지를 지원하기도 합니다.

셋째, 종교는 기존의 가치나 규범에 대해 비판적으로 검토할 수 있도록 도와주며 새로운 기준을 제시하여 사회적 변혁이나 항거를 할 수 있는 기반을 제공합니다.

넷째, 종교는 인간이 누구인가에 대한 인간 정체성을 확립해 줌으로써 급격한 사회 변동 속에서도 인간이 자신의 본성과 운명에 대해 믿음을 가지고 유지할 수 있도록 해줍니다.

마지막으로 종교는 개인적으로 인간의 성장이나 성숙에 도움을 주며 바람직한 삶을 영위할 수 있도록 지원하는 긍정적인 영향을 주기도 합니다.

그러나 위와 같은 순기능이 동전의 양면과 같이 부정적 기능으로 발휘되기도 합니다.

우선 종교는 소외되고 불평등한 배분을 받은 사람들의 불만이나 상실감을 완화시킴으로써 정당한 항거를 무마시키고, 사회 변혁의지를 와해시킵니다. 따라서 기득권을 가진 계층의 이익을 더욱 확고히 하는 역할을 하기도 합니다.

둘째, 제도화된 사제들이 가지고 있던 자연 질서에 대한 지식이나 편파적인 생각을 절대시함으로써 새롭게 진화된 사고나 지식을 억누르고 제한합니다.

셋째, 새로운 가치나 기준에 의한 사회적 변혁이나 항거 의지는 때로는 지나치게 비현실적이거나 이상적이어서 오히려 본연의 문제를 흐리거나 변질시키기도 합니다.

넷째, 종교는 집단이 신봉하는 대상에 대해 서로 배타적이고 경직된 모습을 보임으로써 오히려 사회를 분열시키고 심각한 갈등을 초래할 수 있습니다.

마지막으로, 종교를 통한 개인적 성숙이나 성장이 때로는 초월자에 대한 맹목적 의존을 야기해 개인의 주체적 의지나 책임감을 상실시키기도 합니다.

이처럼 종교가 우리의 개인적 삶과 사회적 삶에 어떤 방식으로든 영향을 끼치고 있다는 점을 고려할 때 종교의 순기능과 역기능에 대한 고찰은 현대인들이 혼돈과 불안의 한계 상황을 보다 바람직하게 극복해 나갈 수 있는 실마리를 제공할 것입니다.

(2)작품과 연관 짓기

김동리는 세기말의 혼돈과 불안, 살육과 파괴, 핵무기의 위협 등으로 인한 허무와 불안을 극복할 수 있는 방법에 대해 고민하고 문학을 통해 그 해결책을 제시하고자 시도한 작가입니다. 종교를 통한 인간 문제 해결 가능성은 그의 대표작 「무녀도」 「을화」 「등신불」 등을 통해 형상화 되었습니다.

제시문 (가)의 만적은 자신의 의지와는 무관한 숙명적인 고통과 번뇌에서 벗어나고자 소신공양이라는 방법을 선택했습니다. 자신을 위해 이복동생을 독살하려는 어머니의 죄를 사하고 그로 인한 인간적 번민에서 벗어나고자 불교에 귀의했던 만적은 오히려 이복동생이 문둥병에 걸린 것을 보고 소신공양을 결심합니다. 만적의 소신공양은 인간이 한계 상황에 처해 스스로를 구원하고 더불어 중생의 고통도 함께 사해지기를 바라는 공양입니다. 번뇌를 초극하고 해탈의 경지에 이르는 소신공양을 통해 만적은 부처가 됩니다. 만적의 소신공양은 제시문 (다)에서 말하는 개인의 이익이나 영험을 넘어선 순수한 믿음과 깨달음을 목표로 한 종교 태도일 것입니다. 반면에 인성과 불성을 모두 지닌 그에게 쏟아진 새전과 영검에 대한 소문은 현세의 고통을 극복하고 내세를 바라는 중생의 바람이며 상처받은 현실에 대한 위로입니다. 이때 종교는 결핍된 현실에 대한 보상 심리의 발현이며 이와 같은 심리가 극단적으로 치닫게 되면 제시문 (다)에서 제기한 종말에 대한 두려움, 내세에는 현세와 다른 영원하고 고통 없는 세상을 바라는 단선적 형태의 종교로 바뀌게 됩니다.

제시문 (나)에서 모화와 부흥목사가 병을 고치는 능력은 초월자를 통해 현실의 고통을 해결하고자 하는 인간의 지나친 의존이 만들어낸 실체 없는 믿음입니다. 초월자를 대신하는 매개자의 죄씻음이나 영적 체험은 종교의 본질과는 다릅니다. 기적에 대한 체험은 실재하지 않는 존재에 대한 절대적 신념이 경외감으로, 다시 지나친 몰입으로 치닫게 된 결과로 오히려 이성적 사고를 흐리게 하고 현실을 호도하는 역기능을 수행하게 됩니다. 모화와 욱술의 갈등은 기독교와 샤머니즘의 배나석이고 경직된 태도를 통해 발생하며 결국 살인이라는 비극적 결과를 초래합니다. 이는 단순한 개인 대 개인의 종교 갈등이 아니라 새로운 종교가 유입되면서 겪었던 당시 사회의 총체적 갈등이며 사회적·문화적 갈등의 한 모습입니다. 제시문 (다)의 종말론이나 휴거에 대한 맹목적 믿음 역시 배타적인 현상의 하나라 할 것입니다. 자신을 맹목적으로 따르고 자신을 위해 기도하는 자만을 선별적으로 구원한다는 것은 종교가 말하는 진리와 사랑과 정의의 궁극은 아닐 것입니다.

4. 예시 답안

인간은 현대사회를 위협하는 수많은 현상에 대해 여러 가지 수단과 방법을 동원하여 극복하고자 노력해 왔다. 인간 사회를 위협하는 요소로는 전쟁과 질병, 천재지변 등과 같은 외부적인 것도 있지만 사회 제도나 질서의 붕괴, 가치관의 혼란, 인간 자신의 불안 등과 같은 관념적인 것도 있다. 이러한 문제 상황에 직면했을 때 인간이 동원할 수 있는 방법 중 가장 근원적이고 인류의 역사에 걸쳐 지속적인 영향을 준 것은 종교일 것이다. 종교는 원시적인 토템 종교에서 시작하여 현대 종교의 큰 줄기를 이루는 기독교, 불교, 힌두교, 이슬람교까지 인간 개인의 삶과 사회 유지에 중요한 역할을 담당해 왔다.

그러나 과학 기술의 눈부신 발전과 더불어 종교는 과학 기술에 많은 부분 자신의 영역을 내주게 되었고, 19세기 공산주의자 칼 마르크스는 '종교는 아편이다' 라는 선언을 통해 기독교에 대한 전면적 공격을 하기도 했다.

그렇다면 종교를 통한 인간 문제 해결 가능성은 기대할 수 없는 것일까? 또한 종교는 아편과 같이 인간의 삶과 사회에 해악을 끼치는 그 무엇에 불과한 것일까?

제시문을 통해 종교의 기능과 역할을 고찰하고 다양한 삶의 공동체 속에서 종교인들의 삶의 지향점에 대해 논의하고자 한다.

제시문 (가)에서 만적은 불교에서 말하는 최고 경지인 해탈의 경지에 이른 인성과 불성을 모두 갖춘 부처다. 자신의 육체를 희생하고 현세적 욕망을 모두 버림으로써 종교의 최고 경지에 이르렀으며 제시문 (다)에서 말하는 오로지 순수한 믿음 자체를 위해 스스로를 닦는 종교 태도를 실천했다. 만적이 소신공양으로 해탈의 경지에 이르게 된 데는 가족사로 인한 인간적 번민에서 벗어나기 위한 자기희생적 초극 의지와 더불어 자신과 같은 고통에 번뇌하는 중생을 구하고자 하는 타인 구제의 양면적 의미가 있다. 그를 통해 중생들은 현실에서 상처 받은 마음을 위로 받고 내세에 대한 기대를 약속 받게 된다. 종교는 실체가 없는 초월자에 대한 절대적인 믿음에서 발생하며 인간은 그 모습을 다양하게 형상화시키고 대상화하여 그 앞에 무릎을 꿇고 절대자의 자비를 기원한다. 인간이 불상화 된 만적은 중생들에게 기적이 실현된 모습이며 영험한 종교 체험의 실체이다.

제시문 (나)에서 모화의 사귀 잡귀신을 쫓는 특수한 권능이나 부흥 목사의 기적은 종교의 본질을 벗어난 귀신 쫓기나 치유의 기적에 대한 신자들의 기복적인 믿음이다. 제시문 (다)에 의하면 종교의 본질은 인간이 진정한 인간으로 살아가도록 돕는 것이다. 인간이 자신의 존재에 대한 근원을 깨닫고 참된 인간으로 거듭나며 이러한 모습을 통하여 세상이 아름다워지고 사회가 행복해지도록 이끄는 것이 종교의 본질이다.

이런 점에서 볼 때 육체적 고통이 사라지기를 바라는 것은 과학에 도움을 청하는 것이 오히려 이치에 맞을 것이다.

종교를 통한 인간 문제 해결은 고통의 현실에서 인간을 구원하여 이상적 세계로 옮겨 준다거나 영원한 내세를 약속하는 것은 아니다. 개인적으로는 인간이 인간답게 살 수 있도록 심리적 안정감과 자기 의지를 굳건히 할 수 있는 용기를 주어야 할 것이며, 사회적으로는 공공질서 유지의 버팀목이 되고 도덕의 방파제가 되어 사회를 보다 건전한 방향으로 이끌어 가야 할 것이다. 이처럼 인간은 종교를 통해 자신에게 또는 우리에게 닥친 여러 문제들을 헤쳐 나가고 극복할 수 있는 가장 근본적인 신념과 실천할 수 있는 의지와 용기를 제공받으며 당면한 여러 문제를 해결할 수 있는 바탕을 갖추게 될 것이다.

그렇다면 인간의 삶과 사회를 위해 종교는 어떤 방향으로 나아가야 할까?

우선 종교는 무엇보다 내부의 타락과 세속화를 경계하고 도덕성과 신성성을 유지할 수 있도록 노력해야 한다. 종교 내부의 타락은 종교 자체로도 매우 위험한 결과를 초래할 뿐만 아니라 사회에 부정적 영향을 미치게 된다. 이성적이고 성스러우며 도덕적 세계를 추구하는 종교는 불의와 부도덕의 잣대가 되어야 하며 사회의 발전을 위해 비판적 태도를 취할 수 있어야 한다.

또한 종교는 사회를 안정시키고 유지시키는 동시에 배타성이나 경직성으로 사회의 변혁이나 쇄신을 방해해서는 안 된다. 종교의 바람직한 모습은 새로운 사고나 신념을 수용할 수 있는 포용력을 갖춘 형태이다. 변화하는 인간 삶의 모습에 보조를 맞추어 나가는 개방적이고 수용적인 태도가 필요하며 타종교의 가치나 신념도 인정하고 융합할 수 있는 탄력적인 자세가 필요하다.

종교와 종교인은 다르다. 종교의 이름으로 종교인들이 행한 수많은 악행은 과연 종교가 인간을 위해 도움을 줄 수 있을지에 대한 의심을 품게 한다. 종교의 기능과 역할 그리고 인간 문제 해결의 가능성을 논할 때에는 종교의 본질과 교리에 따른 실천을 전제로 해야 한다. 종교를 앞세운 배타적이고 비타협적인 태도 등은 인간 문제 해결에 아무 도움이 되지 못할뿐더러 오히려 사회 혼란과 분열을 초래하게 될 것이다. 종교를 통해 인간의 참 모습을 찾고 실천을 통해 개인이 삶의 의미를 깨닫고 사회가 활력을 얻을 수 있을 때 종교는 본 사명을 다했다 할 것이다.

1판 1쇄 인쇄 2006년 10월 31일
1판 1쇄 발행 2006년 11월 6일

지은이 | 김동리
펴낸이 | 정중모
펴낸곳 | 도서출판 열림원
등록 | 1980년 5월 19일(제406-2003-026호)
주소 | 경기도 파주시 교하읍 문발리
　　　　출판문화정보산업단지 513-15
전화 | 031-955-0700
팩스 | 031-955-0661
홈페이지 | www.yolimwon.com
이메일 | editor@yolimwon.com

ISBN 89-7063-534-3 04810
ISBN 89-7063-510-6 (세트)